Casa de furia

Evelio Rosero

Casa de furia

Papel certificado por el Forest Stewardship Council®

MIXTO
Papel procedente de
fuentes responsables
FSC
www.fsc.org
FSC® C117695

Penguin
Random House
Grupo Editorial

Primera edición: septiembre de 2021

© 2021, Evelio Rosero
© 2021, de la presente edición en castellano para todo el mundo:
Penguin Random House Grupo Editorial, SAS
Carrera 7 N.º 75-51, piso 7, Bogotá, D. C., Colombia
PBX (57-1) 7430700
© 2021, Penguin Random House Grupo Editorial, S.A.U.
Travessera de Gràcia, 47-49. 08021 Barcelona

© Diseño: Penguin Random House Grupo Editorial, inspirado en un diseño original de Enric Satué

Printed in Spain – Impreso en España

ISBN: 978-84-204-6076-5
Depósito legal: B-8960-2021

Impreso en Unigraf, Móstoles (Madrid)

AL60765

A Mireyita, Melba Yolanda, Fabiola, Peri y U.

Esto que te digo es verdad.

TIRESIAS

Primera parte

1

Asomada a un balcón engalanado con rosas y nardos, Uriela Caicedo, la menor de las hermanas Caicedo Santacruz, vio venir por la calle arbolada, avanzando entre manchas de sol, igual que un tímido ratón, a su tío Jesús. Muy tarde quiso apartarse del balcón, dar un salto y desaparecer: su tío agitó una mano, saludando, y fue como si otra mano invisible la obligara a seguir en el balcón, enrojecida, en plena flagrancia de su delito de mala educación, pensó. Había pasado buena parte de la mañana asomada al balcón, esperando, ¿qué esperaba, a quién?, nada ni nadie; solamente digería, perpleja, la noticia de ese viernes 10 de abril de 1970: la banda de los Beatles se disolvió. Y justo cuando decidía ir a su habitación para vestirse de fiesta —en poco tiempo llegarían los invitados a celebrar el aniversario de sus padres—, descubrió la sombra de su tío debajo de los árboles, en la calle sin más sombras que los pulcros caserones de ese barrio de Bogotá.

Pues, a la gran fiesta de la familia, nadie invitó al tío Jesús, ¿quién iba a invitarlo?, pensó.

Su tío se detuvo debajo del balcón, exuberante de decrepitud: llevaba puesto un vestido gris que le quedaba grande, un raído vestido que había sido del magistrado Nacho Caicedo, padre de Uriela, y movía la ancha boca sin emitir sonido, como si masticara un complicado bocado o se acomodara la caja de dientes para empezar a hablar. Y, de hecho, sonó su voz en la calle desierta, casi una amenaza, pero también un ruego, en todo caso la voz de un jugador —se dijo Uriela, fascinada por ese par de ojos de ofidio que la acechaban, tres metros debajo del balcón—. Su tío tenía metidas las manos en los bolsillos del chaquetón, y las revolvía por dentro, apretaba los puños y los abría mientras hablaba.

—Uriela, ¿te acuerdas del tío Jesús?

Uriela asintió, inclinándose más: vio que el viento despeinaba los pocos cabellos del cráneo amarillo; vio dilatarse las aletas de la peluda nariz, y sonrió, porque no había alternativa, pero su sonrisa era sincera, una sonrisa de diecisiete años, y su voz una suerte de compasión:

—A usted yo nunca lo podría olvidar, tío.

—Eso es verdad —respondió él, abriéndose de brazos y mostrando, sabiéndolo o sin saberlo, enrevesadas costuras en las mangas del chaquetón, peores que una cicatriz. Tenía la voz raspuda, como de alguien que se asfixia—: Nos vimos hace un mes exacto.

El tío Jesús era un cincuentón de orejas puntudas y aplastadas; el vello sobresalía del interior de cada oreja como pequeñas matas de algodón; eran orejas grandes, como radares, pero se quejaba de sordera, o la sordera lo acometía cuando no le convenía oír; su boca era ancha como una sonrisa de oreja a oreja, su mandíbula muy larga y afilada, su pescuezo de pájaro, su piel color café con leche; barbilampiño, ojeroso, tenía las uñas de las manos como garras; bajo de estatura, sin ser muy bajo, calvo hasta la mitad, socarrón, meditativo, otra vez socarrón, vivía de visitar a su parentela de mes en mes y exigir lo que llamaba sus honorarios de familia. Del tributo no se salvaba ni doña Alma Santacruz, la irascible y respetable madre de Uriela, hermana de Jesús, y mucho menos los demás hermanos de Jesús, o los sobrinos que trabajaban, o uno que otro amigo de familia, nadie se salvaba de ofrendarle su pago por existir.

El tío Jesús era como él mismo: una mañana mandó llamar desde el hospital La Caridad a dos de sus sobrinos:

había muerto del corazón: háganse cargo. Los sobrinos acudieron casi compungidos, y, en lo más alto de una escalera, apareció el tío Jesús, redivivo, los brazos en cruz, la voz recia reclamando un almuerzo de rico, dijo, y una borrachera de rey. Los sobrinos lo invitaron y no se quedaron atrás: de allí en adelante lo llamarían Jesús el Desahuciado.

Oficialmente Jesús Dolores Santacruz hacía declaraciones de renta, y de eso decía que vivía, de la contaduría, en plena calle céntrica de Bogotá, al frente del ministerio de Hacienda, con una mesita de tijera y un butaco y su máquina de escribir. Pero hacía tan mal las declaraciones, y era tan suspicaz con las preguntas a los parroquianos, como si los acusara de evadir al fisco un tesoro descomunal, que muy pronto su escasa clientela lo abandonó.

Todo eso después de ser rico y admirado, de joven, cuando usaba sombrero de fieltro y vestía del mismo color, cuando gozaba de una muchacha distinta cada mes, cuando invitaba a comer gallina los domingos y bebía porque sí y porque no.

Una de las cosas que hacía sufrir de pánico a la señora Alma Santacruz era la visita de Jesús, el menor de sus hermanos, ¿por qué?, nadie sabía. Ella, que lideraba con mano firme a su marido, a sus seis hijas, sus tres perros, sus dos gatos, sus dos loros, que imponía disciplina a una tropa de empleados repartidos en la casa y en la finca, parecía tenerle miedo, ¿o lo aborrecía?, una broma soterrada en la familia sostenía que Jesús era adoptado: no le daban la indulgencia de la bastardía. La familia de Alma Santacruz era de tez blanca y ojos claros; los hombres destacaban por su alta estatura, la clarividencia en los negocios, el juicio recto, las mujeres por su belleza y porque tenían muy buena voz para cantar boleros; ensoñadas y espigadas, bailaban tan bien el vals como el tango; en su juventud, Alma Santacruz había sido reina de belleza en San

Lorenzo, su pueblo natal, y sus hermanas fueron princesas. Pero Jesús, el menor, por su físico y carácter, resultaba absolutamente distinto a todos: chato, pequeño, cetrino, no era nada práctico ni exitoso sino pendenciero, jugador y mujeriego; en su juventud había sido lector devoto del panfletista José María Vargas Vila y devotísimo del poeta de la muerte Julio Flórez, de quien declamaba sus más escabrosos versos de memoria:

Le aserraron el cráneo
le estrujaron los sesos,
y el corazón ya frío
le arrancaron del pecho...

De modo que para la gran fiesta de los Caicedo, la señora Alma Rosa de los Ángeles Santacruz no imaginó o no recordó que Jesús existía, ¿y cómo?, la preocupaba únicamente su aniversario de bodas.

Se encontraba en su cama, sentada como su esposo, cada uno a una orilla; ella tenía cincuenta y dos años, su marido sesenta; se habían despertado abrazados, más por el frío bogotano que por la ternura; incluso simularon un fugaz encuentro de amor como si parodiaran burlones lo que gozaron de jóvenes; para celebrar su aniversario habían planeado al principio viajar a Grecia, país que les faltaba por visitar, pero estaban cansados de aduanas y aeropuertos y entonces se inventaron aquella fiesta monumental; ahora hacían un repaso de amigos y parientes que ese día los acompañarían; si los dos eran culpables de inventar esa fiesta, por lo menos eran culpables felices. Y ya se disponían a ordenar que les llevaran el desayuno a la cama cuando entró a la habitación Italia, la quinta de sus hijas, de diecinueve años, dos más que Uriela, y se los quedó mirando en silencio. Ni siquiera les dio los buenos días; seguía petrificada ante ellos, de pie, en piyama, mientras largos lagrimones mojaban su cara y se mordía los labios hasta la

16

sangre. Sus padres la contemplaron admirados, todavía medio dormidos, ¿era una pesadilla?, ¿qué hacía Italia llorando en silencio como una Magdalena?, se suponía que era su hija más feliz, la más bella, la pretendida, la complaciente, mimosa, efusiva, de ojos de novilla.

—¿Qué pasa contigo? —había preguntado Alma Santacruz, mientras su marido, el habilidoso magistrado Nacho Caicedo resoplaba y se calzaba las pantuflas.

—Que estoy embarazada —respondió Italia, y volvió a llorar.

2

—Uriela, ¿no vas a convidarme a un café? No es fácil atravesar media ciudad, a lomos de uno mismo, solo con el fin de saludar a la familia y preguntar por la salud, me duelen los pies, me arde la cabeza, algo en el reloj del corazón se desbarata, ¿cómo sigue Alma, cómo están tus hermanas?, ¿el magistrado ya se levantó?, ven, Uvita, baja a abrir la puerta y llévame a la cocina, necesito un caldo, no exijo el comedor, con la cocina me basta, el caldo sabrá igual.

—No es buen día para visitar a mamá. Hoy celebra su aniversario, hay fiesta, recibe invitados, y usted ya sabe, tío, cómo se pone de nerviosa cuando lo ve. Es preferible mañana.

—¿Fiesta, celebración?, ay, Uriela, ¿por qué no me tuteas?

—Usted ya sabe, tío, que en Bogotá nos tuteamos y usteseamos según el ánimo, según el clima, según los segunes.

—¿Qué es eso de usted ya sabe tío?, ¿qué debo saber? Necesito un café, al menos, y unas cuantas moneditas de oro para pagar el bus, para comer un pan, ¿es mucho pedir? Solo ve y dile a tu mamá que alguien de su misma sangre ha llegado.

—No conviene, tío, es por su bien. Me asusta ir con la noticia de su llegada.

—¿Dijiste que te asusta o dijiste me gusta? Me gusta suena mejor. Ah, si yo fuera el de hace años, dueño de una compañía de camiones, seguro que sería el primer invitado; pero una mala mujer me echó una maldición y mis doce camiones cayeron uno por uno al abismo, jamás me recuperé; me persiguieron, me asfixiaron, me convirtieron en lo que soy, otro hambriento del país, ¿qué te cuesta invitarme a la cocina? Te repito que no voy a exigir el comedor; tu casa es grande como un pueblo, tiene dos pisos, un altillo como una habitación donde muy bien podría vivir hasta morir tu tío Jesús, un patio con santuario y mesa de pimpón, dos jardines: uno afuera y otro adentro, dos puertas, la principal y la de atrás; yo me introduzco por el jardín y me hago presente en la de atrás, tú me das de comer, me regalas dos o tres moneditas de oro, que yo supongo debes guardar en tu alcancía, y me voy. Hoy por ti y mañana por mí, Uriela, con la vara que mides serás medido. Eres buena, eres sincera, dices la verdad, tienes fama por eso, pero también yo hablo con franqueza, las piernas me tiemblan, me duele el corazón, ¿alcanzas a distinguir la vena carótida en mi cuello?, es una vena azul, se hincha a ratos, la siento saltar, se va a romper, ya, ya, es verdad.

Con el dedo índice el tío Jesús se señalaba un punto en el cuello. Uriela había inclinado la cabeza.

—Desde aquí no se puede ver —dijo—. Solo distingo la camisa manchada de amarillo, ¿es mostaza?

—Ay, Uvita, es mostaza del último perro caliente que me comí, hace un año.

—Entonces vaya a la puerta de atrás, tío. Nos encontramos allí, lo haré pasar. Se tomará ese caldo, ese café, le daré las moneditas de oro que me pide, que no son muchas.

—Dios te bendiga, U —dijo el tío Jesús, y se escabulló de un salto al jardín.

Marino Ojeda era el celador de la calle en donde quedaba la casa de los Caicedo. En ese opulento barrio residencial los habitantes contrataban para sus calles un celador que reforzara la seguridad; había en las esquinas una caseta, estrecho cubículo de metal donde solo se podía dormir de pie: allí se guarecían del frío los celadores, tomaban café de un termo y se fortalecían para reemprender la vigilancia, paseándose de arriba abajo durante la noche o durante el día, antes de ser relevados. A Ojeda le correspondía el día, aunque hubiese preferido la noche. Era un muchacho corpulento, aindiado, de ojos que acariciaban, llegado al frío de Bogotá desde su aldea a orillas del mar; llevaba menos de un mes de celador: aún no conocía al tío Jesús y sospechó de él tan pronto lo vio doblar la esquina. Lo siguió a prudente distancia, se parapetó detrás de un árbol y desde allí lo vio hablar con la menor de las hijas del magistrado; los vio pero no los oyó y concluyó que la joven solo se había desembarazado de un mendigo; y cuando vio que el mendigo saltaba al jardín como un conejo y avanzaba a la puerta trasera de la casa, se apresuró a alcanzarlo y salir de dudas. Para eso lo habían contratado.

Pero no solo por eso se entrometía: desde el primer día de su llegada se había encaprichado de la muchacha de servicio que trabajaba en casa del magistrado. No era la primera vez que Marino Ojeda se encaprichaba. Parlanchín y festivo, en tres años de trabajar como celador en distintos barrios de Bogotá se había encaprichado tres veces con idéntico resultado: tres hijos de los que Marino Ojeda no iba a responder jamás, porque no era asunto suyo, pensaba, y porque si fuera su asunto nada podía hacer: apenas sobrevivía. Y ahora iniciaba otra aventura que

19

lo encandilaba como nunca porque nunca había conocido muchacha más bella, decía, que Iris Sarmiento, la mandadera de la familia Caicedo, rubia y pequeña pero de anchas caderas, de ojos azules como asustados. Ya había logrado una que otra charla con ella, cuando salía a cumplir los mandados. También a Iris Sarmiento parecía hacerle gracia el interés del celador. De la misma edad de Uriela, diecisiete años, en toda su vida no había tenido el primer novio y ya Marino Ojeda la hacía soñar.

Muy pronto Ojeda alcanzó a Jesús en el jardín, cuando ya se detenía ante la puerta trasera. Le preguntó quién era, a dónde iba y para qué.

—¿Y a ti qué te importa, vergajo? —se revolvió el rostro de orejas puntudas, encarándolo—. Tú no sabes quién soy yo, piojo inmundo; no creas que me asusta el pobre rifle que llevas; cuando tú eras perro yo ladraba; sé más de la vida que todos tus abuelos; debería darte látigo, ¿de qué porqueriza escapaste, cochino?, espantajo, basura de la basura, si te importa conservar tu trabajo de perro guardián vete corriendo ahora, lejos de mí.

A Marino Ojeda lo desencajó la sorpresa. Semejante vocabulario tan escogido no lo oía desde hacía tiempos, cuando estuvo un año en la cárcel de Riohacha por robarse un pollo asado. Los dos hombres se medían con los ojos cuando apareció Uriela en la puerta.

—Todo está bien, Marino. Es mi tío Jesús.

Con agradecimiento exagerado el tío Jesús hizo una honda reverencia y se llevó la mano de Uriela a los labios. Uriela retiró la mano, erizada de legítimo frío: recordó la vez que rozó la piel de una rana en la finca, húmeda y lisa, de hielo. Detrás de Uriela asomaba Iris, esperanzada. Llevaba una taza de chocolate y un tamal santafereño para Marino, porque era costumbre que las familias se turnaran para dar su refrigerio al celador. El tío Jesús resopló; miró al celador por última vez, con dignidad ofendida, y entró en la casa con Uriela.

Iris y Marino quedaron solos, como espantados de felicidad.

3

En la cocina descomunal no solo se encontraban los empleados de toda la vida —doña Juana, vieja cocinera de la casa, Lucio el jardinero, Zambranito el sesentón que además de chofer era electricista y plomero— sino la cuadrilla de cocineros y servidores contratada para atender a los invitados que ese día, al decir de Juana, se pondrían la casa de ruana y después la tirarían por la ventana. Doncellas y camareros iban y venían, uniformados. El tío Jesús se asombraba: hay fiesta, pensó, y de las buenas, donde todo puede ocurrir, desde el cielo hasta el infierno. Tenía la boca abierta y se preguntó, alarmado, si babeaba, pues ya esa flaqueza lo acometía, contra su voluntad. Tendré que inspirarme, pensó.

El silencio de la servidumbre lo ayudó, y lo ayudó más la escueta presentación de Uriela:

—Es mi tío Jesús.

—Un saludo a todos los que medran y se afanan en la casa —se inspiró el tío Jesús con recia voz—. Buenos días, señoritas; todavía la belleza es más belleza en las jóvenes doncellas que laboran; el olor del ajo y la cebolla de sus manos es el perfume más seductor. Pródigas en hijos, serán pródigas. Buenos días, muchachones, enérgicos donceles; respeten a las niñas, desvívanse por servir a las que sirven, ámenlas a la manera de los ángeles; no sean pérfidos, no las abrumen con miradas peores que mordiscos; háganles la corte con respeto y después que los bendiga Dios, como tiene que ser. Y buenos días a uno que otro viejo como yo, que veo trabajar por tres y hasta por seis, tengan buenos días, viejos cocineros que sudan más que sus ollas, magos de la carne y de la leche, no por viejos menos hechiceros, yo soy Jesús Dolores Santacruz, contable de profesión, hermano de la señora Alma Rosa de los Ángeles, luz y corazón de esta familia, buenos días, proletarios de todos los países. ¡Uníos!

Después de un silencio de estupefacción, las voces respondieron en coro al saludo, pero nadie se decidió a reemprender las tareas: aquel ser parecía de otro mundo. La misma Uriela se sorprendió del saludo. Pero se recompuso:

—Un caldo, un desayuno, lo que pida mi tío Jesús; hagan de cuenta que es el primer invitado en llegar.

—Gracias, Urielita. Palabras más generosas no las oí jamás.

Con gravedad, como si no lo pellizcara el hambre, como haciéndose de rogar, el tío Jesús se sentó a la cabecera de una mesa larga y desnuda, rodeada de otras mesas revestidas de platos y tazas y copas, de frutas y aves y jamones a reventar, «Comida para un siglo», pensó, extasiado. Solo hasta ese momento descubrió que a la orilla opuesta estaba sentada una como sombra fantasmal. Era el jardinero de la casa, con una taza de café a medio tomar, era don Lucio Rosas, cincuentón como Jesús, la boca abierta como Jesús, la misma sorpresa en los ojos —en un ojo, porque era tuerto: llevaba un parche negro en el ojo izquierdo.

Al tío Jesús pareció no agradarle el desconocido que lo observaba con su único ojo, indeciso; no lo saludó —ni el más leve reconocimiento, pensó Uriela, conmovida, qué tío infernal.

Los empleados reanudaron sus quehaceres, se afanaban de un lado a otro, en puntillas, sin ruido.

—Bueno —los inmovilizó otra vez Jesús, elevando la voz. La servidumbre atendió—: Sentarse a la mesa con un

22

desconocido que es cojo de la pierna derecha y tuerto del ojo izquierdo es una señal de la fortuna.

Uriela no pudo evitar reír.

—Tío —dijo susurrando—, acójase a lo convenido. Coma y váyase, aquí tiene. —Le puso en la mano un sobre con el dinero.

—Siéntate a mi lado, U —resopló el tío Jesús, mientras se guardaba el sobre en el bolsillo como un pase de magia—. No es bueno comer solo. Quien come solo muere solo. Pero si se come con un desconocido tuerto y cojo uno come dos veces solo.

Uriela desaprobó con la cabeza y se sentó resignada al lado de su tío. En ese momento recordaba que nunca en su vida había hablado de verdad con él, excepto durante esa breve odisea de la Radio Nacional, hacía un siglo, cuando ella tenía diez años y su tío la llevó al concurso para niños *El Conejo Sabelotodo*. Hoy su tío era solo un vagabundo que llegaba de visita cada mes, se encerraba con su madre y luego abandonaba la casa, ¿quién era ese tío Jesús?, ¿por qué ofendía con sus palabras?, Lucio no cojeaba de la pierna derecha; por supuesto que era tuerto del ojo izquierdo, con ese parche...

Lucio Rosas, que además de buen jardinero tenía su orgullo, lo corroboró:

—Señor —informó como a punto de romperse—: soy el jardinero de esta familia desde hace veinte años. Vivo en la finca de Melgar. La señora Alma me encargó repartir para este día rosas y nardos por toda la casa. Por eso estoy aquí, señor. Y soy tuerto, sí. Pero no soy cojo.

—Como si lo fuera —replicó Jesús—. No lo digo por ofender. —Y miró alrededor con parsimonia—. ¿Por qué pierde un ojo un hombre en la tierra?

Hubo un silencio de mortificación. La pregunta, su absurdo, la manera de hacerla, sorprendió a todos, y entristeció a Uriela.

El jardinero no se esperaba semejante cuestionamiento, pero se armó de valor:

—Mi mismo trabajo me arrebató el ojo, señor. Fue hace diez años, cuando usé por primera vez la podadora a motor. Una piedra me saltó. Una piedra traidora, señor, escondida en el pasto. Se llevó mi ojo, lo reventó. Por eso perdió un ojo un hombre en la tierra.

La respuesta agradó a los meseros, que intercambiaron veloces miradas. Algunos sonrieron y eso no pasó inadvertido a Jesús.

—No —replicó—. Usted tenía que pagar una deuda. Y la pagó. La pagó con su ojo. Era el destino.

Esta vez fue el jardinero el que abrió la boca sin dar crédito; vio y pensó que tenía frente a él una especie de pedazo de hombre, un insecto venenoso:

—Si no fuera por el respeto que tengo al magistrado Caicedo, a su señora, que me dieron trabajo y vivienda en su finca, que son padrinos de mi hijo, y si no fuera porque aquí se encuentra la señorita Uriela, yo…

—¿Yo? —lo alentó Jesús, pero de inmediato ignoró la amenaza—: Escuchen todos. Dejen de afanarse. Hay que pensar de vez en cuando. Cuando se trabaja como ustedes no se piensa. ¿Por qué bosteza? —preguntó de pronto, mirando a Juana la cocinera mayor, Juana Colima, la vieja cocinera de la casa que se había detenido un momento, los brazos en jarra, a escuchar—. Cuando se bosteza se escapa el alma, doña Juana, cúbrase la boca al bostezar; y, si no la cubrió, atrape el alma con dos dedos y tráguela de nuevo, o se quedará sin alma.

La vieja cocinera no había abierto la boca para bostezar sino para tragar aire. Ya conocía a Jesús. Ese hombre —resumía ella en dos palabras— la indigestaba. Sonrió con esfuerzo. Lucio el jardinero acabó con su café. Sin pronunciar palabra salió de la cocina al jardín interior de la casa —a un escondrijo en el invernadero que era como su guarida.

El tío Jesús no sonreía.

—Tío —dijo Uriela—. ¿No va a comer?

Pues ya una doncella había puesto una cazuela de caldo ante Jesús.

—Recuerda que no estoy hambriento —replicó él en voz baja. Y luego, para todos—: Bien, si tanto insistes, no te voy a despreciar, aquí voy.

Levantó la cazuela en las temblorosas manos y se zampó el caldo sin remilgo, ante la mirada perpleja de la servidumbre. Tragaba peor que un reo sometido a pena de hambre.

«Tiene que estar loco», pensó Uriela, «se va a quemar».

Pues el caldo humeaba y se regaba por su boca y mojaba su cuello. Después atrapó la pata de pollo en el fondo y la mondó y bruñó en un santiamén. Y, sin dejar de mirar al techo o al cielo, como los pájaros cuando beben, terminó de lamer los restos de la cazuela y pidió repetición y mascó y tragó de un tirón y eructó y resopló y se levantó.

—Ahora me voy —dijo.

Se tambaleó.

Discretos, los empleados como espectros alrededor reanudaron sus tareas. El tío Jesús se dirigió a la puerta, vacilante. De pronto se volvió a todos y balbuceó:

—Creo que me voy a morir.

Uriela cerró los ojos, los abrió, ¿por qué tenían que ocurrirle a ella estas cosas?

—Tío —dijo—. Yo lo acompaño a la puerta.

—Todavía no me acompañes —la reconvino Jesús—. Antes déjame dormir. Será una siesta y seguiré mi camino al fin del mundo.

Y, para asombro del mundo, se fue a un rincón de la cocina, un recoveco a los pies de una estufa, se acurrucó en el piso y se durmió a pierna suelta —o por lo menos eso pareció.

Juana Colima, la vieja cocinera, entendió que la niña Uriela no podría con su tío: no logrará despertarlo jamás, se repetía, y en un dos por tres subió a la habitación de su señora para informarla en secreto. Entró con toda confianza. Ni siquiera reparó en Italia, doblada en una silla frente a su padre. Juana Colima se aproximó a su señora y le susurró al oído estas aladas palabras:

—Su hermano Jesús ha llegado, dijo que iba a morir y se echó a dormir o se murió debajo de la estufa.

Nunca un alarido de mujer fue tan grande como el mudo alarido que arrojó Alma Santacruz.

—Dios mío —gritó con un murmullo—. Solo esto me faltaba, hoy.

4

Francia, la mayor de las hermanas Caicedo, de recién cumplidos veintisiete años, se hallaba en ese momento en su cuarto, sentada a una mesa presidida por la foto enmarcada de Rodolfito Cortés, su prometido —compromiso matrimonial del que solo estaban enteradas sus hermanas y su amiga del alma Teresa Alcoba.

Revisaba una y otra vez los documentos requeridos en la notaría para hacer efectivo el cambio de nombre. Era la primera de las hijas del magistrado en rebelarse contra su nombre. No se le había ocurrido todavía qué otro nombre iba a ponerse, y no le importaba si Lucila o Josefa o María; solo quería cambiar de nombre cuanto antes, quitarse de encima ese absurdo nombre de Francia, nacido de quién sabe qué calenturas, qué descabellado capricho del cerebro de su padre —porque hay caprichos que no son descabellados, pensaba.

El magistrado Ignacio Caicedo no elucubró mejor nombre para sus hijas que el de los países y ciudades donde cada una de ellas fue concebida —con dos años de diferencia.

Francia se llamaba Francia porque en Francia Nacho Caicedo y Alma Santacruz gozaron su luna de miel, en las mullidas camas de París y en las ardientes de Marsella. La segunda de las hermanas había sido consecuencia del amor renovado en Portugal y se llamaba Lisboa; la tercera se llamaba Armenia, capital del Quindío, la cuarta Palmira, ciudad valluna, la quinta Italia. Se salvó Uriela de llamarse como una ciudad porque, la noche antes de que naciera, su madre soñó que el arcángel Uriel le anunciaba una sorpresa de Dios que llegaría a ella en forma de flor iluminada. De manera que el día del bautizo la señora Alma impuso —para sobresalto de monseñor Hidalgo y del magistrado— el nombre de Uriela. Y Uriela se salvó, de milagro, porque de lo contrario le habría tocado llamarse Bogotá.

Esta ocurrencia, esta extravagancia —que algunos parientes definían como locura pasajera— de bautizar a sus hijas con el nombre de países y ciudades, resultaba normal en la personalidad del magistrado. De joven, igual que los demás jóvenes de su generación, se había creído poeta, y ser poeta no era otra cosa que distinguirse de los demás, para bien o para mal. De semejante enfermedad, al magistrado solo le quedó la poesía de elegir el nombre de sus hijas. En lo demás era un enjundioso abogado, igual que todos y cada uno de los abogados del país —confesaba el mismo Ignacio Caicedo— que estudian no para aplicar la justicia sino para burlarla. Aun así, sus injusticias practicadas no eran tan aberradas y pasaba de honesto penalista, autor de una tesis doctoral laureada por el Colegio de Abogados: «Legalidad y necesidad de expropiación de tierras indígenas para el Estado». Era amigo de importantes personajes de la política, incluido un expresidente de la república. Era político él mismo, del partido conservador, y el día del asesinato del caudillo liberal Jorge Eliécer

Gaitán, en 1948, la turba mortal había estado a punto de crucificarlo, literalmente, en un puerto del Pacífico de cuyo nombre no quiero acordarme —decía.

Ignacio o Nacho Caicedo tenía fama bien ganada de elocuente, de filósofo y vidente: aprovechaba cualquier ocasión para revelar cómo sería el mundo en diez, veinte, cincuenta y cien años. Sus discursos en la Corte Suprema de Justicia resultaban inteligentes y aplaudidos no solo por los conservadores sino por los liberales; buscaba la conciliación en las bancadas, el bien para el pueblo, y por tal esfuerzo era siempre elogiado, precisamente porque su esfuerzo nunca lograba el éxito, pero —como él mismo decía— había que intentarlo para guardar las apariencias.

Si bien ese viernes de aniversario Francia no tendría tiempo para diligenciar su solicitud de cambio de nombre, se prometía hacerlo el lunes siguiente, a primera hora: me quedan pocas horas de Francia, pensó, y después me llamaré no sé cómo pero me llamaré como yo soy.

Había, encima de su mesa, un pequeño sobre amarillo con su nombre y dirección. Hasta ese momento no reparaba en él; tenía el sello de correo con fecha de la semana pasada, qué falta la de Iris, pensó, no entregar mi correspondencia en mis manos, podría tratarse de la noticia de un muerto, y yo sin saberlo, con una semana de retraso, qué trágica soy, ¿quién iba a morirse?

Francia, delgada y delicada como sus hermanas —todas de una delgadez espirituosa, acentuada en los ojos melancólicos—, se había graduado de arquitecta en diciembre del año pasado. Durante la carrera había soñado con irse a adelantar maestría y doctorado en Canadá, pero su novio y prometido, Rodolfo Cortés, biólogo y también recién graduado, se había interpuesto al final. Según él, para lograr su felicidad el primer paso era casarse y el segundo tener hijos y vivir en Cali, en una casa con piscina, cerca de la casa de sus padres. El sueño de maestría y doctorado se esfumó.

En la solapa del sobre amarillo había un remitente: Teresa Alcoba, la mejor amiga de Francia, que ahora vivía en Cali. Eso la intrigó, porque Teresita solo se comunicaba por teléfono. Abrió el sobre. De inmediato reconoció la letra de su amiga y leyó, ávida. La breve nota iba acompañada por un recorte de periódico doblado. La sonrisa en la cara de Francia se diluyó mientras leía:

> *Perdóname, querida Francia, es mi obligación de amiga ponerte en conocimiento de la verdad, no sufras.*
> *Sufre únicamente lo necesario.*
> *No hay mal que dure cien años ni cuerpo que lo resista.*
>
> *Teresa*

Desplegó el recorte de periódico ante sus ojos como si desplegara el cuerpo asqueroso de una serpiente letal que de pronto arrojó su cabeza contra ella y la mordió en el alma: allí estaba la foto de Rodolfito Cortés, su prometido, en traje de etiqueta, los abultados ojos de batracio asomados a la cámara y su nombre debajo, en letras de molde:

> *El recién graduado biólogo Rodolfo Cortés Mejía anuncia hoy en la noche su matrimonio con Hortensia Burbano Alvarado, bachiller del Colegio Apóstol Santiago, en el Club Colombia de Cali. Asistirá el gobernador del Valle, padre de la prometida, doctor...*

No pudo seguir leyendo. El recorte de periódico cayó a sus pies. Se puso pálida, de hielo, y, sin creerlo, tuvo conciencia de que la noche caía alrededor, primero sobre sus ojos, después dentro de ella.

Se desmayó.

5

La temprana llegada de los hermanos Ike y Ricardo Castañeda, sobrinos de Alma Santacruz, fue providencial. Su tía ordenó que los hicieran pasar de inmediato a la salita, un salón íntimo a un costado del comedor, y les sirvieran café y allí la esperaran, solos.

Los dos hermanos habían llegado en sus motocicletas; eran los mismos que un día Jesús mandó a llamar desde el hospital, mintiendo sobre su muerte. Eran contemporáneos de Francia y Lisboa, pero, a diferencia de Francia, no terminaban aún sus carreras y jamás terminarían: disfrutaban de sendos trabajos en el ministerio de Justicia, donde ya eran reconocidos como doctores en Derecho. Semejante categoría, y sus puestos, que ya quisieran abogados legítimos y de experiencia, fueron un regalo del magistrado Caicedo que de vez en cuando impartía su influencia para dar auxilio a familiares, prodigándoles empleos de alta responsabilidad. Estos usos y abusos no inquietaban al magistrado: era algo que tenía que hacer, algo que cualquiera en el país hubiera hecho en su lugar.

Desde la infancia, Ike Castañeda padecía una fascinación enajenada por Francia, una idolatría sin muros, decía, y había acudido temprano a la fiesta con la esperanza de encontrarla a solas: en la desmesura de su amor quería pedirle ese mismo día que se casaran. Ricardo, lugarteniente de su hermano, se sentía en la obligación de considerarse a su vez enamorado perdido de Lisboa, la segunda de las Caicedo, huraña estudiante de Enfermería. Ricardo, confidente de Ike, lo escoltaba y secundaba, le servía de mensajero y secretario y agradecía sus consejos siempre útiles para defender su puesto de corbata en el ministerio, donde, siguiendo justamente esos consejos, se había afiliado al sindicato; Ike le aseguró que así nunca podrían echarlo, que los más imbéciles, los más ineptos, decía, no podrían ser extirpados si se encontraban sindicalizados, y le dijo que era bueno repartir fuerzas: Ike trabajaría al lado de los jefes y Ricardo entre los subordinados, de modo que se respaldarían como si se tratara de espías y contraespías, como en el cine —pensaba Ricardo, fascinado.

Alma Santacruz entró en la salita trastornada; aún en bata de baño, tenía el rostro tan compungido que sus sobrinos pensaron que alguien acababa de morir y con seguridad el magistrado, ¿quién más podía morir en esa familia de seis núbiles hermanas sin sacrificar? Se inquietaron porque sin el padrinazgo del magistrado les sería difícil la vida en el ministerio. Al conocer la causa de la aflicción de su tía se rieron a una, confortados: se trataba del Desahuciado, de nadie más, ¿qué había que hacer? Oían impacientes, pero temerosos, a su tía, cuya fama de irascible era legendaria. La tía Alma, tan generosa como autoritaria, se veía realmente atribulada. Trataron de adivinar el sentido absurdo de sus palabras:

—Jesús dijo en la cocina que se iba a morir y ahora duerme o está muerto en la cocina o se hace el muerto y está dormido, con él nunca se sabe, pretende quedarse en casa, en plena fiesta, y es capaz de sacar a bailar a monseñor Hidalgo, que no demora. Aquí tengo las llaves de la camioneta. Lo encuentran en la cocina; si no colabora, si no despierta, me lo cargan hasta el garaje, con bondad o por la fuerza, lo meten en la camioneta y se lo llevan lejos, muy lejos de Bogotá, bueno, no tan lejos, pero fuera de Bogotá, ya Chía o Tabio, lo que escojan, y le pagan un hotel con alimentación por tres días. Que no vuelva hoy a esta casa, carajo, de eso se trata, Dios y yo sabremos recompensarlos.

Y le dio a Ike un fajo de billetes para los gastos. Ike guardó el fajo pero se rebeló:

—¿No podría llevarlo Zambranito, tía? Al fin y al cabo Zambranito es el chofer.

—De esta decisión no quiero que se entere nadie; que el episodio solo quede entre la sangre. Zambranito se irá en el Mercedes a recoger a Adelfa y Emperatriz, que son mis hermanas, por si recuerdas, y Adelfa viene con tus hermanitas, cobarde, ¿tienes miedo?

—Nunca —se defendió Ike, de mal humor—. Solo me preocupa que nos retrasemos para la fiesta.

—¿Retrasemos? Llegarán para el almuerzo, sus platos los esperarán. La fiesta empieza en la tarde, la orquesta de Cecilito nos ensordecerá desde las tres. De aquí a Chía no hay más de una hora; si se suma otra hora de regreso son dos horas, un suspiro en la vida. Perezosos, lárguense ahora, cárguenlo y desaparézcanlo.

La señora Alma entregó las llaves de la camioneta al contrariado Ike, el mayor de los Castañeda. Después hizo a los hermanos, en las cabezas, la señal de la cruz, como si bendijera no solo sus cabezas sino la peligrosa empresa que acometerían.

Ike y Ricardo corrieron a la cocina.

6

Allí estaba el Desahuciado, en posición fetal, debajo del merodeo de la servidumbre —y debajo de sus faldas, descubrió Ike, admirándose de la cantidad de muchachitas de sombrero y delantal, curiosas por descubrir si el muerto renacía—: sus faldas vaporosas transitaban voladoras por encima del muerto, y hasta se podría creer, pensaba Ike el perspicaz, que este tío ladino tiene medio ojo abierto y sube a escudriñar lo que no se podrá comer jamás.

—A ver, tío Jesús —dijo—, vamos a dar un paseo. Si se siente mal lo llevamos al médico, ayúdenos a ayudarlo, déjese.

No hubo respuesta.

Ike lo fue agarrando por los sobacos y Ricardo por las piernas. Un susurro de admiración recorrió la cocina:

estaban las doncellas en primera fila, las bocas abiertas, los ojos desmesurados; más atrás los camareros y mucho más atrás Uriela con doña Juana y Zambranito. Uriela quería saber qué se proponían sus primos con su tío, quería espiarlos, pero no que ellos la descubrieran: Ike y Ricardo se le antojaban dos raros payasos, y eran además los enamorados de Francia y Lisboa, qué parejos, pensó, qué esperpentos.

Aunque no se trataba de un gordísimo, más bien un costal de huesos, en solo tres pasos los Castañeda no pudieron con el cadáver. Igual que un cadáver el tío Jesús se desmadejaba y se hacía más pesado. En los ojos de Juana había risa y tristeza al tiempo:

—¿A dónde lo llevan? —no pudo evitar preguntar.

—Al garaje —repuso Ricardo, y miraba en derredor como esperando que alguien los ayudara. Zambranito, el sesentón, chofer y arreglatodo, no oía: era diferente clavar un clavo a cargar un muerto, eso lo sabía. Los camareros siguieron inmóviles: para eso no los contrataron. Doña Juana suspiró; su curiosidad no pudo ser complacida: ella quería saber adónde, fuera de la casa, lo llevarían, a qué país —porque estaba convencida que de cualquier país el tío Jesús regresaría.

De nuevo los dos hermanos se esforzaron; fue un oprobio que padecieron. Nunca se les ocurrió constatar su debilidad de ese modo, en público, ¿te das cuenta, Ike? —se lamentaba Ricardo el desfallecido.

—Permítanme, yo ayudo —se oyó una voz de caverna, venida de quién sabe qué frío.

Era el jardinero.

Lucio Rosas avanzó tan rápido como tranquilo y se encorvó y atenazó y elevó con uno solo de sus brazos el cadáver y se lo terció al hombro.

A Ike le pareció que su tío Jesús abría un ojo, aterrado, pero seguía impertérrito, más muerto que vivo. Así avanzaron hasta el garaje, los dos hermanos detrás de Lucio y del muerto, en lenta procesión. El jardinero acomodó el cadáver, lo extendió en el asiento trasero de la camioneta y se volvió a los hermanos.

—Listo —dijo.

—Lucio —le dijo Ike—, ¿tienes trabajo ahora? Es que se me acaba de ocurrir una idea.

—Ningún trabajo, señor. Disponible para lo que quiera.

—Acompáñanos, Lucio, por si debes ayudarnos a cargar.

Se oyó, dentro de la camioneta, que algo se removía, ¿el muerto? Sí, era el muerto, que los oía.

A una sola los dos hermanos subieron a la cabina. En el asiento trasero se sentó Lucio el jardinero, la cabeza de Jesús en sus rodillas. Sonó el motor de la ford en el garaje, el aire se impregnó de un humo amargo y la misma doña Juana abrió las puertas a la luz de la mañana, las abrió radiante y rejuvenecida, que se lo lleven, gritaba entre dientes, que se lo lleven al infierno.

7

Veinte años antes, en 1950, Lucio Rosas no era jardinero; era vendedor de licuadoras Oster, puerta a puerta.

Aparte de su mujer, con quien recién se había casado, tenía dos pasiones: cultivar plantas medicinales, plantas a las que hablaba, y cazar: de vez en cuando se iba de cacería, la vieja escopeta al hombro y un sombrero de paja en la cabeza, como de duende. También a las tórtolas les hablaba, después de cazarlas, porque hablar con las tórtolas y con las plantas le parecía preferible a hablar solo. Pues llevaba un año de matrimonio y él y su mujer ya parecían haberlo dicho todo, eran mudos. Les gustaba ir al cine, preferían las policíacas, pero cuando abandonaban el cine ni siquiera las comentaban, así de mudos estaban.

Vivían en el segundo piso de una casa de alquiler, en un barrio popular. En ese tiempo había todavía detrás del barrio un río de agua pura, bosques y cerros azules. El canto de las tórtolas en la espesura lo convocaba: aves sagaces, nada fáciles, nadaban zigzagueando en el aire, bailaban, se columpiaban y bajaban y subían como burlándose. No le importaban los copetones ni las comadrejas y musarañas, tampoco el gavilán, ni mirlas ni tinguas ni curíes. Con las tórtolas se entendía. Detrás de su rastro alado se animaba a madrugar y enfilar por los cerros que rodeaban la urbe, húmedos y vivos. A diferencia de los bosques, Bogotá seguía devastada. Dos años antes, ocurrido el asesinato del caudillo, el pueblo, sin inteligencia que lo encauzara, como un río desmadrado se dedicó a incendiar y emborracharse y todavía la ciudad no se recuperaba: por todas partes ladrillos quemados: Bogotá se oía como un corazón desquiciado. Por eso Lucio Rosas se extraviaba en los cerros: para olvidarse de Bogotá.

Cazaba, pero esa madrugada se desanimó. En un claro entre árboles, sentado en un tronco podrido, la escopeta derrotada en tierra, empezó a sentir una tristeza profunda como si percibiera que ese día iba a ser un mal día: al recordarlo, lo asombraría que alcanzó a pensar que ocurriría una desgracia. Pero en lugar de escapar del presagio se dejó llevar: no le provocó matar una tórtola más, ¿para qué?, dejarlas volar, mejor. Estaba hasta el alma de carne de tórtola; su mujer no sabía de qué otra manera prepararla, la repetía en escabeche, en guisos y asados y estofados; a él le gustaba en salsa de cebolla, pero se hastió, «Si por lo menos cazara un venado», se lamentó, y regresó a su casa en el barrio dormido.

La casa donde vivía tenía tres pisos, los tres arrendados a familias. Vivía en el segundo, con su mujer y sus plantas. Era una casa vetusta, de las de techos con arabescos y un portón trasero que fue para caballos; cada piso tenía su balcón; Lucio Rosas, como hacía siempre que subía por la cuesta embarrada, a modo de involuntario saludo, levantó la cara a su balcón y allí lo descubrió: un ladrón que se encaramaba. No lo pensó dos veces. Afianzó la escopeta y apuntó.

El disparo no despertó a nadie, como suele ocurrir en la ciudad acostumbrada a disparos. No hubo testigos y no parecía posible demostrar que el ladrón era ladrón: era un vecino del barrio, un tal Josecito Arteaga, zapatero de profesión. La viuda acusó: Josecito era todo, menos ladrón.

Nadie la contrarió, a pesar de que todos en el barrio sabían que Josecito Arteaga era ladrón. Podía ser zapatero de profesión, pero también ladrón, o era un ladrón de profesión y la zapatería añadidura. A más de uno Josecito había robado una plancha de planchar o una silla o una maleta; a lo mejor la gente se compadecía y por eso jamás hubo denuncias: Josecito Arteaga era un inocente ciudadano del solar. Lucio Rosas no podía pagar lo que exigía el abogado de la viuda, para conciliar, y ya se iba de cara al abismo de quién sabe cuántos años de cárcel. Lo despidieron de inmediato de su cargo de vendedor. Para desgracia, el abogado de oficio que lo defendía fue su más mala noticia: desde el principio dio el caso por perdido y preguntó a Lucio si no se le había ocurrido que el ladrón que robaba su casa no era un ladrón sino el amante de su mujer.

—Lo mataría peor —dijo Lucio Rosas—. Lo mataría dos veces, señor.

Lo dijo sin ironía, con su franqueza habitual.

Y su respuesta alcanzó a ser escuchada por el abogado Nacho Caicedo, de visita en la cárcel. Nacho Caicedo, veinte años más joven y más compasivo, todavía no magistrado, atendió. Las palabras del jardinero halagaron su oído.

Asumió la defensa sin costo y corroboró ante el jurado la tremenda ironía, la temible realidad de un barrio donde nadie, ni siquiera por misericordia, o por simple capricho, ni siquiera por vencer el miedo, sino simplemente por desidia, nadie en absoluto se decidía a denunciar que el finado era un ladrón de pe a pa: el ladrón del barrio. Pero por fin —dijo en la defensa— lo han testificado varios compadecidos; así como existe un bobo del pueblo, existe también un ladrón; la piedad por la viuda no impide que haya justicia; la justicia es una sola y camina en una sola dirección; si bien en Colombia la justicia cojea y cojea y nunca llega, un día llegará, tarde o temprano, que nadie lo dude; Lucio Rosas es inocente; se lo había dañado, se lo perjudicó, merecía una indemnización del Estado, además del reconocimiento público.

No hubo indemnización ni reconocimiento pero Lucio Rosas salió a la libertad. Su bienhechor fue más allá: en vista de que Lucio había perdido su trabajo le preguntó qué hacía y para qué servía y lo contrató de jardinero de su finca en Melgar. Lucio Rosas quedaría agradecido para el resto de su vida, se podría hacer matar por el doctor Caicedo. No solo acababa de ganar un trabajo sino que se iría con su mujer a una finca, con muchos árboles y plantas y buen clima.

Pero había una nube en su cielo: el disparo y la muerte de Josecito Arteaga. Eso no se lo podría quitar de encima. Por eso mismo, cuando Jesús en la cocina preguntó que por qué pierde un ojo un hombre en la tierra, y se respondió que porque debía pagar una deuda, Lucio Rosas se estremeció en la médula, ¿se refería ese pedazo de hombre a su destino?, ¿conocía su pasado?, ¿sabía?, claro que no, y, sin embargo, ese horrible orejudo, ¿por qué dijo lo que dijo, por qué tenía que decírselo?

Lucio Rosas se estremeció otra vez, en la camioneta, con la cabeza del pedazo de hombre en sus rodillas.

8

Y el muerto se despertó. Quedó sentado. Era tiempo de resucitar.

—¿Qué pasa con este mundo? —preguntó—. ¿En dónde estoy?

Los dos hermanos se volvieron al tío Jesús.

—Ya despertaste, tío muerto —dijo Ike, y estacionó la camioneta a un costado—. Muy bueno, porque tenemos que hablar.

—¿Qué hago en la camioneta? ¿Cuándo me trajeron? Yo estaba en la cocina con Uriela, creo que me dio un vértigo, me dormí, ¿quién es este hombre?

Y examinaba receloso al inalterable tuerto sentado a su lado, como si nunca lo hubiera conocido.

—La cosa no tiene vuelta, tío, es de lo más simple. Cumplimos órdenes. En resumidas cuentas, mi tía Alma nos ha dado un pasaje de ida sin regreso para usted, querido, al fin del mundo. Nos dijo que lo lleváramos a Chía ¿o a China? y lo dejáramos en un hotel por tres días, con todo pago. ¿Para qué? Para que usted no se aparezca en la fiesta, tío, para que usted no las embarre.

—¿Qué es eso de no las embarre? —se enfadó el tío Jesús—, ¿desde cuándo me faltas al respeto? Yo soy tu tío, hermano de tu mamá, por si no lo recuerdas, desagradecido.

—A la última persona del mundo que tendría que agradecer sería a usted —repuso Ike—. A usted no le agradece nadie, pero usted sí debiera agradecer al mundo. Escuche, tío, tengo una propuesta, y hablo en serio. Por más tío que usted sea ya sabemos qué tío es, y cómo mete las patas aquí y allá. Esta vez se trata del aniversario de tía Alma y ni ella ni yo queremos inconvenientes. Escuche, no me interrumpa. Nos acompaña Lucio, jardinero de mi tía, ¿lo reconoce? Se me ha ocurrido que será el encargado de llevarlo hasta Chía. Tía Alma me entregó esto —aquí

38

Ike enarboló y paseó ante los ojos de Jesús el fajo de billetes— para pagar a usted el hotel, ojalá por tres días. Me recomendó no darle a usted un centavo. El dinero se lo doy a Lucio, tenga, don Lucio, reciba esto como una orden y llévese a mi tío a un hotel en Chía o llévelo a la luna, pero lejos, y por tres días.

El tío Jesús contempló la escena horrorizado: Lucio Rosas se guardaba el dinero en el bolsillo.

—La autopista queda cerca, la pueden ver —dijo Ricardo indicando con un dedo—. Allí podrán parar el bus a Chía. No hay pierde.

—Nunca —gritó Jesús indignado—. Yo de aquí no me muevo. —Abrió su ventanilla para que entrara aire y se cruzó de brazos.

—Tío —dijo Ike—: si eres parco, si eres inteligente, como nos has hecho creer, te bajarás aquí con Lucio y allá tú si puedes convencerlo de quedarte en Bogotá, pero en tu casa, bien guardado. Así el dinero del hotel se te dará a ti, en la mano. Por supuesto que tendrás que pagar un porcentaje a Lucio, que accedió a cargarte desde la cocina hasta la camioneta y que de una u otra manera te ha padecido. A buen entendedor pocas palabras. Pero si recibes la pasta y no cumples y te apareces en casa de mi tía yo mismo y te juro por Dios te saco a sombrerazos, porque me habrás hecho quedar mal, ¿entiendes?, yo mismo te calentaré ese culo a patadas, por más tío que seas. No seré el primer sobrino que arregla a su tío terco y mala persona. Ahora bájate y elige. Bájense los dos, que no tenemos tiempo, reputa, nos esperan en casa de mi tía.

—No es muy justo esto —empezaba a reclamar el tío Jesús, arrellanándose en su asiento, cuando Ike salió de la cabina y corrió a la puerta trasera donde se guarecía su tío y lo sacó por los sobacos de un tirón y allí lo dejó, sentado en el pavimento.

—Bájese usted también, Lucio —gritó.

Lucio Rosas bajó de la camioneta, impasible. Todavía el tío Jesús, tan sorprendido como atribulado, intentaba decir algo cuando Ike volvió a hablar. Ni se le entendía:

—Lucio, llévese este engendro a Chía o al otro lado pero lléveselo y que no vuelva y acuérdese: son órdenes de mi tía.

Volvió a subir en la camioneta y pisó el acelerador. Las ruedas chillaron. «Como en el cine», pensó Ricardo, y volteó a mirar por la ventanilla. Veía, en el horizonte cada vez más lejano, a Lucio que se aproximaba al tío Jesús abriendo los brazos como para que no escapara. Su tío Jesús no iba a escapar, pensó Ricardo: sabía muy bien quién guardaba el dinero, y, además, empezaba a hablar, se inspiraba, ¿lo convencerá?, se preguntó, y se respondió: lo convencerá.

Ike Castañeda solo pensaba en Francia, su prima idolatrada. Hacía un mes no se veían. Hacía un mes, en la salita, la había besado en la boca, unos segundos mortales, sin que ella se opusiera.

9

Lisboa y Armenia Caicedo ya estaban vestidas para la fiesta. Se habían encontrado en el salón del segundo piso, donde se hallaba colgado el espejo más grande de la casa.

—La princesa eres tú —dijo Lisboa, y se miraba ella misma al espejo.

—¿A quién se lo dices? —preguntó Armenia—, ¿a mí o a ti en el espejo?

Ambas exhibían largos vestidos hasta el piso, el pelo recogido en la nuca, los hombros y brazos desnudos. Rieron, se contemplaron una a la otra y, tomadas del brazo, sin dejar de reír, corrieron por el pasillo profundo a la habitación de Francia.

Y la encontraron desmayada bocarriba, una mano encima de los ojos como si recién empezara a vivir.

Acababa de llegar Palmira, la cuarta de las hermanas, y Lisboa —que al fin y al cabo era estudiante de Enfermería— le ordenó como un médico que trajera un vaso de agua y una aspirina. Cuando volvió Palmira ya habían recostado a Francia en su cama, la cabeza entre almohadas.

Lloraba sigilosamente.

Sus tres hermanas se sentaron a cada lado de la cama. Cuando le pidieron que explicara qué había pasado, Francia se limitó a señalar el recorte de periódico en el piso. Palmira leyó en voz alta, mientras Armenia y Lisboa meneaban desaprobadoras la cabeza. Francia bebía a sorbos su vaso de agua; había rechazado la aspirina; tenía la mirada perdida, parecía haber enflaquecido, se veía más triste de lo que era, sin proponérselo. Esta vez de verdad la tristeza la destruía.

—Pero quién iba a imaginarlo —dijo Armenia—. Qué pedazo de hijueputa ese Rodolfito con su cara de sapito, qué marica.

—Te pido por favor que no digas malas palabras —ordenó horrorizada la hermana mayor, la voz enronquecida—, que me duele el estómago. —Y mandó que le entregaran el recorte de periódico y lo guardó debajo de la almohada.

Sin parecerse demasiado, las hermanas Caicedo guardaban un mismo dejo de aflicción en la mirada. No era ternura, pero casi. Un dejo de melancolía que de un instante a otro podía ser burla mortal, renovada actitud, de un segundo a otro, de los ojos y las cejas; quienes trataron con ellas, novios y amigos, no se lo explicaban. Ese gesto de mirada —pensaba la misma Uriela—, esa taciturnidad curiosa, que invitaba a protegerlas pero ¿por qué me protegiste?, no les venía de su madre, de mirada

41

impositiva, sino más bien de la familia de su padre, una estirpe sinuosa de abogados de la que Nacho Caicedo era el más alto exponente, la cima, el modelo. Uriela consideraba a su padre «la especie mayor de la familia». Incluso tres de sus hermanas, Armenia, Italia y Palmira, ya estudiaban Derecho, convencidas por su padre de que era la profesión que necesitaba el país y les daría pingües beneficios. Uriela apenas terminaba el bachillerato y no decidía qué carrera seguir. Esa era su tragedia: podía servir para todo, pero por eso mismo pensaba que no servía para nada. De hecho —y esto era un secreto de ella con ella— no quería seguir estudiando; le parecía que con la primaria y el bachillerato lo único que había hecho era perder el tiempo.

Pero distaban las seis hermanas de la sinuosidad. Eran transparentes, a su manera. La mayor y la menor se llevaban diez años. La fiesta de aniversario de sus padres las alegraba. No solo vendrían sus primos: tendría que aparecerse alguien distinto por primera vez en el aburrimiento de la familia. Y sin embargo el desmayo de Francia había pulverizado sus planes. Pensaron que parecía loca.

—Me llamaré Abandonada —decía—. No. Mejor Repudiada. O Despreciada Caicedo Santacruz. Me haré poner ese nombre.

—Qué tonta —dijo Armenia—. Lo que tenemos que hacer es darle una palera a ese desgraciado. Me pareció oír que los primos Ike y Ricardo han llegado. Solo basta que les digas quiébrenle las patitas a ese patito y tendrás la venganza en plato frío, Francia.

—Llévensela de aquí —dijo Francia abanicando la mano como si espantara un zancudo.

Todas rieron.

—Lo que me indigna —siguió Francia consigo misma— es descubrir que me ha mentido. Y va a venir, va a venir a la casa, a esta fiesta, tiene el descaro de venir sin ninguna vergüenza. Ayer mismo me preguntó que cuál sería el mejor regalo para papá, que tantos favores le ha hecho, si hasta le consiguió ese puestazo en Salud Pública, lo ayudó a comprar ese renault 4..., dijo que nos casaríamos, yo le planchaba las camisas, yo se las planchaba...

Francia volvió a llorar.

—A lo mejor la noticia es mentira —dijo a susurros la prudente Palmira—. A lo mejor pagaron esa noticia para que te pongas así de enferma y eches todo a perder.

—No —dijo Francia—. Es un puerco. La noticia es verdad. De un tiempo para acá no es el mismo, no me toma de la mano..., ¿entienden a qué me refiero?

Todas rieron.

—Qué bestia —dijo Lisboa—. ¿Se atreverá a venir?

—Lo saludaré como nunca —aseguró Francia—. Yo veré. Pero ninguna de ustedes se meta.

—Allá tú —dijo Armenia—. Si me necesitas me dices. Yo ayudo.

—No hay que rebajarse —dijo Lisboa—. Solo deberíamos cerrarle la puerta en las narices. Decirle usted no es bienvenido a esta casa, lárguese, porquería.

—¿Tú también, Lisboa? —dijo Francia con un bramido de advertencia—. Yo me hago cargo de lo mío. Este desmayo fue una trampa del corazón, yo no le presto atención. Resolveré mis asuntos yo sola, porque son míos, de nadie más, ustedes no se metan.

La advertencia de la mayor tranquilizó a todas. Las cosas ya estaban definidas. Ella sabría.

Y, como si nada hubiese ocurrido, siguieron asomándose a sus rostros, a sus vestidos, en el espejo largo del cuarto de Francia, infatigables, en busca de sus imágenes, conjeturando las vicisitudes del baile, la orquesta en vivo, ¿qué música tocarán?, hoy mismo voy a conocer a alguien, tengo que conocerlo, pensaba Lisboa. Fue cuando descubrieron que Francia, la mayor, la más ecuánime de todas, la más práctica, la insuperable, sentada en su cama, se estaba comiendo el recorte de periódico, entero.

Lo masticaba, los ojos sumidos en ira profunda, engarfiado el cuerpo, el pelo enmarañado entre los dedos de uñas puntudas.

—No comas papel periódico —se oyó la voz de Uriela. ¿A qué horas había entrado?

Era la menor de todas pero su voz sonaba como el oráculo; la escuchaban porque decía verdades rotundas.

—La tinta es venenosa, la del periódico es bilis, podría hacerte un orificio en las paredes del estómago —dijo.

De inmediato Francia empezó a devolver como si vomitara el recorte de periódico.

—Italia —finalizó el magistrado, la ancha mano velluda en el hombro de su hija—. No eres la primera ni serás la última. Lo único que debes tener en cuenta es que estamos contigo. Tendrás ese hijo, tu hijo, mi primer nieto; aquí lo vamos a querer, lo protegeremos. Nos has dicho que tu amigo… ¿cómo es que se llama tu amigo?

—Yo lo llamo por el apellido.

—¿Cuál apellido?

—De Francisco.

—De Francisco —repitió el magistrado y se encogió de hombros—: el «de», un apéndice —dijo para sí mismo—. ¿Y en dónde vive tu De Francisco?

—En El Chicó.

El Chicó era un barrio un estrato más alto que el barrio donde se elevaba la casa de los Caicedo. El magistrado asintió apesadumbrado con la cabeza:

—Pero ¿cuál es su nombre? No me dirás que ahora los novios se llaman por su apellido.

—Porto.

—¿Casi oporto, como el vino?

—Por eso lo llamo por el apellido.

La hija y el padre evitaban mirarse.

—Y el papá de Porto, ¿a qué se dedica?

—Es dueño de la cadena de pollos asados el Pollo Real —dijo Italia con cierta ironía.

—Bueno —dijo el magistrado—, por todas las esquinas se encuentra uno un pollo de esos.

Porto de Francisco, de los mismos diecinueve años de Italia, estudiante primíparo de Derecho, había quedado en dar la noticia a sus padres a primera hora de la mañana, había acordado eso con Italia, revelar la verdad a sus padres al tiempo, como lo hacía Italia en ese momento, y, sin embargo, Porto de Francisco no se atrevía y no se atrevió y prefirió seguir durmiendo.

Eso lo sabía Italia, pues telefoneó a Porto en la mañana y no contestó. Semejante cobardía, cuando ambos acordaron confesarlo todo al tiempo, reuniendo sus energías cósmicas, decían, para revelar que tendrían su hijo, semejante cobardía la hizo descubrir por fin en dónde estaba, el sitio exacto del mundo en donde se encontraba: *sola*.

Por eso lloraba.

Pero no solo por eso lloraba.

No quería el hijo.

No sabía a quién gritar que la ayudara.

Dónde no tener el hijo.

Pues por lo visto sus padres ni contemplaban la posibilidad de impedir el hijo. La abandonaban, la entregaban al hijo, para toda la vida.

Segunda parte

1

A la gran fiesta de los Caicedo el primo César no tuvo otro ingenio que el de acudir montando una mula blanca. Cuando dobló la esquina, la mula resonó como un carnaval: tenía un collar de cencerros que alborotaban, campanillas en las crines, en las rodillas, y claveles en las orejas; erguía la cabeza, sus patas tacaban, la cola se alzaba, la frente alumbraba, y en toda la calle las amas de casa comentaban su paso de ventana a ventana. Niños sentados en los jardines acechaban la procesión, niños vestidos de beisbolistas, igual que niños de New York. La cara del primo César, idéntica a una máscara como una entera risotada, miraba a derecha e izquierda, solo para comprobar si lo miraban. Era un cuarentón gordo, feliz, pecoso como cualquier pelirrojo, y sabía cabalgar. Lo escoltaba un impoluto chevrolet, tres metros atrás, al paso de la mula. El coche lo conducía Perla Tobón, esposa de César, en compañía de Tina, hermana de Perla. Y bullían, en el asiento trasero, los tres niños de César Santacruz: Cesítar, Cesarito y Cesarín.

El magistrado los veía llegar, atento; era una discreta sombra detrás del cortinaje de su habitación. Deslumbradoras, sus seis hijas saludaban desde el balcón: no, no estaban las seis, comprobó: faltaba Uriela. Su mujer, aún en bata de baño, había salido a la puerta, riendo tan preocupada como feliz. César era su sobrino predilecto: «Cuidado te caes de allí, gordiflón». Iba acompañada de Juana, de Iris, de Zambranito. Se oía la voz de Iris que festejaba como una niña. También Marino el celador presenciaba el arribo del invitado: tan pronto supo de la fiesta había telefoneado a su relevo de la noche y le dijo que no acudiera, que él seguiría hasta la mañana siguiente, y ahora espiaba en primera fila, aunque no le importaba ni la mula ni quien la montaba sino Iris, que por órdenes de su señora se había puesto una oscura falda apretada que hacía juego con su pelo dorado. Y esa blusa blanca, pensaba Marino, parece de cristal, su delantal bordado, sus zapatitos, es una tierna becerra para mí.

Las curiosas vecinas se burlaban, soterradas. Ya les parecía que la familia del magistrado era de baja ralea, ¿a quién se le ocurre montar una mula en Bogotá?, ¿y en este barrio residencial, por Dios?, la fiesta que se avecina en casa del magistrado promete circo. Mironas, fingían que paseaban por sus jardines, regaban las flores, contaban sus árboles, pero atisbaban el escándalo, inmóviles como cuervos.

—¿De dónde diablos sacaste esa mula? —preguntaba Alma a su sobrino.

—Del paraíso, tía, ¿no es una linda mula? Se llama Rosita y es más hermosa que mi mujer. Perla le tiene celos.

La mula asentía con la cabeza, pateaba con suavidad el empedrado y alargaba el pescuezo, cara a cara con la señora Alma, cara a cara con Iris, cara a cara con doña Juana, cara a cara con Zambranito, como si los reconociera. Encima de Rosita la cara del primo César no dejaba de reír: reía sin ruido —una máscara inmensa.

—Abre las puertas del garaje, Iris —ordenó la señora Alma—. Y tú lleva esa mula al patio, gordo. Iris te orientará. No jodas más.

Perla Tobón ya había estacionado el chevrolet encima del andén, frente a la casa. Abrió la portezuela y asomaron sus largas piernas desnudas, con grácil impulso, y saludaba a las hermanas asomadas al balcón. César hundía la espuela en los ijares de Rosita y entraba por el garaje. La casa entera se repletó del eco de los cascos de la mula, igual que si una hueste de hombres a caballo la acabara de asaltar.

«Esta es la familia de mi mujer», se dijo el magistrado, oculto detrás de las cortinas. «Todos jumentos como la mula. Pero esa mula debe costar más que un caballo de carreras».

Pues había admirado las perfectas orejas de la mula, exorbitantes y agudas, las sedosas crines trenzadas, y había oído su voz que fluctuaba entre el rebuzno y el relincho, ¿o era más bien un gemido? Pero el orgulloso jinete, sobre todo, lo tenía en ascuas. Sabía desde hacía años de las correrías de César Santacruz, sabía de ese huérfano de padres, ese hijo único, sabía de sus ominosos asuntos, sus retorcidos negocios con la mariguana en La Guajira. El mismo César se lo había confesado, jocoso, una vez:

—En diez meses yo gano lo que un magistrado en diez años, mi negocio es el negocio del mañana.

—Del mañana no. De hoy —le dijo el magistrado—. El negocio del mañana será otro, y peor.

Recordando esa charla, Nacho Caicedo hizo lo que nunca se permitía, excepto si una ocasión feliz lo ameritaba: disfrutar de un cigarrillo. Pero esta vez la ocasión no era feliz. Simplemente se arrepentía de la fiesta, se arrepentía por Alma y fumaba por desazón.

El magistrado estrujó el cigarrillo en el cenicero. Y no demoran en llegar más esperpentos, se dijo, incluidos los de mi familia, pero los de Alma se llevan la medalla de honor, este César, qué adefesio, qué patán, me cuentan que no terminó la primaria, ¿qué tal sus hijos?, los tres vestidos de marinero, los tres pelirrojos como el papá, y el casi mismo nombre para todos, Cesítar, Cesarito y Cesarín, qué falta de imaginación, pero qué bella mamá, ¿cómo se visten así las mujeres de hoy?, es como si se desvistieran, cuando salió del chevrolet se le pudo ver hasta más allá de la mitad, ¿la mínima falda, dicen?, se llama Perla, Ike nos dijo que César le dice Perra y que a ella le gusta beber, una mujer borracha, ¿cómo no beber con semejante animal en su cama?, en todo caso no es buen ejemplo para mis hijas, ¿cuándo terminará esto?, ¿por qué lo empecé?, demasiados invitados para Alma, este día, o demasiados invitados para mi alma, mejor.

2

Al patio se entraba por una gran puerta enrejada, a continuación del jardín. Antes había sido el terreno de una casa ruinosa, detrás de la casa de los Caicedo, que el magistrado compró y mandó demoler. Asentó en su lugar ese vasto patio de cemento, con un muro de altura mediana, verdoso de enredaderas, que daba a la calle posterior. En su interior se encontraban algunos árboles aislados, un columpio sin nadie, las casas de los perros —tres viejos san bernardos—, las areneras de los gatos —dos persas, sus camas debajo de un mismo techo—, la jaula de una pareja de loros: palacio de bambú que solo servía de noche porque durante el día los loros se paseaban libres por el mundo: no corrían peligro por cuenta de los gatos, que habían crecido con ellos y los contemplaban con más aburrimiento que avidez. Había además un cuarto de trastos, otro de herramientas, una mesa de pimpón debajo de un cobertizo y un rústico santuario de la Virgen de la Playa, con su Virgen adentro, de un yeso azul despintado.

En lo alto de un árbol sin hojas los dos loros presenciaron la entrada de la mula y su jinete: aletearon un instante y siguieron inmóviles. Los gatos treparon a lo alto del santuario; vigilaban alertas desde la cima el paso de la mula; Iris calmó sin que fuera necesario a los perros que ladraban echados. El primo César paseó la mula alrededor, al trote, para que entrara en confianza, y la detuvo a la sombra del árbol de más fronda, un magnolio reflorecido a cuyos pies crecía por lo menos un círculo de hierba. Entonces desmontó y le quitó los aperos a la mula, sin prisa —ante los ojos atentos de Iris, que nunca había visto una mula en persona—. Se quitó las espuelas de las botas embarradas y las arrojó sobre la silla de montar, en la gualdrapa húmeda que olía a cuero. Ahora los gatos merodeaban encima de los aparejos, tanteaban el lazo, olisqueaban las bridas. El primo César sudaba, el grueso cuello empapado, a pesar del frío; tenía mojadas la camisa, la espalda, las axilas. Su pelo rojo, corto, llovido en sudor, le pareció a Iris como de sangre, y solo entonces advirtió que no estaba vestido para la fiesta.

—Mi traje y mis zapatos me los tiene mi mujer —le dijo César como si adivinara su pensamiento—. Más tarde o más temprano tendrás que decirme dónde me visto.

Y se acercó a Iris en un solo paso.

—Iris —dijo—, tráele un balde de agua pura a Rosita. Di que le piquen tres docenas de zanahorias y se las sirves en una olla. Si puedes le das una buena ración de avena. Mira cómo es de fácil que te hagas amiga de Rosita, no tengas miedo, ven. —Tomó la mano de Iris y la acercó a los belfos de la mula, la puso con los dedos abiertos sobre la frente que hervía, en la alta coronilla de la testa y encima de las crines y la hizo ir y venir por el pescuezo palpitante. Algunos claveles cayeron, la mula inclinó la cabeza, la irguió y se volvió a Iris, cara a cara—. Acaríciale el cuello, que le gusta —dijo el primo—. Mira, es así. —Y la pesada mano de César rozó por un instante el rubio pelo de Iris, por encima del cuello, y uno de sus dedos alcanzó a cosquillear su nuca. Ella pegó un brinco como si un corrientazo la sacudiera y echó a correr a la puerta.

—Voy por el agua —dijo espeluznada.

El primo César lanzaba detrás una risotada ciclópea, que ella sintió como fauces que se cerraban sobre su cuello, invisibles pero reales. Desapareció Iris y el primo se dirigió a la puerta, lento, pesado, y meneaba la roja cabeza, de vista urdidora, de ceño reconcentrado. Se detuvo un segundo ante la puerta enrejada.

Dudó.

No creyó necesario dejar atada la mula.

3

La mula blanca quedó sola en el patio y lanzó un relincho-rebuzno y después un como gemido; sus grandes ojos acuosos, inquietos, reconocían el escenario: una de sus patas delanteras rascaba los baldosines. Lanzó un relincho más fuerte y de nuevo buscaron los gatos la cima del santuario; de nuevo los perros ladraron, sin convencimiento. Uno de los loros, el loro que no quería hablar, revoloteó asustado y se metió dentro de la jaula y allí se puso a comer banano; el otro dio un vuelo circular y se posó en el magnolio donde la mula se guarecía; era Roberto, el loro de Uriela; y era de Uriela porque ella le enseñó a hablar, con la paciencia de un año; le pudo enseñar dos frases, que el loro esgrimía, de vez en cuando; decía, con voz muy aguda, como de payaso: «Ay país, país, país», que era el estribillo de una canción de moda, y, con voz grave, funérea, de muñeco de ventrílocuo: «Es igual, es igual». En esta ocasión Roberto guardaba silencio, todavía atento al eco del relincho de Rosita, como deslumbrado, como si intentara aprendérselo. Para bien de su aprendizaje la mula arrojó un puro relincho que hizo ladrar de verdad a los perros. El loro entonó un gorgoteo pastoso, nada parecido a lo acabado de oír. Entonces prefirió gritar «Es igual, es igual» y espantó mortalmente a la mula, porque la mula blanca jamás en su vida había oído la voz de un loro y eso la desquició. De mula alegre que era o parecía se convirtió en mula de batalla y arremetió contra el árbol de donde provenía esa voz humana con plumas; le dio tal coz al magnolio que hizo que el loro se acordara de volar: huyó volando al jardín: los camareros que distribuían las mesas lo oyeron pasar como ráfaga verde gritando país, país, país. En el patio la mula coceó por segunda vez el tronco del magnolio, remeciéndolo; pedazos de corteza cayeron al piso, entre claveles, pues ya Rosita se había liberado de todas sus flores como si se tratara de otros arreos, acaso más fastidiosos, más crueles. Con ojos desorbitados, enrojecidos, luciferina, arremetió contra los perros que habían vuelto a ladrar, esta vez no por costumbre sino por alarma sincera; les tocó erguirse y huir de la mula que empezó a corretearlos en círculo; los gatos brincaron del santuario y se escurrieron veloces al jardín por entre un hueco en el muro. La mula no perdonó ni el altar de la Virgen; con solo rozar el umbral la estatua de yeso se desplomó con todo y pedestal y se partió; una pata de la mula estragó la cabeza de la Virgen, las otras pulverizaron guirnaldas, manos y pecho; instantánea, Rosita reinició la carrera; sus cencerros y campanillas sonaban como trompetas de guerra; los san bernardos giraban penosamente por todo el patio, la mula detrás, destruyendo las casas de los perros, las areneras de los gatos y la gran jaula de bambú que apachurró: del sólido pisón el loro que no quería hablar quedó hecho un emplasto de plumas y banano; en la carrera los tres perros y la mula desviaron su ruta al cobertizo de la mesa de pimpón y allí la mula resbaló; se incorporó de sopetón, desesperada, apoyando sus flancos contra la mesa, y la desbarató; entonces atacaron los perros, más empujados por el pánico que por la bravura; uno alcanzó a morder a Rosita en los cuartos traseros; de inmediato una coz le dio en pleno hocico; el perro quedó arrodillado; después cayó de costado: la patada le había partido el cráneo. Ya los otros perros no ladraban sino aullaban con legítimo horror; se habían parapetado detrás de un árbol esquinero y, frente a ellos, la mula blanca rascaba el cemento, se aproximaba y se alejaba, como invitándolos a salir, como gritándoles cobardes. Todo ese tiempo el columpio se avaivenaba chirriante como si alguien invisible se columpiara. La mula siguió trotando en torno al enorme perro amarillo que yacía encima de una gran gota de sangre. Pero amainó su galope, se aquietó, y ahora bebía agua del tiesto destinado a los perros, y abanicaba su cola por encima del lomo, porque también ella sangraba en su herida y los primeros moscos, zumbones, azules, que ella tan bien conocía, volaban alrededor.

4

El tío Jesús ya juzgaba ineludible viajar a Chía. Si bien el municipio quedaba a menos de una hora, para él era más lejos que China, como dijo Ike, su malhadado sobrino. Además, Lucio, ese soso jardinero, ese único ojo como de loco, esa cara de piedra, no atendía si se le dirigía la palabra, ni cuando le pidió disculpas por no saludarlo en la cocina; se las veía con un mentecato, un jornalero de la finca de su hermana, un tuerto, se gritó, pero lleva un fajo de billetes en su bolsillo, un donativo que me pertenece. Pensó en quitárselo a la fuerza y desechó la idea: el tuerto lo había cargado al hombro como se carga una pluma, y qué manos, diestras y membrudas, de las que trabajan la tierra: más que jardinero parecía sepulturero.

Seguían a una orilla de la autopista y por fin un destartalado bus con el letrero *Chía* se detuvo envuelto en humo junto a ellos.

—¿Por qué no buscamos una taberna? —propuso esperanzado el tío Jesús—. Beberemos un café, o lo que sea.

—En Chía nos bebemos el café, sin lo que sea.

El tío Jesús había abierto la boca y, para su desgracia, babeaba sin darse cuenta. El jardinero ya trepaba al oscuro bus, casi vacío, con dos o tres comadres rodeadas de canastos y un joven de anteojos que leía en posición de Buda. Se fue a sentar a la banca trasera sin molestarse en comprobar si Jesús iba detrás. No era imprescindible tirar del tío Jesús. El pedazo de hombre lo seguía para la eternidad, enfurruñado pero dócil; era seguro que confiaba en persuadirlo para obtener el dinero; ¿debía él entregar el dinero, luego de hacerle jurar que no acudiría a la fiesta?, ¿debía él recibir un pago, a cambio? Nunca, se respondió. No era la orden de su patrona; ella había dictaminado un hotel para su hermano en Chía, y por tres días.

Se le confundía el alma al jardinero, la incertidumbre lo cegaba y no sabía por dónde encontrar la verdad. En su tormento ganaba la fidelidad absoluta a la señora Alma, al magistrado Caicedo. Y, como si se abriera la tierra bajo sus pies, en un segundo como un relámpago negro, pensó que era muy posible que sus patrones le estuvieran pidiendo que devolviera el favor, «Sí», se gritó, «es eso».

Lo descubrió.

Un agudo escalofrío recorrió su espina dorsal: había llegado el tiempo de mostrar su gratitud.

Pues, si hacía memoria, el sobrino de la señora Alma habló siempre por ella. Le había dicho desde el principio: «Acompáñanos, Lucio, por si tienes que ayudarnos a cargar». Y ¿qué se puede «cargar» en este país sino los muertos? Hay gente que dice: «Me cargué a ese fulano», o: «Se lo cargaron». Hizo memoria y le pareció ver la cara de Ike y oír su voz: «La cosa no tiene vuelta, tío, es de lo más simple, mi tía Alma nos ha dado un pasaje de ida sin regreso para usted, querido, al fin del mundo». Un pasaje de ida sin regreso, se repitió Lucio, un pasaje al fin del mundo, ¿qué quería decir? Ir y no volver, ¿qué es sino palmarla?

Y el mismo sobrino le dijo después, encarándolo a él, cuando le entregaba el dinero: «Reciba esto como una orden y llévese a mi tío a un hotel o llévelo a la luna». Reciba esto como una orden, se gritó Lucio, ¿podía existir algo más explícito? Una orden. Sin ninguna duda ese Ike hablaba en nombre de la señora Alma. Y la recomendación de llevárselo a la luna era todavía más explícita, ni más ni menos que llevárselo a la luna… Lucio Rosas lanzó un suspiro desgarrador, sin atreverse a interpelar al pedazo de hombre que se había sentado junto a él, ¿taciturno?, la vasta frente plegada, los ojos entrecerrados, su formidable boca mojada en saliva.

Ese Ike, se repitió el jardinero, ese Ike fue todavía más explícito cuando le ordenó: «Llévese este engendro a Chía o al otro lado pero llévreselo y que no vuelva». Al otro lado, se gritó el jardinero y se refregaba el rostro con las manos: ¿cuál podía ser el otro lado sino la muerte? ¿Había ordenado aquello realmente la señora Alma? ¿Participaba en eso el magistrado Caicedo? ¿Confiaban en él para esa tarea, ya que él, a fin de cuentas, había matado a un hombre?

Pero —se gritó—, ¿ese tío Jesús lo merecía?, ¿habría cometido un pecado, un gravísimo desliz contra su hermana, la señora Alma, o, lo que era peor, contra el mismo magistrado?, ¿estaba en peligro la seguridad de sus patrones a causa del pedazo de hombre?, ¿por qué no?, era un asqueroso que hablaba más de la cuenta, ¿no dijo en la cocina que por qué pierde un ojo un hombre en la tierra?

Sí.

Desaparecerlo.

Mandarlo al otro lado.

A la luna.

Por primera vez examinó al tío Jesús. Encogido, sentado muy a su lado, gacha la cabeza, los labios apretados, y qué orejas monumentales, puntudas, tenía el sino, la sombra, la figura del tardíamente arrepentido, del que pide clemencia a su verdugo, ¿sospechaba su destino? La fortuna del magistrado dependía de algo que solo su repelente cuñado sabía, un secreto espantoso. Y ahora, mediante el sobrino, con mensajes cifrados pero explícitos le ordenaban liquidar el asunto como se liquidan los asuntos del país, de un disparo, ¿y cómo voy a disparar?, se gritó desalentado, aquí no tengo la escopeta. Agitó la cabeza como para arrojar lejos de sí la idea descabellada; era un malentendido: solo por pensar en eso se sentía perder el juicio. Desde Chía debía llamar por teléfono a su patrón y entenderse con él de una vez por todas, porque el sobrino se veía como una cabra. Pero, la manera como le pidieron, en nombre de la señora, que se deshiciera… había una orden velada, pero una orden al fin, una orden exacta. Llevarlo al otro lado no quería decir otra cosa que matarlo.

5

En la camioneta ford, a gran velocidad, los Castañeda ya alcanzaban la calle donde quedaba la casa del magistrado. En eso vieron que con veinte o treinta metros de ventaja doblaba por la esquina Rodolfito Cortés, al volante de su renault 4. Ike sabía de Rodolfito, al que creía solamente un admirador de Francia, un superfluo rival. Sin reparo, aceleró a fondo la camioneta y dobló la esquina y rebasó al renault, casi rozándolo, y después lo cerró, a escasos dos metros. Rodolfito no frenó; del susto giró el timón a la buena de Dios y el renault trepó al andén y chocó de frente contra uno de los robles que orillaban la calle. No iba rápido, y el accidente pudo ser peor; la defensa del renault quedó como una C, el motor languideció. «¿Qué haces?», gritó Ricardo a su hermano, «ese es un amigo de Francia». Ike no respondió; había frenado en seco y vigilaba por el espejo retrovisor. Los niños de la cuadra, los beisbolistas, contemplaban fascinados el accidente, sentados en el pequeño muro que rodeaba la casa vecina. No se les ocurrió que si Rodolfito hubiese virado en sentido contrario no chocaba contra un árbol sino contra ellos. Tampoco Rodolfito consideró que el incidente fuera a propósito: solo una triste equivocación. Ni siquiera averiguó quién iba al volante de la ford del magistrado; encendió el renault: su fiel amigo no se había descompuesto. Lo retiró con tiento del beso del roble y ya iba a reiniciar la marcha, detrás de la ford, cuando para su terror la enorme camioneta echó reversa con un rugido y se vino directamente contra él. A Rodolfito no se le ocurrió otra cosa que abrir la puerta y saltar: salió corriendo en dirección a los niños, su rostro un cadáver, sus brazos abiertos. Una clamorosa carcajada de los niños lo recibió: la ford había frenado a un centímetro del renault.

Ike condujo la camioneta a casa del magistrado y allí la detuvo en seco, de cara al garaje. Pitó dos veces como amo y señor. De inmediato las puertas se abrieron: apareció Iris, hacendosa. La ayudó a acabar de empujar las puertas el inmarcesible Ojeda, celador. Los dos hermanos ingresaron de un tirón, riendo desaforados; se oía el eco de sus risotadas en el garaje. Y ya Iris y Marino cerraban las puertas cuando arribó el renault. Rodolfito estacionó su carro detrás del chevrolet de Perla Tobón, encima del andén. Ni Iris ni Marino se explicaban por qué tan pálido ese joven que descendía del renault, por qué temblaba tanto.

—Vengo a la fiesta de la casa —dijo.

—Claro que sí, don Rodolfito —repuso Iris reconociéndolo—. ¿Sigue por el garaje?

Y entreabrió la puerta del garaje para que pasara. Otro alboroto de risas y voces, adentro, se oyó. Eran los hermanos Castañeda saludándose con César Santacruz, en la sala principal. Rodolfito desorbitó los ojos y avanzó titubeante. Llevaba una caja de cartón envuelta en papel regalo.

A sus espaldas, por fin Marino Ojeda daba un beso a Iris, pero un beso fallido: ella, asustada, había vuelto la cara, de manera que el beso quedó en su oreja, lo que fue peor porque la escalofrió más. Luego diría que sintió como si se muriera.

6

—Uriela, ¿estás ahí?

—Creo que sí.

Los niños abrieron la puerta pero no entraron. El año pasado habían conocido el cuarto de Uriela y fue igual que la magia. Ahora querían repetir.

—Pero si son los tres Césares —dijo Uriela animándolos—. ¿Se van a quedar allí para siempre?

Uriela acababa de arreglarse para la fiesta; llevaba puesto un vestido largo, igual que sus hermanas, aunque no era puntualmente un vestido de fiesta sino una bata guajira, como un resplandor blanco, de flores y pájaros bordados a lo largo. Y en lugar de zapatos calzaba sandalias de fique, una manera de vestir que descomponía a la señora Alma.

Sentada en su mecedora, suspensa, Uriela peinaba su largo cabello negro cuando llegaron los niños. Agradeció la espontánea visita: se negaba a bajar a la sala, donde se oía, esporádico, el estruendo de voces y carcajadas igual que un océano. Charlar con los niños sería participar en la fiesta, como exigía su madre. Además, ya había dispuesto que la pequeña piscina inflable aguardara a los niños, inflada, aunque todavía sin agua: su mullida silueta de delfín era una promesa; esa fue su contribución a la fiesta; los niños la encantaban, igual que ella encantaba a los niños; era un amor recíproco, la excusa perfecta para sobrellevar ese día de primos y tíos extraordinarios.

Los dos gatos aprovecharon la entrada de los niños para entrar ellos primero, más que relámpagos: en dos saltos treparon a lo alto de un armario junto a la ventana y allí se sentaron, indiferentes, encima de sus cojines de lana. El menor de los Césares se fue directo al rincón opuesto del armario, en donde colgaba como si volara la bruja Melina; era una bruja de gorro negro y nariz ganchuda, de cara verde, subida en su escoba, y si alguien daba palmadas cerca de ella empezaba a reír luciferina y se encendían y apagaban sus ojos y temblaba como posesa, se columpiaba en su escoba, volaba. Esta vez, por más que el menor se esforzó en batir palmas, la bruja siguió impávida.

—Se le acabaron las pilas —dijo Uriela—. Tendrás que ponerle estas, que son nuevas.

Descolgó a la bruja y dejó que se las arreglara él solo para encontrar el compartimiento de las pilas y ponérselas.

Los otros Césares se habían detenido ante la biblioteca de Uriela y buscaban en el mueble, ávidos.

—¿En dónde está la cabeza? —preguntó el mayor.

—Tuve que botarla —dijo Uriela.

—¿Y por qué?

—Porque empezó a oler.

Se trataba de una cabeza reducida, una de esas portentosas cabezas de los jíbaros, del tamaño del puño de una mano, que Uriela tenía como adorno encima de su tomo de *Las mil y una noches*. Sus padres habían traído la cabeza del Perú, y Uriela se la apropió como se apropiaba de todo lo que le interesaba, que para su fortuna era lo que menos interesaba a todos. Cuando Uriela era todavía una niña, el magistrado le preguntó que por qué no dejaba los libros en su sitio, en la biblioteca del primer piso, y por qué se los iba llevando uno por uno a su cuarto, regándolos debajo de la mesa y alrededor de la cama. «Son los libros que he leído», dijo ella, «por eso son míos». «Me parece bien que los leas», dijo el magistrado, «pero si tus hermanas los necesitan tendrás que devolverlos a su sitio». «No creo que eso ocurra», había respondido Uriela, y siguió llevándose más libros, año tras año. El magistrado se preguntaba si era verdad que Uriela leía tantos libros, de cabo a rabo. En todo caso, pensó, ostenta las ojeras de los que no duermen: tendré que llevarla al médico. Pero no le dio mayor importancia y optó por comprar un mueble para poner «los libros de Uriela» en su cuarto, de pared a pared.

De la cabeza reducida Uriela tuvo que deshacerse porque empezó a oler: una viscosa nata de color verde había empañado la arrugada cara, y hedía. La botó, a su pesar, porque era de las mejores sorpresas de su habitación. Tenía una colección de máscaras indígenas en la pared, afiches de los Beatles, un autorretrato de Van Gogh enmarcado por ella misma con palos de bambú, una muñeca negra pegada a la puerta como Jesús crucificado, ladeada la cabeza, calva y sin ojos (la primera muñeca que le regalaron), dos fotogramas ampliados, uno de Humphrey Bogart en *Casablanca*, otro de Simbad el Marino enfrentándose a espada contra esqueletos, un dibujo al carbón de la cara de Sigmund Freud con el subtítulo: «Lo que el hombre tiene en mente»: la frente, ojos, cejas y nariz del pensador formaban subrepticios el desnudo procaz de una mujer.

Tenía fósiles de Villa de Leyva en todo el piso como caminos de piedra, y un gran recipiente de vidrio con su tortuga acuática, Penélope, tortuga verde de orejas rojas (dos líneas rojas detrás de sus ojos) que en ese momento conquistaba el asombro de los Césares mayores. El menor ya había logrado colocar las pilas a la bruja, palmeaba y la bruja se desternillaba de risa maléfica. «No quisiera salir nunca de aquí», confesó Uriela a los niños, «quisiera quedarme con ustedes, antes que bajar a la sala y saludar y reír a la fuerza».

Los niños la contemplaban desde su abismo feliz. Ella se ruborizó. De verdad los niños la maravillaban; solo con ellos reencontraba los prodigios que perdía inexorablemente con los años. Su sueño era viajar a un sitio lejos en el mundo y lejos del mismo mundo. No culminar los estudios del colegio y mucho menos iniciar los universitarios, que se avecinaban. Bastaba con los libros, ¿para qué más? Pero no ir a la universidad sería una dispensa que su padre jamás le concedería. Tendría que escapar de su casa. Por eso, desde que cumplió quince años trabajaba los fines de semana sin que sus padres se enteraran; trabajaba cuanto podía para reunir el dinero que le permitiera fugarse. Uriela Caicedo, hija de un magistrado de la Corte Suprema de Justicia, se vestía de payaso y amenizaba fiestas y piñatas infantiles, primeras comuniones, cumpleaños; contaba cuentos y representaba obras de teatro que ella misma inventaba. Pero tenía sus descalabros: encontró un trabajo bien remunerado en el Jardín Infantil Pucheritos; había allí una piscina de agua tibia para los niños más grandecitos. Uriela tenía entendido que los bebés pueden nadar sin enseñanza, que la felicidad de nadar es algo que llevan aprendido desde el útero; de modo que deslizó en la piscina al primer bebé que apareció; un bebé que su mamá dejó al cuidado del Jardín esa mañana. Y el bebé nadó, para alegría de los niños. Iba y venía como un pez, sin una lágrima; reía. Un grito remeció el Jardín hasta partirlo: era la madre que acababa de llegar. Recuperó espantada al bebé de las aguas y señaló a Uriela: «¿Quieres ahogar a mi hijo?» Su escándalo fructificó: Uriela perdió el empleo.

Después del Jardín Infantil Uriela encontró otro jardín: Vergel de Paz, ancianato de los más refinados, donde disfrutaban de sus últimos días los más solventes abuelos de Bogotá. Uriela, que leía el pentagrama al derecho y al revés, se hizo cargo de la Sala de Música: sesiones de música para los abuelitos; había un buen equipo de sonido, con audífonos para los más sordos; se oía música colombiana y algo de clásica: los valses de Strauss, Liszt y Chopin. Ni Uriela misma discierne cómo se le ocurrió llevar al Vergel de Paz su disco predilecto, el *Álbum blanco* de los Beatles, y puso siete pares de audífonos en las orejas de los siete viejos más sordos y melancólicos, de ojos idos a plenitud, cuatro viejos y tres viejas que ya rumiaban el fin.

Además, subió el volumen como para una fiesta. Los siete fruncieron el ceño, lo desfruncieron, uno empezaba a llevar el compás con la punta de su zapato, la más vieja rompió a reír y a reír más: demasiada risa, pensó Uriela, y ya iba a cambiar de música cuando la anciana se incorporó como pudo y empezó a bailar. Tardó un segundo Uriela en socorrerla del baile intempestivo, pues la viejita trastabilló: es cierto que no cayó al piso sino en los brazos de Uriela, pero así las sorprendió la enfermera del ancianato. Uriela fue despedida porque al día siguiente se confirmó que la bailarina había muerto mientras dormía. Por más que se dictaminó que la muerte tuvo causa natural (muchos ancianos morían mientras dormían), Uriela resultó responsable para el mundo: fue un suceso que no la dejó dormir, un sufrimiento, un remordimiento que volvería todas las noches de todos los años de su vida a despertarla: la anciana bailando sola.

—¿Y la piscina inflable? —preguntó el menor de los Césares—. El año pasado nos bañamos.

—Ya la inflamos con Zambranito, pero no tiene agua aún. La llenaremos más tarde. No está en el jardín de adentro, no cabe entre tantas mesas; se infló en el jardín de afuera, debajo del balcón.

—Nos mirarán los de la calle —dijo el mayor.

—¿Y qué importa?

Uriela llevó a los niños hasta el armario, donde escondía un baúl como de tesoro de piratas; de él sacó una calavera.

—Me la regaló un amigo.

El pálido cráneo irradiaba en sus manos; parecía difundir un frío azuloso, de hielo. Los tres niños habían abierto la boca; ninguno se atrevió a recibir la calavera. Las cuencas de los ojos, vacías, *los miraban*. Era peor que la cabeza reducida.

—¿Así somos por dentro? —preguntó el menor.

—Así de feos.

—¿De dónde la sacó tu amigo? —preguntó el mayor. Ya estaba a punto de atreverse a recibirla.

—Del cementerio. Se la robó.

—Se la robó —se asombraron los Césares.

—Fue un riesgo.

—Se la robó —dijo el mayor.

—Quería hacerme un regalo.

—¿Tuvo que robársela de noche?

—La noche se hizo para los ladrones.

—¿No tuvo miedo?

—No. Mi amigo es de los que cantan: *Tengo miedo de reír, tengo miedo de llorar, le tengo miedo al miedo y el miedo tiene miedo de mí.*

—Yo sí tengo miedo, muchas veces.

—Yo también. Una vez se me pusieron los pelos de punta; del solo espanto mi cabeza parecía un erizo.

Los tres niños pestañearon. Imaginaban el pelo de Uriela como negras puntas de espinas, un erizo.

—¿Y qué te espantó? —siguió el mayor.

—Mi tío Jesús —dijo Uriela—: se le cayó la caja de dientes y… parecía otro tío Jesús…, había mucha gente.

—¿Caja de dientes? —dijo el menor.

—Dientes de mentira, como los anteojos, que no son ojos de verdad.

—¿Qué más te espantó? —dijo el mayor.

—Una vez sorprendí a papá, en el baño. Abrí la puerta y… allí estaba papá, sentado en la taza, ¿se imaginan?

—¿El magistrado? —dijo el mayor.

—El mismo.

—Papá dice que tía Alma es nuestra tía de verdad; que el magistrado es solo una momia.

—¿Eso dice?, por favor, si la familia entera es de momias, tú y yo.

Uriela hizo ademán de guardar el cráneo en el baúl, pero el mayor de los Césares la detuvo. Dijo como hipnotizado:

—¿De verdad la calavera no te asusta?

—No, ¿por qué? De noche hablo con ella, le gusta que le cuente cuentos.

—¿Qué cuentos? —dijo el menor.

—Otro día te los cuento. Cuando seas como esta calavera.

El menor se echó para atrás.

Entonces Uriela hizo un gesto como de prestidigitación y la calavera se partió por la mitad; era en realidad una caja de bombones, un regalo que le dieron a Uriela el Día de Brujas.

—Y quedan tres bombones adentro —dijo Uriela—. Qué casualidad, qué magia, qué destino, ustedes son tres, ¿cierto?, uno, dos y tres. Voy a regalar tres bombones a los tres Césares, uno a Cesítar, otro a Cesarito y otro a Cesarín, Dios mío, qué nombres horribles, peores que el mío, pero mejores que los de mis hermanas. Ya pueden comérselos. Eso sí, no respondo de lo que les pase.

—¿Qué nos pasará? —dijo Cesarito.

—No me está permitido decirlo.

—Ya sé —dijo el mayor—: nos volveremos pequeñitos, la gente nos podría pisar; nos será difícil estudiar, ¿cómo leer las páginas de un libro más grande que esta casa?, cualquier abeja será del mismo tamaño que nosotros, nos matará con su aguijón; alguien tendría que llevarnos en su bolsillo con el peligro de que cayéramos, cualquier zapato en la calle será como un tanque de guerra aplastándonos.

Uriela lo contempló con admiración:

—Será peor.

—No te creo —dijo el mayor.

—¿No? Pruébalo. Yo no respondo.

—El mismo cuento de Pulgarcito.

—Tú verás, Pulgarcito.

Puso, ante los ojos del mayor, el bombón luminoso. Y, aunque dudó, el mayor lo recibió y, valiente, se lo llevó a la boca y lo empezó a masticar y lo escupió de inmediato como si se asfixiara. Era amargo y picante a la vez, una broma de Pásala por Inocente.

Los otros Césares reían con toda la gana. Uriela volvió a armar la calavera, pero prefirió dejarla esta vez encima de su mesita de noche, a la vista pública.

—Uriela —dijo el mayor, decidido—: ¿es cierto que tú ganaste el concurso del Conejo Sabelotodo con solo siete años de edad?

—Sí —dijo Uriela—. Fue hace diez años. Cuando tú apenas nacías.

—Cuéntanos cómo ganaste. Papá siempre nos dice que debemos ser inteligentes como Uriela, nos dice que tú eres la coneja de la familia.

—¿Así dice? —repuso Uriela, y enrojeció—: ¿la coneja?, ¿sin sabelotodo?

—La coneja.

—Hay muchos conejos en la familia. Tu papá es el primero.

—Cuéntanos cómo pudiste ganar.

Y Uriela empezó a recordar en voz alta.

7

Cuando Rodolfito Cortés llegó a la sala trastabilló: de un vistazo comprobó que no se encontraba Francia; tampoco estaban el magistrado y doña Alma, los únicos capaces de poner orden a ese fragor; los horribles Castañeda se sentaban a los lados de una poltrona gigante donde, igual que un rey, César Santacruz no paraba de reír enmudecido, la boca estirada para la eternidad. Los Castañeda le hacían la corte, verdaderamente extasiados. Uno de ellos preguntaba a su primo el rey que cuántos millones había ganado ese mes —en el preciso instante en que Rodolfito hizo su entrada.

Se hizo un silencio en la sala.

En otra poltrona estaba sentada Perla Tobón, la jacarandosa esposa de César, y en otra Tina, su hermana menor, clandestina como una aparición: al contrario de Perla, Tina Tobón resultaba inadvertida, era pequeñísima y escuálida, una figurilla. Reservada, los ojos entrecerrados como si empezara a dormir, llevaba una falda a cuadros hasta más abajo de las rodillas, una blusa de encaje, cerrada hasta el cuello, adornada con una corbata de seda blanca, y se ocultaba la boca con una mano para bostezar a escondidas.

Y, en un mismo sofá, como si alumbraran, se recostaban tres de las hermanas Caicedo: Armenia, Palmira y Lisboa, tres llamas. Armenia se incorporó de inmediato y saludó a Rodolfito, indicándole un sillón lejano.

—Rodolfito —dijo—, nunca imaginamos que vendrías. Puedes sentarte allí.

—¿Tan lejos de todos? —dijo Perla, que fumaba.

Armenia había enrojecido. Con un paso como el salto de una pantera se aproximó a Rodolfito, encarándolo:

—¿Qué llevas ahí? —Inclinaba la cabeza, entreabría la roja boca burlona—: Es un regalo, Dios. —Y por un segundo se volvió a todos, perpleja—: Un regalo para papá y mamá, ¿no es cierto? —Y volvió a encararse con Rodolfito, que palidecía—. Es por su aniversario, ¿no? Mírenlo: es el único invitado que trae su propio regalo, qué bonito, qué delicadeza, qué detallista, muéstrame, Rodolfito.

Rodolfito titubeaba, de pie, abrazado a su caja. No entendía. Lo hacía dudar el rostro enrojecido de Armenia. Desde que apareció en la sala sintió que las tres hermanas lo contemplaban gélidas, esfinges de hielo —pero entre llamas—, y que los seis ojos lo recorrían como dagas, de pies a cabeza.

—¿Por qué no vemos el regalo? —propuso Lisboa desde su sitio.

Los Castañeda aplaudieron y se oyó la risotada de César.

—No sería justo abrir un regalo que no es para nosotros —sentenció Perla.

—Lo volveremos a cerrar —dijo Armenia. Alargó los delgados brazos hacia la caja—: No puedo con mi curiosidad.

Y puso las manos encima del lazo dorado que cerraba la caja, todavía a salvo en las manos de Rodolfito.

—No creo que sea lo más conveniente —dijo él, y quiso retroceder un paso. Ese gesto desató una risotada general. Las mismas Perla y Tina Tobón, que parecían las más reacias, rieron.

De un tirón Armenia desató el lazo y se asomó al interior de la caja.

—Son dos regalos —gritó—. Qué maravilla.

—Sí —se resignó Rodolfito, y él mismo metió la mano y sacó una pequeña escultura de mármol, una réplica del *Moisés* de Miguel Ángel—. Es mármol de Carrara —dijo como si recitara.

Armenia, todavía más enrojecida, metió la mano y enarboló el segundo regalo: era una prenda de vestir, brillante, de visos grises y negros.

—Qué es —preguntó Perla.

—Un chaleco para el magistrado —balbuceó Rodolfito—. De cuero de avestruz.

—Dios, pobre avestruz —gritó Armenia y lanzó por encima del hombro el chaleco, que fue a caer al sillón donde reinaba César Santacruz, la cara inmersa en otra muda risotada.

—Carajo —dijo César—, mejor debiste traer un chaleco antibalas, Rodolfito.

Los Castañeda respaldaron la ocurrencia con otra carcajada de verdad, y los tres primos se agazaparon a examinar el chaleco.

—Entonces ese *Moisés* es para mamá —dijo Armenia—. No he visto cosa más linda en mi vida. —Quitó, más que recibió, el *Moisés* de las manos de Rodolfito y lo dejó caer, con tanta naturalidad que pareció un accidente—. Oh, se me cayó de las manos. Creo que se le desprendió la cabeza.

—No hay problema —decía Lisboa—, podemos ponérsela con una venda, la remendamos como hacen en el hospital. —Se había arrodillado a buscar en el piso y ahora tenía la cabeza del *Moisés* y la mostraba a todos, pero también a ella se le cayó de las manos. Como una pelota la cabeza rodó y se quedó quieta, ceñuda, mirando a nadie.

La recogió Armenia, la escudriñó.

—Ay —dijo—, parece que ha perdido la nariz, qué tristeza.

Rodolfito contemplaba a las hermanas atónito.

—¿Qué sucede aquí? —dijo Perla. Lanzó su cigarrillo en el cenicero y se levantó de su poltrona y se apoderó de la cabeza del *Moisés*, la robó de las manos de Armenia, y buscó y encontró el cuerpo y la nariz del *Moisés* en el piso y, con gesto justiciero, puso todo en una mesita dorada—. Pareciera que pretenden despedazar al *Moisés* de la señora Alma. Se va a enfadar de verdad.

Entró un mesero con una bandeja de copas de vino. Lo seguía airosa una muchacha de delantal que despertó la admiración del primo César: fulgieron sus pupilas, recorriéndola. La muchacha llevaba una bandeja de quesos y colaciones. La llegada de los servidores los sosegó a todos. Rodolfito se había sentado como desvanecido en un sillón junto a Perla, a quien entendía como su única valedera. El primo César se enfundaba el chaleco del magistrado.

—¿Cómo me queda? —preguntaba.

—De avestruz —dijo Ike—. Solo te falta poner un huevo.

Para pesadumbre de Rodolfito, Perla lo abandonó: se fue en busca del mesero; lo alcanzó y posó una de sus manos ensortijadas en su hombro y le dijo tráeme una copa de algo más fuerte, ¿sí?, a mí no me gustan estos refrescos de colores. «Es vino rojo y blanco», dijo el ingenuo mesero. Perla lo miró con reconvención. El mesero se sobrepuso: «Hay vodka, ginebra, ron», dijo. «Te dije lo que tú quieras, lindo», recalcó Perla, «a mí me da igual». Se lo susurró velozmente y volvió a su sitio junto a Rodolfito mientras el mesero escapaba, ruborizado, en busca de otras bebidas. Ya los primos chocaban sus copas, brindaban. Tina observaba a su hermana con atención: le parecía extraordinario que Perla no hubiese aceptado una copa de vino.

—¿En dónde está Francia? —preguntó a nadie Rodolfito, consternado.

—En Europa —dijo la cruel Armenia, que no perdonaba.

—Está en su cuarto —dijo la prudente Palmira, conciliadora. Sentía lástima de Rodolfito. Seguía pensando que acaso la noticia del periódico era mentira, ¿por qué no? Además, el mundo tenía razón: el pobre Rodolfito cargaba tal cara de sapo que le faltaba croar, ¿qué le encontraba Francia?, sabrá Dios, Rodolfito inspiraba real compasión, de verdad tenía cara de sapo, era un biólogo con cara de batracio que además había hecho su tesis de grado sobre los sapos, según les contó Francia, y escribía un libro: «Especies de sapos de Bogotá», y dormía rodeado de sapos de todos los colores. Seguramente vivir tanto tiempo con sapos lo hizo parecerse a los sapos, ese pelo verdoso y húmedo, pegado al cráneo, esa cara de labios como una estría, esa actitud de las manos como dos patitas colgando… A lo mejor, pensó la prudente Palmira, si Francia lo besa donde debe Rodolfito se convierte en un príncipe.

Y se echó a reír en silencio.

—La esperaré otro minuto —dijo mortificado Rodolfito, hundiéndose más en su sillón.

—¿Por qué no subes a su cuarto? —lo alentó, compasiva, Palmira.

Rodolfito resplandeció como insuflado de luz:

—Iré a buscarla.

Y salió de la sala, de un empellón —justamente, pensó Palmira, como un sapo en la orilla peligrosa del pantano que se arroja y se cuela en la boca de un pato tragón.

Ike Castañeda, que oía atento, no pudo tolerar semejante abuso de confianza, ¿desde cuándo el batracio visita el cuarto de Francia? Iba a decir algo pero prefirió callar. Se resolvió. Era mejor perseguir a Rodolfito hasta el mismo cuarto de Francia.

Y salió tras él.

8

No era muy buen recuerdo el Conejo Sabelotodo. La familia entera, como si se hubiese puesto de acuerdo, escuchó la radio ese domingo decisivo, cuando los tres niños finalistas se enfrentaron. Se trataba de un concurso de conocimiento para niños de entre nueve y doce años. Si bien Uriela tenía siete, el tío Jesús, su apoderado, se las arregló para que la aceptaran: reveló que Uriela leía libros desde los cuatro años. Los organizadores la examinaron, se sorprendieron, ¿qué tal que venciera?, una niña tan avisada haría las delicias del concurso, lo engrandecería.

El ganador sería quien más veces acertara, y, para cobrar el premio gordo, debía responder a La Pregunta de Oro, la pregunta para niños concebida por eruditos que decidía el monto del premio: nueve mil pesos si contestaba, dinero exorbitante en 1960 que hizo que el programa se oyera en cada rincón del país, y mil pesos si no contestaba. En tres años que llevaba al aire el concurso ningún niño ganador había logrado responder a la Pregunta de Oro.

Uriela lo hizo. No solo respondió a la Pregunta sino que desde el principio superó ampliamente a los niños con quienes competía.

—Eran un niño rubio, de doce años —dijo Uriela a los Césares—, y el otro negro, de once; y yo, mestiza de siete años; como quien dice: todas las razas.

—¿Mestiza? —dijo el menor—, ¿qué quiere decir mestiza?

—Blanco y negro, como café con leche.

En el estudio de grabación, Uriela constató que la familia del niño negro se encontraba detrás de la barrera: los padres, los hermanitos y una abuela que se desmadejaba de tristeza, los profundos ojos llorosos, los labios temblando: su nieto había perdido el concurso. A un lado de Uriela el niño negro lloraba, el rostro hundido en los brazos, y lloraba el rubio, pálido como la cera: parecía que iba a desmayarse.

—Solo entonces me di cuenta de que el niño rubio era en realidad albino —les dijo Uriela a los Césares.

—¿Albino? —dijo el menor—, ¿qué quiere decir albino?

—Es como la crema del café con leche.

El Jurado sentenció que había ganado la niña y era justo que se guardara silencio y le permitieran responder a la Pregunta de Oro. El tío Jesús alargaba el pescuezo y gritaba a Uriela que se encomendara a san Antonio Milagroso: fue allí cuando Uriela se aterró de ver que la dentadura de su tío se desmembraba de la bocaza abierta y volaba por los aires. El tío Jesús parecía otro: era horrible: daba miedo: una especie de Frankenstein desbaratado, dijo Uriela a los Césares. Pero una mano piadosa le devolvió la dentadura. Era la mano de la abuela.

Los niños que lloraban a lado y lado de Uriela dejaron de llorar para escuchar la Pregunta de Oro. Y Uriela respondió sin demora. Un silencio increíble siguió a su respuesta. El dinero en efectivo, en billetes nuevos, como recién hechos, estaba dentro de una urna, a los ojos del público. Uriela Caicedo respondió a la Pregunta de Oro y, en seguida, sin apartar la boca del micrófono, para asombro del mundo, fue salomónica: pidió que el premio de nueve mil pesos se repartiera entre ella y los niños competidores, «Es decir —dijo entrecerrando los ojos— tres mil pesos a cada uno». Y todavía añadió, atemorizada: «Con la condición de que nadie llore».

Alma Santacruz y Nacho Caicedo se sofocaron de orgullo; celebraron por los aires: así era el asombro feliz que les causaba la menor de sus hijas, su generosa repartición.

—Guarda tu parte del premio en tu alcancía —le había dicho a Uriela la señora Alma—: algún día podrá servirte para lo que quieras.

—Y de verdad podría servirme ahora —dijo Uriela a los Césares.

Pues no tenía ese dinero. Nunca lo tuvo. Jamás reveló a sus padres, ni a los Césares, que ese domingo, después de pagar un taxi hasta el barrio donde ella vivía, el tío Jesús le compró en la esquina un helado y se despidió llevándose los tres mil pesos oro.

—No debiste repartir nuestro premio —había dicho el tío Jesús—. Yo lo necesitaba entero, me hacía más falta a mí que a ese negrazo y a ese caradelápida, ahora qué le vamos a hacer, Uriela, será un secreto entre nosotros, es cuestión de vida o muerte, tú eres una niña despierta, dime, ¿qué prefieres?, ¿ver a tu tío Jesús vivo y feliz, o verlo muerto en un ataúd, tieso como pollo?

—Vivo y feliz —dijo Uriela.

Y el tío:

—Te lo devolveré un día, vivo o muerto.

Y se llevó los tres mil pesos y abandonó a Uriela, de siete años, sola un domingo en una esquina, comiéndose un helado.

—Pero, ¿cuál fue la Pregunta de Oro? —decía el mayor de los Césares.

Uriela se sacudió del recuerdo, ¿iba a llorar?, claro que no, ¿por qué me ocurren a mí estas cosas?

—No me acuerdo —le dijo a Cesítar—. Han pasado ya diez años: toda tu vida.

—¿Qué te preguntaron, Uriela? Dilo, tú te acuerdas.

Los tres Césares la escuchaban sin respirar:

—En qué lugar de la tierra se inventó el número cero.

Los tres Césares intercambiaron una mirada desesperada.

No sabían.

—¿En qué lugar?

—Averígüenlo —dijo Uriela, y salió de la habitación, seguida por el bullicio de los Césares burlados. Solo después de un minuto, cuando bajaban por la escalera de caracol, les reveló que en la India.

Y sintió una gran tristeza por ella misma, por su recuerdo, cada vez menos propicio: en esa esquina, ese domingo, había entendido a sus siete años que el conocimiento de cualquier cosa, el conocimiento a secas, no era la felicidad.

9

Hacía quince minutos que paseaban por Chía, a la búsqueda de un hotel. Lucio Rosas quería instalar al pedazo de hombre y volver a Bogotá cuanto antes y no tentarse más con la idea loca de cargarlo al otro lado. Cuando arribaron al parque de la Luna, ante las puertas de la iglesia, en una de esas bancas de madera podrida, repartidas alrededor como una burla, el tío Jesús no pudo más y se sentó.

—Necesito respirar. Poner a funcionar estas ideas.

El impasible jardinero se sentó a su lado.

—Es que las cosas de la vida —siguió Jesús, enlazando las manos alrededor de una rodilla— son para reír, ¿o son para llorar? En mi vida tuve cinco mujeres: las defraudé a todas.

Guardó silencio, asombrado de sí mismo, como si se arrepintiera de lo dicho, como si lo padeciera.

Recompuso la conversación:

—¿Oyó usted a Ike, mi sobrino, cuando le dije que era un malagradecido? Me respondió que yo sería la última persona del mundo a la que tendría que agradecer. Fíjese, Lucio, cómo son los jóvenes de torpes, tardos, mensos, apresurados. Cuando Ike era apenas un muchachito, su madre, Adelfa, mi hermana, quedó viuda. A Beto Castañeda, su marido, se le ocurrió morirse del corazón, dejando a la pobre Adelfa más sola que ánima sola, con cinco hijos: Ike y Ricardo y esas tres niñas de las que no recuerdo ni el nombre. La pobre Adelfa, viuda, sin trabajo, ¿qué más podía hacer? Llegó Jesús, su salvador. Yo era dueño de una compañía de camiones transportadores, yo tenía más oro del que usted imagina, yo prendía mis cigarros con billetes de banco, yo vestía de un solo color. Llegué donde Adelfa y le dije: «Puedes ir a vivir a la casa que te compré». Y además le regalé una máquina de coser y Adelfa cosió. Cosió kilómetros. Resucitó. Puso a estudiar a sus hijos. A mí me daba de vez en cuando un almuerzo, hasta que se olvidó. Olvidó que yo le había regalado esa casa, con todo y papeles de propiedad, yo. Era una casa floja, cierto, sufría de goteras, pero casa al fin, un lugar dónde morir, un lugar dónde llorar sin que nadie nos mire.

Aquí el tío Jesús echó a llorar. Lloraba silencioso, pero lloró, medio minuto.

—Porque ahora soy yo el que no tiene casa, y me toca llorar en público, qué vergüenza, Lucio, perdone este momento de debilidad.

Con un pañuelo que parecía un trapo se enjugó los párpados hinchados:

—Arriendo un cuarto en un barrio que no nombro porque no tiene nombre, un hueco asqueroso… ¿digno de mí?

Pareció sorprenderse de su misma pregunta y volvió a llorar. Se rehízo como pudo:

—En ese barrio sin nombre, si los ladrones me ven pasar se mueren de risa, ¿qué me pueden robar a mí sino mi vida?, ah, que me la roben, y rápido, por Dios, aquí está mi vida, róbense mi vida, ladrones, róbensela ya, hundan sus navajas en un corazón pobre, Virgen Santa, tanto desprecio es difícil de soportar, ¿cómo no me invita Alma a su casa?, yo, Jesús Dolores Santacruz, le di la mano al magistrado, lo ayudé cuando era apenas un tinterillo, le presenté al concejal Asdrúbal Ortiz, un funcionario definitivo en la vida del magistrado, el concejal Ortiz, que en paz descanse, el buen amigo que conocí por azar en el Marujita, el mejor prostíbulo de Bogotá: allí nos hicimos amigos con el concejal, allí se lo presenté a Nacho Caicedo y Nacho Caicedo nunca me lo agradeció, jamás.

Con la sola mención del nombre del magistrado, Lucio Rosas se impacientó, y lo irritó más la sugestión de que el magistrado acudía al Marujita, el prostíbulo de más rancio abolengo de Bogotá. La cólera represada del jardinero no pasó desapercibida para Jesús —que comprendió su error.

—Yo sé que usted respeta al magistrado —dijo como si compartiera un secreto—. Yo también.

Y elevó la voz, declamó:

—Hombres como esos no se dan todos los días. Hacen historia. ¿Qué sería de este país sin magistrados de la talla de Nacho Caicedo? Y es mi cuñado, señor; es el esposo de mi hermana más querida, Almita Santacruz, y míreme aquí, no fui invitado a la celebración, me envían como un reo al moridero, me obligan a que venga a dormir a Chía, este municipio pestilente que es el matadero de Bogotá, lejos de ellos, donde no los infecte el inmundo Jesús; me envían custodiado por un desconocido, porque usted es eso para mí, un total desconocido, ¿o un policía de incógnito?, en todo caso un ignorado, o un nuevo amigo,

¿por qué no?, un amigo a quien imploro la ayuda que se le debe a un desahuciado: ya me desahuciaron en el hospital: no tengo oro, no uso corbata y entonces vete a morir a la calle, perro.

El tío Jesús se abatió. Dobló el cuello. Lágrimas de verdad mojaban su remendada camisa. Su cabeza rozó el hombro de Lucio Rosas, su garganta trepidaba, no sabía qué hacer con sus manos que temblaban.

—Ya hemos descansado —dijo el jardinero. Y descubrió, afligido, que se afligía—. Encontremos ese hotel, señor: comerá lo que quiera, mirará televisión, se quedará solo, reposará.

—No —se aterró Jesús—. Eso es lo que no quiero: quedarme solo.

Y sacó del chaquetón un cartón multicolor, doblado en cuatro partes.

—Es un billete de lotería —dijo—. Mire. Tiene doce fracciones. En esto gasto el dinero que yo gano con el sudor de mi frente, en lotería. Porque un día san Antonio Milagroso me hará ganar la lotería. Este billete lo compré el lunes pasado. Juega mañana sábado. Millones. Aquí hay millones. Entonces verán los ingratos, verán cómo tengo el alma buena y no guardaré rencores. A usted mismo, Lucio, le daré un par de millones; se comprará lo que quiera, a lo mejor podría mandarse a operar ese ojo, o le pondrán uno nuevo, será de vidrio pero como si de verdad, y no olvidará nunca la suerte de ayudar a Jesús Dolores Santacruz, no se arrepentirá. Mejor dicho, se lo regalo, Lucio. Reciba este billete de lotería, reciba la suerte. Mire cómo es de grande mi corazón, mire cómo confío en usted. Yo sé que cuando usted gane se acordará de mí. Y ganará, sin duda. Usted lleva mejor estrella que yo. Tenga.

Bendijo como un papa el billete de lotería y lo puso en las manos del jardinero.

Y ocurrió algo imposible de creer para el jardinero: el tío Jesús, ese hombre enteco, que de verdad parecía desahuciado, después del descanso de minutos en el parque de la Luna, después del lloriqueo, echó a correr como un gamo.

Lucio Rosas se incorporó aturdido, el billete de lotería en sus manos. Miró la fecha: era del año antepasado.

Y en un segundo ocurrió lo peor: se palpó el bolsillo donde llevaba el dinero que Ike le había entregado; no lo tenía: el tío Jesús se lo había robado, limpiamente. Pero también en otro segundo el jardinero dejó de ser jardinero y apareció el cazador. Ni siquiera echó a correr detrás de Jesús. Se fue caminando a zancadas en pos de su rastro, imperturbable, rápido, frío. Incluso una sonrisa torcida oscurecía su cara de un ojo parchado: vas a la terminal de buses, pensaba, allí te encontraré, desahuciado.

10

—¿Viste llegar a papá, subido en esa mula? La mula se llama Rosita, ¿vamos a ver a Rosita?

—Vi a la mula subida en tu papá —dijo Uriela—. Por lo menos eso fue lo que yo vi. Pero vamos a ver a Rosita.

Terminaban de bajar las escaleras de caracol y se encontraron a bocajarro con Italia, en el pasillo, sentada a la mesita del teléfono. Acababa de colgar el aparato, la cara rutilante de satisfacción, y no iba ataviada para la fiesta: llevaba puesto un overol azul, con la torre Eiffel estampada en el pecho.

—Pero qué niños tan bellos —dijo su voz límpida—, los tres pelirrojos, qué preciosidades, qué trío de niños angelicales, los tres vestidos de marinero, yo les pondría un sombrerito verde y los convertiría en duendecillos. —Y mientras iba diciendo eso se abrazó a los niños y los colmaba de besos en la cabeza, en las mejillas, enrojeciéndolos de placer.

—Italia —repetían los niños, admirándola.

¿Cómo no idolatrar a Italia?, pensó Uriela. Su hermana era definitivamente la más bella.

—Vamos con Uriela al patio, ¿nos acompañas? —dijo Cesítar.

—Más tarde —repuso Italia—. Sigan ustedes, nosotras los alcanzaremos. Uriela y yo tenemos algo que hacer, ¿no es cierto, Uriela? Te necesito para algo.

—Ella me necesita —se asombró Uriela—. Niños, ustedes conocen el camino: detrás del jardín está la puerta, la abren, la cierran; no olviden cerrarla, que no se salga la mula a la fiesta, ¿quién bailaría con ella?

Ya los tres Césares corrían al patio, sin parar de reír. Entonces la felicidad de Italia desapareció. Solemne, aferró las manos de Uriela y le dijo:

—Necesito que me ayudes a cargar la maleta.

—¿Cómo?

—Que nadie se dé cuenta de que me voy.

—¿Te vas de la casa?

—A papá le dejé una carta en el escritorio de la biblioteca. Además, él y mamá ya se enteraron de lo principal. Ahora están en su cuarto. Por un momento quise avisarles que me voy, pero la puerta estaba con llave. Preferí no tocar a la puerta, ¿no dizque celebran su aniversario?, que lo celebren en forma, que se vistan o se desvistan, ¿qué les importa a ellos lo que suceda conmigo, con su hija, con Italia?

—¿Qué dices? ¿Maleta, carta?

Uriela tenía que adivinar.

—Acabo de hablar con De Francisco —seguía Italia como si pensara en voz alta, absorta, alucinada—. Nos vamos a casar, tendremos este hijo. —Y se tocaba ella misma la barriga como si aún no lo creyera.

—¿Estás esperando un hijo?

—Sesenta días.

—¿Seré tía?

Uriela abrazó a Italia, pero Italia se separó enseguida.

—No tengo tiempo. Ayúdame a cargar esa maleta, no tengo fuerzas, me mareo, qué ganas de vomitar todo esto. —Y seguía sobándose la barriga—. Subamos a mi cuarto.

Desde la sala seguían bullendo las risotadas, las voces de César, de Ricardo. Se oyó que una copa se rompía: «Que se la beba el muerto», dijo una voz de mujer, ¿Perla Tobón?

—Vámonos —urgió Italia—. Que no nos descubran esos.

Subieron las escaleras de caracol y llegaron al cuarto de Italia: encima de la cama estaba la maleta de cuero del magistrado, la más grande de sus maletas, la del viaje a Singapur, inflada como un hipopótamo —pensó Uriela.

—¿Tendré que cargar con ese hipopótamo?

—Solo hasta la calle. Allí me espera De Francisco. Me iré a vivir con él. Sus papás están de acuerdo. Su mamá dice que me enseñará a preparar el pato al vino, que es el plato preferido de... De Francisco, qué chistoso, tienen esa... fábrica de pollos... y a él le gusta el pato, podrían ahorrarse mucho si a De Francisco le gustara el pollo, ¿cierto?

Se echó a reír un instante, desesperada, y buscaba en derredor como si desconociera su habitación, la casa entera, como si lo despreciara todo.

—¿Por qué no le dices Porto, Italia? ¿Lo vas a llamar De Francisco enfrente de los De Francisco? Empieza por decirle Porto.

—Tienes razón. No había pensado en eso. Portico me espera en la esquina.

—Portico parece pórtico. Dile Porto, y listo.

—Porto me espera en la calle, ¿por qué tienes que ser tan puntillosa?

Uriela arrastró la maleta y empezó el descenso por la escalera.

—Nos van a ver —dijo—. No se puede ignorar el paso de una maleta como esta, es peor que un ataúd, los primos preguntarán, papá no te dejará escapar así como así, mamá gritará, y eso que no empieza la fiesta, no llegan los peores invitados, a lo mejor llegarán cuando estemos saliendo, qué escena, yo, Uriela, cargando la maleta de mi hermana que se fuga, es para volverse locos, ¿cómo es que te escapas?, yo pensé que iba a ser la primera, y... ¿esperas de verdad un hijo?, ¿no será sicológico?, acuérdate que ocurre: deja de venir y vuelve: no hay hijo, era un sueño.

—Tendré un hijo —dijo Italia, que iba adelante, vigilando—. Me voy a vivir con Porto. No es cosa de otro mundo.

—Un hijo y vivir con otro sí es cosa de otro mundo —replicó Uriela, ofuscada con la maleta—. ¿Qué guardas aquí, además de tus vestidos?, ¿todos tus zapatos?, ¿tu triciclo, tu bicicleta? Caramba, pesa.

—Ya. Ahora corramos a la puerta.

—¿Corramos?

—Nadie nos mira.

Pasaron por enfrente de la sala pero ninguna de las cabezas que rugían volteó hacia ellas. Abrieron la puerta de la casa y allí estaba, estacionado en mitad de la calle, el furgón de la familia De Francisco, un camión blanco, con un pollo de icopor en el techo, colosal, ataviado con la corona, el cetro y la capa de un rey: *Pollo Real, Tu Pollo,* decía un letrero gigante. Uriela se quedó paralizada, el hipopótamo a su lado. Italia corrió a la cabina del camión: de pie, junto a la portezuela abierta, aguardaba Porto, el largo pelo hasta los hombros; llevaba puesto un sombrero de cuero con una pluma al costado. Se abrazaron. Porto giró con ella varias veces, sosteniéndola en vilo —como en las fábulas, pensó Uriela, y arrastró la maleta a la puerta trasera del furgón, que se abrió de pronto, desde adentro, mágicamente, como si alguien supiera que Uriela iba hasta allí con la maleta.

La familia entera de Porto esperaba, adentro.

En la inmensidad del compartimiento, sentados ante una mesa rectangular, la mesa y las sillas empotradas al piso del camión, estaban el papá y la mamá, la abuela, la tía y los dos hermanos de Porto de Francisco, todos con botellas de cerveza en las manos. Al fondo, en la esquina, había un enorme refrigerador de puerta de vidrio: Uriela se admiró de la cantidad de pollos crudos que colgaban de ganzúas. La asombró más el saludo general, alborozado. El que debía ser el papá de Porto se llevaba a la boca una pata de pollo asado. La mamá también comía, un ala: saludó a Uriela mientras masticaba. La tía era idéntica a la mamá, y fumaba. Los dos hermanos de Porto se apresuraron a cargar la maleta.

—¿Y tú no vienes con nosotros? —preguntó a Uriela uno de los hermanos. Llevaba un turbante blanco en la cabeza y su vestido era de la India, de seda esplendente, que cayó en gracia a Uriela y la hizo pensar en un brahmán. La barba le llegaba al ombligo, tenía un arete de barro en la oreja.

Uriela lo miró con atención:

—A lo mejor en otra vida —respondió.

—Es muy posible que esta sea tu otra vida —dijo él con severidad.

—Me llamo Tutú, soy la abuela de Porto —dijo la abuela, viniéndose a ella. Como Uriela estaba en la calle debía mirar para arriba, el cuello doblado por completo: así de alto era el furgón del Pollo Real. La vieja la saludó desde su altura, como una gigante, siendo en realidad rugosa y menuda, pero ágil: se arrodilló y estrechó la mano a Uriela desde su sitio—. No sabemos si tu padre sabe de esto, pero dile que no se preocupe. Que nos llame, que para eso existen los teléfonos.

—A lo mejor va a verlos en persona —dijo Uriela.

—Pues tanto mejor —dijo asomando su gorda cabeza el empresario del Pollo Real. Uriela vio que era un señor

84

imponente, la voz gutural, los ojos de pollo, diminutos, brillantes—. Charlaremos como se debe. Correctamente. Civilizadamente.

Uriela presintió que su hermana cometía el error más grande de su vida, pero no había tiempo de hablar, de preguntar. Porto había subido a la cabina del camión, él conducía, y hacía sonar un pito que era la réplica exacta del canto de un gallo en la mañana. El canto del gallo se desparramó por toda la calle: los niños beisbolistas presenciaban el acontecimiento extasiados. Antes de subir al lado de Porto, Italia corrió a despedirse de Uriela, mientras el gallo cantaba.

Se abrazaron por última vez.

11

En punta de pies, las manos extendidas como un ciego, Rodolfito Cortés acabó de subir las escaleras de caracol. Solo una vez había estado en el cuarto de Francia. A duras penas recordó hacia dónde, por cuál de los tres pasillos que se hundían en la oscuridad, adentrarse. Una casa sin pies ni cabeza, pensó, ¿cuánto pagó el magistrado por ella?

El corazón le dio un vuelco. Al fondo, en la penumbra, vio la puerta abierta del cuarto de Francia; y vio a Francia como debajo de una niebla amarilla; la vio de pie ante la mesa, el largo vestido rojo, los hombros y brazos desnudos, una mano encima del recompuesto recorte de periódico que él, Rodolfito Cortés, no vio.

—Francia, amor.

Francia se espantó. Desde la eternidad de sus cavilaciones jamás imaginó que el traidor subiera a su cuarto, a buscarla, y pensar que se iba a casar, Dios, qué cara, qué falta de vergüenza —se gritó, pero se volvió a él con una sonrisa y lo escuchó en silencio.

85

—¿Por qué no has bajado a la sala, amor? —se intrigaba Rodolfito—. Vine por ti.

Cruzó la puerta. Se inmovilizó un segundo pero se decidió y la besó con prontitud en los labios, leve, muy leve, pensó Francia.

Él la contemplaba boquiabierto, realmente asombrado:

—Francia —le dijo—. Estás llorando.

—Sí —dijo ella—. Estoy llorando de felicidad.

Entonces apareció en la puerta Ike, incontenible.

—Prima, felices los ojos, ¿desde cuándo tan apartada en este claustro? Como dice la canción: Hace un mes que no nos vemos.

Otro asombro para Francia.

Hacía un mes se había besado con su primo, ya no se acordaba, de pronto sí, y no solo porque él se lo recordara, el rostro malicioso, sino porque de súbito recordó el beso en todo su esplendor, su temblor y su fuerza, ¿por qué?, y se preguntaba velozmente: ¿qué sucede con este loco?, ¿qué hace aquí?, ¿por qué se me aparece? Y todavía se preguntó, en ascuas: ¿de niños… hicimos…?, creo que sí, o no, ¿o sí?, y qué, ya pasó, amor de niños, y él insiste, insiste, insiste, ¿hace un mes?, qué tonta, ¿por qué lo besé?, me besó él y yo me dejé, no sé, Ike es bueno, Ike sufre, Ike sufre por mí, y me gustó ese beso, ¿sí?, ¿no?

Todo eso lo pensaba Francia en segundos, y la trastornó que Ike subiera a su cuarto detrás de Rodolfito, desbaratando sus planes de venganza, Ike seguramente celoso, a la caza del inofensivo Rodolfito, ¿inofensivo?, ¿qué haré?, ¿por qué mi rabia?, ¿por qué las ganas de estallar?, quiero gritar, me duelen las sienes, me desmayaré otra vez.

—¿Conoces a Rodolfito? —se le ocurrió decir.

—Claro que sí —dijo Ike y extendió su mano y cuando tuvo en su poder la mano de Rodolfito se la apretó con fuerza—: vi que te chocaste contra un árbol; eché reversa para ayudar pero saltaste de tu carro a charlar con unos niños.

A Rodolfito le parecía que su mano iba a reventar.

—Así es —dijo—. Fui a preguntar la hora.

El primo Ike lo liberó, encantado de semejante respuesta.

—¿Qué están diciendo? —preguntó Francia—. ¿Quién chocó contra un árbol?

Pero ya no puso atención, ni le importaba; solo descubrió que de cualquier modo la hora de su venganza había llegado.

Y con mucha ternura se apropió de las manos de Ike.

—Ike —dijo—, primer amor. Gracias por extrañarme. No es fácil ser olvidada. ¿Sí sabes, Rodolfito?, Ike y yo fuimos novios de niños, qué inocencia pero qué felicidad, en la finca de La Vega... ¿te acuerdas, Ike, cuando íbamos a buscar lirios acuáticos?, estás muy alto, primo, creces cada día más.

Y soltó las manos de Ike como si empezara a soñar.

Ike la escuchaba transportado. Esto sí era extraordinario. Francia, siempre tan reacia... seguramente quería deshacerse del batracio. Pues habría que ayudarla. «Y a lo mejor te robo otro beso», se gritó, «Dios mío, qué boquita roja tienes, se hizo para besar, qué mejillas, qué cuello, qué espalda, y cómo se te ve ese culito detrás del vestidito rojo, qué zapatitos de plata, ¿medias veladas?, Francia me vas a volver más loco de lo que soy».

—No bajemos todavía a la sala —propuso Francia—, debo respirar tres veces antes de soportar a César, me cae tan mal, ¿no lo vieron llegar a lomos de una mula?, qué espantajo, qué bestia, da miedo, vengan ustedes dos, charlemos un rato, ¿sí?

Aturdidos, permitieron que ella los tomara de la mano y los llevara hasta su propia cama y allí los hiciera sentar, en la misma orilla, uno al lado del otro, ambos observándose nerviosos, estupefactos, enfrente de ella. Francia se sentó en la silla junto a la mesa y puso el codo encima del recorte de periódico:

—Fuimos felices, primo Ike. Como dice la canción: Qué tiempo tan feliz... —Canturreó un minuto, con muy buena voz, qué tiempo tan feliz. Una voz que enternecía a Ike, que la oyó cantar desde que eran niños y por eso se enamoró. Una voz que escalofrió a Rodolfito porque nunca la oyó cantar. Se les había olvidado cantar, pensó, cantar, y, seguramente por eso... Pero pensó satisfecho que cuando se encontraban en el motel Sherezada se amaban con el fervor de la primera vez, y era eso lo que él quería repetir, a como diera lugar: lo sofocaba un deseo ciclópeo por Francia, ¿la despedida?, ¿el broche de oro? Sabía que con la fiesta de aniversario encontrarían el momento, el lugar, sí, era inaplazable, ansiaba a Francia como nunca, Francia ocupaba sus sueños.

«Pero conmigo no te quieres casar» pensó en ese mismo segundo Francia como si adivinara su pensamiento.

—Miren —dijo ella, y sacaba algo del cajón de la mesa—. Este fue el regalo de papá cuando me gradué, ¿no les parece increíble?

Era un estilógrafo de oro que extendió a Ike. Solo a Ike se dirigía cuando hablaba. Solo miraba a Ike:

—Es tan costoso que no lo quiero usar porque me da miedo, podrían robármelo. Es de oro puro.

—Bueno —dijo Ike—, las cosas son para usarlas.

—A ti no te robarían, Ike, tú no te dejarías robar, ¿cierto? Solo por eso yo sería capaz de regalártelo..., ¿lo quieres?

Rodolfito se echó a toser. La alusión de Francia no podía ser más directa: tres años antes iban tomados de la mano por la calle 19: Francia quería comprar una cartera de cuero que hiciera juego con sus zapatos. Rodolfito no lograría regalarle esa cartera, no solo porque nunca se le hubiese ocurrido regalársela sino porque no tenía un peso: a Rodolfito sus padres le enviaban lo básico desde Cali. A Rodolfito, Francia lo alimentaba a escondidas, le daba jarradas de leche de la nevera, le hacía pastel de yuca y kumis casero para que llevara como lonchera al Residencial donde vivía, le planchaba las camisas, se las remendaba, le regalaba desde un cepillo de dientes hasta los calzoncillos. Pero ese día Francia iba a comprarse algo para ella, a despecho de Rodolfito, que no veía con buenos ojos que ese día no compraran algo para él. Iban de la mano por la calle solitaria cuando se les aparecieron dos niños.

—Eran dos culicagados —contó Francia a Teresita, su mejor amiga—, de no más de diez años, rapados, en los huesos, dos gamines que me llegaban al ombligo, cada uno con un destornillador en la mano. Y me dijeron a mí, solo a mí: «Bájese de lo que tenga», «¿Que me baje?», les pregunté, «¿de dónde quieren que me baje?», yo no entendía, «Que se baje de lo que tenga», me repetían, «¿Pero a dónde voy a bajarme?», les pregunté, y entonces viene Rodolfito a explicarme: «Te están diciendo que les des todo el dinero que llevas», yo no lo pude creer, Rodolfito traductor de niños de la calle, pero entonces lo miré, Dios mío, si parecía que se iba a morir, temblaba más pálido que las nubes y no dejaba de vigilar los destornilladores como si ya se los hubieran enterrado en el corazón, pobrecito Rodolfito, se quedó sin respiración, se desinfló, y, lo que fue peor, cuando uno de esos piojitos le dio un toque de punta en la barriga, apresurándolo, Rodolfito mismo me quitó el bolso y lo abrió y sacó mi dinero y se los entregó.

«Dios mío, qué bruta», se lamentaba Teresita oyendo a Francia, «yo no sé qué haces con un tipo así, dime, Francia, ¿es que Rodolfito es tan bueno en la cama?, ¿tiene una de burro por lo menos?, ¿o te dio una pócima de indios para el amor?, ¿qué pasa contigo?», «No sé cómo explicar», repuso Francia, «es que yo quiero a Rodolfito, es tan frágil, pero tan bonito, es tan desamparado, es como un huerfanito», «¿No deberías ir con un siquiatra?», repuso Teresita, «¿frágil y bonito?, a mí me parece más bien como un sapito, las cosas que me cuentas son para morirse de la rabia, qué bruta, yo a un tipo que se deja manosear por unos niños lo pateo», «No», le dijo Francia arrebatada, «Rodolfito padecía, padecía en silencio, padecía, por eso yo siempre lo perdoné».

En ese momento Ike recibía el estilógrafo de oro, ¿aceptaba el regalo? Cómo no.

Rodolfito sintió que las palabras salían de su estómago, que él mismo las sacaba con sus manos, una a una, a la fuerza, para decir algo:

—Los estilógrafos de oro no sirven para escribir.

—Qué va —dijo Ike—. Sirven. —Desenroscó la tapa del estilógrafo y él mismo se escribió algo en la palma de su mano; debía ser una frase concienzuda porque demoró un minuto que pareció un año.

—Muestra —dijo Francia. Se levantó rápida de la silla, se echó el pelo para atrás, una marea de perfume de jazmín flotó alrededor, y se asomó a la mano de Ike y leyó en voz alta—: *Francia, todavía te amo.* —Y lanzó una risotada breve, pueril—: Qué loco, qué ocurrencia, me vas a matar, si nuestro amor fue de niños.

Y lo decía de verdad, pero realmente halagada, no solo porque nunca había pensado que esa pluma pudiera escribir en la piel de un ser humano, sino porque ese ser humano escribiera lo que ella acababa de leer, y enfrente del traidor, qué maravilla —pensó.

—Rodolfito —dijo Francia—, perdona a Ike esta manifestación de amor. Tú comprenderás el amor que nos tuvimos de niños, y yo recalco, de niños, que no se preste a confusión.

Y dio un amistoso golpecito a Ike en la mejilla. Después la misma mano del golpecito aterrizó un instante en la recia rodilla de Ike y la sobó por unos segundos que fueron mortales para Rodolfito, igual que destornilladores en el corazón. Rodolfito tragó aire: mientras miraba a Francia sentarse sonriente en la silla pensó que perderla sería como perder una pierna. Lo pensó de ese modo, seguramente porque deseaba cercenarle a Ike la pierna que la mano de Francia había acariciado, o porque de verdad perder esa novia sería como perder una pierna. Entonces sus ojos siguieron a Francia, buscaron el rostro, el cuello, la línea rosada, redonda, del hombro, los vellos dorados del antebrazo, el codo vuelto a apoyar encima del recorte de periódico...

Y palideció. Conocía muy bien ese recorte, el de la boda anunciada, y con foto.

Hizo un gran esfuerzo por aparentar que escuchaba. Si hubiese estado de pie se caía. Nunca imaginó que Francia supiera. Él sabía que Francia iba a saber, tarde o temprano, pero nunca pensó que ya lo supiera, ese día.

Sabía.

—Sobre todo me acuerdo, prima —decía Ike, la voz transmutada, bañada en ternura, olvidado de Rodolfito—, de cuando nos escondimos en el tamo, ¿recuerdas?, el tamo, Francia, ese montón de paja, de espigas, amarillo, amarillo, los cielos azules, jugábamos a las escondidas, allí nos escondimos de todos y no volvimos a salir nunca, ¿te acuerdas?

Francia enrojeció. De eso no se acordaba: allí él la tocó por dentro, y ella a él, allí se habían besado por primera vez; de allí ella huyó como si escurriera y nunca más volvió a acercarse a su primo, le tuvo pánico y lo olvidó, ¿por qué?, ¿o fue solo un juego y lo olvidó?, pero Ike jamás lo olvidó: a través de los años la perseguía para recordárselo. Entonces Francia miró a Ike y volvió a experimentar el mismo pánico que de niña: era como si Ike la olfateara.

Así se sintió: olfateada.

12

A Nacho Caicedo y Alma Santacruz, asomados a la ventana, pero siempre detrás de las cortinas, sombras que aguardaban, no les hacía gracia bajar a la sala y presentarse a los primeros invitados, que eran simplemente sus sobrinos. Preferían esperar la llegada de parientes de edad; los jóvenes estaban bien con los jóvenes. Entonces vieron arribar el oscuro mercedes, de cara a las puertas del garaje. Eran las hermanas de Alma Santacruz, Adelfa y Emperatriz. Las dos hermanas descendieron del mercedes, ayudadas por Zambranito, muy atento, que ese día lucía una gorra charolada, de chofer inglés. «¿Le hiciste poner gorra a Zambranito?», se sorprendió el magistrado. Adelfa y Emperatriz lucían sus mejores galas; de más edad que la señora Alma, se pintaban el pelo para ocultar las canas. Ambas conservaban el hechizo de ciertas mujeres de edad que hace recordar que fueron bellas. «Qué lindas están», se burló Alma, y la intrigó que Adelfa no llevara con ella a sus tres hijas menores.

También Nacho Caicedo se hallaba emperifollado, de vestido negro y corbata celeste, camisa de un blanco impecable y mancornas de oro, cada una con una esmeralda. Pero él no reparaba en sus cuñadas: las puertas del garaje se abrían de par en par y aparecía la rubia Iris Sarmiento, que esperaba que Zambranito entrara con el mercedes. El infaltable Marino Ojeda había acudido a ayudarla, sin que hiciera falta su ayuda: «Ese vigilante no me gusta», dijo el magistrado, «si no veo mal le ha puesto una mano en la nalga a la muchacha. Tienes que estar alerta, Alma, no sea que, además de Italia, Iris nos venga con su sorpresita». «Imaginaciones», dijo la señora Alma, «Marino es un muchacho correcto. La semana pasada espantó a un ladrón del jardín de los Ruggiero». «No te estoy hablando de ladrones sino del culo de la muchacha», repuso el magistrado. La señora Alma observaba complacida que Lisboa y Palmira habían salido a recibir a las recién llegadas, las ayudaban con los regalos que traían, se oían sus voces, «¿Y en dónde está Alma?», preguntaba Emperatriz, «¿cómo es que no se presenta a recibirnos?» «Se está vistiendo ahora», decía Lisboa.

—Bien, voy a bajar ya mismo —dijo la señora Alma.

Su marido la tomó por la cintura y ella lo miró; eso sí que era inusitado: ya habían tenido un encuentro de amor, ¿para qué más? Estaba realmente espléndida en su vestido largo y, aunque pasada en carnes y el rostro maquillado como de actriz del siglo pasado, también ella avisaba con ojos y cuerpo de una belleza mórbida, no muy lejana. Y, sin ningún temor, más bien con delicadeza estudiada, y en una sola maniobra, el magistrado le subió el vestido a la cintura y puso su mano a frotar en la redondez satinada. Después la descubrió por entero.

—¿Y esto qué es? —se rebeló sin fuerza la señora Alma—, ¿quieres imitar al vigilante? Deja, tengo que ir con mis hermanas.

—Sigue perfecto —decía el magistrado, encorvado sobre ella—. Es tan redondo como la primera vez. Es lo más elevado que conocí.

Desde su luna de miel, Alma Santacruz se acostumbró a que su marido le deslizara semejantes piropos justo para hacerle entender que quería amarla. Tan ofuscada como halagada quiso escapar del abrazo pero él la tumbó en la cama, bocabajo, la cara contra el cobertor, y a pesar de que estaban vestidos se las arregló, paciente y experimentado: «Seguramente es porque me voy a morir», decía, el rostro contraído, la boca pegada a la oreja de su mujer, enrojecido, febril, tan conocido como desconocido. Ella lo dejó hacer, sin ocultar su contrariedad, huraña al principio pero ayudándolo, indócil aunque enaltecida y al fin desbordada, feliz al tiempo que él. Fueron esos encuentros de transformación, de revolución espontánea, que primero ocurrieron de día en día y luego de semana en semana y finalmente de mes en mes, los que hicieron que no se agotaran de sí mismos jamás.

—Me has arrugado el vestido —dijo la señora Alma.

Uno debajo del otro se contemplaban con admiración. Con mutua compasión. Las voces de sus hijas desde la calle los afanaron.

—¿Cómo no entran todavía? —decía Alma, de pie ante el espejo del tocador, alisándose los pliegues del vestido—, ¿qué esperan?

El magistrado volvió a asomarse a la ventana. No era más alto que su mujer, se estaba quedando calvo, su barriga sobresalía, pero irradiaba fuerza por cada poro.

—Todavía no llegan los demás —se lamentó—. No llega la principalía.

—Cuando lleguen se servirá el almuerzo en el jardín —dijo Alma, efectiva—. Hay mesitas como para un ejército. Nosotros almorzaremos en familia, en el comedor.

—Bien. Ya vendrán. Yo solo salgo de aquí cuando lleguen los principales. Ve a atender a los sobrinos que te facilitó Dios. Yo tomaré una siesta. Demasiado trajín.

—Iré con mis hermanas, les contaré que te portaste como un caballo. Me envidiarán.

—Saludos a Emperatriz. Siempre le tuve ganas.

—¿Por qué me dices eso este día?

—Tú sabes que eres la única estrella de mi firmamento —dijo Nacho Caicedo, y rieron. Dudaron un segundo y se abrazaron.

Se abrazaron por última vez.

Tercera parte

1

Pero quiénes eran los peores invitados —según Uriela—, y quiénes la principalía —según el magistrado—, qué hacían, por qué sufrían, en qué orden o qué desorden llegarían.

Avanzaba el mediodía, iba a llover y apareció el sol, el despiadado sol del altiplano que enrojeció los cuellos de los niños beisbolistas; se pasaban la pelota con desgano; preferían sentarse a fisgonear las aventuras de esa fiesta donde una mula blanca había llegado, para ellos el más soberbio invitado, el invitado que intrigaba, ¿sería posible que a la altura del baile les permitieran entrar y montar en la mula?, ¿por qué no?, conocían a Uriela Caicedo.

También sus mamás se dedicaban a la contemplación; jóvenes mujeres aburridas, ese viernes sería el día que las redimiera de una abulia más que cotidiana: eterna; ese viernes podía serlo todo, menos otro día más: a lo mejor las invitaban a bailar y se darían el gusto de aceptar o rechazar la invitación, ¿por qué no?, conocían al magistrado Caicedo.

El arribo de monseñor Javier Hidalgo y su joven secretario, el padre Perico Toro, corroboró las expectativas: se creyó al principio que la negra limusina que los trajo era el coche de una funeraria, sin ataúd. Cuando los religiosos descendieron, el sol, reverberando en mitad del cielo, los convenció de un calor del infierno: iban tomados del brazo y prefirieron parar un segundo a respirar, sombríos pájaros en la canícula. Cuando llamaron a la puerta, en ese mismísimo instante se oscureció el día, las nubes se tragaron al sol, un trueno apocalíptico se dejó oír encima del mundo y la lluvia se soltó como si alguien espantoso se largara a orinar, ¿premonición?

Detrás de las dos sombras emparamadas desaparecía la limusina arzobispal, negra y larga como para llevar ataúdes. Las vecinas, a punto del desmayo (¿cómo entender ese sol y después ese diluvio que se abría?), los beisbolistas, el celador, todos espiaban la aparición religiosa, tan fúnebre como iluminada: debajo de nubes vertiginosas, a la luz azul de los relámpagos, monseñor Hidalgo sujetaba su negra vestidura que el viento abombaba y el secretario corría para capturar el solideo que el viento robó de la cabeza de monseñor. Una vez recuperado, monseñor y su secretario se plantaron frente a la puerta y esperaron.

Salió el magistrado en persona a recibirlos. Se los llevó consigo.

La puerta se cerró en el aguacero.

De los mismos sesenta años del magistrado, monseñor Javier Hidalgo se veía sin embargo mucho más viejo: abotagado, encorvado, no parecía tener ojos sino dos minúsculas rayas rojizas debajo de unos párpados sin cejas. Uriela comparaba a su pesar la cabeza de monseñor con la cabeza de su tortuga y no le agradaba la comparación porque pensaba que constituía un insulto a su tortuga. De las hijas del magistrado, Uriela era la única que detestaba abiertamente a monseñor. Las causas sí las sabía: años antes había acechado una discusión entre sus padres alrededor de un «secreto» de monseñor, pero mucho antes de oír la discusión, desde niña, Uriela abominaba de monseñor, por puro instinto infantil —decía.

Monseñor Hidalgo no sospechaba que su secreto fuera compartido; nunca previó semejante desliz por parte de Nacho Caicedo: había bautizado a las hijas del magistrado, había confesado al mismo magistrado y a su mujer, *sabía de ellos*, y si no alcanzó a bendecir su boda fue porque entonces se encontraba confinado en aquella parroquia de New York, donde el arzobispado de Medellín lo remitió luego de «su primer niño». Pues monseñor Hidalgo era un desflorador de niños, un profanador de monaguillos, un sodomita, un abusador, un raptor y violador, pero también un amigo del magistrado. Los dos, nativos de Popayán, habían hecho el bachillerato juntos; desde esos años eran pandilla.

De los pormenores del secreto Uriela se enteró una mañana, oyendo la discusión a puerta cerrada: la señora Alma se oponía a que el magistrado interviniera en «el asunto» de monseñor. Porque, si bien los de la cofradía católica y el mismo papa eximieron de toda culpa a monseñor, pasados los años la vida no lo eximió: su primer niño creció: de seis años tan rosados que tenía se convirtió en un jayán con abogados, el alma desfigurada desde el primer embate de monseñor. Millones pagó monseñor, y tuvo que pagar tres veces más; un domingo vio al jayán de cara de verdugo en primera fila, oyendo misa en la catedral, misa que él presidía, y, después, a la hora de la comunión, cuando repartía la sagrada hostia, vio horrorizado que el jayán hacía cola, que al llegar su turno abría libidinosa la boca y recibía la hostia sin parar de contorsionar la lengua como serpiente y se tragaba entero el cuerpo de Cristo como si se tragara otra cosa: monseñor Hidalgo confesaba entre sollozos al magistrado que estuvo a punto de desmayar con todo y cáliz en sus manos. Y, lo que fue su calvario, la comunión del verdugo se repetiría cada domingo, sin que monseñor pudiera hacer nada para evitarlo, excepto buscar audiencia con Nacho Caicedo. Solo el magistrado conseguiría ayudarlo, y lo ayudó: creyó o aparentó creer en la inocencia de monseñor. Alma Santacruz no creyó, pero era una mujer sabia, a su manera: se olvidó del incidente como se olvidó para siempre de otros incidentes de justicia que su marido compartía con ella, acaso para que la carga fuera menor. El magistrado hizo firmar un documento entre monseñor y el desflorado, persuadió a monseñor de aprovechar los dineros del Colegio Ave María, en donde monseñor era rector, para pagar otros millones, los últimos millones, y se esfumó la pesadilla, desapareció el desflorado de sus misas, jamás, gracias a Nacho Caicedo, volvió monseñor a entregar el cuerpo de Cristo a la serpiente que se desenroscaba, jamás, gracias al magistrado, volvió a padecer los frutos de su pecado, ¿cómo no acudir a su aniversario, cómo no bendecirlo?

Y llegó la orquesta de Cecilito enseguida, aunque famélica, con muchas ganas de almorzar —ojalá antes que después.

Ya el chubasco se había ido, el sol flotaba negro en el cielo, pero era sol. Los beisbolistas y sus mamás enmudecieron al presenciar el arribo del carromato orquestal, jaula de zoológico. Los Malaspulgas Band, Orquesta Tropical, descendieron uno a uno con sus instrumentos a cuestas. Eran jóvenes todos, pero a todos les temblaban las rodillas y tenían los párpados hinchados, las bocas moradas; sus vestidos entelarañados daban a entender que no se bañaban hacía semanas y, como el nombre de su orquesta indicaba, no se veían nada contentos o fingían mala cara de común acuerdo, para homenaje de sí mismos. De los nueve integrantes de la banda solo uno era mujer: la vocalista y bailadora Charrita Luz.

Cecilio Diez, cabeza principal, manoteador de congas, ahijado de Alma Santacruz, vestía de negro. Con negro sombrero de ala ancha, patillas retintas y chivera negra, parecía un Mefistófeles musical. El mundo sabía que era casado y con hijos; *su* mundo sabía que era homosexual enamorado de Momo Ray, su flautista. Cecilito, hijo de un acordeonero malogrado, oriundo del pueblo de Alma, tuvo la suerte de que la misma Alma Santacruz se hiciera cargo de su vida: ella pagó sus estudios en el conservatorio y no se molestó cuando Cecilito resolvió que el conservatorio valía huevo y que él era mejor. Lo amadrinó y lo ayudó a conformar su orquesta: se hizo el milagro: los Malaspulgas Band conquistaron el país; ahora tocaban en casa de Alma Santacruz, no solo porque era madre putativa de la orquesta sino de su director y conguero, Cecilio Diez.

Pero ser hombre orquesta no era la única proeza de Cecilito. En un arrebato de celos, por líos de pantalón, había matado a su primer saxofonista de un golpe de conga en la cabeza. El primer saxofonista estaba tan bien dotado, y era tan bello, ¿cómo no era fiel, además? Nacho Caicedo impidió que Cecilito se fuera a amenizar piñatas bailables en la cárcel: lo liberó de toda duda nacional, lo eximió de castigo, lo indultó, ¿cómo no tocar en casa del magistrado?

2

Llegó el tío Luciano, hermano del magistrado, comerciante en juguetes, con su esposa Luz y sus hijas Sol y Luna, y llegó Barrunto Santacruz, hermano de Alma, con su esposa Celmira y su hijo Rigo, llegó José Sansón, primo del magistrado, Artemio Aldana, amigo de infancia, el Candela, primo de Alma, el Zapallo, otro primo, Batato Armado y Liserio Caja, oscuros protegidos del magistrado —en realidad sus más discretos guardaespaldas—, el publicista Roberto Smith, famoso por su mal carácter y cliente perpetuo del magistrado, el catedrático Manolo Zulú, el exportador de banano Cristo María Velasco y su hija de quince años Marianita, Conrado Olarte, mago de profesión, Yupanqui Ortega, maquillador de cadáveres, dueño de la Funeraria Ortega —él mismo se proclamaba tanatólogo—, Pepe Sarasti y Lady Mar, odontólogos, el rector Dalilo Alfaro y Marilú, dueños del colegio de señoritas La Magdalena, los gemelos Celio y Caveto Hurtado —profesores de Ciencias de ese mismo colegio—, la profesora de Arte Obdulia Cera, el ciclista profesional Pedro Pablo Rayo, profesor de Educación Física, los profesores de primaria Roque San Luis, Rodrigo Moya y Fernanda Fernández, los dos Davides —libreros—, el carnicero Cirilo Cerca —que era además barítono aficionado—, los prometidos Teo y Esther, Cheo y Bruneta, Ana y Antón, los apodados Givernio y Sexilia, Sexenio y Ubérrima, la exportadora de aguardiente Pepa Sol y su marido Salvador Cantante —que era mudo y además trompetista—, la apodada Gallina, dueña de un supermercado, las hermanitas Barney, cantantes de tango, familias enteras que eran conocidas por un sobrenombre inaudito: los Florecitos, los Mayonesos, los Púas —con abuelo y bisabuelo aún vivos—, los Calavera, los Pambazos, los Carisinos, los Mistéricos, los Pío del Río, una creciente marea de nombres y rostros dispares, cándidos y esperanzados, y cuando se presentaron los jurisconsultos, los pasantes y escribientes del magistrado, subalternos agradecidos, todos partícipes del erario, las amas de casa que avizoraban su paso comentaron sin prejuicio que jamás en su vida conocieron caras más pérfidas y más brutas, se les antojó que habían llegado a su barrio todo el odio del mundo y la más excelsa estupidez, la maldad y la zafiedad apareadas, el sucio espíritu —comentaban espantadas— o la falta de espíritu, los sin alma o desalmados, los crapulosos, los sin escrúpulos, y vieron que los de más alto rango arribaban en los autos que les facilitaba el gobierno, con sus choferes y edecanes, y que los inferiores llegaban en taxi, y atestiguaron trastornadas que la calle entera se repletó de ojos desarreglados como inyectos en sangre, y que uno de esos subordinados, por broma o porque no lo dejaban entrar a la casa, se exasperó y decidió colarse por el balcón, lo vieron escalar las rejas de las ventanas y llegar al balcón y meter una pierna y después la otra y desaparecer, llegó Arquímedes Lama, juez, y, con él, como si lo protegieran, Blanca Vaca y Celia Fuerte y Dolores Justa, juezas de la nación, mujeres que siendo jóvenes parecían de más de cien años, no paraba de crecer la muchedumbre, sus largas corbatas funéreas ondulaban en el humo de cigarrillos, sus calvas cabezas brillantes pugnaban como arietes por traspasar el umbral, y entre tantas voces y risas y quejidos parecía que hasta los mismos muertos acudían en oscuro tropel a cumplimentar al magistrado, se distinguían sus sombras que entraban ululantes sin necesidad de puertas y ventanas, simplemente atravesando las paredes, y eran tantos muertos en mitad de tantos vivos que se podía entender por qué monstruosa razón el tío Jesús no había querido perderse la fiesta.

3

—Iris —dijo el primo César—, te he estado buscando. Mi mujer dejó mi vestido y mis zapatos en la biblioteca, ¿dónde demonios queda esa biblioteca?, Perla me dijo que era el mejor sitio para desvestirse, mejor que el baño, ¿es cierto?, ¿nadie me va a ver?, temo asustar a mis primas con mi barriga.

De algún lugar de su memoria Iris desenterró que César Santacruz ya le había anticipado que tarde o temprano ella le indicaría un lugar para vestirse. Además, le había pedido un balde de agua pura y una olla de zanahorias para la mula, ¿por qué me olvidé?, no tengo cabeza. Iris Sarmiento se abochornaba, arrepentida.

Estaban en el pasillo, cruzado por camareros atareados: cualquiera de ellos podría haberlo llevado hasta la biblioteca, pensó Iris. Y de nuevo el mismo escalofrío que había sufrido en el patio, con César y Rosita, la paralizó.

—Acaba de llegar monseñor Hidalgo —decía César Santacruz—. No puedo besarle el anillo si no voy vestido con mi vestido negro, de día de muertos.

Rio.

Iris pensó que también debía reír.

—Llueve —dijo—. El cielo se va a caer.

Fue lo único que se le ocurrió decir.

El primo César atisbaba en todas direcciones. Sabía en dónde quedaba la biblioteca, pero hacía como si no. Perla le había dicho que dejó el vestido y los zapatos en la biblioteca, por ser un lugar retirado, pero que buscara el baño para cambiarse, «Yo te acompaño», le dijo, pero César repuso indignado que sabía vestirse solo. Y se estuvo un buen tiempo buscando a Iris por toda la casa, en la cocina, el garaje, la salita y el comedor, en el salón del segundo piso, en el balcón, hasta que la encontró cuando ya se daba por vencido, abajo, en el pasillo, cara a cara.

—Es por aquí —titubeó Iris—, la biblioteca no queda lejos. —Y avanzaba muy lenta, como con dolor, en el pasillo interminable, delante de César Santacruz, que la escudriñaba. Ella sentía sus ojos en todo su cuerpo. La paralizaban.

—¿Y nadie me va a ver? —preguntaba César, detrás.

—Es el mejor lugar —dijo Iris—, nadie lo va a ver. Pero también podría ir al baño de visitas. Es grande y con espejos…, hay seis baños en esta casa.

—No. Alguien querrá orinar mientras me visto. No voy a molestar.

Ya llegaban a la biblioteca, un recinto apartado, enseguida de la salita y el comedor.

El primo César entró pero se apropió de la mano de Iris:

—Espera —dijo—. Sigue conmigo, quiero decirte algo.

De nuevo el escalofrío la paralizó. No pudo decir nada y se dejó arrastrar como por las aguas de un río: se ahogaba.

—Pero qué niña tan linda eres, Iris, me vas a hacer llorar.

Ella se asombró de verdad:

—¿Hacerlo llorar yo? ¿Por qué iba a hacerlo llorar?

—Por tu belleza, Iris, ¿cuántos años dices que tienes? ¿Por qué vives con mi tía Alma?, ¿de qué mundo te trajeron?

—Yo soy ahijada —dijo Iris—, quiero decir… casi adoptada.

No sabía por qué, pero pensaba que si contaba su historia ese hombre la soltaría, la liberaría de inmediato. Siguió hablando atropellada:

—A mí me regalaron. Fui un regalo para la señora Alma en una carretera. Así me lo contó ella. Una abuela le entregó a una bebé en la carretera y le dijo: «Quédesela». Era yo, y doña Alma se la quedó, se quedó conmigo, gracias a Dios. Yo tengo la misma edad de Uriela.

—Qué cantidad de libros, carajo —decía el primo César mirando en derredor—. Para aburrirse toda la vida.

Parecía que nunca la hubiese oído.

Ambos dirigieron la mirada a una silla lejana donde aguardaba el vestido negro, doblado como un muñeco en el espaldar; los zapatos reposaban luminosos en el piso. Un gran escritorio negro fulgía en mitad del recinto, y hasta allí se fue el primo César, sin soltar la mano de Iris.

—Creo que debo irme —dijo ella—. Oí que me llamaban.

—No tengas miedo, solo quiero decirte algo, ven, Iris.

Encima del escritorio negro había un sobre blanco. El primo César lo recogió y leyó en voz alta: «Querido padre». Y sonrió. Miró el reverso del sobre y leyó en voz alta: «De tu hija, Italia».

Sin dejar de reír sin sonido, como una máscara muda, el primo César se guardó la carta en el bolsillo del chaleco de cuero de avestruz que se había dejado puesto. El escritorio quedó limpio, deshabitado. Y encima de su negra superficie, en el borde, el primo César hizo sentar a Iris —después de atenazarla por la cintura, elevándola—. Ella había puesto las manos en sus hombros, para apartarlo. No lograba empujarlo un centímetro: allí estaban el cuello rojizo y el pelo rojo, contra ella, no lograba hablar y mucho menos gritar. La mano de César en su cuello la doblegó hasta casi la asfixia, la acostó bocarriba. Después la máscara de risa muda se aplastó entre sus piernas.

4

El cazador tuvo que confesarse a sí mismo que su pedazo de hombre no era presa fácil. Cuando logró divisarlo vio que no iba al terminal de buses, como supuso, sino al interior del pueblo: la tórtola sospechó que la buscaría en el terminal y se echó a volar, precavida. Por poco pudo engañarme, pensó. Lo sorprendió que su presa se moviera entre las calles como si supiera a dónde ir.

El tío Jesús caminaba a pedazos, exhausto después de la carrera; de vez en cuando se volvía a mirar: nadie en la calle. ¿Nadie? Allí palpitaba el cazador, pétreo, adosado a los ladrillos de un muro, o detrás de un árbol, o en un zaguán. Así transcurrieron los minutos, los dos como sombras escurridizas, uno detrás de otro. El rastro del tío Jesús serpenteaba entre calles y callejuelas; se detenía en los mercadillos, desaparecía y reaparecía; insistía en despistar a su perseguidor.

Así bordearon el matadero de Chía, de donde brotaba el lloriqueo desenfrenado de los cerdos que serían sacrificados. Olía a sangre en el aire. Dieron toda la vuelta al matadero y regresaron al centro de Chía. Cerca del parque de la Luna, en una calle polvorienta, el tío Jesús se detuvo ante la puerta de uno de esos caserones de tres pisos, funéreos, de muros de adobe: oteó por última vez a derecha e izquierda y empujó la puerta y desapareció. No tuvo necesidad de llamar a la puerta —pensó el cazador, intrigado—, ¿qué casa es? Se estuvo un buen tiempo contemplando las ventanas del segundo y tercer piso, todas de persianas cerradas, ¿un hotel sin nombre?, podía ser.

Enfrente de la casa había una tienda de cerveza. Sombríos parroquianos bebían en su interior, en el sucio saloncito, sentados ante manteles percudidos. En la pared relucían manchas como de tomates estrellados. Olía a aguardiente. Uno de los parroquianos, de sombrero, se paseaba entre las mesas canturreando vallenatos, borracho. Detrás del mostrador atendía un niño soñoliento, sentado en un butaco. Cuando vio al cazador pegó un salto: acaso no había visto en su vida a un hombre con un parche en un ojo. El cazador pidió una cerveza, pero siguió de pie, en el umbral, la botella en la mano, sin beber y sin dejar de acechar la casa, por si Jesús asomaba. Una breve conversación con cualquiera de esos parroquianos le habría bastado para saber de qué casa se trataba, pero ya el cazador lo suponía: «Un puteadero. Y lleva todo el dinero con él».

Pagó la cerveza y dejó la botella intacta, encima del mostrador. El borracho que cantaba se la llevó como un trofeo.

El cazador atravesó en dos saltos la calle y empujó la puerta: un pasillo ensombrecido seguía a continuación. Por allí avanzó, en la penumbra. Lo deslumbró la claridad de un vetusto jardín con una fuente de piedra en la mitad, sin agua. Flores deslucidas se inclinaban contra la tierra árida. Era un patio techado. Arriba, sobre la mohosa marquesina, se distinguía la silueta de algo como el cadáver de un gato electrocutado. En los linderos del suelo de piedra, siguiendo su forma rectangular, se alzaban los tres pisos del caserón, de habitaciones idénticas, con puertas azules descoloridas, todas selladas por grandes candados herrumbrosos; solo había una puerta abierta, en el primer piso, en un ángulo del patio, y ondeaba en su interior una luz azulosa; le pareció oír risas de mujer. Cruzó el patio y se asomó.

—Lo estaba esperando, Lucio —se oyó la voz desesperanzada de Jesús—. Siga nomás, siéntese conmigo.

Era un recinto amplio, con mesas y sillas desocupadas. Jesús aguardaba sentado. Una pequeña claraboya medio iluminaba el salón. Como para animarlo a entrar, Jesús se incorporó: alargaba una mano con el fajo de billetes. De inmediato el cazador recuperó el fajo: de un vistazo confirmó que seguía completo y se lo guardó. Solo entonces se sentó.

—Era la única manera de que viniéramos acá —dijo Jesús—. De lo contrario usted no lo permitía. Tuve que obligarlo a correr detrás de mí, y ahora ya estamos aquí, señor, para aclarar las cosas.

—¿Aclarar?

—Así de simple.

El cazador se preguntaba si de verdad el pedazo de hombre se había dejado seguir. Y oyó, desconfiado, la raspuda voz:

—Si Alma quiere que no me mueva de Chía, este es el único sitio de donde no me moveré. De cualquier otro sí me moveré, no tenga duda, y me iré a la fiesta de Bogotá. Así que, señor jardinero, deme ese dinero y váyase con la conciencia tranquila. Le dice a mi hermana dónde me dejó, con quiénes, y verá que ella entiende a la perfección. Alma sabe que estas casas son como mi hogar.

—¿Su hogar?

—Aquí puedo comer y dormir, aparte de otras cosas, si se presenta Dios. Para mí, señor jardinero, Dios es una mujer, la mujer que se sueña. Si Dios se presenta, tanto mejor, y, si no, habrá otras mujeres para distraerme. Estese tranquilo, no es la primera vez que vengo a esta casa. Aquí me quieren, aquí me respetan, aquí me conocen desde hace siglos, aquí yo entro pateando al perro, como se dice.

La risa de mujer se volvió a oír.

—Chanchita, ven —la alentó el tío Jesús.

Y se hizo real, se hizo carne, en la penumbra, la silueta de una mujer de mediana edad, gorda, pequeña, el pelo crespo y pintado. Extendía la mano rechoncha en dirección al cazador.

El cazador le estrechó la mano.

—Pero qué mano fuerte —dijo ella, posando su otra mano encima de la mano del cazador.

El cazador se desasió.

—¿Es usted la dueña de la casa?

—Como si lo fuera, señor —dijo ella sentándose—. Soy la administradora. ¿Quiere beber, o quiere comer? Hay mazamorra chiquita, de la buena, con mucha carne, hay sopa de mondongo.

—Ni beber ni comer —dijo el cazador—. Solo necesito que el señor —y señaló con la quijada al tío Jesús— se quede en esta casa hasta pasado mañana. Dígame cuánto valen la habitación y las tres comidas, hasta pasado mañana. Yo pago por adelantado.

—¿Las tres comidas? —se sonrió la mujer, y otras risas cantarinas se dejaron oír en la oscuridad. Brotaron de ella tres muchachas, escasas de ropa, en traje de baño, a pesar del frío, todas con un ligero pañolón encima de los hombros. Una de ellas puso una botella de aguardiente y copas alrededor—. No es posible fijar un precio; todo depende de las comidas.

Otra risotada cantarina siguió a sus palabras. El tío Jesús también rio, repantigado en su silla, con una copa de aguardiente a rebosar.

—Se te olvidaron los cigarrillos, Indiecita —dijo.

La muchacha que había servido el aguardiente se fue a traer cigarrillos, las otras dos se sentaron. Un leve olor a desinfectante emanó de sus cuerpos. La llamada Chanchita ofreció una copa al cazador, pero él no aceptó.

—Señora —dijo—, dígame cuánto y yo pagaré. Me da un recibo firmado. Es que yo necesito la constancia de que dejo a este hombre en su casa, con todos los gastos pagos por tres días. Y me iré.

—¿Un recibo? Pero si yo no puedo escribir.

De nuevo rieron todos, excepto el cazador. Una de las muchachas se había incorporado y le rozaba los hombros con sus manos. Le puso muy cerca su voz:

—Pero qué hombre tan serio, no se ha reído un poquito, venga conmigo, ¿quiere o no quiere?, me contará por qué no se ríe.

El cazador se irguió con brusquedad. La risa murió en los rostros; la silla del cazador rodó por los suelos; nadie la recogió.

—Tenga, señor —dijo por fin el cazador, y extendió el fajo de billetes. El tío Jesús lo recibió feliz—. Usted verá qué hace. Yo cumplí. Pero no se le ocurra aparecerse en casa de la señora Alma. Su sobrino dijo que lo patearía. Conmigo le sucederá algo peor.

El tío Jesús pareció no escuchar, agazapado sobre el fajo de billetes, como si los contara: sacó tres o seis y los ofreció al cazador alargando la mano por encima de la mesa. El cazador dio una palmada a la mano, los billetes cayeron, la muchacha que estaba de pie se agachó a recogerlos y se los iba guardando en el seno, «Llueve plata del cielo», gritó. El tío Jesús se encogía de hombros, el cazador salió del salón, otra vez al jardín, y allí se tropezó con la muchacha que traía cigarrillos.

—¿Ya te vas, papá, tan rapidito? —preguntó, y, veloz, sin que el cazador pudiera evitarlo, le puso una de sus manos en la entrepierna, con una especie de fuerza tierna, pero fuerza al fin, una fuerza feroz, abarcándolo por completo, apretándolo, un instante, «Por Dios santo», pensó Lucio Rosas, «me las pudo arrancar».

Salió de la casa a trompicones, seguido de más risotadas. Y una vez en la calle se juró que no volvería a Bogotá. Todavía no. Era cierto que quería abandonar Chía cuanto antes, pero no permitiría que Jesús se saliera con la suya. Lo acecharía hasta que anocheciera.

De nuevo el niño de la tienda vio entrar al hombre del ojo parchado. Lo oyó pedir otra cerveza, lo vio quedarse con ella en la mano, de pie, sin beber, sin quitar su único ojo de la casa de enfrente.

5

Francia dudó, ante los dos hombres. Uno parecía que la olfateaba, el otro a punto de llorar. Pensó que debía reír, ¿o pedir ayuda?, las cosas se ponían color de hormiga. De pronto los dos hombres se encararon; ella no parecía existir para ninguno, y oyó la voz de Ike, rugía:

—Tengo que hablar con Francia a solas, ¿me entiendes?

Rodolfito Cortés no entendía.

Creció la voz de Ike como si lo estrangulara:

—Evapórate.

Rodolfito Cortés no se evaporó. No podía.

—Evapórate, batracio. —Y repitió con un ronquido—: Te he dicho que te evapores.

Pero el batracio no lograba evaporarse, del físico miedo. La voz de Francia vino en su auxilio, realmente asustada:

—Tengo hambre —dijo—. Es hora de que bajemos.

—Francia —pudo decir Rodolfito—: la noticia del periódico es mentira, lo juro.

La noticia del periódico era verdad, y, sin embargo, en ese instante, para él, era mentira. Estaba convencido:

—Nos quieren separar. Tienes que creer en mí o estamos perdidos. Me mato. Yo me mato. Lo juro.

—¿Te matas? —dijo Francia.

—¿De qué hablan? —pudo preguntar Ike desde el otro lado de su pasión: no lograba entender, se desesperaba.

Pero ni Francia ni Rodolfito escuchaban, uno frente a otro, contemplándose transportados.

Entonces entró en la habitación la señora Alma. De un vistazo descifró qué ocurría.

—Ya empieza el almuerzo, descomedidos, ¿qué hacen aquí? ¿Quieren que traiga la correa y los mueva a correazos? Ustedes son mis niños, queridos, a ustedes yo los arreo como quiero.

Francia fue la primera en correr. Por primera vez en su vida agradecía la fuerza de su mamá. Detrás de Francia siguieron Ike y Rodolfito, cabizbajos, y doña Alma la última: «Si no vengo a tiempo», pensaba, «estos dos son capaces de agarrarla cada uno por un brazo y tirar hasta descoyuntarla, qué caras, Dios, qué caras, ni en el infierno».

6

—Y es virgencita, además. Es mi regalo del cielo —se asombró César, la voz humedecida, un ruego—. Tendré que esforzarme ahora, mi bendecida, aguanta un poquito.

Resopló. Su sudorosa mejilla como ola de fuego empapaba la cara de Iris, que se asfixiaba.

—Mejor no te esfuerces más —se oyó la voz de Perla, a espaldas de su marido— o te revientas, talego de manteca, cerdo. —Y le dio con el lomo de un libro en la cabeza.

Con un bufido César Santacruz se echó para atrás, cubriéndose la cabeza con las manos, y estuvo a punto de caer, pues llevaba los pantalones abajo.

—Y tenías que aparecerte, perra —dijo.

Con un sollozo como una agonía Iris Sarmiento saltó del escritorio negro y huyó de la biblioteca mientras se acomodaba la falda; se oía que lloraba.

—Tranquila, Iris, no es para tanto —alcanzó a gritarle Perla—, ya vamos a hablar las dos, no te preocupes.

Y todavía tuvo arrestos suficientes para empujar a su marido por el pecho: lo hizo caer sentado y le arrojó el libro a la cara, fue la primera arma que se le ocurrió usar cuando enfrentó la escena de su marido pugnando por violar a Iris. Con el codo, César impidió que el libro le diera de lleno en la cara:

—Y ya estás borracha, perra.

—No lo suficiente o te mataría, guache. ¿Quieres que vaya con el reporte a tu tía? Y tanto que te admira, no se imagina qué haces en su casa y con su criada.

Así se estuvieron unos segundos, él sentado, sonriente eterno, y ella odiándolo con los ojos, agazapada.

Pero al fin Perla retrocedió a la puerta y la cerró con fuerza.

Ya parecía acostumbrada.

—Vístete de una vez —dijo—, o le cuento a doña Alma lo que vi, y no solo a ella sino al magistrado: también él tiene pistolas como tú, degenerado.

—¿El magistrado? —se sonrió César con desprecio.

—Si no las tiene él las tienen sus guardaespaldas, ese par de ogros que por allí andan, vístete de una vez.

—Cuida tus palabras, perra, me empiezas a fastidiar.

Y, como si todo ya se hubiese solucionado, como si no existiera rencor de qué acordarse, Perla le fue pasando el vestido a su marido, pieza por pieza, y César se iba vistiendo en silencio, pieza por pieza, hasta llegar a las medias blancas y los zapatos negros.

—Qué lástima —se lamentaba—, era un buen bocado.

Perla recogió el chaleco de cuero de avestruz, lo dobló y lo dejó encima del escritorio negro. Allí quedó, en el bolsillo del chaleco, la carta de despedida que había escrito Italia a su padre.

—Ya empieza el almuerzo, ¿o es que no quieres almorzar, mugriento? ¿No vas a inflar todavía más esa barriga?

Perla no esperó a oír la respuesta. Se fue en busca de Iris, a pedirle perdón por su marido, a rogar que no contara a nadie lo sucedido y entregarle a cambio cualquier suma de dinero.

Era eso lo que siempre hacía.

Cuarta parte

1

A pesar del vasto jardín, de la abundancia de mesas, la cantidad de invitados desbordó todos los cálculos: Alma Santacruz se preguntó si debía habilitar el patio, sin que importaran loros y perros y gatos y la recién llegada mula de César. Se disuadió: se armarían trifulcas de niños; era mejor que los animales del patio siguieran en el patio y los animales del jardín en el jardín: su propia ocurrencia la hizo reír en secreto, dedicada a saludar uno por uno a los invitados que llegaban —sin acabar de llegar nunca.

Estaba sentada con su marido, a la entrada del jardín, y exhortaba a los invitados para que buscaran sus mesas, «O tendrán que almorzar de pie», les dijo.

Una vez se instalaran los invitados, ella y el magistrado dirían unas palabras; seguiría la Oración de monseñor Hidalgo y enseguida el almuerzo. Después tocarían los Malaspulgas Band. Con tal fin se dispuso una tarima en el jardín, y otras más pequeñas se repartieron alrededor, para el baile. Muchos invitados habían formado grupos, la mayoría de pie, alrededor de la tarima principal, presenciando el paso de Nacho Caicedo y Alma Santacruz.

Él la llevaba del brazo.

A los parientes viejos les pareció que la miraba con el mismo fervor del primer año de casados.

Marchaban detrás Adelfa y Emperatriz, con Lady Mar, Pepa Sol, la Gallina y las hermanitas Barney —respetables señoras de edad, todas rodeando a monseñor Hidalgo—. Y, más atrás, otras señoras acompañaban al padre

Toro, de rostro severo y enjuiciador: iban Luz, esposa de Luciano, Celmira, esposa de Barrunto, y Marilú, dueña del colegio de señoritas La Magdalena.

El carnicero Cirilo Cerca, barítono aficionado, se anticipó a las palabras de bienvenida. «Solo una canción», gritó, y avanzaba con un brazo en alto a la tarima, por entre el calor de los cuerpos. «Espérate, Cirilo, que va a hablar Nacho Caicedo», le advirtió alguien, y otro más: «Tenía que ser Cirilo Cerca, la Voz Viva de América». La muchedumbre rio a costa del barítono que se adelantaba decidido.

—Aprendió a cantar mientras destazaba a sus animales —se oyó una voz, nítida.

Y otras advertían:

—Que te aguantes unos minutos, Cirilo.

—No te adelantes.

—Va a hablar Nacho Caicedo, el anfitrión.

—No seas pesado.

—Aléjate, Cirilo, no estés cerca.

Más protestas, más risotadas, pero Cirilo Cerca como si no oyera.

Y se encumbró, al fin, la reconocida voz del magistrado:

—Déjenlo cantar. Ni más faltaba.

Con semejante espaldarazo Cirilo Cerca no se hizo de rogar. A sus cincuenta años subió de un salto a la tarima y, sin hacer uso del micrófono, remeció con su potente voz el jardín, de modo que los que hablaban callaron.

La voz se impuso, sobrenatural; no necesitó de ningún piano y guitarra que la acompañara; se apoderó del aire; lo transfiguró.

Cantaba una canción al amor por destino.

Cirilo Cerca era un hombre bajo, grueso, y su caja torácica —como la de célebres solistas italianos— sobresalía detrás de su camisa azul. Con el dedo índice extendido señalaba a un grupo de muchachas al lado de la tarima:

eran Francia, Palmira y Armenia, la profesora de Arte Obdulia Cera, la profesora de primaria Fernanda Fernández, las prometidas Esther y Ana y Bruneta y las apodadas Sexilia y Ubérrima.

Pero, mientras cantaba, el dedo del barítono se congeló en dirección a Lisboa: la señaló para siempre.

Lisboa, igual que una isla, algo apartada del grupo de muchachas, se hallaba embebida en la voz. Parecía que la canción entera volara solamente a su oído. Se ruborizaba y hubiese preferido encontrarse en otro planeta o por lo menos a cubierto, detrás del grupo de muchachas.

La canción se elevó a su punto culminante, la voz encima de Lisboa:

El día
que cruzaste
por mi camino,
tuve el presentimiento
de algo fatal...

Cuando hubo terminado, el aplauso que se levantó pareció otro aguacero. Cirilo Cerca saltó de la tarima para abrazarse con el magistrado; saludó con un beso a la señora Alma y se apartó, discreto, para darles paso. Pero mientras la pareja de agasajados subía a la tarima, algunos vieron a Cirilo enfilar por entre la muchedumbre y acercarse a uno de los invitados, uno de los que había gritado, y lo vieron empujarlo por el hombro con un recio manotazo, y lo oyeron: «¿Qué es eso de que aprendí a cantar mientras destazaba a mis animales?»

La voz del magistrado, engrandecida por el micrófono, los interrumpió: «Amigos del alma. Hoy les toca escuchar».

Los desafiantes no hicieron más; se cruzaron de brazos y atendieron. El que había gritado y ofendido era Pepe Sarasti, gran amigo del magistrado, de igual edad.

El magistrado engarfió su cuerpo como para un discurso universal. Lo vieron fruncir el ceño y reconcentrarse. Y, sin embargo, desistió. Fue parco.

Dio gracias a sus queridos parientes; les dijo que era difícil tomar la palabra cuando ya un cantante de la talla de Cirilo Cerca había cantado más que un canario, alegrándonos los corazones con sus canciones de amor fatal, dijo. Quiero que sean felices en esta casa que es de todos. Saluden a quien hizo posible la ventura de encontrarnos este día, el día más vivo de mi vida: Alma Rosa de los Ángeles Santacruz, mi adorada.

Otro mar de aplausos.

La señora Alma recibió el micrófono, pero hubo en ese momento algo que la interrumpió; un forcejeo multicolor entre la muchedumbre: los dos que antes se habían enfrentado, para contrariedad de los invitados, repetían; y seguramente eran amigos, o por lo menos conocidos, pero de nuevo Cirilo Cerca ponía su tórax de barítono contra la abultada barriga enemiga y la empujaba, «Por favor, Cirilo», se oyó la voz de Alma Santacruz, «y usted también, Pepe Sarasti: si van a besuquearse háganlo a escondidas». La risa de la muchedumbre se redobló. La voz de Alma sorteó la situación:

—Con hambre los señores se ponen de muy mal humor —dijo.

Más risas.

—Por eso, antes de bailar vamos a almorzar. Yo tengo hambre, ¿ustedes no?

Un gran *sí* respondió por todos lados. Se oyó que empezó a llorar un bebé, como si aprobara, y la muchedumbre se desgañitó, feliz.

2

—Miren, miren allí —dijo la señora Alma, y su voz se transformaba, humedecida, porque tragaba saliva.

Indicaba con la mano ensortijada un rincón del jardín; había, empotrado, una especie de altar; eran tres alargadas figuras, acostadas sobre trípodes, cubiertas con manteles. A una señal de la señora tres camareros, al tiempo, descubrieron las figuras; un murmullo de admiración sacudió el jardín: eran tres lechonas como ballenas infladas, las panzas repletas de carne desmenuzada, las tres cabezas de orejas achicharradas. Sus jetas abiertas parecían gritar que las comieran.

—Y fueron asadas muy levemente durante días —informó la soberbia señora— para lograr ese... crocante color dorado... Los que quieran lechona podrán acercarse en cola, sin empujones, que allí les darán su plato, no teman, habrá para todos. Los que no quieran pueden ir ocupando sus mesas, son tantas que parecen una sola: siempre será posible charlar de mesa a mesa, sin necesidad de gritar. A sus mesas llegarán los meseros con los demás platos. Ustedes aguarden sentados.

Aquí alguien arrojó una rosa roja a sus pies, que ella recogió.

—Esta rosa la voy a guardar para siempre —dijo. Hizo grandes esfuerzos por no llorar, o por lo menos eso pareció—. Voy a leer apartes del menú, que es mi mayor inspiración, una poesía. —Su mano temblaba aprisionando una tarjeta azul—: Hay ternera al vino tinto, pescado fresco, chuletas de cerdo, hay guiso de cabra, cordero asado, crema de verduras. Les recomiendo el canapé de langostino envuelto en salmón ahumado, los espárragos a la parrilla enrollados en jamón, los garbanzos con huevos de codorniz, el pollo escalfado con yogur y condimentado con albaricoque, las croquetas de jamón, el cerdo con compota de manzana. Coman hasta hartarse y beban hasta emborracharse, queridos. Al final habrá torta de flor de saúco.

A cada nombre de plato los invitados chiflaban, los ojos se elevaban como en trance, suspendidos. Se les hacía agua la boca.

Y, como una sibila, la señora Alma elevó el brazo y una tropa de meseros emergió de un rincón, en fila india, diestros, repartiendo de mesa en mesa los platos. Pero una infinidad de comensales ignoró el menú que se ofrecía y corrió como ola hacia el altar de las lechonas; allí hicieron cola festiva, y eran los subalternos del ministerio de Justicia, los tinterillos, los picapleitos: recibían sus platos, los comían, repetían, pedían otro plato y se iban de la casa del magistrado con su plato debajo del brazo, a comérselo en sus casas. ¿Preveían una fiesta aburrida, o eran consecuentes con la extraordinaria cantidad de invitados? Fuera lo que fuera, bastó la repartición de las lechonas para que el entero ministerio de Justicia desapareciera.

3

Ahora el magistrado se encontraba rodeado de sus hijas. Pero Alma Santacruz, mujer que imperaba, no le dio tiempo a bromear: se lo llevó aparte y le entregó lo que Juana, haciendo orden en la biblioteca, acababa de hallar: el chaleco de cuero de avestruz y la carta de despedida de Italia —que el magistrado se guardó sin leer en el bolsillo—. «Supongo que ha ido con la familia de Porto», conjeturaba la señora Alma, «era de esperarse». El magistrado miraba al cielo, su personal gesto de contrariedad. «Si se va de la casa será de común acuerdo —dijo—. Mientras eso ocurre tendrá que regresar esta noche. Yo mismo la iré a traer». Entregó el chaleco de cuero de avestruz a uno de sus subordinados, que se despedía. «El cielo se lo regala», le dijo. Entonces Alma volvió a imperar: «Creo que es mejor ir al comedor. Almorzaremos en familia, con monseñor».

Y se dirigieron en grupo al comedor de la casa: pasaban por entre las mesas del jardín, saludaban a uno y otro invitado, se demoraban. Iban a la cabeza el magistrado, Francia, Armenia y Palmira (faltaban Lisboa y Uriela); la profesora de Arte Obdulia Cera, la de primaria Fernanda Fernández, las prometidas Esther y Ana y Bruneta y las apodadas Sexilia y Ubérrima. Los seguía otro grupo compacto, pues ya Alma se había hecho cargo de elegir a los invitados que almorzarían con ellos: su hermano Barrunto Santacruz, su esposa Celmira y su hijo Rigo, José Sansón, primo del magistrado, Artemio Aldana, amigo de infancia, el Candela, primo de Alma, el Zapallo, otro primo, el tío Luciano, hermano del magistrado, comerciante en juguetes, con su esposa Luz y sus hijas Sol y Luna. Se sumaron otros por su propia voluntad, el juez Arquímedes Lama y las tres juezas de la nación, las hermanitas Barney, la apodada Gallina, Pepe Sarasti y Lady Mar, Pepa Sol y su marido Salvador Cantante, que era mudo y además tocaba la trompeta, y algunas familias de confianza: los Florecitos, los Mayonesos, los Mistéricos y los Púas —con abuelo y bisabuelo todavía vivos, tan lúcidos como hambrientos, en demanda del menú que los aguardaba.

La señora Alma fue a rogar a monseñor que pasara al comedor, sitio de privilegio. Monseñor la escuchó aturdido; parecía querer decir algo pero al final no lo dijo y él y su secretario se dirigieron en procesión al comedor de la casa, acompañados de Adelfa y Emperatriz, que no los soltaban. Eran los últimos.

En un recodo monseñor se apartó de sus guardianas, porque le urgía hablar a solas con su secretario. Se sentía ofendido, víctima de un insulto que además de ofuscarlo lo entristecía: habían olvidado darle la palabra en la tarima.

Por sobre todas las cosas, era él quien primero debió hablar y rezar en nombre del mundo, incluso antes del barítono, carnicero impúdico al que no debieron dejar cantar, ¿cómo se olvidaron de la Oración?, ¿qué pasa con esta familia?, semejante yerro monumental no lo esperó jamás. Pero no sería él quien se rebelara. Si nadie lo hacía en su nombre, todo estaba perdido. Si no protestaron esas devotas señoras, nadie más lo haría, y mucho menos él. No sería digno.

—Cómo cambian los tiempos —comentó monseñor al secretario—. Ya nadie da gracias a Dios.

—Eso —dijo el secretario— quiere decir que algo infernal va a pasar en esta casa.

Monseñor Javier Hidalgo meneó la cabeza, más por tristeza que decepción: sabía de sus propias faltas y pedía perdón a Dios; podría tener un pasado a veces negro, pero en todo lo demás era inmaculado, un probo eclesiástico. Iba a responder al secretario, reprenderlo por la superchería (nada infernal sucedería en casa del magistrado), cuando lo rodearon Alma y Adelfa y Emperatriz. Las tres habían descifrado, en el minuto postrero, y para vergüenza de ellas, el malestar del religioso: no le dieron la palabra, lo olvidaron. Las tres señoras enrojecieron, pero no se arredraron: «¿Vieron ustedes a los abogados?», preguntaba Adelfa, «tenían tanta hambre que querían comerse las mesas con todo y manteles», y Emperatriz: «Qué hambre en el país, por Dios; la vista de las lechonas fue el detonante, se tuvo que adelantar el almuerzo», y Alma, con un suspiro acobijador: «Pero usted, monseñor, nos dará su bendición en el comedor de la casa. Es más íntimo. Si llueve no nos mojaremos. Podremos escucharlo con el recogimiento que se merece».

Monseñor Hidalgo interrumpió su camino. Miró a las hermanas Santacruz fijamente, una por una, y se detuvo un instante en los ojos de Alma, pero no dijo nada y reemprendió su camino al comedor.

«Con la sola mirada me ha amonestado», pensó Alma, escarnecida. Se creyó injustamente ultrajada: no podía pensar en todo, no tenía cien cabezas, monseñor debió subir él mismo a la tarima y apoderarse del micrófono y dar gracias a Dios, la incomprendían, la sojuzgaban. Entonces rebuscó en su memoria el verdadero pelaje de monseñor: «Este curita degenerado», pensó, paladeando cada palabra con amargura. Y suspiró en público, como si se arrepintiera, pero por dentro se gritaba: «Que se vaya a la porra».

El joven secretario esbozaba una oblicua sonrisa. Adelfa y Emperatriz se abochornaban, ¿cómo dejaron al padre sin la Oración?, ¿cómo lo olvidaron? Era un pecado mortal.

4

Desde hacía tiempos los tres Césares buscaban a Uriela en la muchedumbre. Habían preguntado por ella, al aire, en cada rincón del jardín. No encontraron a Uriela pero encontraron a Perla en el rincón más lejano, sentada a la mesa con tres hombres —para los Césares tres desconocidos—: eran Conrado Olarte, mago de profesión, el catedrático Manolo Zulú y el ciclista profesional Pedro Pablo Rayo, profesor de Educación Física. Bebían ron. A ninguno parecía interesar los platos de cordero asado que humeaban, recién servidos.

—Mamá —dijeron los Césares al tiempo. Y se trataba de una noticia que querían gritar, porque los conmocionaba—. Hay un perro muerto en el patio.

Los tres hombres abrieron la boca.

—Bueno —les dijo Perla a sus hijos—: todos nos vamos a morir un día.

Los tres hombres rieron.

El mago Olarte alargó una mano a la oreja del más pequeño de los Césares, la acarició un segundo y, entre sus blancos dedos, apareció una moneda de cincuenta centavos.

—Magia —gritó el ciclista Rayo.

El mago ofreció la moneda al niño, que no quiso recibirla; parecía desencantado.

—Más tarde vendrán los payasos —dijo el mago—. Si me invitan me pondré capa y sombrero y haré magia.

Y necesita un sombrero, pensó el mayor de los Césares, porque es un mago calvo.

Perla volvió a beber, indiferente.

Los tres niños ya sospechaban, ya presentían en qué mundos volaba su madre cuando bebía: no era la misma, más bien una absoluta desconocida. Los miraba sin mirarlos, los oía sin oírlos.

Entonces la abandonaron para siempre.

—Su respuesta —dijo el catedrático a Perla, después de una lenta reverencia— fue de la más alta filosofía. Hará reflexionar a sus hijos, pierda cuidado.

Y no dejaba de atisbar a las piernas de Perla, a sus muslos desnudos y largos que de pronto se habían descruzado. Pues Perla alcanzó a preocuparse por sus hijos. Se esforzó en ir tras ellos, intentó incorporarse dos veces, pero dos veces desistió: su cuerpo temblaba, era de gelatina, se sintió sin más fuerzas que las de cruzar nuevamente las piernas como un nudo, como si instaurara una fortaleza. Y de nuevo brindó con sus adoradores.

5

Uriela vio que monseñor se dirigía al comedor de la casa, en compañía de su madre y sus tías, y eso la hizo desistir de almorzar en familia; prefirió buscar una mesa en el jardín atestado. Las mesas eran de cuatro puestos; encontró una ocupada por dos de los Malaspulgas: la vocalista

Charrita Luz y Cecilio Diez, que bromeaban estruendosos y atacaban sus platos con voracidad. Se sentó con ellos y pidió a un mesero que cambiara su plato de guiso de cabra por uno de pescado: era otra de las peculiaridades de Uriela que irritaba a su madre: que no comía carne, excepto pescado, y a duras penas. Quedaba al lado de Uriela una silla vacía que de pronto fue ocupada por Iris, para sorpresa de Cecilito: ¿no era esa la sirvienta de la familia?

Iris no se había sentado a almorzar. «Quisiera charlar contigo a solas, Uriela», dijo urgente. Temía que la oyera Cecilito, ahijado de la señora Alma. «Muy bien», respondió Uriela, «pero antes almorcemos». «No me corresponde», dijo Iris, «tengo que servir». «¿Servir?», se rio Uriela, «hay muchos otros servidores, tú eres mi hermana, tienes que comer conmigo». Extendió los cubiertos a Iris, cuchillo y tenedor, y esgrimió los suyos y empezó a trocear una lonja de pescado. Iris había palidecido. Con mucho esfuerzo comió de su ternera. «Mira», dijo Uriela, «hay sorbete de fresa, por si te atoras».

Tenían la misma edad, habían crecido juntas, hicieron la primaria juntas, y aunque la señora Alma se encargó de poner a cada una en su sitio (mandó a Iris a un curso de modistería mientras Uriela adelantaba el bachillerato), ellas siguieron íntimas; iban a cine juntas: un día Uriela se preguntó si no se sentía más hermana de Iris que de sus propias hermanas.

—La ensalada de remolacha está deliciosa —dijo a todos Charrita Luz.

—¿Qué les pareció el barítono? —preguntó Uriela.

—Algo relamido y acartonado, pero sirve —dictaminó Cecilio.

—Una voz del paraíso —se rebeló Charrita Luz—. No se puede tapar el sol con un dedo. —Era una mulata alta y huesuda y tenía los ojos como alucinados.

Cecilio Diez levantó los ojos al cielo, los entrecerró; buscó el sol; puso un dedo.

—Lo he tapado —dijo.

Charrita Luz estalló:

—Ay Cecilito, eres como un niño.

Siguieron comiendo en el bullicio de la muchedumbre, en la mitad de una selva de bocas que se abrían y cerraban, que crujían y tragaban sin parar nunca. En eso Uriela sintió un gran calor a su lado, o creyó sentirlo, y era Iris, encendido el rostro, roja como un tomate a la hora de cortarlo. Uriela ya no comió, iba a preguntar qué sucedía cuando descubrió el origen del bochorno de Iris: el primo César se aproximaba a ellos. Llevaba en una mano un gran plato de lechona y en la otra el tenedor:

—Iris —dijo—, dame tu puesto, busca otro para ti en la cocina.

Uriela no tuvo tiempo de intervenir. Vio que Iris saltaba con su plato en las manos y desaparecía entre la muchedumbre, gacha la cabeza.

El primo César se sentó, su carcajada muda en la cara. Saludó a Cecilio, a Charrita. A Uriela la interceptó con el brazo, porque ya se disponía a marchar con su plato detrás de Iris.

—Mi primita sabelotodo —dijo—. Te he estado pensando desde hace años, he soñado con hacerte una adivinanza, dame ese regalo, compadéceme. —Y mientras hablaba iba comiendo de su lechona, sin importar que garbanzos y alverjas brincaran desde su boca sobre la mesa. Cecilio y Charrita lo atendían entusiasmados.

—¿Una adivinanza? —dijo Charrita.

—Uriela es la sabia de la familia —informó el primo César—, es la coneja sabelotodo, ¿no lo sabían? Pero yo me he aprendido de memoria una adivinanza que ella nunca podrá adivinar.

Cecilio Diez resopló, decidido:

—Te apuesto mil pesos a que sí.

—Mil —dijo el primo César, y acercó su rostro radiante al rostro de Uriela, unos segundos. La observaba mientras comía. Y por fin recitó como un reto:

Si ayer no fue lunes,
ni faltan tres días para el penúltimo día de la semana,
si pasado mañana no es martes,
ni anteayer fue el tercer día de la semana
y tampoco faltan tres días para el jueves,
ni mañana es domingo,
¿qué día es hoy?

—Jueves —le respondió Uriela.
Y se acabó de incorporar y dijo:
—No olvides cobrar los mil pesos, Cecilito, o este le-
chón se olvida.
Y corrió en busca de Iris.

6

Lisboa se dirigía al comedor por entre mesas y cuerpos
y de pronto no dio un paso más: sintió que alguien la llamaba con los ojos, que un par de ojos tiraban de ella, ¿o
fue porque olió en el aire algo que la convocaba?, ¿el rastro
de un aroma agrio que la perturbaba?, respiraba esas ema-
naciones y, lo extraordinario, volteó a mirar en la selva de
almas que pululaban, devoradoras de carne, y allí lo vio,
solo y aislado, como si nadie más existiera. Desapareció el
mundo y se hizo el silencio: el único ser que existía era ese
Cirilo Cerca, el barítono que no mucho antes la había
congelado con su voz de otro mundo, el viejo que podía
ser su abuelito, pensó, tostado por el sol, ¿más bajo que
ella?, la misma estatura, el ridículo viejo que no solo continuaba mirándola y sonriendo sino que se le acercaba.
Una gota de sudor resbaló de su axila por su costado y
la escalofrió, ¿a qué horas empezó a sudar?, como si hubiese corrido por una carretera empinada. Creyó que el amargo aroma que se acrecentaba era ella misma, pero de

inmediato supo que no, tiene que ser él, se dijo. Sintió la aplastante confianza del barítono que ponía las manos en sus hombros y la atraía y la besaba en la mejilla: sintió como una descarga eléctrica, se desconoció ella misma, parecía atontada, imbuida en un estado de semiinconsciencia, ¿iba a caerse?, qué torpe soy, solo lograba distinguir el rostro curtido del hombre de cincuenta años que todavía no le quitaba las manos de encima, solo su voz existía.

Lisboa oía.

—Su padre me invitó a almorzar en el comedor de la casa, con ustedes, y se me adelantó ese Pepe Sarasti, ya oyó qué cosas dice, que aprendí a cantar mientras mataba mis animales. Yo aprendí a cantar mientras soñaba, Lisboa. Por eso prefiero comer aquí, en el jardín, lejos del tal Pepe, ¿me acompaña?, ¿es posible esa felicidad?, sé dónde hay una mesa vacía.

Lisboa oía. No lograba pronunciar una palabra.

Se movió como en trance, desmañada, detrás del barítono, que además era el carnicero Cirilo Cerca —se repitió, a su pesar.

Lisboa ya no lo oía; mucho menos a los invitados; solo se oía ella, unos gritos adentro, palpitaciones, ¿su respiración?, era enfermera, en un año se graduaría, ¿qué sucedía con ella?, sin duda tenía elevada la presión arterial, su temperatura hervía, ¿mil grados?, me sudan la cara y las manos, me siguen sudando, todavía me sudan, y arrojó un suspiro inmenso como si se despojara de una carga —la carga de ella misma.

Se sentó a la mesa lejana, la mesa que él descubrió, una mesa entre tiestos de flores, debajo de crespos helechos dorados; largas hojas como dedos le acariciaron el pelo.

—Qué ojos, Lisboa —dijo el barítono, sus ojos puestos en ella—. Brillan.

Pero brillaban sobre todo los ojos amarillos del barítono, sobre ella, contra ella, adentro, más adentro, mucho más adentro, sintió. Un mesero servía humosas chuletas, sorbetes de fresa; Lisboa no supo si por causa de la comida o por lo desconocido su estómago se contraía, su intestino se apretujaba, las mariposas adentro volaban, «Todo esto es por su voz», alcanzó a reflexionar a duras penas, y las mariposas adentro revolotearon con fuerza, enloquecedoras, y se asombró tanto de ella, de lo que le ocurría, que se dejó arrastrar por una risilla como de niña cogida en falta; el carnicero Cirilo Cerca, pendiente de ella, de cada uno de sus gestos, no pudo evitar reír o decidió reír con ella: ambos habían inclinado la cabeza y se rozaban. Felices. Sin saberlo.

Lisboa volvió a oírlo:

—¿Usted es la mayor de sus hermanas?

—Soy la segunda —dijo Lisboa—. Tengo veinticinco años.

¿Por qué dijo su edad? Nadie se lo había preguntado. Él siguió adelante:

—Yo tengo cincuenta, Lisboa, podría ser su padre, pero no su abuelito.

Con eso respondía a la misma Lisboa cuando pensó que Cirilo podía ser su abuelito, ¿o acaso la oyó?, ¿acaso pensó en voz alta?, de nuevo Lisboa enrojecía, meneó la cabeza, volvió a reír, y agradeció que los Malaspulgas Band hubiesen saltado a la tarima y que la música estallara, agradeció que el barítono se pusiera de pie y le dijera: ¿Bailamos?

7

Iris Sarmiento no se sentía capaz de delatar al mundo lo sucedido con César Santacruz. Solo quería contárselo a Uriela. Compartirían la desolación. Porque una soledad devastadora se apoderaba de Iris: si la señora Alma

131

desapareciera, ¿qué sería de ella? Se hacía esa pregunta después de la violencia sufrida. Por primera vez entendía quién era ella, o quién no era. Lo que ella había padecido no lo padecerían jamás las hermanas Caicedo, pensó. Ella se llamaba Iris Sarmiento, y el apellido Sarmiento era inventado; no tenía apellidos, ni padre, ni madre, ni hermanos. Excepto Uriela y la señora Alma a nadie le importaría que corriera al potrero y se arrojara de cabeza al tren de la mañana.

La cara enrojecida del primo César aplastándose en mitad de sus piernas, su nariz que la olía, su boca mordiéndola, toda esa mueca empapada era un recuerdo sucio que la descomponía hasta la náusea. Y además estaba la ignominia, su degradación: como si la hubiese pisoteado un puerco en la porqueriza. Sentía asco de sí misma, debió ir a la ducha, debió por lo menos cambiar de ropa íntima, pensó.

En vano intentaba revelar a Uriela lo ocurrido, mientras terminaban de almorzar en el «rincón infantil», un costado largo del jardín en donde se dispusieron pequeñas mesas para los niños, debajo de globos y serpentinas, entre jirafas de icopor. Allí al fin doña Juana descubrió y capturó a los tres Césares, para que almorzaran de una vez: los tres niños se habían escondido dentro de un inmenso tonel de roble americano, con aros de hierro, que estaba de pie, destapado por arriba, y adornaba una esquina. Tan pronto descubrieron a Uriela, los Césares le hicieron prometer que terminado el almuerzo irían al patio juntos: querían mostrarle una sorpresa y después llenarían de agua la piscina, ¿cierto?, nadarían. En ese momento, cuando los tres niños rodeaban a Uriela, ya Iris zozobraba al borde de las lágrimas. Sentía que había perdido el punto de apoyo de su vida, que el mundo se removía bajo sus pies, se la tragaba, ¿no eran esos niños los hijos de César Santacruz?, ¿cómo contar que no hacía mucho César la tendió en el escritorio negro y... y llegó Perla? ¿Cómo contar que más tarde Perla la siguió a la cocina y allí mismo, entre doncellas y cocineros, en el humo de las ollas, le pidió perdón a escondidas? ¿Y cómo contar que le entregó a la fuerza un fajo de billetes y le dijo otra vez «No es para tanto, Iris, ya verás que lo olvidamos»?

Le dijo eso y se fue.

Sublevada, Iris había corrido al rincón donde se hallaba el bote de basura, debajo del mesón, y allí arrojó el fajo de billetes.

Y ahora, en lugar de revelar a Uriela la verdad que la mataba, y sin saber cómo ni por qué, seguramente porque Uriela bostezaba, empezó a hablar de Marino Ojeda. Se limitó a hablar del celador, de cómo se le aparecía en cualquier parte, igual que si la persiguiera, de cómo le sonreía, de cómo intentó besarla ese mismo día en el garaje.

—Sentí que me moría —dijo Iris.

—Que te morías —dijo Uriela—. ¿De placer?

Y se echó a reír, muy lejos de la tormenta que almacenaba Iris en su corazón. También Iris rio, desesperada de no lograr contárselo a Uriela. En lugar de revelar su desamparo contó que Marino le había preguntado si tenía un día libre para ir de paseo. Un día libre, se repitió Uriela, y se afligió y sorprendió: de verdad Iris no tenía un día libre. Claro que Iris es libre, pensó, ¿o no?

—Pues le hablaré a mamá de un día libre —dijo, y dio por zanjado el asunto.

No imaginaba qué abismos, qué infiernos golpeaban dentro del pecho de Iris —que de nuevo hizo esfuerzos por compartir su secreto—. No pudo hacerlo: Uriela era raptada por un tumulto de niños: querían llevársela al patio, querían maravillarla con la sorpresa del perro muerto.

Todavía Iris quiso insistir con Uriela, llamarla a gritos, compartir el peso de lo ocurrido, pero en ese momento llegó Juana: la necesitaba de inmediato en la cocina.

Iris siguió detrás de la vieja cocinera.

Avanzaba resignada entre la nube de invitados.

Y de pronto se olvidó de todo.

De pronto solo se acordaba del día libre y de Marino Ojeda, del día libre, el día de ella, el día.

Entonces corrió al mesón de la cocina, al rincón del bote de basura, y hundió su mano en la inmundicia y recuperó el dinero.

8

Antes de que Francia se uniera al grupo de muchachas, cuando todavía no cantaba el barítono, Rodolfo Cortés consiguió burlar el acecho de Ike y se escabulló en la muchedumbre, a la búsqueda de Francia; pensaba que la había recuperado, que de nuevo la tenía en la palma de su mano, pastando. Cuando le dijo que creyera en él o se mataba, vio que los ojos de Francia se humedecían de felicidad, su amor era inquebrantable. Entonces una aguda excitación lo había punzado a él en ese momento, y estaba seguro de que a ella también. Se preguntó si no cometía un error al casarse con Hortensia Burbano Alvarado, hija del gobernador del Valle, ¿no sería mejor mantener el compromiso con la hija del todopoderoso magistrado? Ya es tarde, se repitió, y enlazaba los dedos con fuerza: lo mejor sería cerrar con broche de oro esa historia de amor, irse a escondidas a cualquier hueco, a cualquier mazmorra de ese disparatado castillo, no importa que debajo de las escaleras, y desnudarla y amarla como jamás, hundirla por última vez.

Deseaba a Francia hasta el dolor. Sentía dolor. Su pasión lo espantaba. Pero nada de eso revelaba su rostro, su voz. Su actitud era la del tímido sapito —lo sabía él mismo, él mismo se lo decía—, y ese era el poder de Rodolfo Cortés sobre el mundo.

Entonces la descubrió y la alcanzó.

Pudo tomar por el brazo a Francia y apartarla un instante del mundo de amigas que la rodeaba. La besó como nunca debajo de un sauce. La comprometió a que se encontraran en su habitación después del almuerzo. Francia almorzaría en familia, con monseñor y el magistrado. Rodolfito entendía que allí estaría Ike, el primo de Francia —tu novio de infancia, le dijo con amargura—, y por eso prefería pasar desapercibido, almorzar en el jardín y luego subir al aposento de Francia, donde se unirían. Eso acordaron, mirándose con una suerte de picardía, con mutua curiosidad, como dos conspiradores. No advirtieron que entre la mancha de rostros que flotaban el rostro ladino de Ricardo Castañeda los escuchaba. Ike lo había comisionado para espiar a Rodolfito, y dio resultado. Ike no imaginaba las nuevas: Francia y el batracio poniéndose de acuerdo para después del almuerzo, ni más ni menos.

Rodolfito Cortés exultaba. Hasta sintió apetito. Resucitaría. Eligió una mesa ocupada por dos desconocidos: Batato Armado y Liserio Caja, par de gigantes, oscuros protegidos del magistrado, sus más discretos guardaespaldas. Con ellos, en absoluto silencio, escuchó la voz del barítono, se congració con las palabras de la señora Alma y se resignó a beber el aperitivo que abría campo al almuerzo, mientras pasaba el tiempo y llegaba el minuto deseado, yacer con Francia en su lecho, allí donde él se sentó con Ike, allí donde él fue humillado, su misma Francia lo humilló recordándole el robo de la calle 19. La humillación no solo alimentó su rencor sino su deseo: con mucha más intensidad deseó a Francia, verla y sentirla desnuda, sacudirla —se gritaba erizado.

Para ese momento se estableció la charla con los dos armatostes que lo acompañaban. Eran de verdad hombres grandes y cuadrados. Con cara de niños malos, pensó Rodolfito. Ellos le contaron que trabajaban de choferes en el ministerio de Justicia, que el magistrado era como un padre, ¿y usted?, le preguntaron, ¿es abogado?

—Soy biólogo —dijo Rodolfito—. Soy el novio de Francia Caicedo Santacruz, hija mayor del magistrado, soy su prometido.

Los guardaespaldas lo escucharon incrédulos, ¿entonces por qué no almorzaba con la familia del magistrado? La pregunta no la hicieron, pero sonaba. Sonaba evidente en los ojos de los gigantes, en el gesto de labios que hicieron, decepcionados. Rodolfo Cortés no tuvo tiempo de imaginar una respuesta, primero porque se empezaron a servir los platos, y segundo porque la silla vacía vino a ser ocupada por Ricardo Castañeda, el horrible hermano del horrible Ike Castañeda.

De inmediato un mesero puso un plato a Ricardo, que saludó a los guardaespaldas con una inclinación de cabeza y a Rodolfito con una palmada en el hombro, de íntimo:

—Pierda cuidado —le dijo con un susurro, sin probar bocado—, yo no soy como mi hermano.

Rodolfo Cortés se petrificó, el tenedor y el cuchillo en sus manos, a medio camino del plato que humeaba.

—Es más —continuó Ricardo, y parecía sincero—, le pido disculpas si mi hermano ha sido ofensivo. Sé bien que usted es el novio de mi prima, ¿no será además su prometido?, no demora, ¿cierto?, pues le cuento que Ike se muere por Francia desde chiquitos. Algún amor que tuvieron de niños lo enloquece. Todos en casa nos preocupamos por él; mamá habla de la necesidad de un especialista. Sé de lo sucedido entre ustedes esta mañana. Ike le dijo a usted que se evaporara, ¿cierto? Ike ha evaporado a muchos, le informo, pero hoy se siente afligido. A pesar de su temperamento, suele arrepentirse de sus despropósitos. Hoy se arrepintió, se lo juro. Francia misma lo llamó loco. Francia misma le pidió que no se metiera en su vida. Ocurrió no hace mucho, en el comedor. No, no se levante.

Déjeme contarle. Yo mismo escuché el regaño merecidísimo. Y es que mi hermano es justamente un loco, yo convengo con el dictamen. Fíjese: después de escuchar las palabras de Francia, Ike no razonó, más bien se encabritó, como siempre. Abandonó el comedor sin despedirse. Ike se fue de la casa. Ike se fue de la fiesta, le informo. Francia y yo salimos tras él, pero cuando nos asomamos a la puerta ya volaba en su Harley, pobre Ike. Es mi hermano mayor y parece menor que mis hermanitas, ¿me entiende?, ah, ¿pero por qué estoy aquí?, Francia no regresó al comedor; me pidió que lo buscara, me pidió que le dijera que ella lo espera en la sala.

—¿En la sala?

—Quiere llevárselo del brazo al comedor, donde usted debería ocupar el puesto que se merece, de novio, de futuro. Pero de nuevo le pido perdón por mi hermano, por todo lo loco que es. Le recomiendo no hacerle caso, es lo mejor para usted.

Ninguno de los dos había tocado su plato. Rodolfo Cortés se incorporó de inmediato, se abotonó la chaqueta y se fue, camino de la sala. Ricardo corrió al comedor, mientras los guardaespaldas se apoderaban de los platos intactos y repetían.

—Te apuesto —dijo Liserio Caja— que a ese cara de sapo le acaban de tender una trampa.

Batato Armado se encogió de hombros.

9

En la sala no se encontraba Francia por ninguna parte. Solo humo de cigarros. En los distantes rincones, anchos armarios oscuros se quedaron mirando a Rodolfo Cortés, mudos. En esos muebles pesados, debajo de lienzos gigantes, se guardaban los platos con bordes de oro, los vasos de cristal tallado, los jarrones esmaltados. Allí, junto a una de esas vidrieras, una noche inspirada, Rodolfito hizo el amor a Francia y le pidió que se casaran. Ella le había regalado un juego de copas de Baccarat, para que lo vendiera en los anticuarios. Otras copas de Murano, lámparas de vidrio veneciano, espejos y candelabros heredó Rodolfito para cuadrar gastos de estudiante en penurias, y todo se lo regalaba Francia generosa, como le había regalado a Ike su estilógrafo de oro.

El recuerdo de Ike puso en tensión a Rodolfito. Ya había avanzado un buen tramo en la exorbitante sala, de colosales poltronas, cuando sintió que se le erizaban los vellos de la nuca, del puro pánico, y comprendió demasiado tarde que era su instinto, avisándolo. Empezó a correr, pero una sombra saltó de detrás de un armario y lo atrapó al vuelo —igual que el tigre, con rápida carrera, cubre al cachorro de venado.

Ike abrazó a Rodolfito por las espaldas, inmovilizándolo, y lo arrastró al rincón más lejano, donde aguardaba un baúl antiguo, de cuero repujado, de los usados en la Colonia para llevar ropa blanca a lomos de mula desde la orilla del mar hasta la cima de los Andes.

Se oía el jadeo de los dos hombres, pugnando.

La tapa del baúl ya se encontraba abierta, como por arte de guerra; dentro no había mucho, solo una delgada cama de servilletas de lino. Allí la sombra colérica pudo al fin hundir a Rodolfito, después de apaciguarlo con un golpe a la mandíbula, que no hacía falta porque Rodolfito ya se había apaciguado él solo, del solo pavor: le bastó con descubrir, llameando en el aire, los ojos de Ike, de sangre y odio revueltos. La tapa del baúl conservaba su antigua llave en el cerrojo. Ike cerró la tapa encima de Rodolfito acurrucado y acomodó la llave y le dio tres vueltas a la derecha como tres golpes de gracia. Comprobó que la tapa del baúl había quedado condenada, igual que su ocupante, y se guardó la pesada llave y salió de la sala.

En el pasillo se detuvo y escuchó. No se oían gritos en el lejano baúl; seguramente Rodolfito dormía todavía, después del directo a la quijada, o estaba despierto y berreaba, pero no se lo oía; nadie lo oiría. Con el ruido de voces, si llegaban los invitados, con la inevitable música de la radiola, el bullicio por todas partes, sería imposible que alguien lo oyera. Se lo tenía merecido, ¿quién lo mandaba a citarse con Francia en su habitación?, pero por Dios, ¿qué le veía Francia a ese batracio sin bolas?, ahora Francia tendría su merecido, porque sería Ike quien la aguardara.

«Y apagaré las luces», pensó obnubilado. «Me reconocerá demasiado tarde».

Tragó saliva y dudó por primera vez: se preguntó si no se había enloquecido. Loco, pero de amor, gritó, y salió de la casa. En el jardín exterior, frente a la calle muda, anaranjada de sol, arrojó la llave con toda su fuerza al techo de una casa vecina. La oyó tintinear, lejos. No le importó que los niños beisbolistas lo observaran. Sonrió torvo a los niños, entró de nuevo a la casa y cerró la puerta de una patada.

10

Todavía no anochecía.

Al cazador le pareció que temblaba la puerta del prostíbulo, al otro lado de la calle. No quitaba el ojo de la puerta desde hacía un siglo. Su instinto le advertía que no era el único que espiaba: el tío Jesús sabía dónde se hallaba él, Lucio, y el juego consistía en quién se cansaría primero, si él, de esperar a que Jesús saliera, o Jesús, de no poder salir porque él esperaba.

«¿Por qué no te quedas a dormir allí con tus gallinas?», pensó, «ay gallito cómo fastidias».

Con lo que no contaba el cazador era el festejo de borrachos en la tienda. Los había intrigado ese hombre con una botella de cerveza en la mano, y sin beber una gota, paralizado en la puerta, ¿qué aguaitaba?, y ese ojo parchado, ese gesto de duro. El borracho de sombrero era el que más se empecinaba en ofrecer un aguardiente al forastero, que ni lo oía, pendiente de la puerta del prostíbulo.

—¿Qué es lo que tanto espía? —preguntó el borracho a bocajarro. Se balanceaba. Llevaba una copa de aguardiente en cada mano.

Lucio Rosas seguía sin quitar el ojo de la casa de enfrente, como si no oyera. Con el rabillo del ojo había calibrado, durante un segundo, la catadura del ensombrerado: un forastero, un refugiado, un solitario que se emborrachaba.

—¿Acaso está su mujer en esa casa? —preguntó el borracho, y se oyó, adentro, una larga carcajada.

Lucio Rosas no se descompuso. No era tiempo de perder el tiempo con borrachos. Aceptó la copa, la bebió de un golpe, la puso en el mostrador y se volteó a mirar de inmediato a la puerta del prostíbulo; en esos escasos segundos el pedazo de hombre podría haberse escabullido: escudriñó la puerta, un centímetro entornada; después, a lo lejos, alcanzó a distinguir algo como la punta de un chaquetón volando en el aire: era el tío Jesús doblando la esquina.

Estrelló la botella de cerveza contra el andén empedrado y echó a correr detrás del tío Jesús, que huía a galope tendido, en dirección a la avenida; eso quería decir que pretendía tomar un taxi, y si lo tomaba lo perdería: Jesús podía pagar un taxi a Bogotá, Lucio no. Apretó la carrera porque la repulsiva figura mantenía la distancia. Ya las primeras sombras de la noche se agolpaban en la avenida. Había, a lo lejos, un semáforo en rojo. Esforzó el único ojo de ave rapaz: el tío Jesús no se veía por ninguna parte: solo un oscuro camión aguardaba el cambio del semáforo, en dirección a la autopista, un camión vetusto, sin toldo, de bandeja angosta y alargada, repleta de lo que parecían jaulas de alambre con gallinas. No paró de correr en ese sentido, sin dejar de indagar a uno y otro lado. Las sombras del anochecer se revolvían: era posible que el tío Jesús permaneciera oculto detrás de un muro, o que ya hubiese cruzado la avenida y se alejara, a salvo, por entre las casas opuestas.

Lo vio cuando el semáforo en rojo pasaba a amarillo y a verde: iba muy bien sentado en el filo trasero del camión, las piernas al aire, y hasta parecía decirle adiós con una mano. Lo odió como nunca. Odiaba a ese desconocido, ese gorrón, ese despojo humano que lo haría caer en el descrédito, ¿o la desgracia? Odió a esa criatura del infierno que se burlaba de él. Ya no le importó que Jesús Santacruz llegara o no a Bogotá, a cagarse en la fiesta del magistrado; era un asunto personal: desde que lo vio en la cocina (¿cómo era que en veinte años jamás coincidió con él?), desde que lo escuchó interpelarlo de semejante manera, *usted tenía que pagar una deuda,* Lucio Rosas lo odiaba. El odio redobló la fuerza de sus piernas. Se arrojó al camión que reanudaba su marcha. Por poco lo alcanzó, de un tirón, pero ya el camión aceleraba; el cazador no se dio por vencido. Mantuvo la carrera, sus piernas no claudicaron, eran piernas que coronaban kilómetros cuando cazaba.

El tío Jesús seguía sentado al filo del platón y abanicaba las piernas. No se distinguía su rostro: ya la noche se apoderaba del mundo, había que someterse a lo que dijeran las luces de la avenida. Tampoco el tío Jesús podía apreciar con claridad el rostro del cazador que corría. Le parecía inaudito que insistiera. Echó los brazos atrás y se apoyó en las manos, como un hombre que descansa en la playa con la cara doblada al sol. Pero la cara solamente miraba al cielo, un cielo negro, vacío de estrellas. Quería que, cuando bajara los ojos del cielo, ese insensato, ese terco, ya hubiese desaparecido.

No ocurrió.

Allí, no lejos, seguía braceando en las sombras la sombra del cazador, sin fatigarse. Y, para peor, el camión frenó,

¿iba a detenerse?, el corazón del tío Jesús dio un vuelco, no, no se detenía, era un hueco en la avenida que obligaba a dar un rodeo. Pero solo por ese frenón la sombra recalcitrante ya se había aproximado.

Ahora el cazador se desprendía del cansancio; era una experiencia del dolor que ya conocía: simplemente se resistía y se resistía y de pronto el dolor no era dolor, no era verdad.

Otros huecos como zanjas entorpecieron la marcha del camión. El tío Jesús abría la boca, babeaba. El cazador distinguía, a la luz de las bombillas amarillas, que no eran gallinas lo que el camión llevaba sino conejos. Todo eso lo apreciaba mientras corría. Y cuando distinguió la sonrisa en la cara del tío Jesús fue como si distinguiera su destino. Ahora o nunca. Retomó sus fuerzas y precipitó la carrera, justo cuando otro bache aminoraba el avance del camión. Ya corría a medio metro de las piernas de Jesús, ya lo alcanzaba. Ambos se contemplaron un segundo: parecía que se olían. El tío Jesús tragó aire, horrorizado. De pronto comprendió que Lucio Rosas no pretendía subir al camión y viajar charlando con él hasta Bogotá: de verdad quería impedirle llegar a la fiesta, quería atraparlo por las piernas y jalarlo, tirar de él, hacerlo caer para siempre en Chía, ¿quería matarlo? Entonces prefirió resguardarse adentro y, ayudándose con los codos, se empezó a arrastrar de espaldas, abriéndose paso por entre las jaulas de conejos que dormían, pero ya al fin el cazador había trepado al camión, bufando como una bestia herida, como a punto de reventar, trepó y lo agarró por los tobillos y jaló de él, «Por Dios», le gritó Jesús, «déjese ya de tonterías», tenía la esperanza de que el conductor del camión oyera y frenara, pero aceleró con más fuerza y ya el camión desembocaba en la autopista, enfilaba por la pavimentada calzada, corría como un bólido, el viento se reduplicaba, Lucio Rosas seguía arrodillado ante Jesús, sin soltarlo de los tobillos, el tío Jesús volvió a gritar mientras era arrastrado por las manos como raíces que de pronto lo abrazaban, se abrazaban a él, estrechándolo, y cayeron los dos abrazados al asfalto y rebotaron dos, tres, cuatro veces como si fueran de caucho, las piernas y cabezas como látigos, y luego quedaron inmóviles bajo la noche, siempre abrazados.

11

Cuando ya entraban al patio, empujando la gran puerta enrejada, les salió al paso Alma Santacruz. Los niños se congelaron: sabían muy bien de esa tía-abuela que dirigía la fiesta y estaba siempre afanada y de mal humor.

—¿Qué sucede contigo, Uriela? —empezó Alma, los brazos en jarra. Era corpulenta, y más alta que Uriela, más alta que todas sus hijas—. No almorzaste con nosotros. Ahora tu padre pregunta por ti. Parece que quiere decir profecías, te necesita, así que vayamos con él, como tiene que ser. Hay mucha gente que te pide, Urielita, no solamente estos mocosos. —Observó al grupo de niños con alguna curiosidad—: Déjalos solos, que jueguen libres; son niños exactos a sus papás cuando eran niños, inaguantables; a lo mejor ya los tienes aburridos, Uriela, ¿no es cierto, niños?

Los niños no respondieron.

—Tía —se decidió el mayor de los Césares—. Hay un perro muerto en el patio. Queremos mostrárselo a Uriela.

—Uriela vendrá conmigo —dijo la señora Alma.

—¿Un perro muerto en el patio? —se aturdió Uriela.

—Si eso es verdad —atajó la señora Alma, sin esperar a oír la respuesta de los niños—, busquen a doña Juana, a Zambranito, y les cuentan que hay un perro muerto en el patio de esta casa.

Uriela miró a su madre sin dar crédito. Esa mujer era su madre, pensó. Su madre siguió impertérrita:

—Encuentran a doña Juana y a Zambranito en la cocina. Les dicen que yo ordené que entierren al perro en el mismo sitio donde murió, a seis metros bajo tierra. Que no huela. Váyanse ya mismo y les dicen lo que yo dije.

Los niños seguían quietos, dudaban.

—¿Es que no me oyeron, carajo?

Los niños se echaron atrás porque Alma Santacruz había alargado la cara hacia ellos como si fuera a morderlos. No los mordió y añadió, riendo:

—Les dicen eso y se van con ellos al patio. Ayuden a cavar, perezosos. Usen las palas. También los niños deben saber qué se hace con los muertos, se trate de perros o niños.

—Se los entierra o se los quema —alcanzó a explicar el mayor de los Césares, pues cuando oyeron que serían partícipes del entierro, los niños como en jauría ya corrían a la cocina en busca de Juana y de Zambranito.

—Así tienen que ser las cosas —dijo la señora Alma con un suspiro—. Me pregunto cuál de los tres perros es el muerto, si Femio o Vilma o Lucrecio, qué pena, pero ya nos enteraremos, son perros muy viejos, me los regaló Jorge Bombo hace diez años.

Y tomó del brazo a Uriela y se la fue llevando:

—¿Por qué no nos acompañas a charlar un ratito?, ¿por qué eres tan maleducada?, ¿por qué me pones a sufrir? De mis hijas, la que un día me hará penar serás tú, las otras se casarán y tendrán hijos. Tú, no sé.

—Tampoco yo sé —dijo Uriela, y ambas rieron al tiempo. Pero entonces la señora Alma se detuvo y miró a Uriela, un segundo. Tenía los ojos aguados:

—Ay, Uriela —se lamentó profundamente, y su voz sonó como un ronco quejido—: Si un día me encuentran muerta, con un puñal en la espalda, habrás sido tú, Uriela.

De inmediato se contemplaron atónitas. Perplejas las dos de semejantes palabras. Ambas. Uriela y su madre. Sobre todo la madre, que acababa de decir aquello y había sido como si no lo dijera ella sino lo escuchara de labios de otra. Se encogió de hombros y obligó suavemente a Uriela a reanudar el camino. Uriela no pudo responder. No supo qué. Y hubiese querido decir algo ante lo inexplicable.

A ella y su madre se les aguaron los ojos.

Quinta parte

1

La mesa del comedor tenía veinticuatro puestos; era de cedro macizo; sus patas de hierro forjado imitaban las patas del elefante; había sido la mesa de un refectorio de convento que los frailes agustinos regalaron al magistrado como tácito pago por sus maniobras jurídicas, pues impidió que una finca de recreo de los frailes, llamada Casa de Retiros Espirituales, pasara a manos del pueblo indígena de El Llanto, que reclamaba como suyo, por derechos ancestrales, el extenso terreno donde la Casa se levantaba. La mesa de patas de elefante la encabezaban Nacho Caicedo y Alma Santacruz, muy lejos el uno del otro. El puesto de Alma resplandecía por su ausencia: acababa de salir en busca de Uriela.

A la diestra del magistrado se sentaban el tío Luciano, su esposa Luz y sus hijas Sol y Luna, a la siniestra monseñor Javier Hidalgo, y seguía alrededor buena parte de la familia, el tío Barrunto, su esposa Celmira, su hijo Rigo, José Sansón, el Candela, el Zapallo, las tías Adelfa y Emperatriz, con el padre Perico en medio, y Francia, Armenia y Palmira, Obdulia Cera, Fernanda Fernández, las prometidas Esther y Ana y Bruneta y las apodadas Sexilia y Ubérrima, Artemio Aldana, el juez Arquímedes Lama, las tres juezas, las hermanitas Barney, la apodada Gallina, Pepe Sarasti y Lady Mar, Pepa Sol y Salvador Cantante y miembros de familias amigas, entre ellos los Púas, con abuelo y bisabuelo todavía vivos, el publicista Roberto Smith, Cristo María Velasco y Marianita —su hija de quince años—,

Yupanqui Ortega, Dalilo Alfaro y Marilú, los profesores Celio y Caveto, Roque San Luis y Rodrigo Moya, los dos Davides, los prometidos de las prometidas y los apodados Givernio y Sexenio.

Para que todos disfrutaran del almuerzo debieron adicionar otras sillas detrás de las primeras, porque nadie tuvo inconveniente en almorzar con el plato en las rodillas, con tal de no perder la conversación de Nacho Caicedo. Y como seguían llegando más invitados, afanados por presenciar lo que ocurría, se invocó la ayuda de Batato Armado y Liserio Caja: a los gigantes se les ocurrió traer dos de las tarimas de baile y ponerlas en torno a la mesa y subir encima otras sillas que de inmediato se ocuparon: parecía un pequeño teatro isabelino donde la mesa era el escenario y Nacho Caicedo el actor principalísimo: de un momento a otro daría inicio a la tragedia.

La estancia, con todo y lo amplia que era, no admitía un insecto. Y mientras los elegidos se deleitaban con la torta de flor de saúco que Alma ponderó como bocado del paraíso, los diligentes meseros repartieron lo que el magistrado llamó «Bebidas espirituosas que dignifican al cerdo recién comido». Un estruendo de risotadas lo celebró, y más cuando añadió: «Y que convierten en cerdo a quienes las beben». Excepto monseñor y su secretario, que solo cataban vino, la mayoría se inclinó por el ron y el aguardiente y muy pocos por brandy y whisky; las señoras inofensivas bebían inofensivos cocteles para señoras.

Cuando llegó Alma en compañía de Uriela se discutía en la mesa sobre cuál era el alimento más excelso para el Hombre a través del tiempo. Todos coincidieron en que el huevo.

—De gallina —acotó Roque San Luis, profesor de primaria—, porque podría ser de avestruz.

—O de cocodrilo —dijo el apodado Sexenio.

—También de pterodáctilo —siguió la profesora Fernández.

—Huevo, en fin, de lo que fuera —añadió Obdulia Cera.

—No sé si los huevos de serpiente —siguió el profesor Moya.

—Los huevos de serpiente no se pueden comer como los de tortuga —repuso Obdulia Cera.

—¿Se comen los de tortuga? —preguntó a nadie el tío Luciano, comerciante en juguetes, hermano del magistrado.

Este tío Luciano no parecía hermano del magistrado, aunque era también abogado y muy dueño de su entendimiento: prefirió desdeñar la jurisprudencia a cambio de la juguetería; inventaba juguetes y los vendía. Si bien compartía con el magistrado el interés por la historia y la política, tenía en la mirada la ingenuidad de los ángeles: minutos antes de que se sirvieran los platos humeantes, había sacado de su bolsillo un juguete que él inventó, un caballito de lata con el genio y figura del de Troya: le dio cuerda y lo puso en la mesa y el caballito empezó a dar vueltas mientras lanzaba relinchos como diabólicas carcajadas, ¿de dónde logró ponerle esos relinchos como risotadas?, nadie lo sabe, y a nadie importó: su mujer Luz no se rio y sus hijas Sol y Luna suspiraron compadecidas, pues ya el mundo entero estaba aburrido de los juguetes del tío Luciano: eran tontísimos; nadie se deslumbró.

—Los huevos de tortuga se comen —dijo la apodada Gallina.

—Qué conversación exquisita —ironizó Alma Santacruz—: tiene huevo.

Pues no estaba de buen humor.

La contrariaba la fuga de Italia, su caprichosa decisión por encima del consentimiento paterno. Si esa mañana —cuando Italia llegó a contar que esperaba un hijo— no se hubiera aparecido Juana con la historia de Jesús muerto

151

en la cocina, seguro que Alma se hacía cargo, habría puesto a Italia en su lugar, pero dejó la desventura en manos de su marido y allí estaban los resultados: Italia se había fugado.

Lisboa no la preocupaba. No quiso convencerla de acudir al comedor por dos cosas: porque tenía veinticinco años (sabía lo que hacía, no era una alocada), y porque la vio en sana charla con Cirilo Cerca, en la más apartada mesa del jardín, ambos disfrutando de la torta de flor de saúco. Si Alma hubiese llegado un minuto antes y visto a su hija bailando con el barítono, serpiente y espada, a lo mejor cambiaba de idea. Pero no los vio, y, además, algo todavía más entrañable la mortificaba: que muchos de los invitados hubiesen alentado a Nacho Caicedo a que diera comienzo con sus Premoniciones; eso de los vaticinios era una majadería para hacerla mejor en la intimidad; le parecía que su marido, sin saberlo, era víctima de la burla cuando le daba por profetizar sobre las cosas de este mundo y del otro. «A Uriela le encantan mis augurios», había dicho, como corroborando que aceptaba el reto de sumirse en el futuro siempre y cuando se presentara Uriela, la responsable de interpretar sus oráculos y traducir sus latinajos, y esa demanda la aprovechó Alma para salir en busca de Uriela y respirar aire puro.

¿Aire puro?

El jardín olía a carne asada.

La música de los Malaspulgas la golpeaba en los tímpanos, la voz de Charrita sonaba como de hombre, enronquecida, como untada en aceite, ¿cantaba una canción al diablo?, por lo menos lo mencionaba, «Diablo, diablo», coreaba, «espíritu burlón», y rugía: «diablo, diablo», Alma no comprendía, se sublevaba, ¿cómo cantaba eso Charrita Luz?, ¿y cómo lo bailaban?, ¿quién era ese negro gigante que se agitaba?, ¿y quién su pareja?, qué desvergonzada, era mejor venir sin falda a la fiesta, se vería menos desnuda, y se entrepiernaba con el negro como agua con espuma, la música reventaba, diablo, diablo, igual que martillos, afortunadamente, pensó, la música no llega al comedor.

Y se adentró en el jardín a la búsqueda de Uriela y la encontró con los niños.

Uriela ocupó el puesto que no mucho antes abandonó Ike, y comprobó preocupada que le tocó en medio de Ricardo Castañeda y de las apodadas Sexilia y Ubérrima, pero bien podía suceder que su padre la llamara a su lado, salvándola de semejante compañía.

Era verdad que Ike había salido del comedor, pero no de la casa; fue el artificio, la celada: la trampa de los Castañeda estaba tendida. Francia, que ya había terminado su postre, se dispuso a marchar del comedor. Como una saeta su madre la interrogó con la mirada: de todas y cada una de sus hijas estaba pendiente; a ella no le ganaban.

Pretextando una jaqueca, Francia dijo que iría a su cuarto a hacer una siesta. «Y volverás», le dijo su madre desde la lejana cabecera. «Solo quince minutos, mamá», protestó Francia y reprimió un bostezo. «La más bella se va», gritó Pepe Sarasti.

Ricardo Castañeda vio salir a su prima del comedor, envuelta en luz, casi flotando. La vio correr esperanzada a la catástrofe, y bebió de un sorbo su ron, como quien brinda consigo mismo.

2

—¿Por qué no prendiste las luces?

Las mismas manos que habían embaulado a Rodolfo Cortés rodeaban ahora la cintura de Francia y la conducían a la cama. Francia se dejaba llevar. Ella misma se respondió riendo: «Es mejor sin luz, ¿cierto?», y se quitaba los zapatos y se tendía en el lecho suspirando, mientras el supuesto Rodolfito se acostaba a su lado, debajo de la oscuridad total, como una losa.

Se oían, remotos, la voz de Charrita Luz y el tam-tam de las congas de la orquesta.

Francia no se extrañaba: a la hora de hacer el amor Rodolfito adoraba la oscuridad. A ella le hacía gracia que hiciera el amor como con miedo: miedo de que lo miraran a los ojos, miedo de mirar a los ojos de ella. Pero Rodolfo Cortés no temblaba tanto, eso sí era novedad, ¿desde cuándo ese temblor de adolescente, ese fervor, esa convulsión de primera vez? Ahora Rodolfito desabrochaba su vestido y se oía que gemía, no puede ser, no es él, pensó Francia, «Ike loco», dijo a duras penas, «Ike loco otra vez». Se dejó arrastrar por el segundo beso en un mes, su vuelco de fuego, pero enseguida dio un salto y atravesó el cuarto, los brazos tanteando en lo negro, hasta el interruptor de la luz, y encendió.

—Ike, te vas —rugió—. Te vas ya.

Ike la miraba sentado en la cama, completamente desnudo; si hubiese tenido un cigarrillo se pondría a fumar como si nada; Ike la reverenciaba en silencio: Francia cayó en cuenta de que su vestido desabrochado había resbalado hasta más abajo de su cintura. Entonces apagó la luz de inmediato mientras se abrochaba el vestido y oía reír a Ike. Volvió a decirle que se fuera, pero por lo visto, pensó, Ike no se iría jamás: tendría que irse ella. Cuando tanteaba en lo oscuro, buscando sus zapatos, oyó que el primo Ike saltaba y la abrazaba; de nuevo la besaba y se estrechaba contra ella desesperado y desesperante como si se asfixiara y la asfixiara. Solo en ese momento se preocupó por Rodolfito, atemorizada. «No me obligues», bramó y, con todas sus fuerzas, lo apartó de ella. En todo caso, sin saber cómo ni cuándo, ya habían regresado a tientas a la orilla del lecho y allí se sentaban, jadeantes, como de absurdo mutuo acuerdo:

—¿Y Rodolfito? —preguntó Francia—, ¿qué le hiciste?

—No lo he matado —dijo Ike.

Esa fue la respuesta del hombre que se encontraba con ella, pensó Francia, porque ya no era su primo, el Ike de infancia, sino un total desconocido —eso sintió, más que comprendió.

—Qué le hiciste —suplicó.

—Se fue —dijo la voz de Ike en la oscuridad. Y esperó a que ella dijera algo, pero en vano. Se creyó obligado a explicar—: Simplemente le dije que se fuera. Le dije que si no se iba lo metía en el baúl de la abuelita.

—¿En el baúl?

—En el baúl.

—Y allí lo metiste —dijo Francia.

—Prefirió irse —dijo Ike—. Tampoco iba a meterlo en el baúl, no soy tan bestia.

En ese segundo Ike reflexionó que debió únicamente amenazarlo. Con la sola amenaza el batracio se largaba, ¿por qué lo embauló?

—¿El baúl de la sala? —dijo Francia.

—Claro, ¿no es el baúl de la abuelita Clara?

—Ese baúl es hermético —dijo Francia, la arquitecta—: si lo encerraste allí ya se ahogó.

—Por eso mismo no lo encerré, Francia, ¿quién crees que soy? Me bastó con advertirle que si no se iba lo metía en el baúl, y se fue corriendo.

No le pareció descabellado a Francia: Rodolfito huía por cualquier cosa. Pero se veía tan decidido, juró que la noticia del periódico era mentira, que si ella no lo creía él se mataba, ¿cómo irse después de que acordaron encontrarse?, ¿y cómo supo Ike que ella subiría a la habitación?, qué maravilla, se dijo entre risa y terror, qué maravilla, y oía la voz de Ike en lo negro:

—Si tú quieres vamos a la sala y lo compruebas, no hay ningún Rodolfito en el baulito de la abuelita. Pero ahora no me dejes volando solo, Francia.

A Francia le pareció esto último como un sollozo, ¿iba a llorar Ike?, era posible, estaba loco.

Ese ruego como un gemido la enterneció. Le robó las pocas fuerzas que le quedaban. La piedad la derrotó. Mientras ella se compadecía el primo Ike le volvía a desabrochar su vestido, ambos contorsionando los cuerpos, y los cuerpos sonaban en la cama, un cuerpo porque quería escapar y el otro porque lo atrapaba. Ike seguía desvistiéndola, infalible, y, lo que resultaba terrible para Francia, toda esa conversación sobre Rodolfito en el baúl la había excitado en lo profundo: la certeza de saber que acaso Rodolfito se encontraba encerrado en el baúl y ella en su cama, en compañía del loco desnudo, era para volverla loca, pensó, y lo pensó con una suerte de lúbrica alegría. Pero temía que, de verdad, algo malo le hubiese sucedido a Rodolfito, ¿por qué Ike era tan loco?, pensó, y, cuando la nariz de Ike la olía en mitad de los pechos se rebeló, no, no podía, así no, no —le dijo a Ike en el oído—, así no.

Y, escurridiza como una anguila empezó a resbalar hasta el piso y allí gateó otra vez en dirección al interruptor de la luz, en la negrura compacta, pero él fue tras ella, ambos gateando en el piso, ella pugnando por escapar, él ya fuera de sí, se oía cómo apretaba los dientes, cómo le rechinaban al aplastar a Francia bocabajo. Así pugnaron unos instantes; la cabeza de Francia se recostaba sobre un montón de ropa en el piso; era la ropa de Ike, su camisa, su pantalón, era su olor. Escalofriada, sintió contra su mejilla el oro frío del estilógrafo que había regalado a Ike, y se apropió de él, desenroscó la tapa y, como pudo, se revolvió y se puso de cara a él, mientras él se reacomodaba entre sus piernas, mientras él se acercaba, y le puso la punta de oro del estilógrafo en el cuello y le dijo que te quedes quieto o te lo entierro te lo juro por Dios, entiérralo, Francia, le dijo Ike, mátame ya, y, al decirlo, ya amaba a Francia y ella se dejaba amar —sin apartar el arma del cuello de Ike enloquecido.

3

Perla Tobón se desvanecía.

Había bailado tres veces, cada una en brazos de los respectivos adoradores, y, con el último, si no se acordaba mal, se había caído, o alcanzó a dar una voltereta pero él la sujetó en el aire y no la dejó caer, ¿cuál de los tres?, qué fuerza, qué héroe, ¿cuál?, no se acordaba, Perla no resistía a la bebida, estoy borracha, pensaba, san Roque Bendito amarra tu perrito, y se echó a reír en la mesa, rodeada de los tres adoradores.

El catedrático Zulú, el mago Olarte y el ciclista Rayo eran hombres de cuarenta años, de parecida estatura, y solamente la calvicie del mago lo diferenciaba del grupo. Estos calvos, había pensado Perla, admirando la bruñida cabeza redonda, son como un pene ambulante provisto de ojos, y otra vez había reído sola, como ocurría cuando bebía, que se ponía a intimar con ella, se iba, se iba.

Le gustaba que la broma de cualquiera la hiciera reír, olvidarse de su fastidio de vida, de su marido, del terror de sus hijos que tarde o temprano resultarían idénticos al papá, del aborrecimiento de ella misma; por eso bebía en compañía, para reír hasta que le doliera la carne, otro orgasmo, pensó, o por lo menos muy parecido —dijo en voz alta.

—¿Qué? —dijeron al tiempo los hombres. Quiso responder y no pudo: los tres hombres y el mundo se habían centuplicado, giraban dentro de su cabeza; fue un segundo, pero estuvo a punto del desmayo. Los hombres habían llenado las copas, ¿qué bebían? Le ofrecieron una copa pero la rechazó con la mano que temblaba. Incrédula, oyó su voz, ya al borde del vómito.

—Hasta aquí voy —dijo. Su voz sonaba como entre algodones—: debo descansar. —Su voz había que descifrarla como si llegara de lejos, en otro idioma—: solo un minuto y vengo a bailar como nueva.

—Pero por supuesto —dijo Manolo Zulú—. Descansará lo que haga falta, dormirá en cualquier habitación. Nosotros la llevaremos.

—Yo sé a dónde voy —dijo Perla. Su voz se ensoñaba como un bostezo inmenso: toda ella era un bostezo—. No hace falta.

—Es para tener la gracia de saborear su presencia otro minuto, Perla —dijo el mago.

Los tres hombres se levantaron, todos detrás de Perla, perros en celo: eso iba diciéndose el mago: perros en celo.

—Tenga cuidado —dijo el mago corriendo detrás de Perla, rodeándola por los hombros, los dientes como dagas—, hay tanta gente bailando que uno tropieza y se puede caer.

—Ya me caí bailando, y creo que con usted —dijo Perla, lúcida, por un segundo—, lo reconozco por su cabeza.

El mago no alcanzó a contestar. Los había aprisionado el catedrático, abrazándolos: «Seamos amigos hasta morir», decía. Los estrechaba por el cuello y los acercaba a su pecho y depositaba un áspero beso en el perfumado cabello de Perla, en un mechón, y masticaba el mechón un instante, con delectación, mientras el ciclista Rayo les abría paso entre la muchedumbre como si llevara un machete y desbrozara la selva. Ahora el mago aferraba el brazo de Perla, como si temiera que volviera a caer, pero en realidad le ponía las anchas narices en la nuca y le pondría los labios si ella no se oponía, pero se opuso, arqueó el cuello, exasperada, ¿con repugnancia?, el ciclista desaprobó con la cabeza, el catedrático se detuvo un momento, dispuesto a respaldar la protesta de Perla, pero ella reía a años luz de distancia y se adelantaba entre los que bailaban como una sonámbula. El mago la alcanzó en dos saltos: ahora extendía los dedos de una mano a la oreja de Perla y sacaba de adentro una margarita amarilla que ella ni pudo apreciar. El catedrático y el ciclista desaprobaron con la cabeza, el mago seguía detrás de Perla, feliz. Feliz de abandonar el jardín con semejante bella, la bella borracha, encerrarla y encerrarse con ella, enjaularla, encarcelarla en la mejor habitación —donde todo puede ocurrir, pensaba, y arrojó la margarita al cielo.

4

Subían por la escalera de caracol.

En ese momento ninguno de los tres hombres recordaba quién era el marido de Perla, el sanguinario César Santacruz, traficador de mariguana, pionero, un duro, nadie reparó en esa primicia, se alegraban, solo lamentaban no llevar una botella de ron.

Subían, los tres admiradores, subían por la escalera de caracol, caracoleando detrás de Perla, de sus generosísimas piernas que titubeaban, escalón por escalón; su brazo resbalaba apoyado en la pared. El mundo para ella era un trompo vertiginoso de gritos. El mundo, para ellos, era ver por debajo de su muy breve falda, regocijarse en el misterio que atesoraba; incluso uno de los hombres —¿o los tres?— se había inclinado para divisar con mayor holgura ese pequeño montón oscuro que Perla llevaba en mitad de sus piernas, «Qué podredura», dijo el catedrático con un susurro, meneando la cabeza, deteniéndose, «¿es que no vamos a respetar?», el ciclista Rayo se preguntaba si la podredura se refería a ellos que fisgaban o al negro misterio que los magnetizaba como el trozo de carne cruda que se enarbola a los perros, «¿Qué quiere usted decir?», decía el mago, inquieto, sin dejar de atisbar el deseable misterio de Perla que ya alcanzaba la cima de la escalera, su oscuridad palpitante, «Usted sabe muy bien lo que digo», dijo el catedrático, «respeto, señor, respeto», y todos a una siguieron subiendo detrás de la mujer que desaparecía en la penumbra.

El ciclista Rayo se sintió obligado a repetir «Respeto», mientras el mago se desencantaba: «En lugar de ponernos de acuerdo», dijo entre dientes. A todas las mujeres que compartieron su cama las había emborrachado; según él las había únicamente hipnotizado para amarlas como aman los magos, fascinándolas. El catedrático hacía lo suyo con las cándidas alumnas: después de la sabia amenaza, tarde o temprano se plegaban.

El ciclista no pensaba: recién casado, su mujer esperaba un hijo.

Ganaron la cima, a tiempo de ver que la indecisa Perla optaba por seguir a la derecha del corredor. De inmediato saltaron en pos de ella, todos rozándose, para luego rozarla a ella, su espalda, sus piernas, su trasero. Perla Tobón avanzó zigzagueante un neblinoso tramo y eligió de entre todas las puertas la puerta de la habitación más lejana, que parecía la habitación de afuera: colindaba con el balcón de la casa.

Abrió la puerta y entró y *sintió* que los hombres entraban con ella.

Adentro, la ventana de cortinas desplegadas permitía una medialuz azul.

Allí quedaron, balanceándose los unos ante los otros, porque todos habían bebido, aunque ninguno como Perla. El catedrático Zulú pensó que se sentía achispado «¿O estoy, más bien, *poseído*?» Tosía, exaltado, y se preguntaba si no era mejor despedirse con una venia y huir a toda carrera. Pero la sola vista del rostro encendido de Perla, de su provocativa indefensión, lo aguijonearon. No, no se iría: la quería toda para él en el instante. Y se dispuso al torneo de campeones de la Mesa Redonda, pensó. Recelaba del mago: abajo, en el jardín, durante el baile, vio que Perla cometía la equivocación de predisponerse por el mago, de elegir, qué ironía, al enfermo, al vil, al depravado. Eso humillaba al catedrático. El ciclista Rayo era solo un recién casado feliz que por primera vez presenciaba el prodigio

de una mujer tan bella como borracha, una criatura ange-
lical, toda ternura, pensaba, que había bebido peor que un
arriero en domingo, más que ellos tres, pobrecita, mañana
le dolerá la cabeza, su corazón se rebelará, no resistirá diez
años. Pero la idolatraba por eso mismo, él, que era todo
disciplina, él, todo contención.

Perla se volvió a ellos y de un golpe de lucidez pudo
distinguir sus rostros y se asustó por primera vez, no solo
de ellos sino de ella, de ellos, sobre todo, esos brazos que
querían abrazarla, esas manos manosearla, esas bocas besarla, esos dientes triturarla. Iba a decir que la dejaran pero
prefirió pedir que le trajeran una copa de algo para resucitar, y solo pudo balbucear, nadie entendió su voz, el mundo le daba vueltas. Una mano que la sostenía la ayudó a
caminar. Descubrió que era la mano del mago que la llevaba a la cama y la recostaba, le acomodaba la almohada
debajo de la cabeza, la medio cubría con la mitad de una
manta. Mientras, la voz del catedrático agazapado hume-
decía su oído: «Descanse, hermosa, más tarde irá a acom-
pañarnos, bailará con nosotros». Ninguno de ellos había
comido, recordó Perla, por eso me estoy muriendo, me hizo
falta comer, los platos siguieron intactos, ¿será posible que
mañana me despierte arrepentida y agradezca que nada
haya pasado?, no, no, se dijo a gritos, que pase, que pase, que
pase antes de que me muera.

Las tres sombras aguardaban inmóviles ante ella: podía verlas como si fueran de humo, de niebla. Oyó una
voz que decía: «Cuidado con ella: es una perla que se llama
Perla». Qué tontería, pensó Perla. Y se oyó un ruido extraño en el aire, como chispas: «Es la electricidad de los cuerpos», dijo alguien maravillado, «es azul, mírenla, es de
color azul, ¿no la ven?», azul, se dijo Perla, ella solo veía
sombras de humo, negras, negras, «El barco se mueve»,
quiso decirles, absurda, y al fin lo dijo, lo repitió, «El barco
se mueve, se está moviendo, ¿no les parece?», por fin había
logrado hablar, casi inaudible, «Claro que sí», dijo el

ciclista Rayo y, para asombro de todos, lanzó un quejido como una sirena de barco: parecía que se encontraban en un puerto, que el barco iba a zarpar, «Imita muy bien a los barcos», dijo Perla, pero ya nadie logró descifrar sus palabras, aunque todos se hallaban a centímetros de ella, encorvados, las tres caras sobre su cara. Una mano por debajo de la manta había avanzado a modo de roedor y se ponía encima de uno de sus pechos, solo un segundo, ¿quién era?, el mago, se dijo Perla, el ambulante, «Es una gata femenina», se le ocurrió decir a alguien, «una gatísima». «No diga cosas estúpidas», le respondió otra voz, y otra: «Respeto, señores, respeto», y la última: «Nos vamos por un rato, bella, duerma tranquila», y todos, al tiempo, a susurros: adiós, adiós, adiós.

Pero no se iban.

Extendida bocarriba en el lecho, las piernas cruzadas como una fortaleza, los brazos muertos, Perla se dio cuenta de que si se estaba quieta podía discernir, pero no le era dado hablar, y el hecho de que los tres hombres hablaran atropellados —solo porque acababan de oír que ella suspiraba— y le dijeran tantas cosas, le preguntaran, se respondieran, la aniquiló, la hizo desear allí mismo un balde inmenso a su lado, un balde color azul para vomitar exactamente los kilómetros de palabras que ellos arrojaban y que ella se tragaba a la fuerza.

Ellos supieron que se moría de náuseas.

—No se mueva —dijo el catedrático—, cierre los ojos.

El ciclista le pasaba una mano por los cabellos húmedos. El mago, lo que era otra cosa, había vuelto a poner la mano encima de su pecho, y ese gesto no pasó desapercibido para los otros; de inmediato otra mano quitó de su pecho a la primera mano y una voz perentoria se oyó, era el catedrático:

—No se sobrepase, señor don mago, váyase tantico, tantico, no se nos afane. Para tantos fervores esta señora tiene aquí a sus campeones.

—Sí —dijo el ciclista, que no pensaba en los campeones de la Mesa Redonda sino en los de la Vuelta a Colombia—, ella tiene aquí a sus campeones.

El mago se asombró de cómo lo aferraron por los brazos, de cómo lo obligaron, qué gansos, pensó, no saben. Pero no se opuso y salió con los campeones de la habitación. Uno de ellos, por precaución, hundió al salir el botón del pomo de la puerta y cerró.

Perla Tobón quería gritarles que volvieran, y se lo gritaba por dentro, estar sola no quiero, no quería quedarse a solas con ella de nuevo, sola otra vez, pero no podía hablar, no le era posible hablar, solo mirar y escuchar, solo respirar —o se moría.

5

La ventana de cortinas abiertas daba a la calle, empezaba la noche, Perla Tobón reconocía los espacios donde se hallaba, y creyó oír ruidos muy cerca, en el piso, a su orilla, hizo un esfuerzo y se asomó: eran dos gatos, ¿eran dos gatos?, eran dos gatos y una especie de pecera donde una tortuga masticaba una hoja de repollo, ¿es una tortuga?, se preguntó esforzando los ojos en la penumbra amarilla, y se respondió sin dar crédito es una tortuga, ¿y esos gatos?, ¿qué hacen allí dando vueltas?, ¿van a comerse a la tortuga?, no: parecen amigos.

Y volvió a aquietarse en el lecho.

Creyó que por fin la náusea desaparecía, eso quería creer. Ahora sus ojos sondeaban el techo, las sombras, y distinguieron la efigie espectral de la bruja Melina, trepada en su escoba, la ganchuda nariz, los ojos luciferinos, inmóvil o volando, lejana en el cielo amarillo, remota pero acercándose, ¿de verdad es una bruja eso que vuela? —se preguntó espantada— y de nuevo la náusea, prefirió cerrar los ojos. Entonces escuchó algo como el ruido de una llave en la cerradura, la puerta se abría; abrió los ojos atemorizados. Y, con gratitud, descubrió que era el mago, inmerso en la nube de luz amarilla, avanzando hacia ella, su voz un murmullo, «Perla», dijo, «solo vine a preguntar si se encuentra bien», y avanzaba hacia ella, la sonrisa en la cara.

Lo oyó muy cerca:

—Sería el mago más feliz de la tierra si me permite descansar a su lado. Solo descansar, estoy extenuado. Esta fiesta es un circo.

De nuevo Perla quiso hablar y no pudo, no conseguía hablar, era igual que exponerse a morir. Iba a extender los brazos, a llamar con el gesto al mago, alentarlo, pero en eso vio estupefacta que otras sombras entraban al cuarto y saltaban a lado y lado del mago.

—Qué hombre pertinaz —oyó la voz del catedrático.

—Solo porque es mago pudo entrar —dijo la voz del ciclista—. O porque usó un garfio, un alambre, como cualquier forzador de chapas, como cualquier ladrón.

El mago iba a protestar pero otra vez los campeones lo atraparon por los brazos y jalaron de él hacia la puerta, y esta vez con toda la fuerza. Los tres hombres forcejeaban ante el lecho donde Perla miraba, extendida bocarriba, sin lograr moverse, sin lograr hablar, pero por dentro se reía, «Vengan, vengan», decía, «aquí hay ponqué para todos», y se tocaba ella misma al decirlo, se señalaba. No pudo decirlo, solo parpadeaba.

—Siga durmiendo, bella —recomendó el catedrático.

Y el ciclista:

—Mañana nos lo agradecerá.

En eso ya el mago se deshacía de los brazos que lo amarraban y, exasperado, se disponía a una contienda en serio, se abalanzaba. El catedrático interrumpió su impulso y lo agarró por las orejas, «¿Quiere que le saque toda su magia de las orejas?», le preguntó, y tiraba hacia abajo de las orejas del mago con tanta fuerza que ambas orejas sonaron. El mago se apabulló, derrotado, «Ineptos», se le ocurrió decir, y sus ojos, por el castigo, se encharcaban. Los campeones salieron, llevándoselo a rastras, y de nuevo echaron llave a la puerta, de nuevo el silencio, de nuevo la oscuridad.

Si se quedaba quieta se dormiría, pensó Perla. ¿O prefería morirse?, sí, sí, ya.

Soportó siglos de espera.

Pensó que el mago no regresaría, que ninguno de los campeones volvería. Y alcanzó a dormir solo un instante, porque entrevió que alguien más estaba a su lado, desde que empezó a dormir. Sintió que una sombra siniestra palpitaba a su lado: creyó distinguirla antes de hundirse en el sueño: respiraba a su lado, la oía. Se despertó de súbito, los ojos desmesurados, y distinguió al fin la calavera en la mesita de noche, a su lado, una calavera de verdad, «Virgen», gritó, una calavera contemplándola a ella, cara a cara. Del susto se le espantó la borrachera; de un salto quedó sentada en la cama; sí, era la calavera de alguien, un muerto con toda seguridad, por Dios, ¿era esa la habitación del magistrado?, imposible, ¿quién dormía en esa cama?, ¿cuál de las hermanas Caicedo?, solo una desquiciada podría dormir con una calavera.

Entonces abandonó la habitación, a tumbos: hacía eses, pero avanzó lo más rápido que pudo, para que el sueño no la cazara en ese cuarto de brujas y gatos y tortugas, y siguió a bandazos por el pasillo, los brazos como aspas hacia la luz: era el balcón de la casa, sus puertas de par en par; parecía aguardarla con los brazos abiertos, adornado con rosas y nardos y serpentinas, nubes de celofán que caían de sus paredes como un palacio de hadas.

Se acodó al balcón y respiró a bocanadas el aire frío de la noche. Un vaho de hierbas fragantes subió desde el jardín exterior y la adormeció como un narcótico. Alcanzó a distinguir las hojas de los árboles que se mecían, pensó: «Estoy viva».

La brisa seguía trayendo más efluvios que adormecían: acomodó la cabeza encima de los brazos cruzados y se quedó quieta; de la calle venían ruidos normales, tranquilizadores: el paso y las voces de los vecinos, el motor de un carro que se encendía; detrás de ella se oía, lejana pero viva, la fiesta en el jardín, la orquesta tropical, las congas que acunaban: volvería tan pronto se recuperara, a lo mejor un vodka me resucita.

De pie, enteramente recostada contra el balcón, Perla Tobón se quedó dormida.

6

El primo César Santacruz no se reponía del amor trunco con la criada. La buscaba en la muchedumbre como un huérfano. No se quitaba de encima a Iris, su cuerpo a punto, a punto. Era una daga en el hígado, un frenesí íntimo al que había que dar gusto, o sería peor. No quería acudir al comedor de la casa y disfrutar en familia, no le incumbía su tía Alma y sus propios hijos que ¿en dónde estaban?, y ¿qué importaba?, recorría como un poseso el torbellino de la fiesta, de arriba abajo: debía encontrar a Iris o reventaría, ¿para qué diablos la tumbó en la biblioteca?, ahora él era su propia víctima.

Y por ninguna parte Iris, ni en la cocina.

De allí volvió al jardín, en ascuas, qué ganas de patear traseros. Se paralizó en mitad de los cuerpos. Un doloroso odio lo atravesó: un minuto más sin control y se arrojaba encima de esa negra de blanco que cabrioleaba, ¿qué hago?, maldito mundo sin Iris. Imaginó un reemplazo a como diera lugar, ¿quién?, ¿una mesera?, la primera que vio ameritaba, pero ¿si gritaba?, ¿y por qué no su mujer?, a fin de cuentas era de él. Ah, recordó, había hallado a Perla hacía unas horas, sin proponérselo: la divisó sentada con tres hombres y bebiendo, nada extraordinario, muy bien asediada, linda perra, nunca aprenderá. César había enumerado a los hombres, los distinguió, y tomó nota. Tomar nota, para él, era significativo. Por supuesto que no fue a rescatarla del trío de pretendientes, pero tomó nota.

Ya Perla no lo emocionaba, era una enemiga, no debió tener hijos con ella. Sin ir más lejos, ¿no impidió que culminara su faena con la criada?, incluso lo llamó talego de manteca.

Tendría que encontrar a Tina, su cuñada —se resignó—: con Tina Tobón se entendía hacía años, era su paño de lágrimas, pero ¿dónde respiraba, dónde se escondía, por qué no estás cuando debieras, enana de mi vida? Siguió oteando el horizonte de parejas que bailaban, extrañamente iluminadas por las luces del jardín; Alma Santacruz había ordenado que se pusieran bombillos multicolores: cada región del jardín nadaba en una bruma de colores, que César veía negros. Las primitivas ansias, insatisfechas, lo oscurecían todo. No volvería a ser dueño de sí mismo si no se amarraba de amor con Iris. Lo suyo era una enfermedad —le dijo un médico—, y como tal hay que buscar el remedio: continencia, voluntad. El remedio es uno solo, había pensado César, una hembra aquí, debajo de mí, sudando por la cuca.

Tina era la solución, la siempre dispuesta Tina Tobón, que lo entendía al derecho y al revés. Parecía una monjita y sin embargo qué alimaña de amor, la tímida cara se transformaba en beso que gritaba y su cuerpo era solo fauces abriéndose para tragarlo: una vez lo asustó: mientras lo amaba parecía querer matarse y matarlo. A la larga, hubiese sido mejor tener hijos con Tina, leal, ideal, calientísima. No la arpía de la perra que lo quería ver muerto.

Entonces un dedo en mitad de su espalda lo sobrecogió como el cañón de una pistola, era Tina, de la noche a la mañana.

—Tina, por fin —dijo—. ¿Dónde te habías metido?

—Te he estado siguiendo hace horas. No me digas que me buscabas.

—A ti te buscaba, a quién más.

Ella lo miró a los ojos.

—Por hoy voy a creer —dijo.

—Vamos adonde debemos ir —la urgió César.

—¿A dónde más vamos a ir? —dijo ella.

Qué cambio, qué voz, nadie la reconocería, pequeñísima y escuálida, una figurilla. Con esa falda a cuadros hasta más abajo de las rodillas, con esa corbata de seda, quién lo pensaría. Su respuesta rotunda lo tranquilizó. Realmente era su salvación.

Abrazados corrieron primero a bailar y, todavía en mitad de los cuerpos que volaban, intentaron descararse, enlazarse de pie, pero las luces iban y volvían como chorros de un faro enloquecedor, los revelaban, el riesgo era enorme. Estuvieron a punto de hacerlo en el rincón del pasillo que iba a la cocina, detrás de la estatua del Niño Dios, del tamaño de un niño de diez años, que se encontraba debajo de velos y oropeles como un templo particular, pero se asomó a verlos la cara rosada y feliz de la apodada Gallina. Tina Tobón, ejemplo de compostura, propuso a César que subieran a cualquier habitación de la casa, sería mejor, dijo. César obedeció, pero todavía quiso hacer de las suyas en un recodo, sentando a Tina en sus rodillas, y cuando ya se desvergonzaban, creyéndose libres, se apareció un mesero a preguntarles si preferían champaña o ron. Abandonaban de una vez el jardín, se escabullían a toda prisa, y el gozo de César desapareció: de la casa vio salir a los tres hombres: dos aferraban a uno por los brazos como si lo ayudaran a caminar. Los tres se detuvieron a poca distancia, ebrios; eran los mismos que estaban con Perla, ¿dónde la dejaron?, seguro se aprovecharon de ella, tendría que ver a Perla, con solo verla sabría qué sucedió, si sí o si no, y que los pájaros se atuvieran a las consecuencias: él no sería burlado por nadie, a él no le tocaban las pelotas.

Conocía a esos tres.

Al calvo ¿no lo había visto fungiendo de mago en un bazar lleno de putas?, ¿qué hacía en casa del magistrado?, había que ver qué amigos cargaba Nacho Caicedo, ese mago era un ramplón, pero un alma de doble filo, un vil. El ciclista Rayo un pelele, profesor del colegio donde Nacho Caicedo tenía «acciones», pero el catedrático Zulú, ese pez gordo…, a ese cerebro famoso una alumna lo acusó de violación; el magistrado Caicedo lo salvó de la guillotina; qué pájaros, debí hacerme cargo de Perla cuando la vi con ellos; ahora tendré que buscarla y mirarla y corroborar si sí o si no.

Y, acompañado por Tina, acabó de entrar en la casa.

Las ansias ya no eran las mismas.

Se olvidó de Iris, se olvidó de Tina, nada importó, solo Perla, ligera de cascos, a la que tenía que escarmentar como a yegua sin bridas, había que ponerle el freno, había que mostrarle quién cabalgaba, quién iba arriba, quién abajo, quién daba fuetazos y quién los recibía.

7

Mientras subían las escaleras Tina Tobón tuvo la importunidad de abrazarse a él por las espaldas, se encaramaba, «Bésame», repetía. «Espera», le dijo César desembarazándose de sus brazos, «sube en silencio». No se oía nada en el segundo piso, no había nadie detrás de las puertas en hilera. La medialuz abarcaba el salón y se desvanecía en el pasillo principal, que iba al balcón. César reconoció de inmediato la distante figura agazapada contra la baranda, la aureola de la cabeza como sumida en contemplación. En punta de pies se dirigió al balcón y se detuvo a medio camino. Está dormida, pensó: no era la primera vez que veía dormir de pie a la perra.

César y Tina se hallaban en el pequeño recinto que precedía al balcón, cerca de la habitación de Uriela; había dos poltronas, una mesita con frutas. César se sentó en una poltrona y Tina en la otra y allí se quedaron, en absoluto silencio, vigilando la figura en el balcón. Después Tina apartó la mirada como con terror: algo iba a ocurrir. Vio que César se incorporaba y daba tres pasos en dirección al balcón, los brazos extendidos hacia Perla, pero sin ir más lejos. Volvió con Tina: la sentó en sus rodillas y empezó a besarla. Después se congeló, la cabeza en el pecho de Tina, la oreja en su corazón, como si la oyera. Ambos sudaban en el frío. César sentía que reventaba de ansiedad, y dijo en voz alta, o pensó: «Si lograra que cayera de cabeza… adiós perra, tendría que agarrarla por las pantorrillas, levantarla, que se doble de cara al vacío y soltarla, carajo, se descuellaría». En ese momento Tina empezó a besarlo, pero él la apartó y se quedó mirándola a los ojos. Se relamía los labios mientras tanto, se los mordía. Tina se sobrecogió, César de nuevo caminó hacia Perla, sin detenerse. Su cara se hizo una muda risotada; avanzaba lento, pero cada paso era preciso, le rodeó las corvas con los brazos y la elevó y la arrojó al otro lado, de cabeza. Se oyó al tiempo como por milagro el grito de los invitados que festejaban el inicio de una cumbia. César regresó a la poltrona, mirándose las manos como si no fueran de él: se miraba las manos que temblaban, las manos de otro: «No fue lo mismo hacérselo a la madre de mis hijos que a cualquiera», pensó como si se justificara. Y se sentó al lado de Tina, que todo ese tiempo había vuelto la cara, hacia lo negro, porque no quiso presenciar nada. César transpiraba, embotado: no fue capaz de asomarse al balcón a comprobar el resultado sino que retrocedió al sillón para que Tina lo

170

rescatara del horror. Pero Tina miraba a otro sitio, no vio nada. A la larga, pensaba César, era mejor que Tina no lo mirara y era mejor no asomarse al balcón porque bien podía reconocerlo alguien, «Qué bruto fui», dijo por fin con un susurro, y dobló la cabeza como un niño al borde de las lágrimas. Pero en eso oyó algo como un rugido y era Tina Tobón que lo besaba, acaballándose en sus rodillas, apretándolo, ¿de dónde sacaba fuerzas?, le bajaba el cierre del pantalón, lo buscaba, «Oye», le dijo César, «¿no eres acaso su hermana?» «Soy más que eso», dijo ella, «soy tuya», y lo encontraba, lo convencía, su falda a cuadros se había alzado a los muslos, los botones abiertos de su blusa daban paso a los pechos enloquecidos, su corbata de seda la tenía vuelta hacia atrás como la traílla de un raro animal, los dos se estrellaban con saña y volvían a estrellarse hasta el grito, ambos el mismo sudor, ambos sin dejar de contemplarse como a punto de arrojar la misma insensata risotada.

Después César apartó el cuerpo de Tina y se levantó de un salto y la urgió desde su altura: «Vámonos. Tenemos que estar donde nos vean».

8

—Pues corra usted a comprobarlo, Zambranito, y hágase cargo. Si de verdad hay un perro muerto en el patio, haga lo que dijo la señora, yo no tengo tiempo para entierros, suficiente con dar de comer a los que bailan. Entierre a ese perro y podrá ir a dormir.

Juana Colima terminó de limpiarse las manos en el delantal y encaró a Zambranito, que todavía la consultaba con los ojos, irritado. Acababa de advertir a Juana que se iría a su cama, a dormir, y en eso llegaron los niños con la noticia del perro muerto. Felizmente aún es de día, pensó Zambranito, si acaso hay que enterrar a un perro.

Los niños como enjambre lo rodeaban, pendientes de su decisión.

—Vaya al patio con los niños —repitió Juana—, la señora no se anda con juegos. Si mandó que enterremos al perro es verdad, no es un invento. Luego se irá a dormir.

—No es un invento —coreó el enjambre de niños—. Dijo que ayudáramos a cavar.

Zambranito salió de la cocina, rodeado de gritos, de ojos que lo alentaban, todas las manos querían tocarlo. Zambranito volvió a pensar que aún era de día, gracias a Dios.

—Tendrá que usar una pala —le advirtió el mayor de los Césares—. Tía Alma dijo que seis metros bajo tierra.

Sí, por supuesto, pensaba Zambranito, seis metros bajo cemento, querrá decir.

Y dijo a los niños:

—Ver para creer.

Zambranito ya no era el de antes, y él mismo lo sabía, sabía de su pereza creciente, le dolían las rodillas, los dedos de los pies, le dolía aquí y allá, cualquier misión la culminaba a disgusto, había perdido el esmero, la precisión, no hacía mucho el magistrado le había dicho: «Si quiere jubilarse, Zambranito, dígame, yo le seguiré pagando puntual, podrá volver a su pueblo, se comprará una casa con dos árboles y una hamaca, dormirá cuanto quiera, no se nos afane más». Le dijo eso porque se había quedado dormido a mitad del almuerzo, la cabeza a un lado del plato. Zambranito se disculpó, molesto: dijo que la noche anterior durmió mal. No revelaba a nadie su edad: ya iba por los ochenta; a todos les constaba que era un sesentón; él mismo lo proclamaba cada año: soy un sesentón, no quiero jubilarme. Lo cierto era que lo fatigaba despertarse. Por él, feliz si pudiera seguir durmiendo después de despertar, feliz si lo dejaran dormir hasta morir.

Tenía su propia habitación en esa casa inmensa, enfrente de un pequeño patio detrás de la cocina, a un lado de la habitación donde dormían Iris y Juana, las dos habitaciones amplias, independientes, casi dos apartamentos con baño y televisor. El magistrado lo contrató para su servicio hacía años; era un simple mensajero del ministerio de Justicia y lo obligaron a renunciar, acusado de robar un anillo de esmeralda que la secretaria del ministro había dejado en su escritorio. Era un hombre sin mujer. Era un hombre sin hijos. Era un hombre sin amigos. Era viejo.

Años antes brillaba por su eficacia. Al magistrado le cayó de perlas: Zambranito sabía de electricidad, de plomería, había sido mecánico y carpintero, era un todero perfecto, un cualquiercosario, podía componer lo descompuesto, el motor de la camioneta, la licuadora, la lavadora, la secadora, la radio; impermeabilizaba el techo, pintaba paredes, además de que lustraba los zapatos de toda la familia, dejándolos como espejos; su inconveniente más reciente era que no conducía el mercedes con la pericia de antes, trastabillaba al volante, confundía los cambios, frenaba por cualquier cosa. Se lo eximió de conducir de noche: las hijas mayores del magistrado se hacían cargo, Zambranito tenía permiso para dormir.

No le gustaban los niños.

Y rodeado de niños atravesó el océano de cuerpos: la música de los Malaspulgas contagiaba de un frenesí loco. Zambranito avanzaba tapándose las orejas. Ya ante la gran puerta enrejada, que separaba el jardín del patio, pensó en la posibilidad de entrar él solo; empujó la pesada puerta y no pudo impedir que los niños entraran primero; siguió él y cerró la puerta con tanta fuerza que repicaron las cadenas, los candados; era esa la puerta que separaba la casa de los ladrones, porque el patio estaba prácticamente desprotegido; bueno, allí dormían los perros, ¿para qué más? El muro del patio que daba a la calle no destacaba por su altura; era alto el muro que daba al jardín de la casa: su puerta enrejada parecía de iglesia y cada noche era cerrada con doble candado por Juana, dueña y señora de las llaves. Zambranito se sentía por eso insultado. No le concedían la autoridad de las llaves, ni la posibilidad de quitarse de encima a esos niños y hacer él solo las cosas.

En el atardecer, el enorme patio le pareció un oasis. Le hubiese gustado estar solo y echarse a dormir en la hierba, debajo del magnolio. Pero allí, ante el magnolio, cabizbaja y pétrea, se encontraba la mula blanca de César.

Zambranito atravesó el patio. En el camino distinguió las casas de los perros destruidas, la jaula de los loros aplastada: uno de los loros era un amasijo. El enorme san bernardo yacía enroscado en el piso, ¿muerto?, ¿desmayado? Lo rodeaban los niños, en círculo; Zambranito se abrió paso, no sin antes descubrir que el santuario de la Virgen de la Playa era una ruina, la Virgen despedazada, su sagrada cabeza machacada. Se hizo la señal de la cruz, boquiabierto; ahora el asombro lo ganaba: vio las areneras de los gatos volcadas, la arena regada con todo y estiércol y, en lontananza, la mesa de pimpón destrozada, la extensa superficie del patio como si un huracán la hubiese trillado, pero seguía sin entender. Quedó solo ante el cadáver del perro, pues los niños corrieron al muro que daba al jardín: desde su cima lejana, Roberto el loro parlante los contemplaba a su vez, iba y venía. «País, país», le gritaban los niños, conocedores de sus gracias, convocándolo, pero el loro había decidido no hablar. Zambranito se arrodilló a examinar al perro, ¿dónde estaban los otros? En la esquina distante, echados pero despiertos, vigilaban a Zambranito sin acercarse, sin saludar. «¿Pero qué pudo pasar, muñecos?», les gritó Zambranito desde su sitio como si esperara que los perros le contaran, a gritos, qué pudo pasar.

Y vio la gran mancha de sangre reseca en el cemento. Examinó con más atención al perro amarillo, reconoció el lunar en el belfo, «Es Femio», dijo, y se rascó la cabeza, afligido. Quería a ese perro, quería a esos perros, se hacía cargo de ellos desde cachorros, los sacaba a pasear cada mañana; lo orgullecían; no era fácil andar con tres san bernardos y hacerse obedecer, ¿qué sucedió? «Lo mató esa mula del diablo», se dijo con un bufido, lo comprendió al fin, divisando con pavor y admiración a la mula lejana, cabizbaja, pétrea, como avergonzada ante el magnolio: sus orejas rozaban el tronco del árbol; en su largo pescuezo no se veía lazo que la amarrara. «Está suelta», se dijo Zambranito mortificado, «está suelta la bendita, ¿por qué le dio por patear a Femio?»

Para entonces los niños habían descubierto el cuarto de herramientas y se aprovisionaban de picos y palas y aguardaban órdenes; otros, menos interesados en el entierro, se turnaban para columpiarse en el columpio que chirriaba, o se aprovisionaban de piedras para tirárselas a Roberto, empecinado en no hablar, yendo y viniendo encima del muro; otros decidieron corretear en torno a la mula nerviosa que giró sobre sí misma y gimió, los ojos agrandados; sonaron sus cencerros, sus cascos desesperados, «No se metan con esa mula», gritó Zambranito a los niños, y de inmediato los niños se alejaron de la mula, asustados del viejo que se rascaba la cabeza, porque en su voz había un dejo de advertencia horrorizada. También Zambranito sabía de mulas y caballos: había trabajado un año en los establos del hipódromo de Techo. «Hay que amarrar esa mula y cuanto antes», pensó en voz alta, «¿por qué no la amarraron?» Se dirigió a los predios de la mula y buscó los aperos; debajo de la silla de montar encontró la soga; ya estaba haciendo el nudo corredizo cuando oyó que el loro gritaba, espeluznado; uno de los niños había conseguido acertarle; el loro empezó a volar en círculos, la mula levantó la cabeza, los ojos enrojecidos. «¿Qué le hacen al loro, malditos?», gritó Zambranito, hecho un lío con el nudo, «¿por qué lo apedrean?» Los niños se reagruparon en silencio, pendientes del viejo que los regañaba: había dicho *malditos*, mala palabra. Eran niños y niñas de todas las edades, vestidos de fiesta, querubines; Cesítar, con sus diez años, era el mayor, y el más sensato, parecía. «Llévate a tus amiguitos al jardín», le rogó el viejo, exasperado, «no demoran en llegar los payasos, hay títeres». Pero el niño no se movió. Tenía en sus manos una pala más alta que él: «¿No vamos a enterrar al perro?», preguntó.

«Primero voy a atar a la mula», dijo el viejo.

«Es igual, es igual», gritó por primera vez Roberto, en lo alto del magnolio; los niños rieron a una, la mula arrojó un rebuzno-relincho y volvió a girar espantada. «Que dejen quieta a esa mula», gritó Zambranito. Los niños se sorprendieron de la orden: ninguno de ellos molestaba a la mula. Zambranito ya había hecho el nudo corredizo y se acercó a la mula, con tiento, con tacto de conocedor. Los niños, aburridos de escuchar órdenes y contraórdenes, corrieron al muro que daba a la calle y se dispusieron a trepar, haciendo escalera con manos y espaldas. «Si quieren salir a la calle háganlo por la puerta», les gritó Zambranito, y pensó: pequeños hijos de puta. Pues ya una pareja de niños había conseguido trepar y alardeaba en la cima, haciendo equilibrio. No era un muro muy alto, debía tener menos de dos metros y daba a la calle. Zambranito se rascaba la cabeza. «Bájense de ahí —gritó— o llamaré a sus papis, que les calienten el culo a correazos». De inmediato los dos atrevidos bajaron. Zambranito se acercó a la mula, le puso el dorso de una mano en los ollares para que lo oliera y empezó a rascarla en el cuello, apaciguándola, «Soo, soo, bonita», le dijo como si canturreara, «soo, quietita, mamacita, soo, soo». Muy bien sabía que la mula estaba al borde del síncope. Lo descubría en sus ojos aguados, enrojecidos, y era tanta su desolación que le pareció oír que le decía con la mirada sácame de aquí. Se lo imploraba.

Mientras pasaba y repasaba su mano de conocedor por el cuello sudoroso iba pensando en el entierro del perro. «A ese perro yo no lo puedo enterrar», dijo en voz alta como si se lo contara a la mula, «esto es cemento; ni en seis años hago un hueco de seis metros, un metro por cada año, eso es trabajo para Lucio, ¿dónde está Lucio?, ¿qué se fue a hacer?, lo mejor sería encostalar al perro y tirarlo al río Bogotá, donde todo el mundo tira a sus perros, yo no me pongo a enterrar perros, aunque se trate del bueno de Femio, pobre Femio, ¿quién lo mandó a ladrar a esta mula bonita?, ¿qué sucedió, mula linda?, ¿te provocaron?, ¿no vas a contarme?»

Los niños lo oían, admirados.

En vano Zambranito intentaba reconstruir qué sucedió, y ya iba a deslizar el lazo en el cuello de la mula cuando Roberto volvió a hacer de las suyas, para deleite de los niños: «Ay país país país» gritaba y la mula dio un brinco, más nerviosa que jamás, y trotó en dirección a los niños que aplaudían, «Quítense carajo de allí», los urgió Zambranito, trotando también él a un costado de la mula. Lejos, echados, acorralados por el pánico, los san bernardos sobrevivientes empezaron a aullar; ni siquiera ladraban, solo emitían agudos aullidos de mal agüero, al tiempo que Zambranito trotaba junto a la mula por todo el patio, soo, soo, bonita. Se detuvieron en pleno centro, cerca de los pedazos del santuario; allí el viejo logró apaciguar a la mula otra vez, en apariencia: le puso su mano en el lomo, su cabeza contra el pescuezo, para aquietarla y lograr enlazarla de una vez. Pero como un destino, como una sentencia, Roberto voló rozando las orejas de la mula y gritaba país, país, «Ah loro hijueputa», gritó Zambranito: a esas alturas comprendió quién era el que descomponía a Rosita, y fue tarde: en su premura por sosegar a la mula, con la mano que la acariciaba llegó sin saberlo a la mordedura que Rosita sufrió a cargo de Femio, y allí la palmeó, justo cuando el loro volvía en picada contra ellos gritando es igual, es igual. La mula dio un giro instantáneo, levantó sus cuartos traseros y le soltó una coz en el pecho a Zambranito que cayó sentado en las ruinas del santuario, la espalda contra el pedestal.

El acontecimiento fue para los niños el inicio de un juego mortal que los fascinó: empezaron a correr alrededor de la mula, gritaban y reían, y a algunos las coces les pasaban a centímetros de la cabeza: se salvaron porque eran niños. El loro desapareció del bullicio; libre en el cielo voló al jardín. Ahora Rosita, en mitad del patio, rascaba con sus patas delanteras el piso de cemento, y los niños le hacían corro. De pronto Rosita tomó impulso y ante el asombro alucinado de los niños emprendió una tremenda carrera hacia el muro que daba a la calle. Los niños la vieron saltar, a ras del muro, la vieron cruzar al otro lado, como si volara, y luego solo oyeron sus cascos que se alejaban a toda carrera por la calle, la oyeron escapar de la casa como si se escaparan ellos. Un grito de felicidad los enardecía, ¿la viste saltar?, volaba más alto que el loro. Solo entonces se les ocurrió mirar al viejo sentado en las ruinas, la espalda contra el pedestal. A todos les pareció que dormía.

9

Algo más allá de la orilla de la autopista, en mitad de un bulto de sombras, una sombra se irguió, una única; la noche la desaparecía, a pedazos, y luego la devolvía, a la luz del alumbrado. «Sea lo que sea me serviste de colchón», dijo el tío Jesús como si continuara la conversación, sacudiéndose el polvo. Una manga de su chaqueta y una bota del pantalón estaban deshechas, pero él seguía vivo, sin un rasguño: la caída fue un azar. «Gracias Dios mío por tu misericordia», gritó en la soledad. «Hoy has salvado al bueno del malo, otra vez».

A la escasa luz del alumbrado miró por última vez a Lucio Rosas, jardinero, cazador. De su frente abierta manaba la sangre, enrojeciendo su rostro. Ya no tenía el parche en el ojo, solo el hueco de una arruga como un remiendo morado; se veía distinto, el rostro de otro, un desconocido. No había nadie alrededor, nadie era testigo.

El tío Jesús regresó a la orilla de la autopista como enredado en carcajadas; cojeaba, pero seguía vivo.

Dio más gracias a Dios cuando pensó que encontraría un taxi, «O caminaré hasta Bogotá», gritó, y agitaba al mundo el puño cerrado. «Si yo camino desde que nací, malditos».

Se volvió a contemplar el cadáver de Lucio Rosas. Ya no lo vio. La noche se lo había tragado.

Lucio Rosas se fragmentó en millones de luces y se miró a sí mismo en el cuerpo que yacía ensangrentado, pero no experimentó ningún estupor, no se afligió; por el contrario, lo ungió un alivio extraordinario.

Y, flotando igual que un remolino de viento, llegó mucho antes que el tío Jesús a casa del magistrado.

Atravesó las paredes y atravesó como un aire los cuerpos de los invitados y atravesó el invernadero donde guardaba sus herramientas de trabajo, atravesó el camastro donde se tendía y atravesó el jardín de rosas y nardos y en un solo paso como otro viento se presentó en su casa de la finca de Melgar.

Allí estaba su mujer, sentada a la mesa.

Se hizo como un soplo detrás de ella, le rozó la cabeza con las manos antes de desaparecer: ella sintió como si alguien suspirara a su lado. Se levantó de la mesa y abrió la puerta de la casa y se asomó: allí alumbraba el cielo estrellado.

Lisboa oía.

—Tendré que contarle algo que quizá la fastidie, Lisboa, pero es necesario que sepa.

»No la tuve fácil con la vida.

»Mi padre era viudo desde que nací yo, quiero decir… cuando el parto se complicó las comadronas le preguntaron qué vida elige, ¿su mujer o su hijo? Mi padre me eligió a mí.

»Le puedo jurar que hubiese preferido no nacer, que mi madre siguiera viva. Crecí con la culpa. La culpa la recalcaba mi padre, un hombre agrio que no se volvió a casar.

»Un día me dijo que me eligió a mí porque de lo contrario mi madre jamás se lo perdonaría; yo no lo pude creer; a mí me parece que estaba arrepentido de su elección.

»Murió dormido; había bebido más de la cuenta y su propio vómito lo ahogó.

»Me dejó como herencia una carnicería, un expendio de carne cruda, un sencillo local de carnicero en un barrio sencillo. Yo ya estaba adiestrado: mi padre me había puesto a trabajar desde los siete años. No tuve juegos ni amigos, solo me acompañó un pequeño radio de pilas con sus baladas y sus boleros. Tenía doce años cuando murió mi padre. No iba al colegio, pero sabía leer y escribir y sumar y restar y dividir, sobre todo dividir, Lisboa: dividía las carnes con el cuchillo, de sol a sol. Me soñaba cortando carne, vendiendo carne cruda a una fila infinita de compradores, ríase de mi sueño.

»Ya le contaré otro sueño más íntimo.

»Sin familiares, sin amigos, a esa edad, no me explico cómo logré ganarme la vida. Tuve suerte: no me robaron, no me engañaron; los expendedores de carne de mi padre me daban crédito.

»Cuando tenía veinte años ya era dueño de cuatro expendios de carne en diferentes barrios de Bogotá. Cuando cumplí los treinta daba empleo y pagaba impuestos, dueño de mi propia finca y mi propio ganado. Yo mismo me abastecía.

»Dejé de cortar carne y me dediqué a lo que más me gustaba, cantar. Eduqué mi voz en la academia El Caruso Bogotano, fui alumno aclamado. Aparte de mejorar mi negocio, de ganar a la raíz cúbica, no pensaba en otra cosa que cantar. Cantar y cantar, sin preguntarme por qué ni para quién. No tenía la primera novia, créame, no me daba vacaciones, no me compraba una camisa, un par de zapatos. Cantar era lo único. Si se ofrecía algo distinto en mi vida yo lo ignoraba: creía que me traicionaba. Entonces me repetía: hay que cantar, y cantaba de la noche a la mañana —más que un canario, como dijo su padre.

»Seguramente cantaba mientras dormía, Lisboa, sí: es muy posible que cantara dormido, una especie de locura.

»Fue cuando la maldad tocó a mi puerta.

»Se presentaron dos hombres en mi finca; aseguraron que eran hijos de mi padre, mis hermanos mayores, y que tenían derecho a lo que mi padre me había dejado, es decir a la mitad de lo que yo había ganado desde los doce a los treinta años, con el sudor de mi frente, no la frente de mi padre y mucho menos la de mis hermanos. No me importó, Lisboa. Quise que los dos hombres fueran mis hermanos, creí en ellos, les ofrecí un almuerzo en la finca, con mis empleados.

»Canté para ellos.

»Nos emborrachamos.

»Ya nunca más estaría solo.

»A ellos no parecía importarles el detalle humano, no hubo un intento de abrazo cuando me saludaron, no preguntaron por mi salud ni por los últimos días de papá, solo preguntaban por mi dinero. Les interesaba saber cuántas cabezas de ganado poseía.

»Eran hijos de otra mujer, claro, éramos medio hermanos. Aunque tampoco nos parecíamos. Ni siquiera ellos se parecían.

»El magistrado Caicedo vino en mi ayuda, Nacho Caicedo, su padre, Lisboa, más que un abogado, un hombre íntegro. Puso la verdad en lugar de la mentira.

»No les entregué un peso a esos malandros, y estuve a punto. No eran hermanos ni medio hermanos, solo un par de bribones —como lo demostró el magistrado, con lujo de exámenes y preguntas y respuestas y careos...

»Desde esa época soy amigo agradecido de Nacho Caicedo. Seguramente la conocí a usted cuando era niña, Lisboa, rodeada de sus hermanitas. Es muy posible que usted me sonriera, yo no me acuerdo. Ahora el tiempo ha pasado. Pasa el tiempo y pasa la vida. Es verdad que podría ser su padre, ¿para qué me engaño?, pero no podría ser su abuelito, Lisboa. Soy solo un amigo que canta. Y la descubrí a usted mientras cantaba.

»Por poco dejo de cantar cuando la vi.

»Preferí seguir cantando para que usted me siguiera escuchando...

»Y se cumpliera mi sueño.

»Soñé que conocía a la mujer de mi vida mientras cantaba, soñé que ella me oía como me oyó usted, Lisboa, y en ese sueño cantaba la misma canción que canté hoy, cuando usted me oía, yo... las letras de las canciones suelen ser una profecía, mi fatalidad se hizo real, jamás pensé que por fin cantaría la historia de mi vida a la mujer que había soñado mientras cantaba...

»Yo, Lisboa, y es difícil decir esto, revelar lo recóndito, voy a contarle, pero ¿cómo empiezo a contar?, yo, Lisboa, no he conocido mujer, no conozco mujer desde que soy hombre, ¿puede creerlo?, ¿se ríe?, ¿me compadece?, sí, sí, Lisboa, he sido un santo, una especie de san Cirilo a la fuerza, la risa la hace llorar, Lisboa, qué bella es, ¿quiere un pañuelo?, cuidado, se regó la copa, fue mi culpa, perdóne-me, olvídelo…

»Me despierto a solas en mi cama y me digo esto no está bien, los negocios van bien, yo no, yo no estoy nada bien.

»Han pasado los años y tengo cincuenta y cada maña-na me digo esto no está bien, nada bien. Cada mañana me lo repito antes de saltar de la cama.

»Seguramente cantar a solas me envejeció.

»Pero aún no estoy derrotado: verla a usted me resuci-tó. Lázaro, levántate. Soy de su edad, soy menor que us-ted, Lisboa, fíjese lo que es el amor, me hizo niño.

»Y voy a contarle otra verdad, no es un sueño: sufro de síncopes, me caigo de vez en cuando, es aburrido. Usted debe saber qué es un síncope neurocardiogénico. A veces me ocurre que pierdo el equilibrio… Si estoy de pie, ha-blando con alguien, tengo que asirme de sus hombros para no caerme; siempre se sorprenden de que los abrace sin motivo, nadie sabe de mi síncope, y mientras dura el desmayo, solo segundos, yo los abrazo con fuerza, como un náufrago que halla entre las olas un madero; es un abrazo sin justificación, es un extraño abrazo.

»Y, si me encuentro a solas, simplemente me caigo, sin nadie a quién abrazar.

»Pero no son síncopes frecuentes, ya los conozco, los veo venir y me anticipo a ellos, me acomodo en una silla o me arrodillo y espero a que el síncope pase. Me burlo del síncope, es igual que burlarme de mí, sé que de eso me voy a morir, de un síncope, Lisboa, pero dentro de cien años.

»No quiero morirme si antes no estoy con usted. Con usted viajaré por el mundo, aunque se ría; vámonos a Kio-to, a donde sea, pero vámonos.

»No quiero volver a ver una vaca en mi vida.

»Perdí mi vida contando vacas, pero no la he perdido toda.

»Y estos síncopes son un aviso, hay que vivir cuanto antes, irse cantando por la vida, de puerto en puerto, y si me caigo su amor me pondrá de pie, Lisboa, podré abrazarla para toda la vida, vámonos al mundo, el mundo espera.

Lisboa oía.

El barítono bebió de un trago su copa. ¿Había bebido más de la cuenta? Lisboa lo contemplaba atónita; se sentía de papel; iba a rasgarse por la mitad: instantes antes él la había besado como si la desnudara. Ahora lo veía debajo de los helechos del jardín, los ojos encharcados, no, no: estaba en sus cinco sentidos. ¿Qué hacer, qué responder?, ¿llorar, reír?

En todo caso le dijo:

—Vámonos primero de esta casa.

El barítono se incorporó de inmediato, ¿lloraba en silencio? Tomó del brazo a Lisboa.

—Tengo mi carro afuera —dijo.

Lisboa oía.

11

Espatarrada, una muñeca muerta pero viva, Perla Tobón no solamente dormía: roncaba. Debajo del balcón, en la mitad de la piscina inflable, en su mullida silueta de delfín, el largo cuerpo de Perla resplandecía como desnudo, victorioso, los brazos extendidos, medio hundido en la abullonada piscina, parecía nadar inmóvil.

Y cerca, entre helechos, Iris y Marino se abrazaban. No escucharon caer a Perla, ¿cómo escuchar?, se besaban. Perla roncaba, roncaba, roncaba. Una luna incipiente asomó detrás de los nubarrones, la música dentro de la casa se enardeció, Iris y Marino se abrazaron con más fuerza.

—¿En dónde andas, Iris? —Oyeron que la puerta de la casa se abría y asomaba la voz de Juana, colérica—. ¿Estás allí, muchacha?

Iris iba a responder, dio un salto, pero el brazo del celador la contuvo: «Hazte la sorda».

Adivinaban la presencia de la vieja, alerta, oteando en la noche:

—Ya verás cuando te encuentre, Iris. Eso es pecado. Te arrepentirás.

Era como si supiera que Iris estaba en la calle, en brazos del celador.

—Voy a dejar esta puerta abierta por si has perdido las llaves, Iris. Solo despídete y entra.

Todavía percibieron su presencia, unos instantes. Después, nada. Iris y Marino rieron. Los árboles de la calle los protegían de las miradas; ya era la noche crecida y los niños beisbolistas habían olvidado la fiesta, igual que sus madres. Iris nunca imaginó que un día haría lo que acababa de hacer, desobedecer. Si en lugar de Juana la hubiese llamado la señora Alma seguro que obedecía de inmediato y aterrada. Pero con Juana podía permitirse desobedecer. Era una vieja gruñona pero también una amiga, a pesar de la amenaza, y había dejado abierta la puerta, aunque Iris tenía las llaves. Respiró profunda, complacida. La boca de Marino la besaba, ¿la besaba?, eran mordiscos.

Iris se preguntaba si debía correr a la puerta. Las manos de Marino iban más y más adentro. Se contrarió, pero no se opuso. ¿Qué era? Su cuerpo. Nunca le había ocurrido. Su cuerpo no le pertenecía, no la obedecía, se derretía; y era que había trabajado más de lo justo: la tarde entera y buena parte de la noche se hizo cargo ella sola de los niños.

De los niños.

Cuando llegaron los payasos fue la primera prueba: sentar a los niños, ordenarlos de mayor a menor en el «rincón infantil», debajo de globos y serpentinas, entre jirafas de icopor. La misma Iris había dirigido la instalación de la tarima donde se elevaba el escenario de los payasos; después de los payasos tuvo que montar el teatrino, pero antes dio de almorzar a los titiriteros y…

Fue la gran prueba cuando anocheció y los payasos y titiriteros se despidieron: quedó sola.

Tuvo que jugar al lazo, las escondidas, la monja descabezada, policías y ladrones, la gallina ciega, hasta agotar a los niños; llevarlos como a ganado al salón que les habían destinado en el segundo piso, provisto de juguetes y cojines y jergones; arrearlos exactamente como a ganado en una película de vaqueros; a los más pequeños ayudarlos a cagar, limpiarlos; sonar los mocos de sus narices; lidiar con sus gatuperios, arbitrar las peleas donde ella era la víctima, la magullada, ya por una patada de pequeño, pero patada al fin (algunos usaban zapatos ortopédicos), ya por un arañazo en las piernas, peor que uno de mil gatos; organizarlos en sus camitas improvisadas para que durmieran mientras acababa la fiesta, ¿pero cuándo acabaría?, seguramente al amanecer. Y debería hacerse cargo de los niños al despertar, confortarlos para que no lloraran, alimentarlos, presentárselos recién peinados a las mamás trasnochadas, siempre arrepentidas, siempre de mal humor, siempre enemistadas con los borrachos de sus maridos.

Todo, con los niños, había sido una prueba de fuego.

En el salón del segundo piso, repleto de juguetes, los sentó en cojines y les contó cuentos. Le hubiese gustado que Uriela la ayudara por lo menos a contar cuentos, ¿en dónde estaba Uriela?, la señora Alma se la había llevado al comedor, ¿cómo hacía Uriela para jugar con niños sin fatigarse nunca?, ¿cómo se embelesaba con ellos?, a Iris no le gustaba tanto jugar con niños, o, mejor, no le gustaba; y era que Uriela no ayudaba a cagar a los más pequeños, Uriela no los limpiaba, y esa mierda de los niños hacía la diferencia, pensó, y se sorprendió de sí misma: jamás había pensado como pensó en ese momento; y todo el resto del tiempo se la pasó pensando que Uriela no limpiaba a los más pequeños, que la mierda hacía la diferencia. La asombró odiar a Uriela por primera vez. Si Uriela era como su hermana, ¿por qué de pronto la odiaba? Iris hizo un esfuerzo sobrehumano para no llorar, para no ir en busca de Uriela y pedir perdón por pensar en la mierda y su diferencia.

Cuando al fin los niños se durmieron, derrotados, los arropó uno por uno y apagó las luces. Era un mar de niños durmiendo. Se preguntó si no sería mejor dormirse allí, en mitad del colchón de niños. Había un calor alrededor como de color rosado, solo bastaba extenderse en esa luz de cuerpos y dormir, dormirse, ojalá para siempre, inocente del mundo. No, se gritó. Echarse a dormir con los niños sería mal visto por la señora Alma.

Temblaban sus piernas.

Cerró la puerta y descendió a tumbos por la escalera de caracol.

El cansancio la desmayaba, la amargura: de verdad estaba de malas en la vida, ¿no la había olisqueado esa mañana ese cerdo inmundo que olía a cerdo?, y estuvo a punto, a punto, a punto de metérmelo, ¿por qué no me cambié de ropa?, Dios mío, también yo huelo a cerdo.

Y se dirigió a la cocina por entre la música que electrizaba, y la misma música la reavivó; le instiló calor adentro, la música la provocó, la aguijoneó. Se le ocurrió salir de la casa; ir a la tienda a comprar maní salado; nadie quería maní en la casa, nadie la mandó, solo salió a comprar maní salado con su dinero y la tienda estaba cerrada, como supuso.

Pero en la calle la esperaba Marino Ojeda, y ya no la soltó.

12

Instantes después de que la mula volara, aparecieron los payasos en la puerta del patio; eran tres payasos de pelucas amarillas, risueños pero mudos, invitando a los niños con la mano. Aparecieron y desaparecieron y los niños en jauría abandonaron el patio: corrían gritando en busca de los payasos, por entre los cuerpos de la fiesta, como un río ensordecedor; de vez en cuando distinguían a los payasos, y los payasos les hacían señas, convocándolos, pero otra vez se escabullían y los niños reanudaban la persecución. Eran los payasos que la señora Alma contrató para la fiesta. Iris y Juana vigilaban los acontecimientos; Iris se hacía cargo de los más pequeños, los rezagados, los que lloraban, los que caían. En el tumulto de niños Juana Colima preguntaba por el perro, por el entierro, por Zambranito, y entre tantas versiones concluyó que el viejo no pudo enterrar al perro, que lo metió en un costal para llevarlo otro día al río Bogotá. También oyó que la mula había volado como el loro, pero eso no pudo creerlo. Creyó, sí, que Zambranito dormía, que Zambranito estaba dormido. Se habrá ido a dormir, pensó.

Entonces cerró con candado la gran puerta del patio.

Sexta parte

1

Todavía los vaticinios de Nacho Caicedo se hacían esperar. Dijo después del almuerzo que era mejor aguardar a la noche para entrar «en alianza» con las premoniciones: la luz del día no es buen hilo conductor, dijo, la noche sí, la noche y las profecías van de la mano como dos enamorados. Las mujeres arrojaron un Oh enternecedor. Marianita Velasco, de quince años, hija del exportador de banano Cristo María, era de las más impacientes; se moría por escuchar los auspicios; le habían dicho que se trataba de un juego infernal. Pálida como la cera, de una frente amplia, abombada, que la hacía parecer pensativa, unos ojos grises, fijos, inexpresivos como témpanos, tenía el cabello negro, suelto, que le llegaba a las rodillas. El gesto de su boca era de un perenne fastidio; no había querido probar ninguno de los platos ofrecidos: exigió una «hamburguesa Presley», que debieron traer de un restaurante americano; no solo se mostraba desencantada sino aburrida. El magistrado le dio un anticipo: dijo que en menos de treinta años el agua se vendería en botellas, una botella de agua valdría más que una cocacola, «El mundo sufrirá de sed», dijo. «Allí empieza el principio del fin». La estupefacción de la niña fue sincera, igual que la de muchos, ¿el agua en botellas?, ¿más cara que una cocacola? El vaticinio decepcionó. Se pensó que el magistrado se burlaba, ya nadie insistió con las profecías.

En el comedor de la casa, pequeño teatro isabelino, a despecho del baile en el jardín, la tarde avanzó entre cánticos.

Cantaron las hermanitas Barney.

Cincuentonas, delgadas como alambres, subieron de un brinco a la tarima —donde ya les habían hecho campo—. Las acompañaban con sus guitarras los dos Davides, libreros: se hacían cargo de secundar a los espontáneos. Pero esta vez les correspondieron nada menos que las Barney: voces de oro. A los Davides los invitaban no tanto por libreros sino por guitarristas. Tocaban lo justo. Eran otros clientes agradecidos del magistrado: gracias a él sortearon una poderosa demanda por difamación. Los dos Davides tenían su propio periódico: *El Dolus Bonus*, en donde borroneaban los más eximios profesores de Derecho del país. Su prestigiosa librería, la Justiniano I, de seis pisos, no destacaba por la oferta de poesía; vendían y editaban solamente obras jurídicas, decretos, plebiscitos, legislaciones, códigos, constituciones, leyes y micos, artículos, incisos. Nacho Caicedo era uno de sus asiduos.

Las hermanitas Barney, con negros cigarros que pendían de boquillas de plata, vestían como hombres: chaqueta de paño, corbata y pantalón; usaban sombrero de fieltro, a lo Gardel, y zapatos bicolor, charolados. Tenían tristes los ojos, o una tristeza a propósito, de acuerdo con su espectáculo.

Cantaron un tango y repitieron.

Habían sido famosas en su juventud, cuando formaron el dúo Las Hermanitas *Pureza* —reconocida marca del jabón que las patrocinaba—. En los programas radiales, en los discos que produjeron, en sus conciertos, las promulgaban como las Puras, porque así las llamaban sus devotos seguidores. Pero la maledicencia las llamaba las Putas.

Eran famosas porque en 1935, hacía treinta y cinco años, con apenas quince años de edad, habían presenciado en el aeropuerto de Medellín la muerte de su ídolo Carlos Gardel. Esa mañana lo despedían en compañía de cientos de fanáticos: el cantante se hallaba de gira por el país, y quién sabe cuándo regresaría. El avión en que viajaría a Cali, ese 24 de junio, cuando apenas carreteaba para despegar, colisionó con otro avión que aguardaba su turno. Ambos aviones, llenos al tope de gasolina, estallaron en una sola bola de fuego. Las hermanitas Barney fueron de las exaltadas que se quisieron inmolar en llamas «para sentir lo mismo que sintió Carlitos», «para morir su misma muerte», «para resucitar con él». Lo intentaron en el patio de una escuela de Medellín. La rectora del colegio participó. Las Barney eran de las menores. Las salvó de morir asadas un desconocido, un ángel —dirían años después— que las apartó de semejante conflagración humana; las rescató por fuerza y se las llevó, cuando ya estaban rociadas hasta el tuétano en gasolina. Las puso a salvo de sí mismas, de su dolor. Otras fanáticas sí se alcanzaron a chamuscar, pero nunca lograron el clímax. Solo una sintió lo que Carlitos, hasta apurar la última gota. Eso la hizo gloriosa. Su nombre reaparecía en cada concierto de las Puras, que homenajeaban su memoria: «Esta reunión de espíritu», decían al unísono, con lágrimas en la voz, «va dedicada a Lorencita Campo de Asís, que se inmoló de amor el 24 de junio de 1935, cuando el Zorzal murió».

Cantaron *Tomo y obligo, La cama vacía,* y coronaron con la clásica *Adiós muchachos.* La ovación fue inmejorable. En su eco tremebundo nadie escuchó a Marianita Velasco preguntar a gritos quién era realmente esa Lorencita y quién ese Zorzal que se incendió. Solo Uriela la atendía, cuatro o siete puestos más allá, en la mesa descomunal; solo Uriela asintió y sonrió a la pregunta. Ambas se eligieron. Tenían casi la misma edad y eso las empujó a sentarse juntas —pues ya muchos invitados cambiaban de puesto, a placer.

2

Y tocó la trompeta Salvador Cantante, marido de Pepa Sol. Salvador Cantante no hacía honor a su apellido: era mudo. Pero tocaba la trompeta como un dios. Las malas lenguas aseguraban que le habían cortado la lengua por venganzas de amor. Otras lenguas aseguraban que fue un accidente: se puso a hacerle mimos al perrito que una amiga llevaba en su regazo, a besuquearlo en el hocico, y el perrito perdió la paciencia y Salvador Cantante perdió la lengua, ¿a quién creer? Lo cierto era que antes de su infortunio tocaba la trompeta como un dios. Solista egregio, tocó nada menos que en Cuba. Cuando el presidente Echandía lo llamó al Palacio de San Carlos ya no quiso ir: había perdido la lengua, a sus treinta y cuatro años. Ahora tenía sesenta, su público era de amigos, de parientes, de protectores omnipotentes como Nacho Caicedo, asesor jurídico de Pepa Sol, su mujer, triunfante exportadora de aguardiente.

Como tormenta, como susurro, como hechizante sirena, soplo de viento, llovizna, catarata, la trompeta meció a la audiencia de un paraíso a otro, y después guardó silencio, en el silencio de todos, sobrenatural.

Al magistrado se le empañaron los ojos.

Los gemelos Celio y Caveto Hurtado, profesores de Ciencias, saltaron a la palestra. Resultó que eran imitadores de animales. Cada graznido, cada bufido, fueron identificados a gritos por los invitados. El comedor parecía un corral, el arca rediviva de Noé. Según la explicación de los profesores se oyó rebuznar al asno, mugir al becerro, roncar al búho, resoplar al caballo, roznar al cerdo, crotorar a la cigüeña, voznar al cisne, grajear al cuervo, silbar a la culebra, cantar a la cigarra, pitar al gamo, grillar al grillo, rebudiar al jabalí, bramar al león, parlotear al loro, chillar

194

al mono, parpar al pato. Se oyó maullar, aullar, cacarear, castañetear, gañir, gruñir, croar, arrullar, chirriar, gorjear, piar, ulular, cridar y gritar. Uriela y Marianita no oían nada: se oían ellas. En un rincón de la mesa conversaban casi sin voz. Y cada una parecía asombrarse de la otra. Uriela no había conocido a una muchacha más blanca, de pelo más largo, más negro.

—¿Tienes novio? —preguntó a bocajarro Marianita, después del íntimo preámbulo.

—No —dijo Uriela, pasmada.

—¿Pero tuviste?

—Sí.

—Yo tengo tres novios —dijo huraña Marianita, la extraordinaria frente pensativa—. Y con todos ellos hago el amor.

—¿Al tiempo? —preguntó Uriela.

—Tú sabes que no —se defendió Marianita, los ojos molestos. Pero enseguida pareció olvidarse de todo. Se dedicaba a escudriñar los rostros alrededor. Se detuvo un instante en el rostro caviloso de Ricardo Castañeda, que bebía solo.

Uriela estaba perpleja de la conversación. La orgullosa revelación de Marianita, fuera o no cierta, la decepcionó, pero la desconcertó: Marianita le parecía alguien aparte del mundo, que soñaba en voz alta: ahora la oía hablar sin que viniera a cuento de un viaje que hizo a Manaos, ciudad sensual, decía, cuerpos persiguiéndome, cuerpos estrechándome, cuerpos apretándome, cuerpos allá, cuerpos acá, cuerpos mucho más acá.

—Carne —dijo Uriela con fingido asombro, pero Marianita no la atendió, o no la entendió. Se miraba con atención las manos de uñas pintadas.

Uriela pensaba que nunca había conocido a nadie que arrancara a hablar así, con semejantes confidencias, y esos ojos de polo norte, pensó, ojos grises de plomo, ¿monseñor no los tenía igual?

A lo lejos, monseñor y su secretario escuchaban animados la hecatombe de animales.

A los estruendos se sumaba la risa de los comensales; los mismos camareros que iban y venían con las bandejas repletas de más bebidas espirituosas se detuvieron a escuchar los balbuceos, bisbiseos, boqueos, canturreos, cuchicheos, chacharreos, champurreos, ceceos, regüeldos, fablisteos, galleos, gipeos, llanteos, siseos, varraqueos y zapeos que provenían de las gargantas minúsculas de los profesores. El salón pareció abarrotarse de elefantes y murciélagos, de formidables alas de pterodáctilo zarandeándose. Uriela y Marianita callaron porque habían callado los animales: los gemelos Hurtado terminaban al fin con su repertorio. Y los aplaudieron. Los invitados pateaban arrebatados en las tarimas: un polvo blanco emergió de las tablas, como nieve.

Ahora saltaba a la palestra la profesora de Arte Obdulia Cera, joven y feliz. Su especialidad para hacer reír era la mímica: un mimo espectacular. Su número consistía en demostrar con manos y gestos que se hallaba encerrada en una torre. Escapaba trepando por el muro infinito y se arrojaba al mar y nadaba y luchaba con un tiburón, lo vencía, encontraba la salvación en una isla y se acostaba a dormir debajo de una palmera.

Uriela y Marianita aplaudieron, conmovidas.

Hubo una declamadora: la apodada Gallina, dueña de un supermercado. Gordísima, pintarrajeada, su voz rechinaba como cuchillos estregándose. Recitó La pobre viejecita, Mambrú, Canción de la vida profunda, Una noche, una noche toda llena de perfumes, de murmullos y de música de alas, El cuervo, La balada de la cárcel de Reading y el Himno Nacional. A causa del recital la corpulenta Gallina espantó a muchos. Unos abandonaron sutilmente el comedor, otros huyeron en desbandada. Preferían irse a bailar. La misma Gallina huyó con los desertores, sin vergüenza; la siguieron algunas familias; iban los Florecitos, los Mayonesos, los Mistéricos. Pero los Púas se quedaron: el abuelo y el bisabuelo eran de los más interesados por oír profecías.

Aguardaban boquiabiertos.

—Cada vez nuestro público es más selecto —dijo el magistrado, y brindó con quienes lo oyeron.

Había empezado la noche, su condenación.

3

—¿Cómo se llama tu ex? —volvió a la carga Marianita Velasco.

—Roberto.

—¿Así no se llama tu loro?

—No sabía que supieras que así se llama mi loro.

—¿Y cómo no? Tu loro es famoso. ¿No es el que grita ay país?

—El mismo.

—¿No te aburriste enseñándole eso?

—Me reí.

—¿Por qué le pusiste el nombre de tu novio?

—Así se llaman los loros, universalmente.

—No le debió gustar a tu novio.

—Nunca lo averigüé.

—¿Qué dirías si yo tengo una lora y le pongo de nombre Uriela?

—Te diría que Uriela hablaría como Sócrates.

—¿Soqué?

—Só-cra-tes.

—Qué hace tu ex?

—Se le ha metido en la cabeza construir un globo a lo Julio Verne y pasear volando a los bogotanos. Cobraría por viaje.

—Qué tipo. Se hará millonario. En Bogotá nadie pasea en globo. Yo sería la primera en pagar y subirme, ¿te molestaría que yo conociera a tu ex?

—¿Por qué iba a molestarme?

—Ellos siempre se enamoran de mí.

—Ah.

—Y Roberto, tu ex, no tu loro, ¿ya construyó ese globo?

—Roberto, no mi loro, dice que no tiene un peso para comprar las piezas; son muy costosas. Tendría que traerlas de otro país. Estudia la manera de fabricarlas él mismo; saldría más barato.

—Eso sí es un problema.

—Supongo que sí.

—¿Todavía quieres a tu ex?

—Somos buenos amigos.

—¿Pero lo quieres o no?

—Lo quiero como amigo.

—¿Cómo era *hacerlo* con él?

—¿Qué quieres que responda? No era como hacerlo con otro.

—¿Tú lo has hecho con otro, realmente? No tienes cara de hacerlo con otro, Uriela.

Uriela no respondió. Ni siquiera lo había hecho con Roberto. Roberto era solo un amigo del barrio. Uriela, a sus diecisiete años, no tenía el primer novio, pero esa Marianita, pequeño y raro monstruo, pensó, la descompuso al extremo de obligarla a mentir.

—Lo quieres, Uriela —decía ahora Marianita—. Se te nota en los ojos.

—¿De verdad? ¿Cómo tengo los ojos?

—Rojos. Vas a llorar.

Uriela se echó a reír.

—No —dijo. Y hablaba con su franqueza habitual—: Es que voy a bostezar; los ojos se me enrojecen.

Y bostezó, a sus anchas. Sus ojos parecieron a punto de llorar. Pensaba que sería bueno ir a dormir, pero las futuras profecías de su padre la comprometían a quedarse. Si le permitieran elegir se iría a dormir en compañía de su tortuga, como cada noche, al lado de la calavera de mentiras. Extrañó la soledad de su ventana, que era igual que la calle y el cielo: dejaba las cortinas descorridas para que entrara la mañana y la despertara a ver otro día.

Entonces Marianita Velasco la observó por primera vez con atención.

—Oye —dijo—. Es muy fácil hacer que Roberto vuelva contigo.

—No se ha ido. Vive en el patio de esta casa.

—Tú sabes que no hablo del loro.

—No quiero que el otro Roberto vuelva conmigo, puedes estar segura.

—Escúchame, te voy a dar la manera. Yo sé bien lo que tú quieres.

—¿Tú sabes lo que yo quiero?

—Son secretos, Uriela, y te harán más feliz de lo que crees. Ten fe: yo soy la que ha sido bautizada la Mujer que Sabe Rezar.

—¿De verdad eres esa mujer?

—De verdad —respondió la niña de quince años.

—Está bien, dame los secretos —se resignó Uriela, y miraba en derredor avergonzada: qué charla tonta, pensó.

Y lo que escuchó la sacó del marasmo en que se hallaba:

—Si durante nueve noches seguidas cuentas en el cielo nueve estrellas y a la novena noche colocas un espejito bajo tu almohada, soñarás con el nombre de la persona con quien te vas a casar. Puede que sea Roberto.

Uriela rio de buena gana.

Marianita siguió adelante, convencida, ¿o era una broma?, pensaba Uriela.

—Hay muchas maneras —dijo Marianita—, y con todas ellas podrás envolverlo. El día que lo veas debes llevar en tu ropa algo nuevo, y algo usado, y algo prestado, y algo azul: lo enloquecerás. Dale agua; bebe del agua que ha quedado en el vaso: conocerás sus más íntimos secretos. Para embrujarlo de amor es suficiente con rozarlo mientras bailas, teniendo la espalda untada de ungüentos mágicos, y ya te diré cómo preparas esos ungüentos, y en todo caso te advierto que tienen que ver con tu sangre. Procura hacerte de alguna prenda de Roberto, o de cualquier otra pertenencia suya, y llévala contigo, atada a tu pierna izquierda, de la mañana a la noche: llorará por verte. Escribe su nombre en una vela de color rojo; cuando la vela se consuma él soñará contigo, te desposará. Prepara una infusión de ruda y violetas, con un poco de tu saliva; busca la manera de añadirla al agua en que se bañe; quedará viendo estrellitas por tu causa; mejor dicho: se morirá si no le hablas; se morirá de verdad, se ahorcará o algo por el estilo. Toma un mechón de su cabello, o algún recorte de sus uñas, y entiérralo junto con otro mechón de tu propio cabello o un recorte de tus uñas; suspirará de pasión a tu lado, para la eternidad. Busca la pluma de un palomo, las alas de un insecto, un poco de almizcle; debes pulverizarlo todo y colocarlo en un saquito y ponerlo debajo de su almohada; ni te cuento qué sucederá, será como un perro y tú la dueña, batirá la cola cuando quieras, ¿entiendes a qué me refiero con eso de batir la cola, cierto?, será todo un señor-perro y si quieres lo puedes patear. Escribe en un papel su nombre y colócalo debajo de tu almohada; toma la almohada y abrázala como si fuera él, repitiendo su nombre muchas, muchas veces, hasta que te dé sueño: inevitablemente será tuyo, no solamente en el sueño sino en la vida real. Puedes salir a medianoche, a la orilla de un río; debes tener los pies descalzos; debes colocar en la orilla, sobre el agua, una tabla, pararte en ella y dar saltitos diciendo: «Sacudo, sacudo la tabla, la tabla sacude el agua, el agua sacude a los diablos y los diablos sacuden a Roberto, para que venga a mí». Con eso correrá a ti, esté donde esté; verás lo que él hace, oirás lo que él piensa, aunque se halle a mil kilómetros; lo soñarás a voluntad, y ten cuidado: es posible que te hastíes de su idolatría. Durante la luna nueva sal al patio de tu casa, desnuda, y murmura dirigiéndote a la luna: «Luna, luna, tú que todo lo escuchas, escúchame también a mí». Entonces la luna escuchará tus deseos y los cumplirá en menos de un año. Y si crees que tu Roberto ya no te ama, deberás tomar un poco de cera de una vela que haya estado en manos de un difunto y un trocito de madera de alguna cruz; deberás coser secretamente cera y madera en la camisa de Roberto; renacerá su amor centuplicado, se chiflará por ti. Para mantener vivo su amor debes enterrar su calzoncillo usado y plantar sobre él una siempreviva. Puedes cortar las uñas a tu gato y ponerlas a hervir en el café que le preparas: chillará, se derramará por ti. Los sesos de una urraca, secos y pulverizados, son buenos para enloquecerlo de amor, dándoselos en la sopa.

—¿De verdad? —pudo preguntar Uriela.

—Así se enamoran todos de mí.

—¿No les da dolor de estómago, no se envenenan?

—Si le pisas la cola a tu gato no te casarás, y ese gato no volverá nunca a cazar ratones.

—Gracias, no quiero que mis gatos pierdan la felicidad de sus ratones.

—Uriela —dijo entonces Marianita—, ¿no te aburre este entierro?, vámonos al jardín, seguramente bailamos. Escapémonos. Juntas podremos salir del comedor sin que papá me llame.

Y Marianita iba poniéndose de pie, el largo pelo negro como olas alrededor. Uriela la contemplaba asombrada:

—En este momento no puedo acompañarte. Quiero escuchar a papá.

—¿Ese señor es tu papá? ¿El del agua y la cocacola?, qué señor. Parece borracho.

—Nunca se emborracha —dijo Uriela—. Está con sus invitados y más tarde va a hablar y yo quiero escucharlo.

—¿Eso de los vaticinios es cierto? Creo que yo soy más bruja que él. Mejor voy a decirle a papá que nos vayamos. No puedo con el aburrimiento, Uriela, adiós. Un gusto conocerte.

Y Marianita Velasco se puso de pie; no buscó a su padre para decirle que se fueran, como dijo, sino que cambió de sitio: eligió un puesto nada menos que al lado del peligroso Ricardo Castañeda.

Uriela suspiró.

4

En su espera de siglos, el mago Conrado Olarte y los campeones —el catedrático Zulú y el ciclista Rayo— imploraban que Perla Tobón hiciera su entrada al jardín, surgiera de la noche como llama, vivificada de sangre, resucitada, dispuesta a trepar a sus cuellos, pellizcarlos, hechizarlos, bailar con cada uno y reanudar los juegos, los juegos, los temibles juegos. Los tres hombres bebían a la orilla de la puerta por donde saldría la aparición. Lanzaban sufrientes ojeadas a la fachada trasera de la casa, en cuyo segundo piso pensaban que dormía la belleza del día, a pierna suelta, sin imaginar que la belleza del día dormía a pierna suelta fuera de la casa, debajo del balcón, en la piscina inflable, roncando a la luna.

Mientras ella aparecía, el mago y los campeones se dedicaban a rememorar los truculentos amores, dramones en donde resultaban protagonistas triunfales, invictos luchadores. Eran noches orientales en los prostíbulos de Bogotá, decían, con negras de ébano, hembras de verdad, indígenas amarillas que parecían llegadas de Tokio: yo me acuerdo de una que arrancó a cantar en el momento mismo que la enhebré; a mí otra me dijo me partiste por la mitad, son locuaces, tienen de qué hablar, covachas insaciables, en Manizales una a caballo me miró y la seguí, acabamos en un establo: fueron tres sacudimientos encima de boñiga; yo me acuerdo de otra que se fingía dormida y cuando llegó su hora gritó como sirena de bomberos; otra era muy blanca y abajo cargaba algo como una negra barba de Papá Noel, mi tía me enseñaba su infierno cuando tendía la cama, era un dolor cada mañana, yo, un niño, a mí me correspondió una monjita misionera: empezamos y me pareció entrar en un abismo insondable, iba de un lado a otro sin tocar pared, tuve la seguridad de que podría meterme allí dentro con todo y zapatos.

Los cansó la espera y se arrojaron al comedor de la casa en donde tarde o temprano Perla Tobón aparecería. Dentro del comedor no hacía frío, pero faltaba aire puro, solo humo de cigarros, olor de comida, cuerpos apretujados, sudor de axilas, pescuezos arracimados, suspiros, tosidos. Algunos ya se contorsionaban, borrachos. Con esas tarimas alrededor del comedor, con esas cabezas mejilla contra mejilla que espiaban lo que ocurría en la mesa descomunal, el mago y los campeones creyeron que arribaban a un anfiteatro donde se celebraría un combate a muerte entre gladiadores. Los tres buscaron sus puestos, contentos, esperanzados.

No mucho después llegó Francia al comedor, el largo vestido rojo como si nadie se lo hubiese quitado. Casi corrió hacia Armenia, que conversaba con la profesora de primaria Fernanda Fernández. De un remoto rincón Francia sintió la mirada de su madre que la reconvenía, pero sostuvo la mirada, con una inocencia tan categórica que no hubo más explicaciones.

Armenia Caicedo sí estaba aburrida. La llegada de su hermana la espabiló y, sin dudarlo, dio la espalda a la profesora y se volvió a su hermana que se sentaba a su lado y la tomó de las manos.

—¿Dormías? —le dijo—. Qué envidia. Ya quisiera lo mismo. Si papá no empieza con sus augurios me voy. ¿Sí sabes?, Palmira se fue a la cama sin despedirse, Lisboa no aparece, Italia se fugó de la casa.

La profesora Fernández buscó puesto con los profesores Roque San Luis y Rodrigo Moya, despechada en el alma por el desaire de Armenia, que le dio la espalda sin más ni más, sin un «perdón» educado. No había excusa: la habían desairado.

La llegada de Francia no interesó a Ricardo Castañeda; no lo preocupó averiguar la suerte de su hermano; lo obnubilaba la extraordinaria niña que se había sentado a su lado, la Mujer que Sabe Rezar, Marianita Velasco —un terrón de azúcar envenenado.

—No estaba justamente durmiendo —reveló Francia a su hermana, a susurros.

Armenia la contempló de arriba abajo.

—¿Con quién estabas? —preguntó.

—Con Ike.

—¿Estás loca?

—Estoy.

—¿Y el sapito, qué hizo?

—Si te refieres a Rodolfo Cortés ya se ha ido, hace un siglo.

—¿Se fue?

—Ike se lo ordenó.

—¿Se lo ordenó así como así?

—Sí.

—Y supongo que el sapito huyó aculillado. Qué bueno, pero también qué malo, Francia, ese Ike es un chiflado, ¿cómo te pones a estar con él?

Francia no la escuchaba. Rogaba a uno de los meseros que le trajera un jugo de curuba y un plato de jamón de cordero con papas a la francesa, por favor. Se veía hambrienta, ¿descompuesta?, se repasaba la palma de la mano por la cara como si se despertara. Armenia la contemplaba con admiración. De pronto se espantó, acercando sus ojos.

—Francia —le dijo con un susurro veloz—, tienes sangre en tu brazo.

Y miraba el brazo de Francia que descansaba en la mesa. De inmediato Francia retiró su brazo y lo contempló ella misma, medio oculto detrás de la mesa.

—Es cierto —dijo perpleja.

Con rapidez hundió los dedos de una mano en un vaso de agua y se puso a limpiar las manchas de sangre, y buscó una servilleta y la repasó por encima del brazo, con fuerza. La sangre desapareció.

—Ya está —dijo.

—¿Ya está? —se escandalizó Armenia—. ¿De quién es esa sangre?

—Es de Ike —repuso Francia—. Tranquila. Lo chucé en el cuello con el estilógrafo…, solo fue un chucito, creo que ni se dio cuenta.

—Sí, como en el cuento: La llaman Lechuza porque *le chuza* el corazón…

—No seas tonta.

—¿Y él? ¿Dónde está?

—Roncando, Armenia, en el piso. Nos… dimos… seis veces, ¿me entiendes? Al salir eché llave para que nadie lo descubra. Más tarde me acompañas y lo despertamos, no puede quedarse a dormir en mi cuarto. Mamá me matará viva.

—Claro, no va a matarte muerta —se enfadó Armenia. Ike no era de su agrado. Compadecía al sapito. No se sabe quién es peor, concluyó, si el sapito embustero o el loco de la familia. Entonces volvió a descubrir más sangre en el traje de Francia. La roja sangre destacaba en el vestido rojo, y también en los hombros, como manchas, como rojos mordiscos. Pero ya no dijo nada a su hermana. Sintió náuseas. Percibió que su hermana olía a sexo, olía a Ike, olía a cuerpos y, sobre todo, olía a sangre. Qué asco, pensó, Francia debería bañarse.

Entraron César Santacruz y Tina Tobón. Nadie reparó en ellos, excepto la señora Alma, porque su única distracción era constatar quiénes llegaban y quiénes se iban. No adivinó nada raro en la fisonomía del predilecto de sus sobrinos, y agradeció que no estuviera borracho, como solía. Vio que cargaba como a un bebé un monstruoso plato con los restos de la última lechona. No para de comer, se dijo, la buena vida lo va a matar. Vio que Tina llevaba una botella de ron. Los ojos de Tina, nerviosos, iban y venían por el comedor, sin detenerse en nadie. Esa Tina sí parece culpable, pensó la señora Alma, su perspicacia alerta: con seguridad sigue enamorada del gordo, se muere por su cuñado, así son las muchachas de hoy, el esposo de la hermana es el más jugoso, y con este gordo que gana como un presidente, ¿qué hermana se resiste?, lo más seguro es que el gordo le sigue el juego, los dos tienen cara de algo, seguro se encerraron en el baño a contar estrellitas, este César me hace doler la cabeza.

César y Tina tuvieron la deferencia de ir a sentarse a su lado y Alma Santacruz resplandeció de orgullo: su sobrino era el único que se acordaba de ella. «Tía», lo oyó decir, «¿qué haces tan sola, si es tu aniversario? No me dirás que vamos a oír profecías; bebamos, corramos a bailar la canción que tú elijas, este ron es exquisito, hace frío, no he parado de tragar lechona el día entero, qué fiesta, ya peso mil kilos».

Pero la entrada de Perla Tobón descompuso la locuacidad de César. Lo paralizó para el resto de su vida —que no era otro que el resto de la velada—. Una suerte de miedo y estupor, al principio, y después odio y tormento, lo asfixió; se hundió en sí mismo para no correr a matarla por segunda vez.

La entrada de Perla casi desmayó a Tina.

Los dos cómplices, el alma en un hilo, la vieron llegar soñolienta pero rediviva, tambaleándose. Apoyaba una mano en la puerta, la frente centelleante, y la oyeron preguntar si alguien que esté vivo me podría regalar una cerveza; sonreía al mundo. La vieron sentarse con Dalilo Alfaro y Marilú, dueños del colegio La Magdalena. Cruzó las largas piernas en su silla como una reina amenazante. No demoraron en sentarse a su lado los campeones, obnubilados. A Perla Tobón la había despertado el frío. Nunca supo cómo ni por qué se encontraba fuera de la casa, en el jardín exterior, inmersa en la piscina inflable —nada raro cuando bebía—. No supondría jamás que se durmió de pie en el balcón y que su marido la arrojó de cabeza al vacío. Entumecida, dando tumbos, se había dirigido a la puerta de entrada de la casa y la encontró abierta; no se percató de Iris y Marino enlazados entre los arbustos. Entró y cerró la puerta de la casa. La sed la aguijoneaba, se aferró a la cerveza fría, se reinventó, esto apenas empieza, gritó, extraordinaria; agradeció el asedio de sus campeones, no quiso bailar: «Prefiero el calor del comedor, después ya veremos», les dijo, aplastándolos de lubricidad. Entonces pidió una copa de brandy y brindó. El brandy quemó su garganta. Su estómago, su espíritu, lo recibieron como la palabra del diablo, inmejorable, un buen auspicio, pensó, lúcida, afilada, un diamante.

La llegada, detrás de Perla, de otras familias en manada, que arribaban cansadas de bailar y querían entretenerse a la sombra del magistrado, distrajo la atención de la señora Alma: ya no reparó en la palidez de César, en cómo se mordía los labios, no reparó en el fugaz desvanecimiento de Tina, muñeca sin vida. El bullicio volvió a imperar: entraron los Calavera, los Pambazos, los Carisinos, los Pío del Río.

—Crece, crece la audiencia —los saludó el magistrado, abriéndose de brazos.

5

Algo debió entrar volando por la puerta del comedor, una mancha pesada pero fugaz, remontándose en el humo de los cigarros. Las mujeres allí cerca se dedicaron a chillar. Otras, desde lo hondo, hicieron eco. El ave o insecto cruzó el espacio. No se precisaba qué era, por la cantidad de humo que flotaba como un telón. Las mujeres siguieron posesas —más por juego que por terror—. El ave o insecto se oía de fuertes alas, su mancha esporádica visitaba cada rincón y no solo golpeaba el techo sino el piso, de donde reemprendía su vuelo enceguecido y desaparecía: en cualquier instante se podría meter debajo de las faldas, dentro de los vestidos, eso lo sabían principalmente las mujeres: había ocurrido.

El Candela, primo de Alma, en compañía del Zapallo, otro primo, se pusieron en guardia. Tenían fama de hombres duros que no bailan. Sobre todo el Candela, que debía su apodo a la rapidez con que desenfundaba su revólver y echaba «candela» a diestra y siniestra. El griterío iba *in crescendo* y el Candela no dudó en desenfundar. Las mujeres chillaron más. El Candela, cuarentón vulgar, que no había matado una mosca en su vida, dedicado al negocio de compraventa de carros, gozaba, con todo y lo burdo que era, del cariño de su prima Alma Santacruz: la hacía reír. Pendenciero de labios para afuera, agradecía a Dios la oportunidad de disparar. Ahora apuntaba tambaleándose a una lejana esquina del salón y por eso chillaban con más entusiasmo las mujeres. «A ver, Candela, no dispares en mi casa», le gritó Alma Santacruz, pero también ella se desternillaba de risa. El magistrado miraba a otra parte, circunspecto; Batato Armado y Liserio Caja, que comían insaciables, no dejaban de consultarlo con los ojos, por si les ordenaba sacar de en medio al borracho.

Alguien, no se supo quién, gritó que el ave o insecto no era otro que el loro de Uriela. De inmediato Uriela, que se encontraba sin más compañía que su silla, se puso de pie. Conocía de sobra al primo hermano de su madre, ese chafarote. Que apuntara con su revólver a Roberto la angustió, si bien no distinguía a Roberto en el humo, no se lo oía: eso era raro, porque Roberto aprovechaba las multitudes para lucirse a gritos. «Es posible que esté asustado», se dijo Uriela, «o indignado». Arriba, en el humo como nubes, un ala oscura emergió y desapareció igual que una señal de auxilio. Uriela se apoderó de la manzana que había en un cesto y casi sin apuntar se la arrojó al Candela, a ras de las cabezas de los invitados, a ras de las botellas, a ras de las sillas. La manzana se estrelló de pleno en la mejilla del Candela y lo derrumbó; por algo Uriela jugaba béisbol con los niños: su puntería era famosa.

—Uriela, qué hiciste —gritaba ahora la señora Alma en el silencio de las mujeres, pues dejaron de chillar y miraban a Uriela con reconvención: no era para tanto. Alma corrió al rincón donde había caído el Candela. Lo atendía el Zapallo, experto en heridas, un veterano: había sido enfermero del batallón Colombia en la guerra de Corea. El golpazo en la cara del Candela no fue grave, ni siquiera sangre, solo una contusión. El Candela volvió a sentarse, no salía de su estupor, se guardaba el revólver sin disparar —esa era su mayor desesperanza—. Aturdido, se masajeaba la mejilla. «¿Quién me atinó?», preguntaba. Por fin la delgada voz de su prima Adelfa le respondió: «Fue Urielita, sin darse cuenta».

—Está salvada —dijo el Candela—. De ser un hombre, aquí mismo lo enterraba.

La multitud rio como un disparo.

Y en el espacio grisoso de humo se descubrió que el loro de Uriela era en realidad un murciélago, de los tantos que huían espantados del jolgorio en el jardín. Igual que como entró, salió, y las mujeres se dieron el gusto de gritar despavoridas, por última vez.

Uriela fue a sentarse junto al magistrado, consternada. Y preguntó a su padre, por cambiar de tema, por molestar, qué causa «transcendental» le retenía en aquel lugar.

—*Admiratio* —dijo el magistrado, en latín, también por molestar.

Pero Uriela no tenía humor para latinajos.

—Papá —dijo—. Me quiero ir.

—De modo que la manzana de Adán también sirve para tumbar borrachos —le respondió su padre—. Qué tiro. ¿Lo ensayaste?

—Claro que no, papá.

—Claro que sí: yo vi que la manzana dio un rodeo como un corazón y se estrelló en el hocico del pistolero. Yo pensé que solo te distinguías por la palabra, hija. El manzanazo estuvo bíblico.

Uriela suspiró, su padre reía.

—Puedes irte —dijo él, esta vez parco, inexpresivo—. Nadie te obliga a quedarte.

Uriela no lo escuchó. En ese momento veía que Marianita Velasco abandonaba el salón, de la mano de Ricardo Castañeda.

El exportador de banano Cristo María Velasco había dado permiso a su hija para bailar.

—El primo Ricardo se lleva a la nena que sabe rezar —dijo Uriela a su padre. Pero esta vez fue él quien no la escuchó. Buscaba un cigarrillo, el segundo que iba a fumar ese día; metió la mano al bolsillo, donde guardaba su pitillera, y allí encontró la carta que Italia, su hija fugada, le había dejado en un sobre.

—La carta de Italia —dijo el magistrado, como si él mismo se diera un llamado de atención.

Y se puso a leer mientras fumaba.

6

Despertó la curiosidad de Uriela que su padre leyera la carta para él solo y sin que le importara un ápice la reunión, él, que hasta ese momento había velado por responder a cualquier pregunta, a cualquier mirada. Uriela esperó a que terminara de leer y dijera algo, pero el magistrado se tomó su tiempo; el cigarrillo se le apagó en la mano; Uriela puso debajo un cenicero y la larga armazón de ceniza cayó, entera. Su padre siguió con la colilla en los dedos: repetía la lectura de la carta una y otra vez, como si no la entendiera o se la aprendiera de memoria. Uriela hubiese querido leer la carta, pero su padre la guardó de nuevo, absorto en quién sabe qué contemplaciones. Uriela prefirió no interrumpir. Era imposible de creer, pero su padre estaba a punto de llorar o lloraba en silencio, los ojos encharcados. Nunca lo había visto llorar, o a lo mejor no lloraba, porque ninguna lágrima cayó de sus ojos.

De esa circunstancia nadie en el comedor se percató. El Candela y el Zapallo se dedicaban a contar chistes, uno detrás de otro, y la audiencia los acicateaba entusiasmada. De vez en cuando el tío Luciano intervenía, y también el tío Barrunto, y José Sansón, primo del magistrado, y Artemio Aldana, amigo de infancia, y el publicista Roberto Smith y Yupanqui Ortega, maquillador de cadáveres, todos ellos cargaban en la mollera cientos de chistes para ofrecer. De pronto el mundo entero se dedicó a esculcar en la memoria los mejores chistes. Era un contraste inmenso con la aflicción que padecía el magistrado, de la que solo era testigo su hija menor.

—¿Sabías que Italia está embarazada? —dijo con un susurro el magistrado, más como si se lo preguntara a sí mismo.

—Sí —dijo Uriela, y recordó que le había parecido un error la fuga de su hermana, pero ¿cómo juzgar?

—Pues no quiere el hijo.

Uriela recordó los pormenores de su encuentro con Italia.

—No me pareció —dijo—. La vi feliz. —El magistrado no dijo palabra. Uriela se vio en la obligación de confesar—: La acompañé en su fuga. Yo misma llevé su maleta a la calle. Allí la esperaba su novio, en un camión repleto de pollos crudos. Iba la familia entera. Había hasta una abuelita.

—No quiere tener el hijo —repitió el magistrado.

Uriela se esforzó en recordar.

—Parecía querer.

—Pues aquí escribe lo contrario —dijo el magistrado, y se llevó la mano al bolsillo, pero desistió de sacar la carta otra vez, para desconsuelo de Uriela, lectora pertinaz: ¿la carta de una hermana con embarazo a bordo no era mejor que *Cien años de soledad*?

—No quiere el hijo —se repetía el magistrado, y enlazaba los dedos de las manos con fuerza. Por primera vez entendía, asombrado, que Italia no quería el hijo, «Nunca, ni en sueños», según sus palabras escritas con letra de niña de kínder. Y le rogaba que la ayudara a no tenerlo: «No pude decírtelo a la cara, pero escribiendo soy capaz de todo, sácame de esa casa de pollos hoy mismo, papá, y además les das una lección. Ayúdame o me muero».

Esa verdad inesperada conmovió al magistrado en sus cimientos, y no solamente lo redimía sino lo asfixiaba. Pues ¿no era Italia la única indicada para decidir? Esa primera pregunta lo descomponía: ¿qué tenía que ver él, o la familia del novio, o el mismo inepto novio, vendedores de pollos, para decidir por Italia?

¿Y la religión? De sobra sabía lo que diría su amigo monseñor, pondría el grito en el cielo, se rasgaría las vestiduras.

El magistrado siguió en silencio, los ojos en el vacío, mientras el comedor se llenaba de más chistes y risotadas; las voces brotaban de cada rincón, contaban picantísimas fábulas, competían por hacerse oír. Las mismas prometidas, Esther, Ana y Bruneta, participaban con chistes negros y verdes, y sus prometidos las alentaban, procaces.

El magistrado arrugaba la frente. Su controversia íntima parecía aplastarlo: el derecho a la vida, la obligación moral, o la decisión libre y personal de cada uno sobre algo que es solo de uno. Pero, ¿es solo de uno? De ese mar confuso en donde parecía encontrarse hundido, solo Uriela era testigo. Uriela, oráculo de sus hermanas, no sabía cómo tender una mano a su padre, el hasta ahora infalible Nacho Caicedo. De pronto lo oyó decir, deslumbrado, mirando en dirección a la carta en el bolsillo: *Optime ais.* Y luego: *Delectabilissima sunt quae dicis.*

A Uriela ese asunto del latín le parecía ridículo, ahora. Un juego que no correspondía. Había empezado a aprender latín de niña, de un tomo bilingüe con las fábulas de Fedro. Años más tarde lo mejoraría con un volumen de Nicolás de Cusa. Su padre lo había aprendido en el colegio —porque en su época se enseñaba todavía en los colegios—, y lo perfeccionó en la universidad. Lo maravilló que la menor de sus hijas lo hubiese aprendido sola, de los libros de la biblioteca familiar. Orgulloso, utilizaba a Uriela de traductora pública, cuando en sus vaticinios dejaba escapar uno tras otro sus latinajos. A Uriela seguía pareciéndole ridículo ese juego, pero recordó que su padre también pensaba en latín a solas, ya resolviendo un problema, ya exaltado por la alegría, ya descompuesto por la melancolía, y no era para él un juego sino otra manera de entender la vida. Entonces lo compadeció. Pensaba que se había vuelto más viejo después de la carta de Italia.

—*Satis de hoc* —lo oyó de nuevo, con voz recia, decidida. Y, más tarde—: *Mirabiliter et planissime*.

Era como si al fin el magistrado hallara la solución. Sus ojos resplandecieron decididos:

—*Non me puto feliciorem diem hactenus hac ista vixisse. Nescio quid eveniet.*

Ahora sí sus ojos lloraban de alegría, pero se recuperó y se estregó los párpados, avergonzado.

—*Non te turbet istud* —dijo a su hija, ¿a Uriela?, ¿a Italia en la carta?, Uriela nunca lo supo.

Dicho eso el magistrado se puso de pie.

Alma Santacruz ya se hallaba a su lado. Solo ella, de entre los comensales, pudo darse cuenta de que algo ocurría con su marido. Y sin embargo los dos cónyuges se contemplaron como si no se conocieran.

—Voy a traer a Italia —dijo el magistrado.

—Pensé que habías decidido no ir.

—Tú quédate aquí. Vigila muy bien a los invitados. Sobre todo a los tuyos: que nadie desenfunde otra vez su revólver en esta casa. Ordena a los camareros que sirvan más puerco asado a los puercos. Diles que en lugar de licor ofrezcan jugo de mandarina, como una simbólica despedida. Yo me voy. No demoro. Tengo que ir por mi hija.

—Nuestra hija —pudo decir la señora Alma.

Ella, que era la dictaminadora, la ejecutora de las cosas de la casa, la que ordenaba o desordenaba la vida, sabía cuándo no era ella quien ordenaba. No había sucedido más de tres veces en la historia de su matrimonio, pero cuando sucedía, sucedía, y resultaba absurdo oponerse.

—Deja que te acompañe —dijo.

—Tú eres la otra cabeza de la familia —sentenció el magistrado—. Haces más falta aquí.

—Entonces que vaya Uriela contigo.

—Iré yo solo.

—No sabes dónde queda la casa de Porto.

—En El Chicó, al otro lado del puente. Italia me escribió la dirección exacta. Sabe que yo voy. Me espera.

—En todo caso es lejos, a estas horas oscuras.

—Mujer, ni que me fuera a Tombuctú.

—Como si fueras.

El magistrado arrojó un largo suspiro. La señora Alma dirigió una mirada de entendimiento a los guardaespaldas, que se incorporaron de inmediato y se acercaron dispuestos a lo que fuera.

—Ustedes también se quedan aquí —dijo el magistrado—. No los necesito. Vigilen, mejor, al pistolero. Ya dije que iré solo. —Se tanteó en los bolsillos, donde guardaba las llaves de la camioneta y del mercedes—. Iré en la camioneta. No es bueno andar a estas horas en un mercedes por Bogotá. No me demoro.

—Es tarde —insistió la señora Alma—. Deben estar durmiendo donde Porto. Los vas a despertar.

—Italia espera por mí, que soy su padre, por si lo habías olvidado.

Alma Santacruz hizo un gesto de desesperanza y el magistrado salió del salón, perseguido por todas las miradas. De nadie se despidió. Uriela y su madre lo acompañaron al garaje y abrieron las puertas.

La noticia de la marcha del magistrado se hizo pública. Con él huyó el necesario orden que todavía quedaba. La señora Alma, sola, no bastaba. Los meseros pensaron que la orden de servir jugo de mandarina en lugar de licor era otra broma. Nadie obedeció a nadie. Así de significativa era la ausencia del magistrado.

En el jardín la orquesta reduplicó su fuerza. Saltaron a bailar en masa los invitados. Era como si celebraran la intempestiva ausencia de Nacho Caicedo. Todo sería permitido.

—No se va a demorar, ¿cierto? —preguntaba la señora Alma a su hija, cuando acabaron de cerrar las puertas del garaje.

—No, mamá. Puedes estar tranquila.

—Dios mío, me pareció que era la última vez que lo veía vivo.

«Otra vez el drama», se dijo Uriela, consternada, y abrazaba a su madre mientras caminaban de vuelta al comedor. La oía con resignación.

—Todo por culpa de esa caprichosa, ¿por qué se embarazó? ¿Por qué no esperó a que pasara esta fiesta para darnos su linda noticia? Qué regalo, Dios, qué regalo, qué día eligió, lo hizo de pura pérfida, lo hizo a propósito, y es hija mía, Uriela, es tu hermana, más parece nuestra enemiga, ¿cierto? Debí tener solo una hija, pero ¿cuál de todas?, son una cruz, ninguna de mis hijas será como yo, ninguna encontrará un marido como tu padre, sufriré por ustedes, ¿qué familias harán?, ojalá me muera para no verlo.

La señora Alma volvía a llorar, cabizbaja, el rostro oculto, para que nadie la viera. Entró al comedor y se echó a reír, en apariencia, con la primera chanza que oyó del Candela. Ocupó su puesto como si nada la atormentara. Pero por dentro gritaba.

7

Fue cuando alguien, espectro errante, se sentó a la mesa y se apoderó del plato de lechona que el desfallecido César había dejado intacto. Se puso a devorar manotadas de lechona, gacha la cabeza, un extraño invitado, o el invitado que nadie invitó. Seguramente por eso el silencio se fue urdiendo alrededor. Cuando hizo un alto para beber, cuando levantó la cabeza, el silencio era total.

—Carajo, esta lechona está que chilla —dijo, y continuó devorando sin más comentario.

Era el tío Jesús.

Su vozarrón, aunque delgado, fue reconocido de inmediato por la audiencia.

La carcajada unánime, como otro disparo, otro lenguaje, lo enalteció. Jesús abanicó una mano a modo de saludo, pero no paraba de comer. La señora Alma se compadeció, avergonzada. Se arrepentía de no invitar a Jesús desde el principio, ¿qué mal les iba a hacer ese hombre de Dios?, ¿no se trataba, al fin y al cabo, de su hermano? Es cierto que es un parásito —pensó—, pero ¿qué más podría ser?

Y ya no la inquietó averiguar por qué se malogró el «encargo» a los sobrinos, por qué se apareció Jesús en contra de sus órdenes. Se dedicó a celebrar, igual que todos, la imprevista aparición del menor de sus hermanos —que no acababa de comer a manotadas.

—¿En dónde andabas, Desahuciado? —gritó el Candela, del otro lado de la mesa.

—Caminaba —respondió Jesús—. Es el mejor ejercicio para llegar a la tumba.

Semejante sinsentido cautivó a los comensales.

—Es de los ejercicios más completos —aclaró monseñor, haciéndose cargo—. El que más practicó Nuestro Señor Jesucristo.

—Otro Jesús —dijo el tío Jesús.

Monseñor ignoró la aclaración. Su voz se hizo un sermón:

—No solo caminó por el desierto durante cuarenta días. Caminó de Egipto a Nazaret, de Nazaret a Jerusalén, lo vieron en Cafarnaúm, Genesaret, Betsaida, Tiro, Cesarea, Betania y Jericó, en infinitas idas y vueltas. Caminó, si calculamos recorridos, la distancia que hay alrededor del mundo, el mundo que Él mismo creó, con el Padre y el Espíritu Santo.

—Y caminó llevando a cuestas su Palabra —dijo el tío Jesús, con las entonaciones de otro sermón—, caminó curando ciegos, maldiciendo higueras, desendemoniando mujeres, caminó sanando enfermos y bebiendo vino, pues era hombre de carne y hueso, y después se sentaba a que le lavaran los pies, a que se los besaran... las bellas santas...

—Las bellas santas —repitió horrorizado el padre Perico Toro como si no se lo creyera.

El tío Jesús no lo atendió. Siguió hablando en dirección a monseñor Hidalgo:

—Eran unos pies cansados —dijo como si rogara—, pies embarrados, pies de pobre, pies de abandonado, un patirrajado, como tenía que ser.

Monseñor no comentó esas palabras.

—Es muy fácil ser ateo, señor, y muy difícil ser auténtico cristiano —intervino el padre Perico Toro, escandalizado por el silencio de monseñor.

El tío Jesús volvió a ignorarlo, o no lo había escuchado, o no quería un enfrentamiento con un joven de sotana, un simple subordinado.

—Yo vengo caminando desde Chía —informó Jesús a monseñor. Y apartó lejos de sí el plato vacío. Irguió la cabeza, los ojos anegados. Su rostro se llenó de tragedia—. Vengo de Chía, a mucho tiempo de aquí, si se viene a pie, con los zapatos despedazados. Vengo de un hotel en Chía, donde me ordenaron quedarme para no asistir a esta fiesta, para no entristecerlos a ustedes con mi presencia, para que nadie de la familia se enferme con mis palabras, ¿creyeron que no iba a contarlo?, pues lo acabo de contar. Yo corrí, yo hui, y estoy aquí, resucitado. La ingratitud es un pecado, pero la ingratitud de un hermano es un pecado mortal.

—Jesús —interrumpió Alma, la voz un amoroso ruego—. Ya estás aquí. Ya llegaste. Ya acabaste de comer tu buen plato de lechona, ¿qué importa lo demás?

—Un plato de lechona no es suficiente —empezó Jesús.

—Si quieres mando por más.

—Decía que un plato de lechona no es suficiente para ser feliz. Se necesita que el plato se lo sirvan a uno con amor, el mismo amor caritativo que nos enseñó Nuestro Señor Jesucristo. En todo caso gracias, Almita; con lo que comí me basta. Y perdóname por venir a tu fiesta; sé bien que no debí hacerlo. Sé bien que... —Y pareció a punto de llorar; su voz se resquebrajaba—: Perdónenme todos. Aquí está mi cuello. Si quieren quítenme la cabeza.

Un murmullo de asombro removió al mundo. Lo siguió otro de reprobación, pero también de futura carcajada. Las palabras del tío Jesús eran imprevisibles: cualquier cosa podía ocurrir. Además, para más perplejidad, el tío Jesús parecía ofrecer su cuello a un invisible verdugo: encorvado, en silencio, aguardaba.

La señora Alma se sentó junto a él y lo abrazó.

Otro mar de aplausos.

—Parábola del hijo pródigo —dijo monseñor, y las multitudes brindaron a una. Jesús se sintió en derecho de corregir a monseñor:

—Del hijo no. Del hermano.

Otra risotada.

Alma Santacruz mandó traer una prueba de pescado, otra de ternera al vino tinto, otra de guiso de cabra y otra de cordero asado para que el hermano pródigo no se perdiera de nada.

—Si tú insistes, Alma —decía Jesús encandilado. Y meneaba la cabeza—: ¿Guiso de cabra? Estoy seguro de que no existe en la cocina el plato que a mí me gusta: mis corazones de pollo. Pero hay tantos hambrientos en el mundo... que a uno le da vergüenza comer. Yo... dicen... no debemos rechazar lo que nos ofrecen...

Pues en ese instante aterrizaba el primer plato y humeaba debajo de su nariz. El tío Jesús estornudó.

—Y una taza de agua de panela —dijo—. Me he resfriado. Tengo un conocido que murió, no hace mucho, de un resfrío en la autopista..., como tal vez moriré yo.

8

La alusión a morir de un resfrío desató la conversación. ¿Era mejor morir de un resfrío que de un rayo en la tormenta? Hay muertes de muertes, entre ellas las más extrañas: supe de un viajero encontrado sin vida en la selva del Putumayo, en el sitio conocido como El Fin del Mundo: se descartó el homicidio, pudo ser un resfrío. Eso no es nada —dijo otra voz entre las voces—: no sé si se acuerdan del Pipa Hurtadillo, no el Pipa gordo sino el Pipa flaco, el Sin Novia le decían, una noche oscura en una calle oscura cayó en una alcantarilla y allí se quedó. ¿Una noche en una calle?, eso no es nada, los hijos de Yina Ciempiés jugaban a lanzarse habas y uno murió atragantado. Al joven Samuel, hijo del viejo Samuel, se le enredó su bufanda en el espejo de un camión que pasaba y allí se quedó, tieso como pollo. La viuda Fabricia, que vivía en la esquina, llegó sedienta a su casa y destapó una supuesta botella de malta y se la bebió: era un insecticida, un mataplagas, ¿pueden creerlo?, allí se quedó, refrescada. Eso no es nada: a María Lafuente, que paseaba por la playa entre palmeras, le cayó un coco en la cabeza: ahora bebe agua de coco en el paraíso. A Pablo Sal, que orinaba en el bosque, lo mató un rayo, a Max Pienso lo mató su propio perro un domingo a dentelladas, yo me acuerdo de los Pintas, los mellizos, jugaban fútbol en la azotea del colegio y se cayeron, hoy cantan gol en el cementerio, los oyen a medianoche. El papá de las Lucero no se sabe por qué metió su cabeza por la ventana pequeña de un baño y se ahorcó, ¿trataba de matar una cucaracha?, ¿espiaba a la muchacha de servicio?, nunca se supo. A Fito Álvarez le cayó encima una tapia mientras esperaba el bus. El tío de la Nena Blancura acababa de abrazarse con su esposa y se arrojó a la piscina y allí se quedó, nadando para toda la vida. Los Candonga, ¿los recuerdan?, ahora se sabe que hacían el amor y a ella se le ocurrió pararse de cabeza y…

—Por favor —interrumpió monseñor—, y lo ruego por Dios: así no se dan noticias de la muerte, así no se habla de los muertos. La muerte es algo que exige respeto, recogimiento. Para los que creemos, la muerte es abrir la puerta que nos conduce a Dios. Para los que no creen, también. Todos los hombres abren esa puerta, quieran o no. Las muertes que suceden de manera fortuita, las muertes súbitas, las imprevisibles, las muertes en paz, por enfermedad, por vejez, todas las muertes merecen nuestro respeto. No hay que comentarlas más de una vez, no hay que burlarse. Porque, ¿cómo vamos a morir?, esa es la cuestión, de eso se trata, por eso penan los hombres desde que nacen, desde el más pequeño hasta el más grande, que Dios se apiade, que Dios nos ayude a enfrentar ese tránsito, quiera Dios que en el minuto postrero alguien nos acompañe, nos dé una mano. Pero si estamos solos, si hemos quedado solos, no desesperemos: espera Dios.

En eso, un ruido hondo, como de golpe en las entrañas de la tierra, un golpe compacto, un tremendo remezón, sin eco, los paralizó a todos, un instante. El momentáneo vaivén asustó, fue un temblor de segundos que alcanzó a incorporarse en las copas y vasos tintineantes, en una jarra de jugo de tomate que tambaleó y cayó y dejó el piso como bañado de sangre. El profundo pisotón en los abismos respaldó la exhortación de monseñor como si Dios y el diablo consagraran cada una de sus palabras.

—Es la tubería del agua —dijo Jesús—. Tienes que mandar a revisarla, Alma, o se puede estallar.

Otra carcajada.

—Es verdad —siguió Jesús—. El acueducto de Bogotá no solo está herrumbroso sino envenenado. Un día de estos explotará. Es un secreto a voces.

Ninguno de los que oía se atrevió a replicar.

Nunca monseñor Javier Hidalgo se vio tan incómodo. Se removió en la silla, sin disimular su contrariedad. Se volvió a la señora Alma y la miró con pesadumbre:

—Mi secretario y yo nos vamos, queridísima Alma, ha sido suficiente, la acompañamos en su aniversario, seguiremos rezando por usted. A su esposo, cuando vuelva, nuestros saludos. Pediremos desde hoy por esta familia maravillosa, rogaremos por que todo sea una guirnalda de triunfos para ustedes. Me voy. Pero la sombra de Dios quedará en esta casa.

Y se puso de pie y dio una lenta bendición en el silencio.

El padre Perico Toro no se decidía a incorporarse. Monseñor lo miró con reconvención.

—No, no se vaya usted, monseñor —pidieron al unísono Adelfa y Emperatriz.

También las hermanitas Barney se encaminaron al puesto que presidía monseñor, cerca de la cabecera donde brillaba por su ausencia el magistrado. Hasta allí se dirigieron las señoras a saltitos, y extendían los brazos; las acompañaban las tres juezas de la nación —que no habían dicho palabra en todo el convite, pero sí bebido y comido como elefantas—, y siguieron detrás, desde sus rincones, Luz, Celmira, Marilú, Lady Mar y Pepa Sol.

No solo rodeaban a monseñor sino buscaban sitio a su lado.

—Por el contrario, monseñor —decía Emperatriz—, queremos que usted nos siga hablando, queremos escucharlo.

—Para eso nos reunimos —dijo Adelfa—. La noche es joven, monseñor.

Monseñor se sentó otra vez.

—Vamos al jardín, hay baile —propuso el tío Jesús desde su sitio.

Ya nadie reparó en él.

Nadie, excepto el Candela y el Zapallo y los guardaespaldas Liserio Caja y Batato Armado, que disfrutaban a sus anchas de la aparición de Jesús como si se tratara de otro plato.

El tío Jesús había hablado con todo el candor que le era posible. Su propuesta de baile fue insuperable. Era cierto que se burlaba, y lo sabía él mismo, pero se burló de la más inocente manera, ¿a quién no le gusta bailar en un baile?, ¿cometió un pecado convocando a bailar a monseñor? ¿Desafinó? Sentía, contra él, los ojos de sus hermanas, acérrimas enjuiciadoras. Con toda razón Alma no me invitó a la fiesta, qué desesperanza, ¿por qué nací?

Como ya nadie se interesó en escucharlo una grave nube de desengaño bajó por su enorme frente, oscureció sus ojos y apesadumbró su boca —que iba de oreja a oreja—. Lo habían olvidado. En tan pocos minutos era de nuevo un paria. Un humillado. Pero tenía que resarcirse, sobresalir, apoderarse del mundo en menos de lo que canta un gallo.

Sufría.

9

—Adelfa —dijo entonces el tío Jesús—, ¿dónde están tus niñas, mis sobrinas, que no las veo? He visto a Ike y a Ricardo, esta mañana, y muy traviesos y abusivos, los padecí, pero ¿las niñas?, ¿qué se hicieron? No me dirás que bailan en el jardín.

—En la Casa de Retiros Espirituales —tuvo que explicar Adelfa—. Y allí seguirán este fin de semana, no las pude traer.

—¿Cómo que no las pude traer? —preguntó Alma—, ¿acaso las tienen amarradas?

Ya la señora Alma había notado la ausencia de sus sobrinas, desde la mañana. Que las tres niñas se hallaran cumpliendo con esos Retiros Espirituales la contrarió, sin que se explicara el motivo. La noticia pareció descomponerla; eran náuseas amargas y afiladas, como si no solo su estómago sino su alma las padeciera, ¿por qué? Hacía tiempo que no le ocurría; debía contribuir a eso la ausencia de su marido y sobre todo el enojo por la fuga de Italia embarazada.

—Las niñas están en muy buenas manos —intervino monseñor—. Son las mismas manos de Dios. Conozco bien esa Casa. La construí con mis manos.

Los guardaespaldas intercambiaron una pícara mirada, como si se esforzaran por imaginar las delicadas manos de monseñor asentando un ladrillo encima de otro.

Oír las palabras «Están en muy buenas manos» hirió muy adentro a Alma Santacruz. De pronto, y sin que lo hubiera querido, más bien lamentándolo, se acordó de la verdadera catadura de monseñor, y ya no fue dueña de sí misma. Pero prefirió desfogar su ira en Adelfa, su propia hermana:

—Tus hijas no tienen edad para dejarlas solas —dijo—. En ninguna casa —recalcó. Y quiso refrenar su lengua pero no pudo—: Aunque se trate de la Casa de Dios. —Y ella misma, estupefacta, se oyó decir—: ¿Cuál Casa?, ¿cuál Dios?

—¿Qué dice, señora? —interrumpió la temblorosa voz del padre Perico Toro. Nunca debió replicar, pero insistió—: La Casa de Retiros es el refugio donde habita la palabra de Dios. Un remanso de paz. El sitio ideal para los jóvenes. Solo allí…

—¿Y usted qué sabe, pequeño cucarrón? —preguntó la irascible Alma Santacruz, graciosa como temible—: Su inteligencia no huele más allá de su jeta. —Y un torbellino de ira la arrastró y se la llevó para siempre—: ¿Qué diablos vienen a hablar ustedes aquí? Ustedes son los diablos. Hoy lamento que también mis hijas, alguna vez, se quedaran a solas con estos de sotana, en sus tramposas manos. Ruego a Dios que nada perverso haya ocurrido. Ruego que las haya protegido una y mil veces de los diablos. —Su voz se hundió, sin respiración.

—Madre —dijo Francia desde su sitio.

—Madre —repitió Armenia.

Ambas hermanas habían palidecido; su madre las asombraba, ¿habría bebido?, no acostumbraba. Las demás señoras guardaban silencio alrededor de monseñor, un silencio humillado. El tío Jesús era el único iluminado, como quien acaba de recibir una gloriosa noticia. Escudriñaba a su hermana Alma, satisfecho a plenitud, orgulloso de ella. Por eso mismo Alma se avergonzó. Que ella orgulleciera a Jesús la horrorizó. Porque también la presencia del hermano abominable había determinado su mal humor, sus gritos por dentro. En realidad, nunca aprobó la aparición de Jesús. Ah, Dios, cómo se avergonzaba de decir lo que dijo, y cómo se arrepentía de agasajar a Jesús, de abrazarlo. Ese bestia mil veces bestia, se lamentó, ¿por qué lo abracé?, ahora ríe como un demonio de lo que digo, ahora goza de mi desliz.

Recordó, veloz, y sin saber por qué, la vez que Jesús tuvo un accidente, otro accidente de los tantos que lo perseguían: lo atropelló una motocicleta y terminó en el hospital. Ella debió ir a la casa de inquilinato donde vivía Jesús, en ese barrio tan pobre; conoció su habitación: tuvo que buscar su cédula de ciudadanía, que Jesús nunca llevaba consigo por temor a perderla. Entonces vio la cama esmirriada, peor que la de un reo, unas botas descuartizadas a una orilla, las sucias medias, las camisetas y calzoncillos dispersos aquí y allá, la mesita de noche, coja y resquebrajada, con una Biblia añosa, de tapas gastadas, donde Jesús dijo que guardaba su cédula de ciudadanía. Abrió la Biblia: recordó enternecida que, de joven, Jesús había querido ser cura, además de poeta. Encontró la cédula y ya abandonaba la habitación cuando se le ocurrió mirar debajo de la cama, ¿por qué se le ocurrió? Vio cosas que la repugnaron, mucho más que el mal olor, la aterraron: en una caja de cartón, en un rincón debajo de la cama, había ropa íntima de mujer. Eso la horripiló: ¿por qué guardaba esa ropa? Y era ropa usada, comprobó, de todas las tallas, de niña, de mujer. Ya se lo preguntaría al mismo Jesús, pensó, pero olvidó el descubrimiento de inmediato, como hacía siempre que un descubrimiento la mortificaba. Aquella vez dudó si no sería mejor llevarse a vivir a Jesús con ella, y se indignó con ella misma: ¿para qué?, tarde o temprano sufriría su mal agradecimiento. Y no lo ayudó. Siempre, hasta ese punto, llegaba su deseo de ayudar a la oveja negra de la familia. La misma debilidad la acometió cuando vio a Jesús en la mesa, comiendo con las manos. «Es tan bestia como estos curas», pensó ahora, «pero estos curas son más bestias, son el mismo Lucifer, mi marido y yo debimos viajar a la Cochinchina, o no salir de la cama, era mejor dormir lejos del mundo que esta fiesta al revés».

A pesar de la ira que la sofocaba, la señora Alma evitaba arrepentida la mirada de monseñor. Pero monseñor Hidalgo ya no la miró; ahora consultaba su reloj; tenía que irse, tenía que huir a como diera lugar.

Sospechaba, con poderosas razones, que el magistrado había compartido *su secreto* con Alma Santacruz, esa mujer de lengua viperina, se escalofrió, esa matrona tiránica, sacrílega, despótica mujer, qué grave error, pensó, esta señora cruel es todavía más cruel porque sabe de mi pecado, qué oprobio, acabo de ver cuál será mi calvario hasta que muera, ayúdame, Señor, ayúdame a enfrentar la falta de perdón.

Y, casi sin darse cuenta, casi a punto de llorar, bebió de la copa de vino que su secretario le ofrecía para sacarlo del paso. La apuró hasta el final.

La audiencia brindó con él, en silencio.

Pero irse en esos momentos —alcanzó a pensar monseñor, y pensaba a duras penas—, huir de esa fiesta del mal era corroborar cada una de las blasfemias proferidas por la fiera. No. Tenía que aguardar al magistrado, tenía que pedirle a solas una explicación, o por lo menos exhortarlo a que callara a la medusa que cargaba como esposa, que la silenciara o que la ahorcara —pensaba, rencoroso, a su pesar—. De modo que monseñor Hidalgo y su secretario no se despidieron. Dijeron que irían a pasear por el jardín mientras llegaba el magistrado.

El tío Jesús se reía: ¿pasear por el jardín? Con semejante música tendrán que bailar a la fuerza.

La señora Alma, cabizbaja, entristecida, otra vez arrepentida, permitió salir del comedor a los sacerdotes, sin comentario.

Y ninguna de las señoras se atrevió a salir detrás de monseñor.

Alma Santacruz seguía siendo la más poderosa.

10

No era un placer a secas —se gritaba monseñor Hidalgo, rebelándose—: era un dolor.

Noches eternas lo padecía, después de pecar. Pero los niños, que eran para él como un mismo niño, lo reclamaban una y otra vez, sometiéndolo. Después de días de penitencia, a salvo en los albergues de Dios, volvía a precipitarse en lo rojo, con más hambre todavía, renovado por su dolor. Su voracidad era infinita.

En vano los cilicios que se imponía, día y noche. La mortificación corporal no bastaba. Era mucho más fuerte el hambriento deseo que lo aguardaba, tarde o temprano. Dormía envuelto en una hirsuta cobija de pelo de cabra, con una faja de púas alrededor del vientre. Llevaba durante el día, debajo de la camisa, una tiesa camiseta fabricada con estopa de yute. Ojalá hubiese encontrado una vestimenta de pelo de camello como la que usaba san Juan Bautista. Invocaba el ejemplo de san Atanasio, de Juan Damasceno, de Teodoreto, santificados por la flagelación. Estuvo a punto de abandonar los cilicios cuando leyó que san Casiano desaprobaba su uso porque satisfacía la vanidad de quienes se mortificaban. Pero él tenía que castigarse de una u otra manera, y empleaba una correa metálica dotada de puntas; se la ataba a veces al muslo, a la axila; las heridas provocadas por el cilicio nunca sangraban, pero dejaban marcas visibles. Desnudo como un nazareno se contemplaba él mismo, acezante, cruzado de heridas.

Recién ordenado de sacerdote, en el colegio de niños donde impartía clases de Religión, donde por primera vez se desmandó su pasión, comprobó que su mal no solo era conocido sino compartido, y no solo por los demás novicios sino por su superior. De hecho, y aunque él se negaba a aceptarlo, eligió la carrera sacerdotal porque sabía, de subrepticias confesiones, de testimonios ocultos, de habladurías, lo que ocurría dentro de los muros de piedra del internado. El bondadoso padre Nemesio, rector del mismo colegio, le regaló una caja de madera con una cruz tallada en la tapa. Cuando abrió la caja, en la soledad de su celda, vio que contenía un látigo de esparto. Si el rector nunca le dijo palabra era porque prefería entregarle ese extraordinario símbolo, el flagelador. Con él resistió un año. Se daba de latigazos y oraba en voz alta, pero sucumbió. Con los años, él mismo se fabricó una corona de espinas, a modo de almohada, para evadir el sueño pecaminoso. Aun así no logró derrotar la concupiscencia —que lo despertaba y le hacía planear, excitado, gozando de antemano, el próximo paso, el próximo niño—. Pecaba una y otra vez, lo que era igual que sufrir, pero ¿quién podía entender su sufrimiento? Acaso por ese sufrimiento, que era verídico, expiaba con creces su pecado con el niño. Porque también ellos pecan, pensaba monseñor, redimiéndose, también los niños lo emplazaban a pecar, ¿por qué lo abrazaban, por qué lo llamaban?, ¿por qué lo acariciaban con sus manitas? No eran manitas rosadas. Eran las manos ensangrentadas del diablo que los niños dirigían contra él.

De cada niño veía venir contra él una sonrisa concupiscente, con valor para obrar mal, y la concupiscencia da a luz el pecado, se gritaba, y el pecado, una vez cometido, engendra la muerte.

Estaba sometido al sufrimiento, al imperio de la muerte. Su inclinación al mal era su naturaleza humana, y no lograba combatir; siempre resultaba derrotado. Al margen de la tortura, de la diaria flagelación, lo consolaba la certeza de que cada uno de sus iguales, superiores o no, padecía del mismo mal. La Iglesia no era otra cosa que la casa de ese sufrimiento. Sus integrantes no lo compartían abiertamente; era un secreto, pero una tácita verdad entre ellos. Y se ayudaban en silencio, se amparaban, y a pesar de que reinaba el sufrimiento la concupiscencia los abatía a todos, era dueña de todos, imperaba en cada uno de ellos, los hacía felices por un instante para después hacerlos sufrir, aunque no todos eran como él, pensó: la mayoría gozaba sin sufrir.

Esa certidumbre lo espantó, prefirió no pensar.

Al conocer al padre Perico Toro, presintió que el joven secretario padecía como él. Eran idénticos en el dolor. Nunca lo reconocieron cara a cara, abiertamente, pero desde el primer instante supieron quién era quién. Idénticos. Alguna vez el padre Toro le confesó que de niño había sido violado una y otra vez por seis sacerdotes durante tres años —desde los siete años hasta los diez—. Lo llevaban «al confesionario» y allí «lo confesaban», como a tantos otros niños. Ahora el joven secretario —que impartía la Catequesis en el colegio— hacía lo mismo con otros niños, «los confesaba», y su placer era inmenso como su dolor.

Desde hacía años, desde la primera mirada entre monseñor y su secretario, se pertenecían.

Los hermanaba el Secreto.

La proporción del estigma era contundente, reflexionaba monseñor; arrojaba un resultado que parecía inaudito: de cada diez sacerdotes católicos en el mundo, ocho por lo menos participaban del mismo pecado; los dos restantes no participaban porque sencillamente no se atrevían, pero querían. Jamás intentaron hallar el alivio natural en las mujeres dedicadas a aliviar. Ese tipo de alivio no les concernía: el objetivo era otro: el niño, los niños. Era una cofradía de patibularios estudiosos que se había consolidado desde hacía siglos en el mismo pecado. Ese pecado era su distintivo.

«Con la mujer empezó el pecado y por ella todos morimos», se repetía con el Eclesiástico —inexplicablemente, porque en todo ese sufrimiento no había mujer por ninguna parte, solo niños.

No era víctima de los «elementos de este mundo», se repetía, justificándose. Con él no valían tronos y dominaciones, principados, potestades. Era humilde. Caritativo. Pero yacía sometido a su pasión, la carne de los niños.

«Kyrios, Kyrios», invocaba cada noche, para protegerse y huir, pero ya la nueva presa había caído y todo estaba dispuesto, no la seducción del niño (pues eso era imposible, un niño no se seduce) sino su miedo, su terror que lo paralizaba.

A su rededor oraban y penaban los demás cofrades en el canto místico, matinal, puro en apariencia, todos como un actor que hace su papel. «A nosotros nos toca el final de los tiempos», se repetía. Muerte, Pecado y Ley eran la realidad que lo rodeaba. Y remachaba con el apóstol Pablo: «La Ley es espiritual, pero yo soy un hombre de carne y hueso, vendido como esclavo al pecado. Si lo que yo hago es contra mi voluntad, ya no soy yo el que lo realiza, es el pecado que anida en mí». Y concluía: «No hago el bien que yo quiero, ejecuto el mal que no quiero». Pero no bastaba. No podía ignorar que tergiversaba las conclusiones de Pablo, para excusarse. Insistía: «La fuerza maléfica introducida en el mundo por la transgresión de Adán es la que mantiene al hombre preso y esclavo». Y parafraseaba a san Pablo cuando se recriminaba; repetía a gritos su lamentación: «¡Desgraciado de mí! ¿Quién me librará de este cuerpo de muerte?»

Quería creer que no hay condenación para los que están en Jesucristo, pues la ley del Espíritu de Cristo los ha liberado de la ley del Pecado y de la Muerte. Pero no lo creía. No lograba creer. Había perdido la fe. Y leía: «Para que seamos libres nos liberó Cristo», y ya iba a cerrar el Libro cuando una frase al azar lo escalofriaba: «No uséis la libertad como un pretexto para la carne». Eran obras de la carne la inmoralidad, la impureza, el libertinaje, la idolatría, la hechicería, la enemistad, las riñas, la envidia, la ira… Y cerraba los ojos, vencido: lo suyo era peor. Nunca heredaría el Reino de Dios.

Era su maldición.

11

—Necesito hablar un minuto con el magistrado —decía monseñor a su secretario—, pero también puedo hacerlo mañana, ¿no le parece?, no sé qué hacer, qué triste oír las palabras de Alma Santacruz, quién iba a creer; he bendecido a su familia, la consagré, soy sangre de su sangre, pero hoy fui víctima de su insulto, una víbora disfrazada de colibrí, un fariseo, ¿cómo replicar, cómo rebajarse a sus palabras?, me pisoteó enfrente de las buenas señoras, y consiguió alejarme, empujarme a este jardín del mal.

Y, como toda respuesta, de entre los cuerpos que danzaban una atmósfera de lubricidad los envolvió. Perfumada, una muchacha cruzaba meneando las caderas. El padre Perico tragó saliva, monseñor lo tranquilizó:

—Como nadie sabe quiénes somos —dijo—, creen que somos de ellos. —Y suspiró, enajenado—: No somos otros danzantes, nosotros no bailamos.

Miraba en derredor, como recién perdido en la jungla de cuerpos, aunque pletórico de curiosidad.

—Es pérfida esta fiesta. Pero por algo Dios nos sometió a ella. Es Su represión. Después vendrá la reflexión. ¿Cómo está usted, padre Perico, me está oyendo?

—Lo escucho, monseñor.

A pesar de la momentánea lubricidad, los dos recién insultados por la señora Alma no se reponían, humillados. Se paseaban del brazo, ignorados por la muchedumbre que bailaba. Al fin, aturdidos de indignación se sentaron a una mesa y esperaron en silencio, ¿qué esperaban?, por lo visto el magistrado se demoraría mil años en regresar.

A su mesa se acercó providencial un mesero que los reconoció y les ofreció una fuente de frutas. Ellos pidieron vino. En el estruendo de los Malaspulgas casi no se podían oír y desistieron de hablar. Después de apurar varias copas vieron acercarse a Juana, la vieja cocinera. Corría congestionada: supo que en el jardín se hallaban Sus Eminencias y de inmediato fue a preguntarles qué se les ofrecía. Llegó justo cuando se disponían a abandonar el jardín y la casa. Monseñor la bendijo y ella inclinó la cabeza con alegría.

En aquella vieja, en su primitiva mansedumbre (mucho más pura que la que ostentaban las señoras), monseñor Hidalgo encontró motivos para quedarse.

Y, sin poder creerlo, él mismo se oyó.

Oyó las palabras que dijo, sus propias palabras, y usó el mismo argumento de su contradictora Alma Santacruz, y lo hizo a conciencia, gozoso de mal. Pero pensó que no era él quien hablaba, era el mal:

—¿Y los niños? —preguntó a la vieja—. No es bueno que los niños estén solos, que anden por allí, a esta hora, en esta… fiesta de perdición.

—Ah, no, monseñor. A esta hora los niños duermen. Están muy dormiditos en el segundo piso de la casa, encerrados en el mismo salón. ¿Qué tal que no? No se puede dejar a los niños sin Dios.

Monseñor asintió complacido y bendijo a la vieja otra vez.

Y ya no abandonó la fiesta. Algo más fuerte que él lo retenía: si por lo menos pudiera oler, sin tocarla, solo oler, la carne de los niños.

12

No iba lejos de su casa cuando un tumulto callejero lo obligó a frenar la camioneta. Pensó que su fiesta de aniversario no sería la única de ese viernes cultural —como se empezaban a llamar los viernes bogotanos—. Se quedó mirando por el parabrisas; había en la esquina una casa de puertas abiertas y ventanas iluminadas. «Es otra fiesta», pensó. «Algunos salieron a pelear».

Jóvenes caras flotaban ante el parabrisas: ellos, imberbes envalentonados, competidores; ellas, preseas de ojos emocionados. El magistrado pitó breve, dos veces, para que le dieran paso. Unos muchachos se apartaron, otros no —porque no se daban cuenta o porque no querían—; una muchacha de minifalda se amarraba el cordón del zapato «sin ningún pudor», pensó, admirándola y admirándose de su propio descaro al mirar. Volvió a pitar dos veces, paciente. Consiguió avanzar despacio por un costado. Cuando rebasaba lo más compacto del gentío volteó a mirar como cualquier curioso. No era ninguna pelea. Era un taxi que acababa de atropellar a alguien. Algo, o alguien, se encontraba derrumbado en mitad del pavimento; una gran mancha blanca. El magistrado volvió a frenar; bajó la ventanilla para asomarse y oyó: «Pobre caballo blanco». «Mataron al caballito». «Pobrecito». El taxista se recostaba cruzado de brazos al capó de su carro: el taxi no parecía abollado sino explotado por la mitad, sus vidrios pulverizados, el taxista se pasaba una mano desesperada por la cabeza: «¿Pobrecito? El caballito me jodió a mí. Salió de la noche, yo no lo vi, él me estrelló, ¿quién costeará los daños? Mis pasajeros huyeron, los sinvergüenzas, los traía de lejos, ¿dónde están?, que me paguen lo que vale hasta aquí».

Los curiosos se retiraban. El magistrado pudo mirar a sus anchas. No era ningún caballo. Era la mula blanca de César Santacruz.

Pero ¿qué hacía la mula blanca fuera de la casa, a semejantes horas?, ¿cómo pudo escaparse?, ¿la sacaron a que la montaran los invitados?, ¿se olvidaron de guardarla?, ni Zambranito ni doña Juana y mucho menos esa Iris pizpireta sirvieron para cuidarla, ah bella mula, ¿cómo se llamaba?, ¿Florecita?, el magistrado suspiró.

Rodaba lento por entre los curiosos que se apartaban, oyó que renovaban la música, alguien gritó algo, muchachos y muchachas enfestejados aplaudían y volvían a la fiesta, pronto el taxista y la mula quedarán solos, pensó, cara a cara, ninguna autoridad se presentará hasta que amanezca, ni yo tampoco, primero voy por mi hija y después ya veremos, ¿quién tiene la culpa de este infortunio?, habría que averiguar si el taxista conducía borracho, de lo contrario César deberá pagar los daños, una mula no se puede dejar sola en la calle, iré por mi hija y después velaré por que la mula tenga digna sepultura, no creo que la conviertan en carne de res mañana por la mañana, la mitad de la carne que se vende es de caballo, preguntaré a Cirilo el carnicero, ¿dónde está Cirilo que nunca se presentó en el comedor?, hizo falta su voz, seguramente huyó de la fiesta muy bien acompañado.

Cuando abandonó el cada vez más ralo tumulto, un incipiente pero profundo temor, peor que un presentimiento, lo oprimió, ¿la mula muerta no sería una advertencia para él?, ¿qué era eso de salir en plena noche sin Liserio y sin Batato?, él no era un ciudadano del común, era un magistrado, tenía enemigos, ¿cómo fue que Alma le permitió salir sin escolta?, ¿era mi destino? Una remota sensación de indefensión empezó a inquietarlo. Nacho Caicedo, hombre de premoniciones, se lamentaba tarde, se increpaba. Una sombra de peligro merodeaba encima suyo, como un hacha: la percibía en el aire.

La camioneta rodaba todavía lenta hacia el puente de la avenida. ¿Qué haría, por ejemplo, si sufriera un pinchazo? No acabaría de poner la llanta de repuesto cuando ya los ladrones asomarían. En Bogotá parecía que el mismo viento informaba a los ladrones. Hacía treinta años, cuando compró su primer studebaker, iba a guardarlo a medianoche en el garaje cuando tres ladrones lo encañonaron. Eran muy jóvenes; se veían más nerviosos que él; seguramente robaban por primera vez; y él les habló; nunca supo de dónde sacó los ánimos de hablar y convencerlos del mal paso que daban robándole a un ciudadano, ¿qué dirán sus padres?, ¿por qué no roban al presidente?, él era solo un funcionario endeudado, ojo con la vida fácil, al que roba espera la cárcel, la justicia cojea pero llega, y les dio cualquier dinero y se despidió de cada uno con la mano. Hoy jamás podría hacerlo. No solo no sería capaz de hablar sino que los ladrones nunca se lo permitirían y dispararían con mucho gusto y hasta luego cocodrilo. El magistrado dudó, ¿regresaría a su casa?, no. Al otro lado del puente se hallaba Italia con su problema, y estaba sola. Tenía que ir y traerla consigo, escucharla de nuevo, por lo menos escucharla de verdad, ¿cómo no la escuchó esta mañana?, ¿qué clase de padre era?

Aceleró. Raudales de frío entraron por la ventanilla abierta, lo reanimaron. Entonces vio otra horda de muchachos que avanzaba a él desde una esquina; parecían

llevar palos de golf, o bates de béisbol, o raquetas, seguramente iban a otra fiesta, tardíos invitados, y encontrarían
a su paso la mula muerta de César, ¿qué dirá César cuando
se entere?, ¿llorará un poco, será capaz de llorar? Del grupo de jóvenes una muchacha que empujaba un cochecito
de bebé se separó y avanzó por la mitad de la calle, aferra-
da al cochecito, la cabeza erguida hacia él. Vestía una larga
bata blanca, usaba pañoleta: bata y pañoleta se agitaban al
viento. Una aparición. El magistrado disminuyó la velocidad y abrió campo a la muchacha que empujaba el coche-
cuna por la mitad de la calle; era imposible que una madre
empujara un cochecito a esas horas sin por lo menos cu-
brirlo con una manta, era imposible que empujara el cochecito a lo suicida, por la mitad de la calle, contra él. Una
luz se hizo en la mente del magistrado: el cochecito tenía
que estar vacío. Y aceleró justo cuando la muchacha arrojaba rodando el cochecito contra el parachoques de la camioneta, bajo sus ruedas delanteras: la rueda izquierda
debió enredarse con el cochecito: chispas blanquísimas
saltaban de debajo de la rueda, un fuego blanco surgía del
chirriante cochecito arrastrado. Se oía como el ruido de
un afilador de cuchillos.

Por el espejo retrovisor el magistrado vio que el grupo
de muchachos corría detrás de él. Del descuido, por mirarlos, perdió el control de la camioneta y trepó al andén. Con
un timonazo evitó una señal de tránsito y volvió a la calle:
el cochecito seguía incrustado y arrojaba luces de bengala,
Navidad: el magistrado no sabía si reír o llorar. Aceleró
más, sin que por eso se apartara gran cosa de los muchachos que lo perseguían. De pronto vio el puente frente a él.
Si ese cochecito no siguiera atascado debajo de la rueda ya
estaría al otro lado, lejos del presagio de la mula —la mula
muerta que lo avisó sin que él oyera—. Pisó a fondo el
acelerador, pero el cochecito como una tenaza de fierros se
apoderó de la llanta, enroscándose a ella, inmovilizándola.
En plena cima del puente el magistrado no pudo evitar

que el timón virara por completo, como si lo manejara el diablo: la camioneta embistió el bordecillo del puente, que obró a modo de rampa, y saltó por encima de la barandilla y cayó justo en la copa de un árbol sembrado debajo del puente: el árbol empezó a resquebrajarse mientras ayudaba a caer a la camioneta —la auxiliaba como una frondosa mano que se dobla y deposita su carga en tierra—. Una vez la camioneta en tierra el árbol volvió a enderezarse a medias, hendido a todo lo largo. Nacho Caicedo no sabía si estaba vivo. Cuando pegó contra el bordecillo del puente, cuando se elevó, había visto primero el cielo negro y después una gran cantidad de hojas contra el parabrisas, volando alrededor, encima, debajo, una rama vertiginosa entró por la ventanilla abierta y acarició su mejilla, solamente la acarició, una recia espina rozó su sien durante un segundo de vida o muerte, como un soplo. A la escasa luz de las bombillas, debajo del puente, descubrió que había caído en mitad de la carrilera del tren, y que, socorrido por el árbol, cayó como de una altura de medio metro cuando en realidad debió caer desde unos quince metros de alto, era la suerte, cayó en mitad de la carrilera y recordó que el tren pasaba a las diez de la mañana, no era probable que lo arrollara.

Intentó encender la camioneta sin resultado. Tres veces lo intentó y a la tercera abrió la puerta y salió. Con él saltaron en tropel racimos de hojas de árbol. «Tendré que seguir a pie», pensó, «recogeré a Italia y después enviaré por la ford». No tenía la más ligera contusión, el más leve dolor. Se asombraba de eso, se palpaba el cuello, la cabeza, las rodillas, se frotaba encima del corazón: nada lo hirió; solo montones de hojas alrededor, hojas y más hojas, incluso dentro de su camisa, en su pecho, su nuca, su espalda, tallos en los ojetes de sus zapatos, en los bolsillos, en las orejas. Las piernas le temblaban. En la penumbra divisó la gran altura del puente y la colosal estatura del árbol providencial, «Pude matarme», se gritó, y, antes de reemprender el camino, se fue hasta el árbol y lo abrazó, «gracias, árbol», repetía, «gracias, gracias».

Tiempo después pensaría que no le dio gracias a Dios.

Se había olvidado por completo de sus perseguidores y empezó a caminar, feliz de seguir vivo.

Entonces un brazo lo enganchó por el cuello, una voz: «Viejo pendejo». Sentía algo como un reptil encima de su espalda. No pudo más y se doblegó. Era una tarántula de brazos muy largos, rodeándolo. Se volvió a mirar, dolorosamente, por encima del hombro. Era un hombrecillo, encima de él. Era un tipo como de circo: brazos muy largos y un tronco redondo, pequeño: una tarántula estrangulándolo.

Y oyó otras voces, de entre la noche, que le decían a su estrangulador: «Tenlo fijo, Cuatropatas. Que no escape». Las voces eran sombras que bajaban a saltos por la ribera del puente, se dejaban resbalar desde la cima, por entre matas de flores.

—¿Y cómo? —respondió la tarántula—. Este vergajo no se me mueve un milímetro, así de asustado está.

—¿Qué les sucede? Esto no es necesario —pudo hablar con gran dificultad el magistrado. No sabía a quién o a quiénes hablaba; solo veía manchas con formas humanas que terminaron rodeándolo. Una de ellas tenía que ser la muchacha de bata blanca: su rostro blanco giraba alrededor.

Hizo acopio de fuerzas y se desembarazó de la sabandija. La vio caer con una pirueta ante él, los inmensos ojos enrojecidos, fascinados. Era el Cuatropatas, que lo miraba en cuclillas, los brazos casi tan largos como las piernas, la boca abierta, babeante, como si lo fuera a morder.

El magistrado agitó las llaves de la camioneta, las extendió.

—Tengan —dijo—. Llévense la camioneta. Y aquí está mi dinero. —Sacó de su cartera los billetes y los ofreció a la sabandija, a las demás sombras que acechaban.

Nadie recibió nada.

—Lo queremos a usted, Nacho Caicedo —dijo una voz como el balido de un chivo—: Guárdese su puto dinero.

Estupefacto, sintió una especie de abrazo de muchos brazos que lo elevaron. Era como si lo ofrecieran al cielo; volvió a mirar el cielo: negro, sin luna. Pero no lo ofrecían al cielo; lo llevaron en volandas y lo introdujeron en una furgoneta que acababa de estacionarse a un costado debajo del puente: era una de esas furgonetas volkswagen que parecen un enorme salchichón en cuatro ruedas.

Seguía sin dar crédito a lo que ocurría. No era posible que le ocurriera a él. Seguramente soñaba, se trataba de una pesadilla, no demoraría en despertar.

Lo sentaron a empujones en el asiento trasero. Pronto sus captores ocuparon los demás puestos. Junto al chofer iba el que parecía el jefe y hasta ese momento no le había dado la cara, pero que fue seguramente el que habló y lo llamó por su nombre. Calculó que eran doce en total las sombras que lo apresaron. Oyó ruidos metálicos que se acomodaban contra el piso de la furgoneta, tienen que ser armas, pensó, aunque no logró distinguir qué armas, ¿machetes?, ¿fusiles?, la furgoneta se puso en movimiento, tosía el motor, parecía que de un momento a otro iba a reventar. El magistrado sudaba. Quiso saber la hora. Vio que no llevaba en la muñeca su reloj de oro: lo perdió o se lo robaron. Solo entonces descubrió que la muchacha de bata blanca se había sentado en sus rodillas, como si él pudiera escapar, es inaudito, pensó, y quiso hablar pero su lengua reseca no se movió, la sintió como de palo, un pedazo de palo debajo de su paladar. El magistrado cerró los ojos.

Supo, de pronto, que no le sería posible respirar sin permiso.

Lo habían secuestrado.

Séptima parte

1

Ese profundo pisotón en los abismos, que hizo reír a los invitados cuando Jesús aseguró que se trataba del acueducto, ese primer remezón en las entrañas de la tierra se dejó oír en otras casas y otras almas, las conmovió y atormentó. De su miedo no se salvó Lisboa, la segunda de las hermanas Caicedo.

Desde su llegada a la casa de Cirilo Cerca, solo afrontó extrañezas. La primera: la misma casa entre montañas, encima de Bogotá, en la vía a La Calera. Solitaria. De otro mundo. En otro mundo. Acodados a la baranda de una pequeña terraza, anterior a la entrada principal, pudieron ensimismarse en la contemplación de la metrópoli. Lisboa, reconcentrada en el horizonte, alargaba la pálida cara al espacio: una avenida como una serpiente amarilla cruzaba la ciudad entre un océano de luces rojas y azules. Negras montañas rodeaban la armazón de la ciudad como si la acunaran. Lisboa suspiró: el brazo del barítono rodeaba su cintura. Se sentía apresada, pero era una prisión cálida en el hielo. Se escalofriaba; se espantó del frío, del barítono, del carnicero Cirilo Cerca, amigo y contemporáneo de su padre, ¿qué ocurriría? Él había propuesto una copa de champaña. Bien: se tomaría esa copa y le pediría que la llevara de vuelta a la fiesta. Eso decidió Lisboa justo cuando Cirilo volvió a hablar. Hablaba de su casa; decía que era lo más hermoso que había hecho en su vida, pero también lo más triste, por la sencilla razón de que no estaba ella.

—Y ahora sí estás, Lisboa —dijo mirándola a los ojos.

Ella miró a otra parte. Él abrió la puerta de entrada. Semejante confidencia la hizo arrepentirse de encontrarse allí: era un malentendido. Si bien ese hombre mayor la encandiló cuando lo oyó cantar, eso no quería decir que las cosas se pensaran como él las pensaba, ojalá sea solo un piropo, se sonrió, y qué piropo, de película en blanco y negro.

—Entra en tu casa, sueño —dijo él.

La mano de Cirilo Cerca la atrajo con fuerza, solo un instante, porque la soltó como si se arrepintiera. Cualquiera de los tres novios que había tenido Lisboa en su vida, cualquiera de ellos ya la hubiese desvestido.

Entraron a una sala de mullidos sillones; había un sofá como una cama; un crucifijo de madera en la pared; todo alrededor de una chimenea de piedra, profunda como la gruta de una fábula. El barítono se apresuró a encender la chimenea, en cuclillas: Lisboa se quedó admirando las dos enormes rodillas.

—Hace frío aquí —le sonreía Cirilo—. Para eso se inventaron el fuego.

Y era diestro con el fuego porque no demoró en prender la chimenea. Ramas y tallos resecos, encendidos, lamían los costados de dos troncos cruzados, nudosos como las rodillas del carnicero. El aire se llenó de un humo oloroso a pino.

—Lisboa, ven conmigo. Quiero que conozcas la casa que te espera hace una vida.

«El piropo otra vez», pensó Lisboa, «esto se pone aburrido». Su inquietud no pasó desapercibida: Cirilo Cerca la miró directo a los ojos, como si la interrogara. No solo parecía preocupado sino a punto de llorar.

Ella no dijo nada. Preferible no hablar, pensó.

Y siguió al carnicero.

Una gran escalera como una mano de mármol conducía al segundo piso de la casa. Desde arriba, desde lo que parecía la baranda de un palco, Lisboa divisó la sala que había dejado, los mullidos asientos, el sofá como una cama, la chimenea al fondo —que ya arrojaba llamas vigorosas—. Se asomaba como a otra ciudad, pero entrañable, calurosa: el calor empezaba a girar, voraginoso. A Lisboa le hubiese gustado bajar corriendo las escaleras y acostarse junto al fuego.

No ocurrió.

Dejaron el palco y siguieron hacia más adentro de la casa. Detrás de las puertas entornadas Lisboa entrevió las habitaciones; no entraron en ninguna, y ella no entraría nunca —se ordenó a sí misma—, pero miraba al pasar: solo una habitación tenía cama, una cama angosta, monacal, nada apta, pensó Lisboa, y sintió, maravillada, que se ruborizaba. Una cama sin nada en las paredes. Tenía que ser la cama de él. Tenía que ser su cama.

Salieron al otro lado de la casa, donde también otra azotea los esperaba. Una gran farola amarilla iluminaba desde allí un parque de árboles. Lisboa supuso, abrumada, que tendría que asomarse otra vez, y se asomó al frío y la asombró la piscina cubierta, una larga cinta azul encendida; percibió el sinuoso chapoteo del agua debajo de la burbuja de vidrio. «Alguien debió bañarse allí hace poco», pensó. Vio los jardines que rodeaban la piscina, una fuente de piedra donde el agua sonaba, un estanque con un rústico puente de madera en la mitad, todo alumbrado por la gran farola amarilla.

En eso sintió otra presencia con ellos, detrás de ellos, la percibió como si de pronto hiciera más frío. Era un hombre de ruana que sonreía. Y tenía una horrible cicatriz a lo largo de la cara.

—Luis —dijo el barítono—, qué manera de aparecerse, asustas a nuestra invitada.

—Perdone, señor —dijo el de la cicatriz—, oí ruidos distintos esta noche, se encendieron las luces, pero a usted no lo vi. Por eso vine a dar una vuelta.

—Está bien. —El barítono tomó del brazo a Lisboa—. Este es Luis Altamira, que me ayuda con el cuidado de la casa. Luis vive aquí al lado, con su mujer y su hijito. Tranquilo, Luis, vaya y descanse, no se preocupe.

Luis alargó una recia mano a Lisboa. Una mano como el terror, porque mientras la estrechaba Lisboa no dejaba de admirar la cicatriz que se inclinaba hacia ella. Luis desapareció sin decir palabra. Esa fue otra de las extrañezas de Lisboa, y otra más encontrarse a bocajarro con una especie de urna de cristal, en un rincón de la terraza, donde se hallaba guardado, colgando de un gancho de ropa, un pequeño delantal blanco, expuesto como una delicada obra de arte que se protege del aire.

—Es mi delantal de carnicero —dijo el carnicero—. El que usé de niño. Piense usted, Lisboa, en un niño de doce años con este delantal como toda vestidura, pero niño feliz, creo yo, a pesar de todo.

Lisboa acercó los ojos. Creyó distinguir dos manchas a lo largo del delantal, rojas.

Sangre.

Sangre vieja pero sangre.

No supo qué decir.

Volvió a pensar que debía irse. Y cuanto antes, se gritó.

Y ocurrió otra extrañeza mayor, que contribuyó a realzar la agridulce sensación de extrañezas: Luis Altamira, el hombre de la cicatriz, que fungía de mayordomo, volvió a aparecer, y esta vez con una guitarra en las manos —que además extendió a Lisboa.

—Hágalo cantar, niña —dijo—. Que nos dé una serenata. Que nos acune. Nadie como él para cantar. —Y, antes de desaparecer por segunda vez de la terraza, lanzó su risa cómplice, festiva—: Por fin tiene a quién cantar, patrón.

Lisboa no pudo hacer otra cosa que admirar la guitarra que esplendía en sus manos y se sobrecogió cuando descubrió manchas de sangre en los aros y en la tapa del instrumento, manchas rojas, resecas, como las del delantal en la urna. El barítono se percató del descubrimiento de Lisboa. Se apoderó de la guitarra y la acercó a la luz de la farola y la examinó con una mueca de fastidio.

—Estuve en el cumpleaños de Fermín —dijo—, uno de mis matarifes. En el mismo matadero de mi finca toqué la guitarra y canté, Lisboa. Por eso la guitarra se manchó de sangre.

Y, al reparar con atención en la cara de Lisboa, soltó una risotada.

—Lisboa, por favor, no vaya a pensar que soy un asesino de guitarras.

Lisboa no respondió, sonreía a duras penas. Había una trampa alrededor. Retrocedió involuntariamente, pero retrocedió. Creyó ver que desde abajo, desde los jardines que rodeaban la piscina, temblaban luces de linterna y por eso las sombras se agitaban alrededor. Era como si las sombras avanzaran sobre ella. «Pero qué ángel eres», oyó que decía el carnicero. Lisboa se preguntó si debía correr. Sí. Echaría a correr por la casa desconocida y el carnicero la perseguiría: cantaría atronador durante la persecución, su voz se reduplicaría aterradora; acaso ella también se antojaría de cantar mientras huía, creería que se trataba de un juego pero se equivocaba: en algún lugar de la casa el carnicero la capturaría, su mano desgarraría su vestido, la estrecharía contra él como otra guitarra desnuda, a lo mejor el mayordomo de la cicatriz ayudaba, ella gritaría sin esperanzas, y allí, junto a la chimenea…

Lisboa se sintió ridícula. Ahora se sonreía, con esa risilla afligida pero feliz, de niña cogida en falta.

—Me tomo esa copa y me voy —dijo.

El carnicero la observó con atención.

—Espéreme abajo, en la chimenea. No se preocupe más, Lisboa. Iré por la champaña. Brindamos y volvemos a su casa.

Lisboa regresó casi corriendo a las escaleras y las bajó, agradecida. Nada de lo que sospechó había pasado, y no sabía si agradecerlo o padecerlo. Se sentó en una poltrona, la más cercana a la chimenea. A pesar del fuego que sonaba, el frío la sobrecogió. Se sentía desilusionada, exasperada.

Y en eso oyó la guitarra, arriba, en el segundo piso.

Arpegios como llamados de auxilio.

Era Cirilo Cerca, sentado en la baranda del palco, las piernas para afuera, las rodillas como balas de cañón, la guitarra acunada: flotaba como en un trapecio de circo: seguramente no era la primera vez que lo hacía.

—Solo una canción, Lisboa —dijo.

A su lado, en la baranda, alumbraba la botella de champaña.

Y empezó a cantar acompañándose de la guitarra ensangrentada.

Hasta allí se acuerda Lisboa: comenzaba a subyugarla de nuevo la voz, la enternecían hasta la médula el dueño de la voz, la letra, la melodía, «¿Voy a llorar?, estoy llorando», se sorprendía, cuando ocurrió el remezón en lo profundo de la tierra, el mundo saltó y se puso al revés. El carnicero la miró con los ojos desamparados. En la baranda del palco la botella adquirió vida: bailaba girando: fue la primera en caer ante los ojos de Lisboa. No la oyó romperse: vio una ráfaga de espuma como una cortina de oro que brotaba del suelo; después, en segundos, cayó desde el segundo piso el carnicero abrazado a la guitarra —como si la guitarra pudiera salvarlo—. Pero a mitad de la caída el carnicero soltó la guitarra, y no dejaba de mirar a Lisboa con los ojos desorbitados, como si todavía no se lo creyera.

Avergonzada de ella, Lisboa se echó a reír. Y reía más, mientras el mundo se contorsionaba. Seguramente reía de los nervios, pensó. Y solo dejó de reír cuando escuchó —esta vez sí escuchó— el estruendo de la guitarra contra el piso: el puro sonido de una cuerda quedó vibrando en el aire, largamente. El carnicero había desaparecido de su vista;

había caído detrás del sofá con un golpe sordo, como de costal de carne —se dijo Lisboa—, y volvió a reír al entender que el carnicero no tuvo la suerte de caer en el sofá que parecía cama. Lisboa se cubrió la boca con la mano para no reír más, para no gritar. Corrió al sitio donde debía hallarse el carnicero; lo encontró extendido bocarriba, los ojos cerrados, las piernas cruzadas, los brazos abiertos como un cristo.

—Cirilo —gritó arrodillándose. En ese momento cesó el profundo pisotón en los abismos. Le puso las manos alrededor de la cabeza y tanteó. Se preocupaba: caídas como esas pueden matar. Y, como buena enfermera, comprobaba que no había sangre, que al menos no se había partido la cabeza. Ahora tanteaba su columna cervical, el extraordinario pecho de barítono, las rodillas.

Entonces él abrió los ojos y soltó su ya reconocida risotada.

—Payaso —dijo Lisboa—. Te hiciste el muerto.

Y no pudo hacer otra cosa que besarlo. Él respondió a su beso; a ella la exaltó su fuerza, su frenesí. Supo allí mismo que jamás querría irse de la casa de ese hombre que cantaba.

2

El magistrado vio que se dirigían al sur de Bogotá, por la autopista. Se preguntó por qué no le vendaron los ojos; tampoco sus captores iban encapuchados; por lo visto no les preocupaba ser reconocidos. La aciaga realidad de los secuestros estaba apenas en su albor, pero a Nacho Caicedo ya el futuro lo había advertido de los secuestros que confiscarían al país como pan de cada día. Él mismo *recordaba* ese futuro, él, víctima de sus premoniciones. De esa ominosa realidad ya había ejemplos, y a las víctimas las inmolaban. El magistrado se sobrecogió, ¿correría la misma suerte?, ¿quiénes lo secuestraban?, ¿hampa común?, ¿enemigos? A la luz que arrojaban los postes de la avenida vio las armas regadas en la furgoneta: ¿eran pistolas?, ¿granadas?, ¿metralletas, escopetas?, el magistrado se indignó consigo mismo: podían ser armas de palo y latón y jamás las distinguiría, ¿y si se apropiaba de una y los encañonaba y huía?, nunca sería capaz. Si bien era dueño de un revólver, que guardaba en un cajón de su nochero, jamás lo había disparado.

Oyó que los hombres intercambiaban palabras, a murmullos. Distinguió más nombres: al que se hallaba sentado junto al conductor, de larga chivera oscura, lo llamaban comandante. A otro, en los puestos de adelante, de nariz de loro, le decían Doctor M. Otros, más atrás, tenían apodos: Sancocho, Garrapata, Chicharrón y Caraemango, además del Cuatropatas, el insecto que lo había casi estrangulado.

La muchacha que llevaba en sus rodillas se acomodó como si se arrellanara en un sillón; si bien era delgada, las piernas del magistrado se resentían, adormecidas. La muchacha resoplaba: no hubo un puesto libre para ella en la furgoneta y por eso lo eligió a él como su silla; o se sentó encima para vigilarlo; era una muchacha tan joven como la menor de sus hijas, pensaba el magistrado, y fue en ese mismo instante que trepidó el pisotón en los abismos del mundo: la muchacha gritó cuando la furgoneta saltó a un lado y volvió a gritar cuando con otro bote la furgoneta regresó a su sitio y gritó más cuando de nuevo la furgoneta brincó y se elevó de costado y rodaron un tramo sobre dos ruedas y se fueron contra la zanja de sapos y basura que iba paralela a la autopista y allí se aplastaron con un golpazo de vidrios pulverizados y fierros y latas que se tronchaban.

El magistrado perdió la conciencia unos segundos. Volvió en sí por el calor cada vez más intenso en sus zapatos, en sus pantorrillas. Era fuego, un fuego azuloso que se incrementaba. La muchacha de bata blanca continuaba encima de él, su cabeza desmadejada contra el asiento delantero; su pañoleta había desaparecido; tenía rapado el cabello; debía encontrarse desmayada. El magistrado vio que las llamas incendiaban la bata de la muchacha, desde abajo; con las manos apagó el fuego de la tela, casi consumida, y se quemó los dedos por hacerlo, pero sujetó a la muchacha por la cintura y probó a incorporarse con ella; no pudo; se la quitó de encima y logró ponerse de pie, sin soltar los brazos de la muchacha; un humo asfixiante lo enrarecía todo; debajo del humo los hombres se arrastraban a tumbos hacia la cara de la furgoneta, de parabrisas pulverizado, y por allí salían. Tierra y basura aprisionaban las puertas. Oyó la orden del comandante: «Recuperen las armas, que va a estallar». La sombra del Cuatropatas reptaba en el piso incendiado y se apropiaba de las primeras armas, «Están quemando», lo oyó gritar, «ayúdame, Caraemango». Otra sombra ingresó en el humo; se apropiaron de las armas y huyeron.

Una ola de fuego se abanicó encima del magistrado. Entonces dudó entre escapar o quedarse a morir abrasado y no continuar su destino. Había desfallecido. Pero en su mente la cara de Alma Santacruz lo exhortó a salir; solo por la visión de su mujer llamándolo decidió avanzar a la salvación. Arrastraba por los sobacos a la muchacha que no despertaba y pesaba como los muertos: era posible que se encontrara muerta, pero el magistrado la arrastraba y con ella abandonó la furgoneta. Dejó a salvo el cuerpo, a varios metros; los hombres se apartaban también, y uno de ellos, el conductor, empezó a gritar mientras miraba fascinado el esqueleto encendido de la furgoneta: «¿Y esos?, ¿qué les pasa a esos que no se mueven?, ¿qué hacen allí tan quietos?» En el interior de la furgoneta se podía distinguir la silueta de tres hombres sentados, cada uno en su puesto junto a la ventanilla, como si durmieran. A uno de ellos una rata le trepaba por la cara y lo olisqueaba en la nariz. «Salgan de allí», les gritó el conductor espantado: esa misma noche había tanqueado la furgoneta, «No demora en reventar», dijo, y la furgoneta estalló como si respondiera, maléfica, adrede.

La vaharada de fuego los empujó como un empellón; cayeron; el magistrado fue el primero en incorporarse: era la hora de escapar. Dio un salto por encima del cuerpo de la muchacha y echó a correr, desorbitado, los brazos como aspas desesperadas, pero su propia barriga de magistrado se bamboleaba de un lado a otro como un vergonzoso lastre; todavía trotó unos diez metros y ya cruzaba la avenida en dirección a una fila de casas iluminadas, ya iba a gritar pidiendo auxilio cuando la tarántula cayó en su espalda, mortal y viscosa, riéndose, y el correoso brazo rodeó su cuello y empezó a estrangularlo mientras la cara pérfida, diminuta, de ojos enrojecidos y aliento pútrido se aplastaba contra su mejilla y no paraba de reír. Nunca Nacho Caicedo experimentó tanto odio, tanto asco. Quería desembarazarse del Cuatropatas a como diera lugar, arrojarlo, y ya no con la intención de huir sino de abalanzarse encima de él con todo su peso y ahogarlo. El magistrado cayó arrodillado. Le era imposible deshacerse de la tarántula, creyó que iba a morir asfixiado, pero el comandante vino en su ayuda: «Suéltalo, pendejo, que lo queremos vivo». Todavía de rodillas el magistrado comenzó a toser, las manos en la tierra. Desde allí vio que se detenía un camión ante el lugar del accidente; vio descender apresurados al chofer y al ayudante, los oyó preguntar si había heridos que llevar al hospital. Por toda respuesta el Garrapata y Caraemango les dispararon a la cabeza. Los cuerpos cayeron sin un grito. El magistrado cerró los ojos y ya no los quiso abrir. Sin darse cuenta había empezado a llorar, y lloraba como un niño, toda su impotencia en sus uñas enterrándose en la tierra.

Se dejó arrastrar y cargar y tirar al interior del camión; era un camión de larga bandeja negra, con un toldo de

252

lona despedazado que permitía ver hacia afuera; el magistrado siguió tirado en el piso: no tenía fuerzas, ¿o estaba muerto?, ojalá, ¿por qué no se murió cuando cayó del puente?, le dio gracias al árbol, pensó, ¿por qué no le di gracias a Dios? Entonces uno de sus captores le propinó un bofetón, «Colabora», le dijo, «te aguaitamos desde hace meses y ahora te nos mueres». Detrás siguieron trepando más secuestradores como sombras; a la cabina solo subió el que conducía la furgoneta y de inmediato puso el camión en marcha. Cuando el magistrado miró en derredor descubrió que la muchacha de bata blanca estaba viva, sentada encima de un costal de mazorcas. «Mona», le dijo uno de los hombres, señalándola, «se te quemó la bata hasta la cuca». Entonces ella se vio a sí misma, su bata un escaso jirón calcinado; estaba casi desnuda y se sintió obligada a reír porque los hombres reían.

Pasó una veloz ambulancia en sentido contrario, envuelta en luces.

—A tiempo —dijo satisfecho el comandante—. Pudimos largarnos a tiempo.

El magistrado pensó que ya había visto esa cara. No era la de un muchacho. Era la de un viejo como él. Y parecía que el comandante aguardaba a que él lo reconociera porque se quedó mirándolo feliz, como si deseara ser reconocido cuanto antes, ¿no te acuerdas de mí? El magistrado se esforzaba: tenía que acordarse en dónde lo conoció, quién era el dueño de esa cara. Sintió que le vendaban los ojos: no querían permitirle cerciorarse hacia qué lugar de la ciudad se dirigían, en qué lugar se detendrían.

Ya no podría ver.

Solo oír.

Y oyó la voz del Cuatropatas:

—Qué lástima con esos, los que se asaron.

—Eran el Pecueca, el Filofilo, el Revolcón. Se durmieron.

—Ahí están pintados.

—Ahora son mártires, son héroes —se oyó la voz del comandante.

Y reconoció la voz. Recordó quién era el comandante. Imposible pero cierto.

3

La ira hizo presa de Alma Santacruz. Las víctimas de su desasosiego fueron Batato Armado y Liserio Caja: ¿cómo no desobedecieron al magistrado?, su deber era auxiliarlo contra viento y marea, se tratara del pinchazo de una rueda o el asalto de una banda de asesinos —les dijo, igual que una adivina—. Había dado por hecho que velarían por él, a prudente distancia, sin que él se percatara. Los dos gigantes, atontados, repletos de sueño y comida, no supieron qué responder, se encogían. La señora Alma hizo que Juana les «sirviera» una olla con el directorio telefónico adentro, ese mamotreto del tamaño de una biblia, para que buscaran el teléfono y dirección del joven Porto de Francisco, raptor y violador de crédulas.

El Candela y el Zapallo se burlaban: Cálmate, prima, ten paciencia. Alma Santacruz lamentaba no guardar las señas de los novios de sus hijas por si ocurrían esas locas fugas como la de Italia mil veces mal nacida, se dijo.

Obligó a los gigantes a encorvarse ante la biblia telefónica, a la búsqueda de un nombre y apellido. Difícil tarea: bien sabía que prestantes familias no incluían a sus miembros en las páginas del directorio por seguridad. Pero había que intentarlo: su marido se demoraba, el tiempo inexorable se deslizaba, un dolor en el corazón, no físico sino etéreo y por eso mismo espantoso, la convencía cada vez más de que algo ignominioso había ocurrido con Nacho Caicedo. Para matar el tiempo se dedicó a conversar con sus primos, y hacía lo imposible por entender las bromas y reír: no demoraría en asomar su marido con la hija descarriada, a la que propinaría un merecido coscorrón, cómo no, y entonces sería feliz, daría por terminada la fiesta con un grito, despediría a los borrachos a escobazos, enmudecería a los músicos y se iría con su marido a esa cama de donde nunca debieron salir, Dios mío.

No dejaba de aterrarse por la suerte de Nacho Caicedo, y hubiera querido rezar, pero dentro de ella ya no anidaba la fe, ni siquiera iba a misa, *no creía* —a pesar de que un día se había soñado con el arcángel Uriel—, y jamás confiaría sus tribulaciones a depravados como monseñor Javier Hidalgo, y ¿dónde está monseñor?, se preguntó, seguramente baila ahora, se respondió atribulada, y aguardaba con el alma en un hilo a que le dieran el número telefónico de la familia De Francisco para insultar y explayarse, dónde está mi hija, dónde mi marido, devuélvanmelos, malparidos.

La cándida señora había recomendado la búsqueda de un nombre y apellido a dos hombres que podían romper cuellos pero no sabían el abecedario y a duras penas escribían sus nombres. Debió exigir ese trabajo a cualquiera de sus hijas o ponerse ella misma en el asunto, porque los gigantes agobiados ante el libro de teléfonos no daban pie con bola. Agazapados, inspiraban compasión. Y en mitad de la fiesta atronadora —a algunos les había dado por bailar en las tarimas del comedor— nadie los determinaba, nadie se decidía a ayudarlos, nadie los disfrutaba, excepto los primos de Alma, el Candela y el Zapallo, que se dedicaron a recitarles las vocales: A E I O U, señores, ¿no se acuerdan? Los guardaespaldas enrojecían hasta la raíz como niños de escuela castigados en público. No demoraron en darse por derrotados y asegurar a la señora, con la mano en la biblia, que el teléfono de Porto de Francisco no existía en el directorio.

—Entonces que sea lo que Dios quiera —había dicho Alma, con lágrimas en los ojos: deseaba creer que Dios quería algo bueno para ella.

A pesar de sus hijas se sintió sola. Compartió el asunto de Italia con Barrunto, y la sonrisa pacificadora de su hermano la hizo convencerse de que ella y Nacho Caicedo no le importaban a nadie. Solo se tenían ellos. Si uno de ellos faltaba el otro se moriría, me moriré si te vas. Y ponía la cabeza en las manos y se estregaba la cara desesperada. Nadie era testigo de su miedo, solo ella, pero hubiese querido compartir su miedo con el mundo, a gritos.

Miró sin proponérselo hacia la puerta del comedor, acaso porque de nuevo quería ver aparecer a su marido. Solo vio un pedazo de cielo negro y de pronto una estrella fugaz. Vio la noche y la fiesta contenidas en esa estrella fugaz, y se repetía que era buena señal, la respuesta de Dios. Buena señal.

Pero no lograba creer, no creía.

4

Uriela recordaba la voz de Marianita: «¿No te aburres en este entierro?» Sí, se aburría, la fiesta era un entierro. Decidió salir del comedor. Cuando alcanzaba la puerta, en dirección al jardín que estallaba de música, vio a su primo César, desencajado, que se iba en línea recta hacia una de las tarimas detrás de la mesa: allí Perla se había sentado a contemplar el mundo con holgura y comentar las incidencias y reír y beber, rodeada de sus campeones. Desde la cima de la tarima Perla alumbraba o alumbraban sus piernas expuestas a los que abajo las contemplaban. El primo César no parecía de buen talante, pero reacomodó la sonrisa eterna en su cara de lechón —así lo vio Uriela, trastornada de solo verlo, y escuchó la conversación sin proponérselo:

—Perla mía —dijo el lechón con su voz más festiva—, ¿vamos un rato al jardín?

Desde lo hondo del comedor los intrigados ojos de Tina Tobón no se perdían detalle.

—¿Y a qué? —respondió Perla realmente extrañada—. ¿Qué podemos hacer afuera?

Los campeones se revolvieron en sus sillas, tan dispuestos a la batalla como a correr en desbandada: César Santacruz era Palabra Mayor y, además, Consorte de la Reina.

—Bailar, querida —repuso César irrefutable.

Los campeones bufaron, apaciguados.

Desde lo alto de la tarima las caras se asomaron a mirar a César, que sonreía. Perla se levantó de la silla y avanzó a la orilla y extendió una mano que César no recibió: con un brazo la rodeó por las corvas (como hizo en el balcón) y la cargó en vilo y la puso en el piso como a una delicada flor. Los de la tarima aplaudieron a patadas. A lo lejos Tina Tobón se repasaba la lengua por los labios: su sueño era hecho.

Los esposos se besaban, estrechándose más, el uno contra el otro, sin respirar. Más aplausos. Ahora Perla reía, apoyada a plenitud en los brazos de su marido. Había bebido, pero confiaba y reía, de la mano de César Santacruz.

Allí se decidió su destino.

5

Uriela vio extraviarse a Perla entre la muchedumbre, detrás de la sombra de su marido. Perla se tambaleaba.

Debajo de las luces y sombras que giraban Uriela se quedó un instante como aturdida. Alguien, un joven salido de la noche, se apropió de su mano; un desconocido la tomaba de la mano como en las fábulas, pensó.

—Bailemos —dijo él.

No mucho menor que Uriela, ¿quién? ¿No era su primo Rigo? Muy alto y delgado, el acné en las mejillas: sí, sí era, pero él no la reconoció.

—Claro que sí —dijo Uriela—. ¿Me dejas ir a orinar?

Él se sorprendió y se recompuso:

—Aquí espero.

—Aquí vuelvo.

De verdad Uriela quería ir al baño, pero ¿era necesario decir que a orinar?, se reprochaba. Y era que no solo quería orinar sino encerrarse un momento a solas con ella en un sitio sin nadie. Quitarse de encima la memoria de su padre hablando en su pobre latín. Y no lo lograba: sentía el mismo miedo de su madre cuando dijo que era la última vez que lo veía vivo.

Uriela transitaba en el fragor del jardín, los danzantes cantaban. Era una cumbia decembrina. De pronto la dejó de torturar la memoria de su padre: desde que ocurrió la demanda de baile, deseó bailar la noche entera, no importaba que en brazos de su primo, y no aburrirse de muerte, pensó, no resultar dormida para siempre —como en las fábulas.

Abandonó el jardín y se dirigió al cuarto de baño más próximo, el de visitas, en el primer piso de la casa, cerca de la sala vacía. Allí solo se oía la música distante, algún grito entre algodones, una carcajada sin eco. Confiada en la soledad, Uriela abrió la puerta de par en par: Marianita Velasco estaba prácticamente sentada en el lavamanos, una pierna elevada encima del hombro de Ricardo Castañeda que seguramente la desfloraba sin compasión, por la cara demudada de Marianita que lloraba sin atreverse a gritar, ¿o era feliz?, Uriela prefirió cerrar la puerta y alejarse, «Bueno», pensó, «debió darle de comer los sesos de una urraca o la pluma de un palomo o las alas de un insecto», y se detuvo en seco cuando escuchó detrás la voz como un hilo de la Mujer que Sabe Rezar: «Uriela, auxilio», Uriela abrió la puerta y el rostro congestionado de Ricardo

Castañeda se estiró a ella enrojecido y escupía mientras hablaba, «Tú espérate, zorra, haz cola». Entonces ocurrió el segundo remezón en los abismos, ese pisotón de aviso en las entrañas de la tierra y el primo Ricardo cayó de culo contra la pared y el pesado cuadro de Goya —ese *Duelo a garrotazos* que Uriela había colgado para hacer «pensar» a las visitas mientras orinaban— cayó y sonó como otro garrotazo en su nuca.

Ya Marianita lograba por fin dar un chillido y saltaba del lavamanos y huía, y saltaba Uriela detrás de ella y con ellas saltaba el mundo, saltaban las paredes, saltaba el mismo aire pero el primo Ricardo seguía quieto, los ojos muy abiertos, como estupefacto.

6

El Candela y el Zapallo, primos consentidos de Alma, nunca sospecharon lo que se les venía encima. Después de la burla que hicieron de los guardaespaldas, de su lección a gritos de las vocales, se habían puesto a beber, castos, en su rincón del comedor, al margen de la multitud, y se dedicaban a recordar los días de niños, cuando robaban gallinas. Reían celestiales y a mitad de la celebración fueron interrumpidos por Batato Armado y Liserio Caja, de pie ante ellos, las caras taciturnas, como arrepentidos de antemano de lo que iban a hacer. Batato fue el primero en hablar, luego de cerciorarse de que nadie reparaba en ellos. Se dirigió al Candela, primo predilecto de Alma:

—No queremos que vuelva a sacar su trasto, señor.

—¿Mi qué?

—El trasto de matar, señor. No apunte a ningún sitio en casa del magistrado, que es un hombre digno, por si se le había olvidado.

—Yo pensaba que trasto era otra cosa —dijo el Candela, y guiñaba un ojo al Zapallo—: aquello con lo que uno suele orinar.

—Agradezca la bondad del magistrado —dijo Batato—: no nos dio autorización para sacarlo volando del comedor, igual que ese murciélago que entró sin pedir permiso.

—¿Pero a quién crees que hablas, gordo cabrón? ¿Piensas que porque eres elefante puedes aplastar con tu pataza al primer hombre decente que te topas? Debes saber que nosotros somos primos hermanos de tu señora Alma Santacruz, patrona de tu patrón, degenerado.

Batato abrió la boca.

—Matón —siguió el Candela—, ¿es que vas a tirotearnos?

—Ganas no faltan.

—Nosotros también matamos elefantes —volvió el Candela—. A tiros o a cuchillo o a patadas, como prefiera el elefante.

Los guardaespaldas cambiaron una mirada de conmiseración: tenían que hacer lo que debían, no había de otra, los obligaban, ellos no hubieran querido, pero estos insistían.

Eran bastante más jóvenes y grandes que los primos consentidos, pero los primos, cuarentones avanzados, si bien eran más bajos tenían anchas las espaldas, brazos nervudos, los cuellos robustos, las manos de jornaleros. No demeritaban. Y se pusieron de pie sin vacilar.

—Salgamos despacio —dijo Batato a susurros, como una amable recomendación—, ya buscaremos un sitio dulce para entendernos. No queremos escandalizar la fiesta del magistrado, ¿cierto? Podremos ir al patio, al garaje, ¿a dónde quieren ir?

—Vayamos, vayamos —dijo el Zapallo, exenfermero, veterano de Corea. Y dijo como aburrido—: Los hombres no hablan.

Y salían uno detrás de otro del comedor.

Cualquiera diría que se iban a bailar.

7

El segundo remezón en los abismos logró enmudecer por un minuto a los Malaspulgas Band, Orquesta Tropical. La muchedumbre alcanzó a gritar de miedo, aunque enseguida muchos rieron. Otros ni se dieron cuenta y no dejaron de bailar en el minuto de silencio. Al escucharse aquí y allá «está temblando» una corriente de horror transitó como ola entre los cuerpos, pero solo por instantes, porque se hundió el pisotón y los festejantes siguieron trenzando el danzón orquestal.

Dentro del comedor sí se apaciguó la fiesta; nadie bailaba en las tarimas y ahora los comensales conversaban en voz baja de los temblores y terremotos que habían despavorido a Bogotá. A la cabeza de la sesuda información iban el tío Luciano, hermano del magistrado, y Barrunto Santacruz, hermano de Alma. Ambos se creían en el derecho de reemplazar la ausente sabiduría del magistrado, y solo Dios sabe si decían la verdad.

—Estos bailecitos de tierra no son nuevos —decía el tío Luciano—: a las seis y treinta y seis minutos de la mañana del 31 de agosto de 1917 hubo un terremoto en Santa Fe de Bogotá. Pareció cumplirse la famosa profecía del padre Francisco Margallo que, noventa años antes, dijo en buen verso:

El 31 de agosto
de un año que no diré
sucesivos terremotos
destruirán a Santa Fe.

—Eso no es premonición —interrumpió Barrunto— sino casualidad. Los sismos son una costumbre, como los de hoy. Lo que pasa es que no nos damos cuenta porque no queremos o porque estamos atareados.

El tío Luciano hizo caso omiso:

—Dos días antes del terremoto hubo un sismo a las diez y veinticinco de la noche, con algunos daños. Los ciudadanos se lanzaron a la calle en medio de oraciones a san Emigdio, patrón de los terremotos.

—No fue a las diez y veinticinco, fue a las once menos seis —terció Barrunto Santacruz.

Luciano Caicedo se encogió de hombros.

—En todo caso fue un sismo asustador —habló por fin el tío Jesús—: mujeres recién salidas de la cama, volando en pepa…, pero era mejor guardar el pellejo que las apariencias, y no solamente gritaban los niños sino los perros. Se dice que los locos pensaban que era fiesta.

—Eso no se sabe, nadie lo cuenta —volvió a la carga el tío Barrunto—. Se sabe que hubo iglesias averiadas. La ermita de Guadalupe, que estaba hecha de adobe, colapsó, como también el Capitolio, los hospitales San Juan de Dios y La Misericordia.

—Tengo entendido que la ermita cayó en la cabeza de unas monjas que rezaban y solo una se salvó —interrumpió Jesús—, los hospitales no causaron daño, pero ¿se imaginan a los enfermos huyendo con todo y sus camas?, ¿y a las enfermeras persiguiéndolos?

—¿Por qué razón iban a huir los enfermos con sus camas? —se asombró el tío Luciano con un aspaviento—, no hagan caso de Jesús: no hace mucho nos decía que el primer sismo de esta noche era el acueducto bogotano, que además de envenenado va a reventar. Nadie aquí dice la verdad: de la desgracia de 1917 se sabe que las estaciones de tren sufrieron daños, y algunas quintas de Chapinero, pero nunca el Capitolio ni los hospitales.

El tío Jesús siguió impertérrito. Dijo, sin que viniera a cuento:

—El cerro de Monserrate es en realidad un volcán. Un volcán callado pero activo. Un volcán traidor. No avisa. Un día de estos nos pillará. Arrasará a Bogotá, ciudad pecadora, ciudad peor que Sodoma, ciudad-Babilonia, y no quedará piedra sobre piedra.

—Hubo un terremoto todavía muy anterior al suyo —dijo el tío Barrunto al tío Luciano, como si con eso se zanjara la discusión, y recitó, un dedo en alto, sin respirar—: Fue en 1785 en Santa Fe de Bogotá a las siete y cuarenta y cinco de la mañana un 12 de julio y tuvo una duración de tres a cuatro minutos.

—Por favor —dijo el tío Luciano abriéndose de brazos—, el más antiguo es de 1743, no insista más.

—Que me traigan una enciclopedia y lo compruebo. El de 1743 nunca ocurrió.

—¿Me está llamando mentiroso? —dijo el tío Luciano, y una fría amenaza envolvía cada una de sus palabras.

—¿Dónde está Uriela? —contestó Barrunto Santacruz—, que venga Uriela y nos saque de la duda.

Uriela sobrellevó el minuto de silencio en el jardín, con Marianita, donde llegaron huyendo. A ninguna se le ocurrió averiguar qué había pasado con el primo Ricardo; era posible que siguiera buscándolas, las persiguiera y atrapara por los cuellos y se las llevara volando por los cielos a lo alto de otro lavamanos. Huían, tomadas de la mano, huían. Qué extraño huir tomadas de la mano, pensaba Uriela. Se desenlazaron cuando siguió el baile alrededor. A Uriela le pareció que ese nuevo remezón en las entrañas de la tierra era como el segundo aviso, el segundo timbre de una obra de teatro —el que suena poco antes del que da inicio a la tragedia—: a lo mejor con el tercer pisotón nos vamos de cabeza a los abismos, se dijo, y solo en eso se fijó en la Mujer que Sabe Rezar, solo en eso la miró por primera vez, ¿lloraba todavía? No. ¿Qué le sucedía? Había enrojecido. De pronto Marianita acercó en un vuelco la cara y dio un beso a Uriela en la boca, un beso que ardía desesperado. Uriela se maravilló, paralizada, mientras Marianita echaba a correr entre las parejas como si cumpliera sin saberlo las reglas de un juego inverosímil o como si se hubiese aterrado, «Solo falta que bailemos», pensó Uriela y, de inmediato, recordó a su primo que salió de la noche y se apoderó de su mano y le dijo que bailaran: no vio a Rigo por ninguna parte, las luces de colores que giraban lo confundían todo, Uriela extendió una mano en el aire: él no la atrapaba, él no insistía, él no existía, y recordó el beso y ya no volvió a pensar en su primo, recordó el beso como si se besara otra vez con Marianita, una y otra vez, a escondidas, inmersas en el maremágnum de cuerpos, ambas temblando. Y no se le ocurrió otra cosa que buscar a Marianita en el comedor. Allí la encontró, sentada, y se sentó junto a ella a presenciar el dramón que interpretaban los mayores. No se hablaron, pero una felicidad secreta las unía: parecía que reían en silencio.

8

Se oían las discusiones, los convenios, las inteligencias, Adelfa y Emperatriz intentaban distraer a la afligida Alma, la anfitriona abandonada por el anfitrión: no escuchaba a nadie y el segundo remezón en los abismos le pareció la peor de las señales. Era una mujer rodeada de mujeres, pero sola. De pronto nadie reparaba en ella, arrastrados por el torbellino de la fiesta, ¿cuánto tiempo había pasado?, al instante Alma recordó la indicación de su marido: jugo de mandarina en lugar de licor, pero vio que los meseros escanciaban ron a diestra y siniestra; no obedecieron la orden porque pensaron que se trataba de una broma, ahora los borrachos pululaban, no le interesó hacerse valer a esas alturas, no le harían caso, las chanzas, el baile, las provocaciones, iban y venían. Sería distinto si el magistrado se encontrara en la fiesta, pero no regresaba y ella era la única que padecía. Ya no miraba a la puerta en busca de otra estrella fugaz, sus ojos vagaban sin ánima, extraviados: por un segundo se detuvieron en un lugar debajo de la mesa, ¿quién dormía allí?, no podía ser, era el juez, el juez Arquímedes Lama, el juez debajo de la mesa, enroscado, durmiendo a pierna suelta, ese viejo amigo de Nacho, cofrade de juergas, ya setentón, anciano honorable, qué mal ejemplo, ¿cuánto tiempo había pasado?, ¿también ella durmió?, ¿qué hacer?, ¿ordenar que despierten al juez?, ¿y para qué?, mejor que no despierte jamás —así pensaba Alma Santacruz como aplastada debajo del miedo por la suerte de su marido, debajo de la amargura por su ausencia, como si él hubiese incumplido una promesa.

En un rincón del comedor vio a los Púas: el abuelo y el bisabuelo conversaban uno al lado del otro, los brazos acodados en la mesa, las cabezas juntas, los dedos índices apuntando al cielo: estaban dormidos y nadie se daba cuenta. Más allá Yupanqui Ortega, maquillador de cadáveres, hablaba de política con las juezas. Parecían estar de acuerdo. «Usted debería ser presidenta de la república», le decía Yupanqui a la más joven de las juezas, «solo una mujer salvaría a la nación de los históricos pendejos», y brindaron enseguida. No demoran en bailar, pensó Alma. Dos jóvenes jugaban un partido de ajedrez y otros los rodeaban, desconocidos para la señora Alma, ojalá no se trate de ladrones, ha ocurrido que los ladrones se disfrazan de invitados, ¿pero qué hacía Uriela de tarima en tarima, enganchada del brazo de esa niña?, ¿no es la niña de Cristo María Velasco?, esa niña como crecida a la fuerza, ¿cómo era que llevaban copas de vino en las manos?, ¿cómo era que brindaban y bebían?, quiso llamar al orden a Uriela y no pudo hablar: Alma Santacruz ya no tenía fuerzas, «Por qué», pensó, «por qué esta fiesta».

Uriela y Marianita se paseaban por el comedor, de tarima en tarima. Oían a los profesores Roque San Luis y Rodrigo Moya que hablaban con desparpajo de la prehistoria:

—Esas épocas —decían—, cuando hombre y mujer no se limpiaban el culo.

—Olería a diablos.

Más allá decían:

—Creo que está ebrio.

—Por eso dijo lo que dijo.

—De lo contrario nunca lo hubiera dicho.

—Más ebrio que mosca en vino.

Otras frases volaban despedazadas. Brotaban aquí y allá:

—Fue su invitación al circo. Me arrepentí muy tarde.

—Y se nos hundió la canoa, en mitad del lago, pero él no sabía nadar.

—Allí les va mi grito al mundo.

—Era buena carne, con su jugo.

—Yo era joven, pero pobre, no tenía cómo pagar un filete. Hoy soy viejo pero rico, no tengo dientes para comer.

—Cada vez soy más marciano. No consigo entenderme con los terrícolas. Sienten repulsión por mí. También yo siento repulsión por ellos.

—Empecé a tener miedo. Mi propia mujer me decía que yo estaba loco.

—Qué bello que llueva, después de todo.

—¿Qué haces en esta fiesta si no te gusta bailar?

—Dios mío, que no me muera hoy.

—Dios no es solamente gordo, tiene las orejas grandes, pero es oídos sordos, y mira a otra parte, se hace el bobo. En realidad existe, pero como si no existiera. Dicen que es el gran solitario del universo.

—El Borracho es el gran solitario.

—Entonces Dios es mi vecino.

—Me fui de polizón en ese barco. No sé a dónde llegué, pero no regresé nunca.

—El magistrado nos dijo que morirán las abejas. Y lo dijo en verso: Sus ronroneantes alitas/ dejarán de sonar/ Veneno en las flores/ las matará.

—Televisión, muchacho, es el futuro. Primero la televisión.

—Bogotá es la única metrópoli del país, lo demás son pueblos grandes y pequeños; Bogotá contiene todos los pueblos; en Bogotá nadie es bogotano sino del resto del país; Bogotá es el país.

—Yo siempre pensé que los ancianos eran felices.

—Le diagnosticaron macrocefalia agravada, irritación cortical.

—En este país no son capaces de trazar proyectos serios. Al que piense un proyecto serio lo queman.

—De noche, cuando soy un hombre libre, me duermo.

—Si usted quiere, querida, le enseño la receta del pastel de naranja. Si usted quiere, querida, voy a su casa y lo hacemos, ¿cuándo quiere, querida, que vaya?

—Los demonios pueden tener cualquier apariencia, incluso la de un ángel de luz.

—Ojo. Ojo con eso. No haga caso. No crea.

—Nos contó de sus experimentos con conejos: les abría el cráneo y sometía sus cerebros a descargas eléctricas, los pinchaba con varillas de vidrio, les cortaba el flujo de sangre por sus arterias; era todo un neurocientífico, carajo.

—La conciencia perdura durante varios minutos después de que el cuerpo deja de mostrar signos de vida, eso está demostrado.

—Yo no tengo miedo de morir. Al contrario: una gran curiosidad.

—Los dinosaurios cantaban como los pájaros.

—Le doy mil pesos al que encuentre el diente que se me cayó. Es de oro puro.

—En Río bailábamos el carnaval y se fue la luz. No se veía una cara. La gente empezó a gritar. Yo llevaba puesta una minifalda y alguien me tocó el culo por dentro pero muy bien tocado, como si yo fuera un acordeón. Estoy segura que no era mi marido.

—Dejé de quererlo cuando se echó el primer pedo, sin ton ni son.

—A eso le llaman lenguaje gestual, mírenlo: sentado, escurrido, pierniabierto, la mano en la bragueta.

—Y se volvió loco el día menos pensado.

—Me dio por vomitar en plena misa de domingo.

—Me lo acaba de decir un pajarito.

—Sin ninguna vergüenza. Es increíble que los políticos no sientan asco de sí mismos.

—¿Qué a qué olía ella? Como al corcho de una botella.

—¿Le pasa algo conmigo, señor?, ¿quiere que llame a un médico?, ¿o le basta un sepulturero?

—*Kedi* es una palabra turca: no recuerdo qué quiere decir.

—Esos eran los tiempos de Pedro el Bestia.

—Se ganó una vaca en una rifa.

—Yo conocí un niño que sus papás lo corrieron porque detectaron que era un brujo.

—Lo que él nos dice es exactamente esto: «Si un muerto puede transmitir su imagen visible o tangible a la distancia de medio mundo o desplazarse a lo largo de siglos, ¿por qué sería absurdo suponer que las casas están llenas de extrañas entidades sensibles, o que los viejos cementerios rebosan de terribles e incorpóreas generaciones de inteligencias?»

—¿Le falta un diente? Nosotros se lo ponemos.

—Esta noche lo escribiré en mi Diario: Querido Diario, conocí a un imbécil.

—Dicen que esa mujer apresuró su muerte.

—Y qué mujer: tenía una carita de mosquita muerta.

—Cantaban los gallos.

—Al sepelio de Amanda Pino no asistió ninguno de sus hijos.

—Como el vestido era muy negro ella se veía muy blanca.

—Entonces, les cuento, y esto es lo principal, escuchen, ¿me oyen?, óiganme, por Dios.

—El domingo pasado estuvimos en su Casa-Museo: dentro de una urna de vidrio se exhibían el pantalón y la chaqueta que llevaba puestos cuando lo balearon: en la espalda se veían las perforaciones de las balas, el quemón en la tela y los residuos de sangre de las heridas.

—No, señor, un cuchillo filudo no sirve para esparcir la mantequilla.

—Lo gris es lo gris. Lo negro es solitario.

—Bonito día para morir.

—No sé por qué me preocupan tanto los japoneses, todavía no lo sé.

—Si no tienes Dios, allá tú. Pero no te metas con el Dios de los demás.

—Si no estás en ninguna parte no puedes desaparecer.

—Yo prefiero los perros, mil veces.

—A mí me gustan los gatos. Me hechizan.

—No demora en nacerte una cola de gato en el trasero.

—Sí, y maullaré.

—Los gatos deberían llamarse *sueños* porque se la pasan durmiendo. No es cierto que los gatos no sueñan, sí sueñan y deben soñar sueños muy bellos porque prefieren seguir durmiendo cuando despiertan, sueñan para siempre.

—Yo los veo mover las orejas y escuchar quién sabe qué pájaros mientras duermen.

—Incluso sueñan con los ojos abiertos y solo por eso deberían llamarse sueños, así la gente diría yo tengo un sueño que se llama Paco, yo tengo un sueño que se llama Luna.

—Pero los perros son superiores. Por algo los perros son el mejor amigo del hombre.

—Claro que sí. Comparados con los gatos los perros son bobalicones, rastreros, militarotes, lambones.

Uriela se echó a reír:

—¿Quién dijo eso?

—Yo —dijo un desconocido.

Uriela se espantó.

Le pareció que era un hombre con cara y cabeza de gato, sentado a la mesa del comedor.

9

Nimio Cadena. Ese era el extraordinario nombre del comandante. Hacía treinta años Nacho Caicedo tuvo un enfrentamiento con él. Nimio era el funcionario acusado, y Nacho el fiscal que representaba a la Nación. Nimio Cadena había desviado fondos destinados a los niños más desamparados del país, que eran casi todos los niños del país, en beneficio propio. Un dinero que provenía como limosna de gobiernos europeos, que así pagaban, para que les agradecieran, con simbólicas sumas, el expolio al que sometían a países de Suramérica, su despensa natural. Cadena había consignado en su cuenta personal ese dinero, el de los niños del país, el destinado a hogares de caridad, almuerzos, ropa y medicinas.

La noche antes del juicio un desconocido se había presentado en casa del magistrado, con una maleta en la mano. Exhibió la maleta, la abrió: fajos de billetes la atiborraban, y no devaluados pesos sino reverdecidos dólares americanos.

—Con esto tiene para vivir tres vidas —dijo—. No tiene que trabajar más.

Y como el magistrado no respondió el desconocido fue al grano; lo hizo de una manera que al magistrado le pareció absurda:

—Solo tiene que velar por la suerte de Nimio Cadena, otro perseguido político, otro adalid vilipendiado, otro prócer maltratado, como la historia de Colombia lo testifica.

—Váyase de mi casa —dijo el magistrado.

—Usted verá —repuso el desconocido. Y, cuando se iba, cuando le daba la espalda, su voz sonó como un disparo de cañón—: Tuvo en sus manos el paraíso. Ahora tendrá el infierno.

Nimio Cadena fue a la cárcel.

De una condena de veintisiete años pagó dieciséis días. No se le exigió la devolución de los millones: compartió el botín con importantes representantes de la Justicia para quedar libre; inútil describir los artilugios que los corruptos esgrimieron para exonerarlo; al magistrado le parecieron números de circo. En cuanto a los niños saqueados, no se les entregó un peso y mucho menos se les pidió perdón: como si no existieran. Nimio Cadena voló a disfrutar, se desapareció; parece que vivió a todo tren en París y Roma y volvió en pocos años a Bogotá: se lo veía hacer mercado los domingos, en Pomona, rodeado de admiradores: era un emérito ciudadano que había hecho muy bien las cosas. Fue de lo último que se enteró Nacho Caicedo, y lo olvidó, con un regusto de amargura, de derrota anunciada. Pensaba que cumplió con su deber: denunció la culpa de Nimio al país. «El robo al erario y la corrupción son el día a día», había dicho ante el jurado, «pero robar a los niños desamparados es lo más censurable; semejante latrocinio es inhumano. Eso solo lo hace un... un...»

Dejó sin acabar la frase, y el silencio del público la completó: un hijueputa.

Así culminaba sus discursos el magistrado Nacho Caicedo, cuando pretendía o creía ser fulminante, y más cuando en la sala de litigio se encontraba su mujer, la confidente de sus triunfos y derrotas. Alma Santacruz acompañó en la contienda al magistrado, y la deslumbró de malos presagios el rostro soberbio del acusado, los ojos enrojecidos de Nimio Cadena que se cruzaron con los suyos por un instante como un escalofrío. Ninguno se olvidaría del otro, jamás.

Y ahora volvía a ver a Nimio Cadena, convertido en comandante y secuestrador, y ¿comandante de qué?, ¿comandante de quiénes?, en todo caso lo volvía a ver, secuestrador, asomado a él, la peluda cara de chivo que se anchaba cada vez más: su sonrisa helada palpitaba como un tenue balido; por esa misma barba de chivo demoró en reconocerlo. Se hallaban en lo que parecía una especie de fábrica abandonada, al sur de Bogotá. Nimio Cadena le preguntó si se acordaba de él.

—¿Se acuerda de mí, magistrado? Usted acabó con mi vida. ¿O no? Sí, sí, magistrado. Pero mire cómo son las cosas, el mundo es un pañuelo, ahora yo acabaré con la suya.

«Pues hágalo de una vez», pensó el magistrado, y no fue capaz de decirlo en voz alta. Sabía que Nimio lo hubiese matado allí mismo, que no habría resistido ese golpe de orgullo de su parte. Nimio ordenó a sus hombres que se apartaran, para hablar en secreto con el magistrado. Allí el magistrado se dio cuenta de a qué tamaño de venganza se enfrentaba. Pues Nimio Cadena lloraba en silencio al hablar. Lloraba. El magistrado pensó que no solo afrontaba una venganza sino una enfermedad. De eso se percató al oír a Nimio Cadena mientras lloraba, absolutamente convencido de que sufrió un escarnio, una injusticia. Cómo hilvanaba las cosas, cómo las había interpretado, y sin ninguna vergüenza; eso fue algo que horrorizó al magistrado. Otros culpables aceptaban su culpa. Este, por lo visto, no era culpable sino además una víctima.

—Por su causa mi madre murió de la pena —lo oyó—. Murió cuando supo que usted, verdugo infame, me mandó a pudrir en la cárcel. Mi madrecita no alcanzó a resistir una semana la ofensa infligida a la familia, a mí, su hijo honorable. Se murió de la pura tristeza. La mató verme en la picota pública, y eso no se lo perdonaré nunca, no podría. Por eso le digo, magistrado: usted destrozó mi vida. Se lo digo para que se haga cargo de lo que le va a ocurrir. Por el peor de los lados usted me jodió a mí, por el lado de la madre, es decir, me jodió por el lado de la vida, y usted sabe que no hay ofensa mayor para un hombre, ¿me explico?, ¿me dice algo?, ¿qué me puede decir?

El magistrado no lograba replicar.

—Además de ese pecado, señor doctor don Ignacio Caicedo, además de ese pecadote, usted siguió pecando. Se especializó en joder a la gente que trabaja, no vaya a negarlo o lo capo ya mismo.

—Dígame un caso específico —dijo por fin el magistrado—. Del suyo no merece la pena hablar.

—¿Qué me dice de sus alianzas con César Santacruz, su sobrino?

El magistrado tragó aire: este sí era el país de las sorpresas.

—No tengo alianzas con él. Y no es mi sobrino. Es sobrino de mi mujer.

—Sabemos que está en su casa, sabemos que come y baila en su fiesta, ese cerdo de César, ese traidor. Pero ah,

273

ya iremos por él y lo haremos bailar nuestra música, a él y a los demás, ¿me entiende? Justos pagan por pecadores.

Al oír ese plan, ese proyecto, el magistrado sintió pánico, ¿iba a vomitar?, no lograba hablar, Nimio lo observaba con atención, se regodeaba en el sufrimiento que acababa de causar.

—Íbamos a su fiesta cuando usted nos hizo el honor de salir a encontrarnos —siguió—. Y en todo caso iremos a su fiesta, señor, cómo no. Seremos los últimos invitados, los últimos en llegar y los primeros en irse, por no decir los únicos.

—Ellos no tienen nada que ver —se rebeló el magistrado—. Usted está loco, Nimio. Y además de loco está equivocado. No tiene por qué incluir a mi familia en su venganza. Si tiene asuntos que tratar con César Santacruz, búsquelo y tráigalo. Si quiere tratar conmigo, hágalo. Pero a mi familia déjela en paz.

—¿Y usted qué hizo con mi madrecita, cabrón? —preguntó Cadena, y otra vez sus ojos se encharcaron—. La dejó en paz, ¿no es cierto?, pero en la paz del Señor.

«De verdad está llorando», se gritó el magistrado. Nunca unas lágrimas de hombre le causaron tanto horror.

—Siento la muerte de su madre, Nimio. Si se murió es porque tenía que morirse. Usted y yo sabemos que no tuve que ver. Hablemos. Tenemos que entendernos.

—Por fin habla como el magistrado que es —dijo Cadena—. El presidente de la Corte Suprema de Justicia.

—Ya no lo soy —dijo con loca ilusión el magistrado. ¿Era por eso que lo habían secuestrado?—. Fui presidente hace años. Ahora solo me queda la jubilación. ¿Quiere pedirme algo? ¿Una colaboración? Si puedo hacer algo por usted le juro que lo hago, sea lo que sea. Y a mi familia déjela en paz.

—Claro que sí. En la buena paz del Señor.

—No soy el presidente de la Corte.

—No importa que no sea el presidente de la Corte —dijo Nimio Cadena—. La venganza será igual.

El desquicio brillaba en sus ojos.

—¿Pero quién es usted, Nimio? —preguntó el magistrado—, ¿con quiénes trabaja?, ¿con quiénes lucha? ¿De verdad cree que merezco morir? Porque veo que es lo único que quiere. Póngase la mano en el corazón. Si yo hubiera hecho lo que usted hizo, y si a usted le correspondiera juzgarme, ¿no me habría condenado?

Era como si por primera vez hablaran en serio.

—Yo hubiera aceptado esa maleta con dinero, pendejo —le dijo Nimio Cadena—. No le habría jodido la vida a usted y a su familia, ¿es que no se da cuenta?, somos abogados, entre bomberos no se pisan las mangueras, a veces los grandes hombres tenemos que inmolar a los pequeños para emprender las magnas obras, toca, es la ley de selección humana, los débiles son sacrificados en aras de la civilización.

—¿Qué me está diciendo? ¿Cuál ley de selección humana?

—Supervivencia del más fuerte, güevón.

—Usted robó. Usted se apropió de unos dineros que no eran suyos. Eso no es ninguna magna obra y no tiene que ver con ninguna ley de selección humana.

Nimio Cadena parecía buscar palabras; se desencajó. Tragaba aire.

—Eso me pasa por hablar con gentecita como usted —dijo.

Entonces volvió a llamar a sus hombres.

—Llévenlo a la capilla —chilló—. Y me le bajan los humos.

10

Minutos antes de su conversación con el comandante, le habían quitado la venda de los ojos: se hallaba dentro de lo que parecía una fábrica, ¿y fábrica de qué?, el magistrado no adivinaba. Era un galpón con máquinas irreconocibles. Pero tenía que ser una fábrica, después de todo, porque entre máquina y máquina se tendían largas cintas de acero como las que trasladan los equipajes de los aeropuertos. Cintas que giraban como serpientes, sin nada encima, pero giraban, chirriantes, como soportando cargas invisibles. Lo habían sentado en un butaco diminuto y allí le quitaron la venda: solo estaba Nimio Cadena, con Garrapata y Cuatropatas a su lado. La muchacha a quien llamaban la Mona y los demás hombres no se encontraban. Con los ojos ardiendo en el silencio de la fábrica —el silencio ronroneante de las cintas de acero que giraban—, Nacho Caicedo contempló alrededor el oscuro galpón de paredes elevadas, desniveladas, sucias de grasa, con diminutas ventanas en lo alto, embarrotadas; bombillas colgantes medio alumbraban el espacio; y se oían, de tanto en tanto, lejanos ladridos de perros.

Después vio la cara de chivo encima de su cara, la cara de Nimio Cadena diciendo lo que dijo. Y oyó su extravagante justificación.

Dios, pensó al acabar de escucharlo, si esto no es un sueño ayúdame a morir de una vez.

Porque sentía que iba a morir, de miedo, de rabia. Y sin embargo no se moría.

¿Quiénes eran estos? ¿De verdad iban a matarlo por una venganza ridícula? Pero no hay venganza que sea ridícula, pensó, y en este caso el vengador era un mentecato, un loco, lo que hacía más temible la venganza, o ¿qué se proponía?, ¿estrictamente asustarlo?, ¿por qué no aclaraba las cosas? Era inaudito que se dispusiera a dirigir a sus hombres a su casa, a asaltarla y aniquilarla en busca de César Santacruz, era atroz, era absurdo que pagaran los justos por pecadores, Dios, se gritaba, y de nuevo sintió ganas de vomitar, creyó que se iba a orinar encima.

Siguiendo las órdenes de Cadena, los dos esbirros lo sacaron de la fábrica. Afuera todo era un extenso potrero negro; caminaron un trecho que serpenteaba entre carretillas sin ruedas, escombros de ladrillo, cascos de obrero despedazados, botas de caucho fosilizadas, tarros, cantinas, extraños cacharros oxidados, enormes tanques repletos de agua negra, negras bolsas de basura, y de nuevo vio el cielo pero ya no lo vio, no lo volvió a ver, lo metieron en la capilla, un templo con todo y sus santos, ¿estoy de verdad en un templo?, los hombres lo arrojaron como fardo sobre una de las bancas de madera y se fueron, la puerta sonó a sus espaldas como un gong, al cerrarse, y sonaron enseguida como ruidos que se retuercen largas cadenas y candados.

Quedó solo.

En todo caso se encontraba en Bogotá. Después de la autopista dedujo que habían tomado una carretera vecinal, destapada, con muchas curvas, ¿al sur, en las afueras?, qué importaba, el frío era igual. Y ahora se hallaba en una capilla. Que él supiera, solo tenían capilla los hospitales o los colegios. Seguramente se encontraba en lo que fue un colegio o un hospital convertido en fábrica, porque las fábricas no suelen tener capillas, ¿o sí? No. Esta capilla era el recuerdo de un colegio o un hospital. Una capilla de estilo colonial, con sus rugosas bancas de madera, el sencillo altar: una escueta mesa de madera con el sillón de alto espaldar detrás, un atril con la Biblia, todo eso resguardado por una cruz: dos formidables troncos de roble cruzados. La lánguida luz de dos bombillas que colgaban de cables, en los extremos opuestos del templo, medio iluminaban todo. Se erguían las estatuas de vírgenes y santos a cada costado de la capilla, candeleros de metal dorado donde alguna vez se quemaron las velas y velones de las misas. Ahora solo me falta rezar —trató de compadecerse—, hablar con Dios.

Pero presentía que no demoraría en llorar, de rabia, de miedo, o de rabia y miedo revueltos. Cerró los ojos: si pudiera dormir, pensó, y ya empezaba a dormir, después de un tiempo, cuando lo despertó una voz.

—Señor. —La voz era secreta, urgente, de alguien oculto, furtivo.

Miró en derredor espantado.

Era la muchacha de la bata quemada, frente a él. Una aparición. Llevaba encima una gabardina de hule amarilla, cuarteada, que le quedaba grande. ¿A qué horas había entrado, o ya estaba dentro de la capilla, o entró por una puerta secreta, escondida?

—Vámonos —dijo ella.

El magistrado la contemplaba incrédulo.

—Yo sé adónde llevarlo para que sea libre —siguió. Y lo apremió—: Eso sí, tendrá que correr.

Él no contestó, sumido en la sorpresa. Pero la esperanza lo revivió.

—Sígame, magistrado.

11

Con gran esfuerzo intentó incorporarse. Tenía engarrotadas las extremidades. Sus piernas no obedecían, sus pies eran de plomo y palpitaban como animales aparte. Se le ocurrió pensar que su cuerpo era más cobarde que él. Recordó que había salvado a la muchacha del incendio. Sí. Le devolvían un favor. Se abrazó a ella y sintió por un segundo que iba a llorar, pero se sobrepuso, tragó aire, decidido, la oyó: «Es por acá», decía, siempre a susurros, y lo llevaba derecho al altar de la capilla. Pensó que detrás del altar debía encontrarse la puerta de la salvación, y se dejó llevar. Subieron dos gradas de madera; encima de la manchada mesa del altar huían millones de cucarachas en todas direcciones. De pronto la muchacha lo empujó contra el sillón del altar, lo hizo sentar a la fuerza y se echó a reír. Se echó a reír después de obligarlo a sentarse de un empellón. Eso fue todo.

Igual que la aparición de la muchacha aparecieron dos sombras y lo rodearon: eran otra vez el Cuatropatas y el Garrapata, asomados a él, que seguía sentado en el sillón del altar, como atornillado. Garrapata lo trincaba por los brazos, como si él hubiese intentado ponerse de pie, como si pudiera intentarlo.

Y mientras tanto se morían de reír.

—Qué pobre mierda —dijo el Cuatropatas, el ominoso insecto que lo había atrapado desde el principio, que se había subido a sus espaldas, que lo había capturado una y otra vez.

El otro asentía con la cabeza. La muchacha era la que más reía: le había dado la esperanza y después se la había quitado. Si se trataba de bajarle los humos, ya los tenía por el suelo. No era necesario más. Pero allí no acababa su destino de esa noche. El Cuatropatas lo miraba con extraordinaria fijeza, una fijeza felina, el gato que contempla al ratón, el león a la cebra. Solo faltaba, pensó, que también el Cuatropatas lo conociera a él desde hacía años, que también hubiese padecido otra historia digna de venganza, ¿o era solamente un esbirro? Cuando el magistrado empezó a oírlo, no solo por sus palabras sino por su acento como un revuelto de odio y rencor, ya no tuvo duda de que también el Cuatropatas se estaba pagando de algo, ¿pero de qué? Oyéndolo, el magistrado se sobrecogió:

—Usted piensa que soy un pobre diablo, ¿cierto?, un perico de los palotes, usted piensa que soy un poquito más inteligente que un pollo, que no valgo la suela de sus zapatos, que soy más feo que un mono rabioso, que me parieron maldiciéndome, ¿cierto?, pues va a ver de lo que yo soy capaz, so maricón, mire bien cómo le quito los dientes uno por uno, y luego serán los ojos, caballero, doctor, por allí le bajo los humos.

Hizo una seña y el Garrapata soltó los brazos del magistrado y lo asió por la cabeza, empujándola contra el espaldar de la silla, por la quijada, de modo que la cara quedó erguida. Y con los dedos de ambas manos le abrió la boca, aferrándola de los labios. Mientras tanto la Mona sujetaba sus brazos; no paraba de reír y se asomaba a él, a centímetros; el magistrado se preguntó si no era la risa de una imbécil en el sentido clínico, una orate, porque reía y la saliva resbalaba de su boca y lo mojaba en el pecho; tenía encima de él los tres rostros furibundos, los podía oler, vio que mientras reían las tres bocas humeaban, sintió náuseas recónditas, iba a vomitar, pero el mismo susto paralizó su vómito en mitad de la garganta cuando vio el instrumento, la herramienta: un puntudo alicate en la mano del Cuatropatas. Quiso decir algo, quiso rogarles, pero los dedos del Garrapata inmovilizaban sus labios, su mandíbula. Sin una duda, sin temblar, el Cuatropatas puso las dos puntas abiertas del alicate en el canino superior izquierdo del magistrado y cerró las tenazas y dio un fuerte tirón. El magistrado gritó desde lo hondo de la garganta como si hiciera gárgaras, la sangre empapaba su cuello, el diente no cedía a pesar del esfuerzo del Cuatropatas que enrojecía, tirando con todas sus fuerzas; el diente no se desprendió; saltó, sí, la prótesis parcial que el magistrado usaba hacía años para reemplazar los dientes malogrados, una prótesis lateral en el maxilar superior que voló por los aires y que Cuatropatas cogió al vuelo sin dejarla caer. Se la quedó mirando fascinado: «Dientes de mentira», dijo, «todo lo tuyo es mentira, vergajo, a lo mejor hasta el pipí, pues ahora te vas a tragar tus dientes mentirosos», y le introdujo la prótesis en la boca y le gritaba trágate tus dientes desvergonzado, trágatelos. A la fuerza, al borde de la asfixia, mientras lloraba de dolor, el magistrado tragó la prótesis, pero le quedó atravesada en la garganta y se empezó a ahogar, se puso rojo, «Corran por agua», dijo el Cuatropatas, «no quiero que se muera antes de sufrir». «¿Agua aquí?», repuso el Garrapata, «ni siquiera agua bendita». Los dos hombres pusieron bocabajo al magistrado, lo colgaron entre ambos, cada uno de un tobillo, su cabeza a ras del piso, el Garrapata se asustaba: «Dale duro en la espalda, Mona», la Mona no paraba de reír, y el Garrapata: «Dale, carajo, como si desempolvaras una alfombra», y la Mona le daba fuertes palmadas en la espalda, cada palmada una carcajada, y ya el magistrado no lloraba, no reaccionaba, hasta que la prótesis volvió a asomar a su boca y la escupió con su última fuerza.

En ese instante ocurrió el segundo remezón en los abismos, el altar de la capilla se hundió y reapareció, la enorme cruz de roble se puso al revés y cayó a escaso medio metro de la muchacha y después cayó el magistrado a tierra y encima de él cayeron la muchacha y los hombres, al tiempo que caían alrededor los santos y las vírgenes y el mundo se descabezaba contra el suelo de ladrillo. El magistrado seguía dando bocanadas, los brazos abiertos, la cara acostada contra el piso, bañado en sangre y sudor, salvado por milagro de morir. De pronto ya no tenía encima a sus torturadores. A duras penas se medio incorporó, como borracho, a un lado del altar patasarriba, de la cruz caída. Todavía los vaivenes de la tierra persistían, ondulaban las paredes, giraba la capilla. El magistrado miró en derredor y no pudo creerlo: sus torturadores rezaban. Sus torturadores rezaban arrodillados en la primera banca de la capilla, ante la cruz caída, ante el altar, ante el mismo magistrado que los contemplaba. Rezaban piadosamente. Así de fuerte era su religión, alcanzó a pensar. Se sentían pagando una culpa, Dios les llamaba la atención, los amonestaba. Doblados los cuellos, los dos hombres y la muchacha rezaban lloriqueantes, ensimismados en el perdón. Acaso era la oportunidad de escapar: el dolor en su boca, el sabor de la sangre, el diente que se movía en su encía como si colgara del nervio animaron al magistrado en su decisión. Sus piernas ya no temblaban, de nuevo la ira y el miedo lo respaldaban como una fuerza de distintas causas, pero fuerza al fin. La puerta de la capilla tenía que estar sin candado. Pasó como sombra junto a las sombras arrodilladas y se dirigió a la puerta en punta de pies, pero no alcanzó a abrir cuando las tres sombras que rezaban se lanzaron en pos de él, de nuevo envueltas en risotadas, en burla acérrima. Habían fingido que rezaban para darle otra vez otra esperanza y quitársela.

Octava parte

1

Por entre el grupo de mujeres pasó Armenia, sin despedirse. Allí estaban las prometidas Esther, Ana y Bruneta, y las apodadas Sexilia y Ubérrima, y la profesora de primaria Fernanda Fernández, que arrojó torvas miradas contra Armenia, pero Armenia ni se dio cuenta, los ojos al techo, ¿despreocupada?, para las mujeres una maleducada, la más bruja de las Caicedo, se cree una reina. Y, sin embargo, le dieron paso, se abrieron como el mar Rojo.

Armenia había estado sentada a la mesa del comedor, una estatua escuchando a José Sansón y Artemio Aldana, más aburridos que un domingo a solas: hablaban de caza y de pesca, de truchas y anzuelos, de perros y conejos y un oso y dos chigüiros que huían. Prefirió ir a la cocina a tomar un café negro para soportar la fiesta que se alargaba sin que su padre apareciera. Y quería curiosear por el jardín, ver a hombres y mujeres que bailaban, y, por qué no, bailar con el primero que se presentara —que a lo mejor la despertaba más que un café negro.

La profesora Fernanda Fernández salió detrás de ella.

En el tumulto de gritos y festejos, rostros conocidos saludaron a Armenia y otros desconocidos se la quedaron mirando como si la sopesaran. Ninguno se atrevió a bailar con ella. Alguien a su lado contaba que uno de los Malaspulgas se había liado a puñetazos con un invitado y que los separaron a tiempo, ¿la causa?, el Malaspulgas invitó a bailar a la novia del invitado y la novia aceptó, pero no alcanzaron a dar un giro cuando el invitado se echó encima del

Malaspulgas y allí fue Troya. Los contrincantes se dieron y repartieron. Los mismos meseros los separaron. La novia se echó a llorar. Ahora el Malaspulgas seguía con su música en la tarima y el novio y la novia bailaban. Me iré a la cocina, pensó Armenia, es mejor un café negro que este moridero. La repugnó imaginar a los hombres trabados en la pelea. Si mi padre estuviera los echaba. En eso sintió la torva mirada que la perseguía, muy a su lado. Era la profesora de primaria, ¿cómo se llamaba? Recordó que hablaba con ella cuando llegó Francia al comedor. Recordó que le dio la espalda, pero no reparó en que por eso la había desairado. En vano intentó una sonrisa a modo de saludo. La profesora de primaria siguió impertérrita, de hielo, acusadora. Armenia se encogió de hombros y se escabulló a la cocina.

Debía ser por el ajetreo de la fiesta que no se encontraba casi nadie en la cocina; ninguno de los meseros y cocineros; a lo mejor bailaban a gusto con las meseras. Solo dos de ellas se empecinaban en repartir arroz con pollo en interminables cazuelas. A lo lejos, sentada a una de las mesas, la cabeza en la mano, doña Juana parecía dormitar. Armenia fue hacia ella con una sonrisa en los labios, un café, Juana, como solo tú sabes hacerlo, para resucitar muertos. Juana devolvió la sonrisa a la niña Armenia y se fue de inmediato a una de las estufas, donde ya había una olleta de café recién preparado. También yo tomaré una taza, decía la vieja, cuando se oyó la voz de la profesora de primaria, siempre detrás de Armenia.

—¿Qué estaba diciendo de mí? La oí reír. ¿Cree que no me di cuenta? Se burlaba.

—¿Cómo? —Armenia volteó a mirarla. Jamás en su vida había hablado ni reído de la profesora—. ¿Qué le pasa?

La miró un segundo, cara a cara, y volvió a encogerse de hombros y volvió a darle la espalda y siguió su camino por la cocina inmensa, en dirección a Juana —que vertía el café en un pocillo azulado.

La profesora Fernanda Fernández no llegaba a los hombros de la espigada Armenia. Pero era acuerpada y de pronto se asió del cabello de Armenia como si se colgara. Armenia dio un grito, más de sorpresa que de dolor. Giraba el cuerpo y la cabeza mientras caía, y no acababa de caer cuando se aferró del corpiño de la profesora y no la soltó. Cayeron entre el ruido de sus cuerpos golpeando como fardos y los gritos de las meseras y el Ave María Purísima que lanzó doña Juana mientras se santiguaba.

Rodaron una encima de otra. La profesora no paraba de tirar del cabello de Armenia, y Armenia seguía con sus dedos en el corpiño de la profesora, hasta que le desgarró la blusa; allí sus uñas se hincaron en la piel tierna, y ambas no dejaban de chillar como posesas y también las meseras y mucho más doña Juana que se acercaba a mirar sin creerlo. Ya se veía el brasier blanco de la profesora; una teta saltó más que asomó, liberada. Armenia atrapó el gordo pezón con tres de sus dedos y lo estrujó; del dolor la profesora soltó el cabello de Armenia, y tenía entre sus manos mechones de pelo negro. Entonces una ducha de hielo, una ollada de agua cayó encima de ellas: era doña Juana, con la olla de agua de la nevera en sus manos. Armenia huyó a lo profundo de la cocina al tiempo que sollozaba, la profesora corrió a la puerta y las meseras alcanzaron a ver que su blusa iba manchada de sangre y que la teta se bamboleaba con el pezón casi desprendido.

—Cierren la puerta —ordenó Juana a las meseras cuando ya la profesora había desaparecido—. Que nadie entre ahora.

Sentada en el lugar que antes ocupaba Juana, su cara y su pelo escurriendo, Armenia se asomaba al pocillo de café, sin fuerzas para beberlo.

Sus lágrimas caían en el café que humeaba.

2

Un grito unánime alborotó la fiesta. Los que comían se levantaron de un salto. Era la canción de moda, un revuelto de salsa y cumbia muy bien interpretado por los Malaspulgas. La noche seguía alumbrándose de luces intermitentes que giraban. Todo era verde y amarillo y rojo sangre, ocurrencias de la señora Alma para alumbrar el baile, de modo que las caras se retransformaban de colores, los dientes, los ojos. Cada pareja se esforzaba por destacar, y entre todas la de César Santacruz y Perla Tobón que se estrechaban, se apartaban, regresaban, unidos por la mano, por un dedo, y brincaban hacia atrás, sudorosos, y de nuevo se aproximaban y se atrapaban y se elevaban a saltos como un solo torbellino de brazos y piernas. No en vano se habían conocido bailando y solo se saciaron cuando llegaron a la cama. De tanto en tanto César se acordaba de convocar al mesero y hacían un alto para beber y continuaban, los cuerpos concatenados a plenitud, cada paso, cada giro aprendido de memoria.

—Entre más bebes más bailas —le dijo César al oído—. Vida mía, yo solo pretendo que bailes conmigo, ¿es tan difícil complacerme?, no quiero que desaparezcas ni una vez más, eres mi mujer, la madre de mis hijos, ¿cómo se te ocurrió subir al segundo piso con esos?, qué hacían, Perla, qué hacían, estoy que me muero de celos y si me muero tú te mueres conmigo, amor, sé que soy un rufián, un animal, pero es por ti y por los niños, mi Perla del alma, cuéntame al fin qué hiciste con esos allá arriba.

—Nada. Solo subí a dormir y se fueron.

—¿Sí? Qué angelitos.

Perla bromeaba, revoloteando como pluma, se colgaba del hombro de su marido, le hablaba al oído, no quería saber más de la fiesta, quería irse a la cama.

—Te tienen miedo, César, ¿cómo iban a hacer algo conmigo?, ¿quién me crees? Qué feos son, querido, asustan, no tiene caso pensar en ellos, mejor escapémonos. Yo voy por los niños, nos vamos sin que se den cuenta.

—¿Y Rosita?, ¿cómo dejamos a mi pobre mulita solita? En mi casa tiene su pesebrera.

—Entonces ve con Rosita delante de nosotros, igual que como llegamos. Yo te sigo en el carro, con los niños.

Perla reía mientras giraban, la cabeza echada hacia atrás, las piernas abiertas en torno a la rodilla de César. Se apretaba a él.

—Brindemos —dijo Perla, y quiso detenerse para llamar al mesero, pero César la hizo girar otra vez—. Así no —protestó Perla—, voy a marearme.

César la estrechó, dejó de girar, la olfateó en la nuca como un sabueso, le preguntó vertiginoso: «¿Cómo es que sabes volar, perra?, ¿cómo es que no te rompiste el cuello, este bello pescuezo de gallina?», y la mordía suave en la oreja.

Ella no lo escuchaba, o no lo entendió:

—No me dejó caer dos veces —decía incongruente—. Pero baila muy bien ese calvo horroroso.

—Ah —dijo César, y entrecerraba los ojos—. Ya. Ya.

Dejó de mordisquearla en la oreja y, poco a poco, la fue llevando a la orilla remota del jardín, donde ya las parejas disminuían, donde las luces multicolores languidecían en el negro compacto de la noche. Bailaban al lado de la gran puerta del patio, cerrada con candado, detalle que César apreció de una ojeada, ¿qué haces?, le dijo Perla, ¿quieres entrar al patio?, mejor vámonos a la cama, ¿qué pretendes que hagamos?, hay invitados que se espantarían, hay niños, pero César no paraba de husmear en sus axilas, muñequita, le dijo, te voy a chupar las tetitas un minuto, ¿sí?, y la siguió conduciendo al rincón más inhóspito, esquivó una mesa volcada, el cuerpo de un borracho dormido, una fila de botellas esparcidas, y la metió en una especie de selva de helechos alrededor del invernadero, sin dejar de bailar y estrujarla. Pero también la puerta del invernadero tenía puesto su candado como una burla. Entonces rodearon bailando en lo negro la casona de vidrio del invernadero y arribaron por fin a la más oscura región, donde ya no se distinguían las flores y arbustos, sígueme amorcito, Perlita querida, me muero por ti, solo un par de besitos, una pequeña incisión.

—Una pequeña incisión —repitió Perla, derretida, y comprobó entusiasmada que de verdad había logrado excitarla por esa vez, porque desde hacía años no lo lograba o no lo intentaba—. Soy tuya, no te portes tan mal conmigo, verás que llegamos hasta viejitos, no me abandones, quiéreme —le dijo con el alma—, te juro que estoy arrepentida si he sido mala, pero también te juro que no he sido mala jamás.

—Y ganas nunca faltaron, ¿no es cierto, perrita?

—No me gusta eso de perra y perrita en lugar de Perla y Perlita —le dijo Perla. No se sentía contrariada sino resignada y decidida a complacerlo para después irse a dormir.

Jirones de hojas, helechos iguales que manchas monstruosas los sepultaban, sombras apeñuscadas, plantas colgantes en racimo como estandartes negros. Allí César le metió la mano por debajo de la falda y la enarboló a centímetros de la tierra y ella serpenteaba feliz, hecha un ascua, y allí la hundió entre la hierba y comprobó que grandes arbustos los ocultaban, «Hace frío», pudo decir Perla, y ya no pudo decir más porque las manos de César Santacruz se cerraron en su cuello y apretaron.

«Qué bruto», se dijo con un susurro. «Qué hice, qué he hecho, qué volví a hacer».

Y luego:

«Habrá que pensar las cosas. Pero qué hice. Qué he hecho. Qué volví a hacer. Perra Perla, mira cómo me hiciste perder la paciencia».

Con gran tacto fue reculando por entre los ásperos arbustos. Puso el pecho en tierra y salió de la selva y oteaba el horizonte de la fiesta: nadie miraba. Solo gritos, festejos. «Mañana mi tía Alma se va a desmayar», dijo a susurros como de risa, y siguió como serpiente en dirección a las luces, se inmovilizó un instante, se arrodilló, se incorporó de un salto y corrió en busca del pecho de Tina Tobón, para llorar otra vez, pero esta vez en serio.

3

En el ruidoso jardín, a la búsqueda de Perla, merodeaban los campeones. Si bien sabían que Perla debía bailar en esos momentos con César, su legítimo, querían por lo menos verla bailar. «Adorada Perla, con quien tan cerca estuvimos de estar más cerca: adentro», pensaba Conrado Olarte, explorando en el mar de caras que zozobraban a gritos. No la encontraban, y era difícil porque entre tantas caras las luces de colores no ayudaban, todo lo convertían en máscaras.

—El mejor remedio es otro remedio —dijo el catedrático—. Busquemos otras novias. En Colombia hay más mujeres que hombres según las estadísticas, ¿cómo no hallar la muchacha sabia, generosa, que nos haga olvidar a la insuperable Perla? Es cierto que no tiene igual, pero baila con su consorte. Propongo que nos vayamos al corazón del baile y encontremos las hadas que nos esperan.

—Pero antes bebamos algo, tengo sed —dijo el mago, desalentado.

El ciclista Pedro Pablo Rayo solo pensaba en despedirse. Eso de buscar a Perla por todas partes como rastreadores le parecía la corona de la ignominia. Por supuesto que nunca olvidaría esa noche, él, recién casado, ¿por qué su esposa no pudo acompañarlo?, porque espera un hijo, está delicada, por si no te acuerdas, cabrón, se dijo a sí mismo, consternado. De verdad el remordimiento lo abatía.

—Yo me voy de la fiesta, amigos —dijo—. Fue un placer departir con ustedes.

Pero una voz de metal lo detuvo cuando se retiraba:

—Señores, por fin los encuentro.

Era César Santacruz, que surgía de lo negro.

Si bien iba en busca de Tina Tobón, cuando divisó a sus pájaros la tierra lo engulló y lo devolvió hecho un justiciero. El fuego se reduplicó en su corazón, sus músculos se templaron como dispuestos a estrangular de nuevo. Pero muy lejos de esa intención estaba su cara: una sonrisa eterna la alumbraba; cualquiera diría que los invitaría a brindar por la salud de su tía Alma.

Los campeones quedaron de una pieza. Y, sin embargo, la muda sonrisa en la cara de César los envolvió: era el calor adormecedor de los ojos de una serpiente que además les hablaba.

—Vengan conmigo —les dijo—, quiero contarles algo. Busquemos un sitio sin ruido. Es a propósito de mi mujer, que envía sus saludos.

Los campeones se miraron entre sí, sobrecogidos. No podían negarse, eso se daba por descontado.

Siguieron a César a través del rugiente jardín. Entraron en la casa y enfilaron por el pasillo en dirección a la sala. Les pareció que César se cuidaba de que nadie los viera. Entonces allí sí se amedrentaron, ¿a dónde iban?, no era para tanto, podían hablar en el mismo pasillo donde se hallaban. Se detuvieron, acoquinados, pero César les sonreía enmudecido y los invitaba a seguir con un gesto de manos. Para su satisfacción no había nadie en la sala; por lo visto el mundo entero bailaba. César avanzó a la mitad de la sala y los tres campeones lo siguieron, a menos de un metro. Entonces César se volvió a ellos. Los tres campeones quedaron frente a él: en la mitad el mago Conrado Olarte, a su izquierda el catedrático y a su derecha el ciclista Rayo. La sonrisa eterna en la cara de César se diluyó en un instante. Se acercó más a ellos, a centímetros, su voz un taladro:

—Hijueputas —les dijo—. Si uno de ustedes vuelve a joder a Perla lo mato con mis manos.

Y, como un fulgor, le propinó al mago un frentazo en el puente de la nariz y, al tiempo, asió con las manos los respectivos testículos de los acompañantes y los prensó y los jaló hacia abajo con fuerza endemoniada. Los campeones cayeron al suelo desmayados.

César Santacruz entrecerraba los ojos, en mitad de los cuerpos derrotados, las manos en los bolsillos, la cara al techo, como si masticara insultos.

Así se estuvo un minuto, los ojos entrecerrados, hasta que con un mismo quejido los campeones se reanimaron y se arrodillaron y al fin pudieron incorporarse. Lo miraban espantados.

El mago sangraba por la nariz, el catedrático le prestó su pañuelo.

—Creo que mejor nos vamos —dijo el ciclista Rayo.

Y abandonaron la sala, catedrático, mago y ciclista. César no supo si se irían de la casa o huirían al jardín. Allá ellos. No le importó averiguar nada. De nuevo las fuerzas lo abandonaron, de nuevo el último quejido de Perla, madre de sus hijos, lo trituraba por dentro. Ahora sí quería encontrar a Tina Tobón, y cuanto antes, para llorar como se debe. Meneaba la cabeza, se diría que atribulado. Pateó el piso una vez, «Carajo», gritó, y tan fuerte que las ventanas de la sala repicaron. Se agarraba la cabeza con las manos: ahora tendría que huir con Tina Tobón a La Guajira, donde después de todo quedaba su reino intocable, ¿y sus hijos, qué sucedería con sus hijos?, que se los lleve el diablo, se repetía enloquecido, antes de sobresaltarse y salir a la carrera: por eso no oyó el ya tenue forcejeo, el grito lánguido pidiendo auxilio que brotaba del baúl de la sala.

4

Rigo Santacruz, hijo de Barrunto y Celmira, hacía un siglo que se había fugado del comedor. Con quince años de edad, aseguraba que cuando niño estuvo enamorado de su prima Italia Caicedo, a la que espiaba en los paseos de familia. Como Italia no se encontraba en la fiesta, se dedicó a olvidarla paseándose aquí y allá y bebiendo más de la cuenta, como entendía que hacían los hombres. Pálido, enfermizo, un acné reduplicado lo martirizaba. No había logrado todavía esa «primera vez» de que se jactaban sus más íntimos en el colegio Agustiniano, donde cursaba tercero de bachillerato. Muy alto, filudo, descarnado, tenía su apodo: *doña Aguja*. Decía que quería irse de *rolling* por el mundo; esa era su más alta ambición, después de la más alta: acostarse con una mujer, como rezaban los cánones del colegio. A doña Aguja le hacía falta ese peldaño para alardear, y no contaba con suerte: el último año había declarado su amor tres veces y las tres candidatas se echaron a reír antes de responderle que no, gracias. Su mayor ilusión en la fiesta era realizar su sueño de amor. Por su alta estatura, que lo hacía parecer mayor, no fue desdeñado por mujeres de más edad, no solo de veinte sino de treinta y cuarenta, que se lo turnaban como una alternativa para lucirse en el baile. Pero una vez distinguidas por pretendientes de más solvencia dejaban al tembloroso Rigo en manos de su destino de soñador.

Ya declinaba su ánimo, ya se derrotaba al borde del suicidio, cuando la vio.

Era una muchacha de su misma edad, ¿no era Amalia Piñeros, la fea del barrio?, ¿qué hacía allí, en casa de su tía Alma?

—Papá es socio comercial del magistrado —le informó Amalia, después de que se saludaron.

Habían ocupado una de las mesitas del jardín y tenían que gritar para oírse. Ni Rigo ni Amalia querían bailar.

—Ya bailé para el resto de la vida —dijo él. Su rostro pálido alumbraba de sudor; estaba en camisa, los botones desabotonados: se le podía ver el costillar de caballero de la triste figura. Amalia lo advirtió con el rabillo del ojo. También Rigo se avisó de la minifalda verde, las delgadas piernas desnudas, las largas trenzas cenizas, las gafas de carey. Y casi no tiene tetas, pensó, pero ¿qué importaba?

Amalia no había bailado la primera vez, ni en esa fiesta ni en ninguna. Nadie nunca la sacó a bailar. Hoy no le importaba; con Rigo Santacruz tenía para armar y desarmar. Se dedicaron a burlarse de todo, les nació una confianza primitiva. A Rigo le pareció absurdo que alguna vez hubiese pensado que Amalia era la más fea de su barrio, ¿cómo no se percató?, Amalia era bonita, sus pechos alumbraban detrás de la blusa, con unos pezones erectos que lo arrastraban, y tenía una manera de reír que contagiaba, y qué perspicaz, cómo lograba dar con el clavo cuando se trataba de burlarse del prójimo. Se descubrió desternillado de risa hasta las lágrimas por cada comentario incisivo de Amalia Piñeros respecto a las mujeres que bailaban, los meseros, las meseras, las luces multicolores, el color del vino, la forma de las copas, el ruido de los Malaspulgas Band. Cuando ocurrió el segundo remezón en los abismos, Amalia Piñeros no se asustó; lo tomó de la mano mientras decía: Se emborrachó la tierra.

Eran como amigos de toda la vida.

Al fin Rigo le pidió que bailaran y ella fue sincera: No sé bailar, no he bailado una pieza completa en mi vida. Yo te enseñaré, le dijo Rigo. Y se levantaron de la mesa y se metieron de lleno entre las parejas que danzaban. Él la llevaba de la mano. No le importó que Amalia le llegara un poco más arriba del ombligo, así de pequeña era. A ella le encantó que Rigo se pareciera al gigante Gulliver. Iba a decírselo cuando Rigo le confesó: En el colegio me dicen doña Aguja.

—Qué apodo lindo —dijo ella.

Seguían tomados de la mano, sin bailar, contemplándose. De pronto las parejas que bailaban los empujaron uno contra otro. Cayeron uno en brazos del otro, sin bailar, y se besaron por primera vez. Y era la primera vez que besaban. Y por lo visto no dejarían de besarse jamás.

—Es mejor que bailar —dijo enseguida Amalia relamiéndose la boca gordezuela; lo dijo con otra voz, una voz enronquecida por el fuego, el mismo fuego que consumía a doña Aguja. Se dedicaron a aprender. Ambos esperaban esa oportunidad en quince años de vida; ambos querían lo mismo: arrojarse de corazón en las aguas turbulentas de la primera vez. Y después de más besos y exploraciones, sin que les importara otra cosa, solo pensaron en encontrar el sitio justo de la casa, el más indicado, a como diera lugar. Ir y sucumbir.

Partieron del jardín. Subieron al segundo piso: en el balcón los invitados los convocaron a beber. Otros invitados se dedicaban a jugar cartas. Un borracho dormía sentado, la cara encima de una fuente de frutas. A otro le habían pintado la cara con lápiz labial. No se atrevieron a meterse en ninguna habitación: Rigo Santacruz sabía muy bien de su iracunda tía Alma. Bajaron a la sala, repleta de jóvenes como ellos. Inspeccionaron la biblioteca, la salita, y solo hallaban invitados y uno que otro borracho inválido. Era como si el mundo se hubiese puesto de acuerdo para negarles un nido de amor. Se besaban con tanta impaciencia como dolor: morirían de amor si no se desnudaban en las turbulentas aguas de la primera vez.

Así llegaron al garaje de la casa, último lugar que se les ocurrió.

No había gente allí, en apariencia. Se oía la música de la sala, los Rolling Stones, telón de fondo para su amor. Una única bombilla realzaba la penumbra del garaje; el negro mercedes de la familia, estacionado a lo largo, parecía un extraño animal, lustroso y dormido.

296

—Y bueno —dijo Rigo—, también esto está lleno de borrachos.

Porque en el campo destinado a la camioneta ford, que brillaba por su ausencia, sombras estiradas y acurrucadas se contorsionaban inmóviles, igual que manojos, igual que despojos de hombres que habían celebrado con holgura. Eran los cuerpos de los guardaespaldas Batato Armado y Liserio Caja, del Candela y del Zapallo, primos de Alma.

—No los despiertes —dijo Amalia—: Este es el único lugar del mundo donde nadie puede vernos.

—Metámonos en el mercedes —dijo Rigo. Se volvió a ella y la besó con fuerza. Ya no aguantaba más.

Pasaron por encima de los cuerpos como por un pantano de cocodrilos. Las puertas del mercedes estaban con llave. Se recostaron contra el capó, ¿iban a hacerlo de pie?, no querían. En el torbellino de manos y besos resbalaron poco a poco en mitad de los cuerpos de los borrachos. Eran felices con su primera vez, y empecinados. Sin remilgo, cuando quedaron sentados en el frío ladrillo del garaje, apartaron los cuerpos de los borrachos con la punta de los zapatos, con las rodillas, sin que les importara el peligro de despertarlos. Una cólera desconocida se apoderó de ellos. Sobre todo de Amalia, que tenía zapatos de tacón y los manejaba con destreza en el ataque; él usaba la enorme suela de sus zapatos; ambos atropellaron con saña, espolearon, pincharon, presionaron, patearon, con mutuas risitas, los cuerpos dormidos de los borrachos. Apuntalaban sus zapatos en los cuellos y empujaban, los hincaban en los sobacos, en los traseros: Cómo pesan estos borrachos. Al fin se hicieron campo, atrevidos, y allí todo fue un huracán. Se sentían tan apremiados que ninguno se había dado cuenta de la sangre que pisaron cuando cruzaron por encima de los borrachos, de la sangre con que ahora ellos mismos se empapaban, uno encima del otro, girando tan desnudos como vestidos, ni se percataron de los balazos como estrellas en la frente de los borrachos, ¿cómo se habían matado entre todos?, ¿jugaron a la ruleta rusa?, el cuerpo de uno de ellos, su sombra, tenía la posición del que se arrastra intentando huir, se encontraba tieso y amarillo y sus engarrotados dedos arañaban el ladrillo como si todavía quisiera huir de la fiesta. Era el Zapallo, primo de Alma, veterano de guerra, el último en morir.

5

Francia no pudo más. El sueño era una tela de araña en sus ojos. Antes de sucumbir como el juez Arquímedes Lama, que roncaba debajo de la mesa del comedor, prefirió empujar su propio cuerpo a su habitación donde la aguardaba Ike, su loco. Así lo pensó: Ike, mi loco. Y, con una tristeza infinita, su madre, desde la cabecera de la mesa, asintió mientras la miraba. Madre e hija se despidieron sin voz. Francia abandonó el comedor y la señora Alma siguió atestiguando los pormenores del salón, donde entraban y salían los servidores con sus bandejas. Ninguno de ellos se aparecía con la noticia que ella esperaba: el arribo de Nacho Caicedo. Pero seguía atenta. Hubiera querido rezar si pudiera. En torno a ella las voces y risas de hombres y mujeres bajaban y se elevaban como crestas de olas en un mar desolador.

Francia abrió la puerta del cuarto y la cerró de un empujón. Por el camino a la cama se fue desnudando sin pudor, ¿para qué?, si él la reclamaba ella se entregaría otra vez, y con todas las ganas, pensó. Su primo dormía en el piso, desnudo como lo dejó. «Ike», le dijo, «¿no quieres subir a la cama?» Ike no respondió. Un bostezo grande se adueñó de Francia desnuda. No podía más. Con esfuerzo apartó una de las cobijas y la echó encima del cuerpo de Ike en el piso. «Bueno —le dijo—, tú verás. Mañana sabremos cómo explicamos esto. No mentiré si digo que nunca dormí contigo, porque tú estás en el piso y yo estoy en la cama». Y mientras tanto se iba metiendo debajo de las cobijas y se extrañaba del frío, del terrible frío mientras empezaba a dormir, como si desde abajo, desde el piso, el cuerpo extendido de Ike, su loco, cubierto por una cobija, exhalara a pesar de todo un tufo de hielo.

La apodada Gallina entró al baño.

Orgullosa declamadora, se preguntaba si habría tiempo para otra sesión de poesía en el comedor. «Y esta vez declamaré a Shakespeare, los cautivaré. Ser o no ser».

La montañosa señora se arremangó la falda y deslizó hasta las corvas los holgados calzones amarillos y se dispuso a orinar con placer. Llevaba tiempo aguantando las ganas en el comedor, mientras charlaba con las Murciélagas —que así llamaba a las hermanitas Barney, a quienes ya el público había pedido que cantaran otro Gardel—. «Debieron incendiarse de verdad, esas. ¿A qué juegan? El arte no es del que canta sino del que inventa la canción. Incluso yo canto mejor que ellas. Y también soy intérprete de inmortales, y escribo mis poemas de mi propia inspiración, solo que soy humilde y no me atrevo a confesarlos en público».

Y ya orinaba con fuerza, sumida en el vapor de sí misma, al fin explayada en sus líquidos, cuando descubrió al borracho dormido en un extremo del baño, frente a ella, con un cuadro de marco dorado encima, a modo de cobija, «¿Y esta sorpresa quién es?» La Gallina abrió la boca, maravillada. «Es joven, se ve, ¿un sobrino de Alma?, sí, estaba en el comedor, a lo mejor se hace el dormido para mirarme orinar, ¿por qué no?, estos jóvenes de hoy son unos enfermos».

No lograba ver los ojos del joven porque una parte del marco los cubría. Dio por hecho que había escondido la cara cuando vio que ella lo vio, y esa certeza la colmó de un placer desconocido. Se demoró en orinar, canturreó, se puso de pie y se volvió a sentar, «Exhibo ante ti mi cuerpo blanco y gordísimo, pero cuerpo apetitoso de mujer de cincuenta años, soltera y sin compromiso, soy empresaria exitosa, dispuesta a pagar un amante, ¿por qué no?» Alargó el cuello para mirar mejor: o el borracho se hacía el borracho o el dormido se hacía el dormido, una de dos. «Si este joven se me sincera yo también me sincero con él y veremos». Con mucha lentitud se incorporó y se exhibió otra vez, se rascó y escarbó cuidadosa la mata de negro pelo, para aguijonear hasta a un muerto, se dijo, y se subió el calzón con un vaivén de izquierda a derecha y derecha a izquierda que podría calentar hasta a un caballo retrasado mental, pensó, y se desencantó porque entendió que el borracho estaba borracho de verdad, «En qué lugar se le ocurrió dormir, pobrecito, ya verá el resfrío si pasa la noche aquí».

Y con diligencia de madre buscó y encontró en el mueble del baño toallas blancas y azules, de gran tamaño, y cubrió con las toallas al absurdo borracho que había elegido un cuadro para arroparse. Eso sí, antes de cubrir al borracho contempló, y la repugnó, la escena del lienzo: esos dos hombres dándose de garrotazos, ¿a quién se le ocurre pintar algo así?

Italia acababa de hacer el amor contra su voluntad. Había dicho mentiras exorbitantes, una detrás de otra, y no sabía por cuál de las mentiras decidirse para hacerla una verdad: dijo a Porto de Francisco que se iba a casar con él, que tendrían su hijo, que lo amaba hasta morir, y había escrito a su padre que no quería ningún hijo y que la rescatara de esa casa de pollos asados. A su lado roncaba Porto. Nunca imaginó que Porto roncara así. La verdad, nunca durmieron juntos una noche entera. Sus encuentros fueron lo de siempre, sexo y más sexo hasta que ella quedó embarazada. Ahora era distinto: Porto roncaba asqueroso y su padre no llegaba por ella. En ese momento le pareció que el piso se hundía y que las paredes de la habitación se inclinaban para observarla con suma atención: era como si la previnieran de algo. Qué pesadilla, se gritó, el mundo parece de plastilina, papá jamás va a venir, ya nunca me iré de aquí.

La prudente Palmira, la primera de las hermanas que había huido a su cama, llevaba horas tendida, y un sueño esponjoso, que ardía, empezó a devolverla a la realidad. Se rebelaba y no quería despertar. En el sueño un hombre la acariciaba de una manera como su más arriesgado novio no la acarició jamás; incluso se permitía un beso largo y profundo que a la luz de la moral aprendida era un pecado mayor. Extendiéndose más, con holgura, la prudente Palmira desplegaba los brazos y se negaba a despertar. Era famosa en la historia de la familia porque de niña, una tarde que se quedó sola, oyó que tocaban a la puerta y bajó a abrir y era una vieja mendiga pidiendo limosna: la mendiga le dijo que tenía hambre y tenía frío y, sin dudar, Palmira la llevó a la cocina y le presentó la despensa para que guardara en su morral lo que quisiera y la llevó al aposento de su madre y le hizo ponerse un vestido y un abrigo de cachemir y un par de zapatos que le quedaron perfectos y la despidió. Así era la prudente Palmira, que ahora soñaba que un hombre seguía besándola y de pronto intentaba ponerla bocabajo y fue allí cuando despertó y vio que su sueño no era sueño sino la vida real, había despertado bocarriba, sin sábanas ni cobijas que la cubrieran, los brazos abiertos y un hombre arrodillado entre sus piernas.

Inmóvil, sin encogerse o huir o gritar, la prudente Palmira lo miró fijo a los ojos, al pecho, al ombligo, con toda curiosidad. Estaba tan desnudo como ella.

—¿Quién es usted? —le preguntó—, ¿qué hace aquí?

—Perdóname, Palmira, solo sé que te amo. Si quieres me iré.

No lograba reconocerlo, pero algo como un aire antepasado, el desamparo de su cara, le decía que sí, lo conocía.

—¿Quién eres?

—Mateo Rey, hermano de Pacho.

—Ah.

Pacho Rey había sido un amigo del barrio, su primer novio, pero de eso hacía un siglo, cuando niños. Y ese Mateo era entonces un bebito de biberón. Y se parecía a Pacho, que viajó a estudiar Física en Canadá, se parecía, pensó, pero era mejor. La prudente Palmira enrojeció. Siguieron mirándose en silencio. Ella seguía ardiendo y él arrodillado entre sus piernas.

—Entonces entra, Mateo —le dijo con un susurro—. Pero después te vas.

6

En el comedor las cosas resultaban menos jocosas que en el jardín. Eran desconsoladas. Las hermanitas Barney pensaban que debía ser por la cara de día de difuntos de Alma Santacruz, que ni oía ni conversaba ni reía ni dejaba reír. Disminuía la audiencia, las Barney se entristecían, solo un milagro salvaría la fiesta: el regreso de Nacho Caicedo.

El tío Barrunto y el tío Luciano buscaron otra vez la contienda, para matar el tiempo. Sentados a la mesa de patas de elefante, ostentaban el mismo poder: uno, hermano de Alma, otro, hermano del magistrado. Ambos habían presenciado la boda de Nacho y Alma, el bautizo de las hijas, ambos se inmiscuyeron en todas las idas y vueltas de la vida familiar. Desde el principio no se soportaban, pero jamás reconocieron su descontento. La desavenencia en torno a los sismos de Bogotá acrecentó el resquemor. Luciano era comerciante en juguetes, juguetero, inventor, y Barrunto era sastre al servicio de los hidalgos de Bogotá, dueño de su tienda exclusiva de sombreros, la Gentleman de Santa Fe. Ambos eran devotos lectores de las *Selecciones del Reader's Digest*, de la revista *Life*, de los periódicos *El Tiempo* y *El Espectador*, de una que otra enciclopedia escolar, de los incontables Lloros y Padecimientos del Héroe que Aró en el Mar y Sembró en el Viento, de mamotretos de historia del Vaticano, de historia de la Segunda Guerra Mundial, de historia de las Capitales, de historia de la Historia, de historia de la Prehistoria y de cualquier otra historia por aparecer.

Ahora fue Barrunto Santacruz quien inició la partida. Y lo hizo en torno a los juguetes y la juguetería, el fuerte de Luciano Caicedo y la fuente de su manutención.

—Luciano —empezó Barrunto, los labios mojados de aguardiente—, ese caballito que usted sacó de su bolsillo a la hora del almuerzo y que puso a relinchar, ¿es un jueguito didáctico?

—Sí. Es para que un niño sepa que un caballito relincha.

—No podría ser didáctico. Cualquier niño ya sabe que un caballo relincha. Es un jueguito inútil.

—¿No le parece lindo un caballito que relincha?

—Me parece un poquito tonto.

—Es un poquito tonto quien lo interpreta así.

—¿Me está diciendo tonto a mí?

—Un poquito.

—Bromee, bromee.

—Usted me dijo que yo era mentiroso.

—Al que le caiga el guante…

—Lo mismo digo —atajó Luciano, y comprobaba desconsolado que abandonaban el comedor su esposa Luz y sus hijas Sol y Luna, y no salían solas: con ellas iba Celmira, esposa de su enemigo.

Los dos hombres se ensombrecieron.

Barrunto volvió a la carga después de brindar con su oponente; ambos bebían aguardiente. Los invitados, alertas, buscaron con los ojos a la que presidía la mesa, Alma Santacruz: parecía que ni se daba cuenta: había volado a los cielos.

—No es fácil para ningún ser humano —dijo Barrunto, elevando el índice de una mano— reconocer que está equivocado. Pero se hace imprescindible reconocer el yerro, el error, la pifia, el desacierto, la aberración, el disparate, la barbaridad, cuando en el mismo reconocimiento van implícitas la vida y honra de todo un país. No reconocemos que estamos equivocados, no reconocemos que, dicho en puro colombiano, la cagamos: esa es la principal enfermedad del país.

—De la que usted es el más alto exponente, señor —completó Luciano.

El tío Barrunto ignoró la estocada con una suerte de risa muda en los labios:

—Le demostraré quién es el más alto exponente de esta enfermedad nacional con solo una pregunta: ¿De qué partido es usted?

Luciano hizo cara de desesperanza:

—Soy conservador, como mi hermano Nacho y como mis padres y abuelos. Conservador, como buena parte de su clientela. Y usted es liberal, ya lo sabemos. De los dos partidos hemos tenido oportunidad de hablar desde que nos conocemos. Hoy sería preferible hablar de hortalizas, ¿no?

Una sonrisa general se extendió.

—Fueron, es verdad, charlas incontables —dijo Barrunto—. Solo que olvidé añadir, por decencia, que justamente su partido es símbolo de quienes en este país jamás quisieron reconocer que la cagaron.

Barrunto elevó su copa. Luciano hizo lo mismo. La audiencia brindó con ellos, realmente asombrada del roce de espadas. Algunos sonrieron con desaprobación, para calmar los ánimos.

—Y ahora hablemos de hortalizas —se lanzó a fondo Barrunto—. Supongo que usted, aparte de imaginar juguetes, nunca en su vida sembró una flor, y mucho menos un árbol.

—No la sembré, lo reconozco, pero no sé por qué una flor tendría que ser menos que un árbol. Y tampoco he escrito un libro. Solo he tenido una hija. Y supongo que usted sí ha escrito un libro y sembrado un árbol y tiene un hijo, señor, a eso vamos, ¿no es cierto?

—El libro lo tengo escrito, sí. Tiene más de cuatrocientos folios y se intitula: *Por qué nadie dice la verdad en Colombia.*

—Caray —dijo el tío Luciano con asombro inmenso—. ¿Qué podemos decir del libro? Todavía no lo conocemos. ¿Y qué árboles sembró?

—Muchos guayacanes en mi finca. Y tengo un hijo, Rigo, que será liberal como su padre.

—Entonces está hecho, señor. Según el sabio de Oriente es usted todo un hombre. Sembró un árbol, tiene un hijo y escribió ese libro que no conocemos. Ya se puede morir.

Una muy breve risotada de los que escuchaban celebró las palabras del juguetero. Barrunto Santacruz miró al techo como si invocara paciencia al cielo y bebió sin brindar. Entonces la señora Alma habló, para sorpresa de todos. Pero su voz afilada, sibilante, asustó más que confortó:

—Como sigan jodiendo más yo misma los largo de mi casa a silletazos. No me importa que sean mi hermano y mi cuñado, me basta llamar a Batato y a Liserio y ellos como perros les muerden el culo, par de pendejos.

—Alma —dijo Barrunto, que ya estaba enterado por su hermana de la fuga de Italia—. Almita. Ya. —Y razonaba a susurros—: Basta. No es necesario que hables así. Sabemos que estás preocupada por la ausencia de Nacho. No sufras. Los padres de ese muchacho… Oporto… lo invitaron a beberse unos tragos y allí siguen, felices. Es eso: el magistrado dirime el asunto de tu hija.

—¿Entonces por qué no me llama por teléfono? —preguntó a nadie la señora Alma, desgarrada—. Nacho ya me habría llamado por teléfono. Nacho ya me habría tranquilizado. Ustedes sigan aquí, diviértanse con su política, yo me voy un rato a la cocina, quiero preguntar algo a Juana. Tengo una pregunta. Una sola.

La señora Alma abandonó la mesa. Era una tromba humana vestida de señora. Ninguna de las otras señoras la acompañó. Ninguna quiso.

7

El tío Jesús ya no escuchaba conversaciones.

Horas antes, la señora Alma había ordenado a Juana que rebuscara como pudiera corazones de pollo en la cocina y preparara un plato de corazones en salsa «al hermanito pródigo». De pronto una de las meseras, muy joven y de cara iluminada, que llevaba un minúsculo vestido esa noche de hielo, llegó al comedor y se inclinó ante él con una fuente de plata en las manos: allí humeaban sus corazones de pollo, para comer hasta morir. «Por su olor llevan buena sazón —pensó Jesús—. Juana está involucrada. Juana siempre me olió a corazones de pollo».

Y recordó a Juana, la vieja que fue joven, la vieja que estuvo al servicio de Alma desde antes del matrimonio, y se recordó él mismo, mucho más joven, obligándola al amor en los momentos menos pensados, ya en la cocina, ya en el lavadero, detrás de una puerta o debajo de las escaleras, se iba hasta ella y sin preludio la doblaba ante él y la montaba raudo como un gallo y Juana como una gallina se aquietaba, eso recordó, relamiendo el olor de los corazones, Juana nunca me delató, ¿por qué?, porque soy el hermano de su señora, o porque a lo mejor le gustaba.

Juana envejeció, pero él nunca dejó de saludarla con una risita mordaz, medio insulto y medio cumplido, y una mirada que a Juana en realidad la asqueaba, porque ese hombre, decía en dos palabras, la indigestaba.

—No me gustan las bandejas de plata —dijo Jesús a la mesera. Y seguía relamiéndose los labios—. Como sé que eres buena servidora, buenísima, en tu punto, te quiero pedir un favor: para estos corazones me traes una cazuela de barro. No. No te lleves mis corazones, linda. Tráeme la cazuela y yo mismo hago el cambio.

En un minuto ella le presentó una negra cazuela de barro. El tío Jesús vertió, con tiento, sus corazones de pollo en la negra cazuela, y devolvió la fuente de plata a las manos solícitas, rosadas.

—Ahora puedes irte —le dijo, y, mientras tanto, con una mano, escarbó un instante en la entrepierna de la muchacha, que dio un sollozo y un salto como si la pellizcara el diablo y desapareció.

El tío Jesús rio. Nadie reparó en su embestida. Resplandeció: no se esperaba el milagro de los corazones de pollo. Si antes el aguardiente lo empujaba a una irrefrenable sensualidad, ahora, con la incipiente vejez, le despertaba un apetito descomunal, y más si el asunto tenía que ver con un manjar de corazones de pollo. Tragó saliva, se contuvo, no se desmandaría, iría con tiento, degustaría corazón por corazón. En el humo que olía, en el aire enrarecido de vísceras, el tío Jesús dilataba las aletas de la nariz para oler más, para ser más feliz, Dios mío, gracias por estos corazones, Tú sabes que daría mi vida por un corazón de pollo. La boca inmensa, de oreja a oreja, se abrió. El tenedor en su mano apuñaló el primer corazón, un corazón mojado en salsa oscura como la sangre. Elevó la cabeza como los pájaros cuando beben y se dispuso.

Entonces lo vio, sentado frente a él, igual que esa mañana en la cocina, pero no llevaba el parche en el ojo: mostraba la cicatriz espantosa, el hueco de una arruga como un remiendo morado, y de allí afloraba una especie de luz verdosa como llama ondulante, un ojo de fuego. Y se veía igual de educado que esa mañana, pendiente de él, un esclavo. Era Lucio Rosas, jardinero, cazador. Como si Lucio lo acompañara. Como si Lucio lo examinara en el degustamiento. Como si Lucio lo celebrara.

Jesús cerró los ojos para ignorarlo. Dobló la cabeza y masticó. Sintió que se masticaba él mismo. Cerró con más fuerza los ojos. Sí. Se masticaba el cuello. Iba a llegar a los ojos. Ahora sentía que mordía su propio corazón. Gritó. No fue un grito para la audiencia. Fue un eructo, nada más. Esto es majadería, pensó, vamos a ver, Lucio, me dejas en paz, me dejas comer tranquilo mis corazones de pollo, me dejas y te vas, no es justo, tú estás muerto, yo estoy vivo, ¿qué más podemos hacer?

Abrió los ojos y todavía lo vio, sentado frente a él. Incluso parecía llamarlo con la mano, como si quisiera decirle un secreto, y lo llamaba también con la cabeza, su ojo de llamas lo atraía, se hacía dueño de él, de su entendimiento. Recordó al jardinero tendido en la avenida, «Perdóname», le dijo, y buscó otra copa de aguardiente y brindó y bebió y el jardinero desapareció, pero quedaba en el aire su ojo de fuego.

En el aire.

Jesús ya no quiso mirar y se encogió de hombros, pertinaz. Empezó a masticar los corazones de pollo y los sentía exquisitos, de paraíso, y tragaba esta vez a dentelladas, pero una punzada en lo profundo de su garganta le hizo saber que iba a morir, que se había tragado la muerte, solo la muerte me faltaba, pensó. La arcada lo dobló sobre la cazuela de barro, empezó a vomitar corazones de pollo y entre tantos corazones temblaba su propio corazón masticado. El mundo le daba vueltas.

Lo socorrió su hermano mayor, Barrunto Santacruz. Con mucho tacto y sigilo lo ayudó a incorporarse. Iba acompañado de Uriela y Marianita, asombradas.

—Lleven a Jesús al sofá de la sala —dijo Barrunto—. Creo que puede caminar, ¿puedes caminar, Jesús?

El tío Jesús asintió, desconcertado. No estaba borracho, pero parecía: se sentía peor que el peor de los borrachos, Dios, se gritó, ¿qué es?

—Acuéstalo en el sofá, Uriela —ordenó Barrunto—. Le buscas una cobija para el frío y allí lo dejas. Que descanse.

Uriela y Marianita salieron con el tío Jesús, tomándolo de los brazos. El tío Jesús todavía miró a sus espaldas antes de abandonar el comedor. Allí seguía el ojo de llamas, observándolo. Allí seguía.

Esto es culpa de Juana, iba pensando, más y más debilitado, me envenenó esa puta, aguarda y voy en tu busca, con un lazo haré que bailes a mi nombre, te ahorcaré, tendrás que confesar a tu señora qué veneno me echaste, ay Juana, como si no te conociera, nunca pensé que te atrevieras, si yo me muero envenenado tú te habrás ganado el infierno.

Sudaba.

La venganza será dulce —dijo en voz alta—, pero ni Uriela ni Marianita entendieron. La sala estaba vacía. Allí se extendió en el sofá, derrotado. Uriela apagó las luces:

—Voy a traer la cobija.

El tío Jesús no respondió.

¿Dormía? No, porque les preguntó:

—¿Ustedes dos, son ardillas?

Sorprendidas, Uriela y Marianita rieron. Y, como dos ardillas, se tomaron de las manos. Estaba oscuro, apenas se veían, se besaron otra vez y cuando apartaron las caras se rieron más, ardillitas, repetían, y se reían angustiadas para volver a besarse y reconocerse en la oscuridad, ¿iban a caer abrazadas?, el tío Jesús se removió en el sofá como si se acomodara. Dijo algo, pero ya ninguna de las dos entendió. Reían estrepitosas y la música desde el jardín las convocó, bailemos, dijo una de las dos, bailemos para toda la eternidad, y huyeron.

Inmóvil, las manos en el abdomen, qué me diste, maldita Juana, qué me diste, de qué hiciste la salsa, ¿de tu sangre?, ya verás cuando me recobre, el tío Jesús se diluía, sentía que algo o alguien lo pateaba en las entrañas, lloraba, nunca será posible vengarse, a lo mejor es verdad, me envenenaron, y oyó, en la oscuridad, en el silencio pavoroso, la voz que pedía auxilio, ayúdenme, gritaba, real, física, la voz que brotaba del baúl de la sala, auxílienme por el amor de Dios, el tío Jesús abrió inmensa la boca para tragar aire, pero ante él, sobre él, ondeante, solo flotaba el ojo de llamas. Creyó que era la voz del ojo la que gritaba, ahogándolo.

8

Justo cuando la señora Alma atravesaba el jardín, los Malaspulgas Band hicieron un receso para beber. Inagotables murmullos reemplazaron la música. Los gritos y risotadas siguieron esparciéndose por el camino de la señora, como si la hostigaran. Se detuvo agobiada y buscó, pestañeando, a su alrededor: la ofendían las luces que cambiaban de color, su propio invento. Interceptó a un mesero que pasaba:

—¿Quién eres tú?

—Yo soy Manuel.

—Y yo la dueña de la casa, Manuel. Oye bien: busca a Cecilito, ¿sí sabes quién es Cecilito?, el jefe de los músicos, tiene un sombrero negro y chivera negra y está vestido de negro. Pues anda y dile que no toque más. Que se acabó la fiesta. Dile que la orden va de parte de Alma Santacruz, su madrina. Si no te cree dile que me busque y que yo misma se lo repetiré a coscorrones. Dile eso mismo y te creerá.

El mesero, que llevaba una bandeja de copas de aguardiente a rebosar, se la quedó mirando como si no entendiera, ¿era una broma?, ya había padecido a incontables señoras borrachas.

Alma Santacruz siguió su camino y dio a bocajarro con la menor de sus hijas, acompañada por esa niña crecida de prisa que ya parecía bizca de tanto beber. Ambas llevaban enormes copas de vino.

—Uriela, te quedas aquí —dijo la madre—. Mejor dicho me sigues. ¿Y tú? —preguntó mirando a Marianita de arriba abajo—, ¿eres la hija de Cristo María Velasco, cierto? Pues no parece. Se te ve el vino en cada ojo y hasta en la nariz, queridísima, ¿qué diría tu papá? ¿O qué diría Cristo, que es igual? Dame esa copa. ¿No me la das? Dámela. Eso; así; obediente. Me pareció oír que tu papá te llamaba por toda la casa. Se quiere ir. Y hace bien, pues se acabó la fiesta, no solo para ustedes: para el mundo. Adiós.

Alma Santacruz se apoderó también de la copa de Uriela y arrojó las copas dentro de un tiesto de rosas. Se oyó que ambas copas se rompían.

—No me importa que se mueran estas rosas —dijo la señora— con tal de que ustedes no beban, ¿es que no piensan?, cualquier malandro se podría aprovechar.

Marianita huyó como cierva herida al comedor. No se atrevió a una despedida de rigor con Uriela.

—Ven, U —dijo Alma, impaciente—. Hay que buscar a Cecilito y decirle que la fiesta se acabó. Ya envié a un mensajero, pero no confío en él: tiene una cara de menso que no puede con ella. Tienes que decirle a Cecilito que no joda más con las cumbias, que la cumbia es la que pone este mundo al revés. Pero no, ahora no. Prefiero que vengas conmigo. Vamos a la cocina. Después coge el teléfono y llamas a la policía.

—¿La policía?

—¿Y cómo no?, tu padre no regresa, ¿es que nadie se da cuenta?, maldita sea, algo le pasó.

—Entonces iré a telefonear —dijo Uriela esperanzada: en realidad quería despedirse de Marianita.

—No. Primero ven conmigo a la cocina, por si te puedo necesitar.

Solo en ese momento Uriela percibió la extraordinaria agitación que poseía a su madre. Ya la había visto congestionada en incontables ocasiones, pero como en esa jamás.

—La policía —oyó que repetía su madre para sí misma, con legítima rabia—. La policía. Esos hijueputas nunca aparecen cuando más se los necesita. Y ya va a amanecer. Los mismos policías deben estar borrachos, durmiendo la perra de cada día. Pero hay que llamarlos porque ¿a quién más podemos llamar?, Dios mío. Algo sucedió con Nacho, alguien lo quiere matar, Virgen del Perpetuo Socorro, protégelo.

Esto último lo gritó.

—Mamá —protestó Uriela.

—Tú cállate —la amonestó su madre—, ¿qué es eso de beber como carretero con esa culicagada?, ¿qué pasa contigo, Uriela?, ¿es que te has vuelto loca antes de tiempo?, eso de la locura déjalo a los viejos, tú todavía eres una niña, ayer mismo te daba la teta, ¿y ahora solo quieres beber como una esponja?, qué tristeza, ¿dónde están las otras hijas que me dio mi Dios?, a lo mejor ya las tienen pierniabiertas debajo de cualquier mesa, no, no, no quiero ni imaginarlo, no, ahora no.

Y seguía avanzando sonámbula entre la muchedumbre.

Así llegaron a la cocina. Solo Juana existía, sentada a una de las mesas, la cabeza en la mano, profundamente dormida. La señora Alma agarró un plato de la mesa y lo estrelló contra el piso. Doña Juana se incorporó de un salto, las manos en alto. Uriela meneaba la cabeza con desaprobación.

—¿Qué haces aquí dormida cuando más despierta debías estar? —decía la señora Alma—. Ya la fiesta acabó, ya podrás irte a dormir, vieja pulguienta, he venido solamente a hacerte una pregunta, ¿pero qué pregunta venía a hacer?, Dios mío, se me olvidó.

Cayó desparramada en una silla, la misma silla donde antes su hija Armenia se había sentado a llorar, y también se puso a llorar.

Juana y Uriela la rodearon.

—Voy a prepararle una agüita de valeriana para que pueda dormir —dijo Juana.

—Ninguna agüita —balbuceó desesperada la señora Alma, la cabeza encima de sus brazos—. Espera a que recuerde la pregunta, Dios, ¿qué te quería preguntar? Toda esta noche con la pregunta en el pecho y ahora no la puedo recordar.

Juana y Uriela guardaron silencio en la inmensidad de la cocina.

En ese momento los Malaspulgas Band volvían a tocar.

9

—¿En dónde está monseñor?

Juana abrió la boca, sobrecogida.

—¿En dónde están esos putas frailes? —gritó Alma.

—Señora, cuando tembló por segunda vez se fueron donde los niños, a rezar.

—¿Y dónde mierdas pusiste a los niños?

—Duermen en el segundo piso, acuérdese, en el salón.

—Ven, Uriela, por si necesito refuerzos para gritar.

Allí Uriela comprendió que su madre se encontraba padeciendo el *secreto* de monseñor. Y se aterró, siguiéndola a través de las sombras, porque su madre era como la encarnación de la demencia.

—¿Dónde es que duermen los niños? —preguntaba—. Del puro nervio ya se me olvidó.

—Arriba, en el salón.

Ya su madre avanzaba decidida por el jardín y entraba en la casa y se atropellaba al inicio de la escalera de caracol.

—Ven conmigo, Uriela, por si necesito refuerzos para gritar.

Subieron a tropezones la escalera de caracol. Uriela se extrañó de que su madre no abriera la puerta del salón donde dormían los niños sino que auscultara con sumo cuidado el resquicio de la puerta y dijera «Están rezando» con un susurro mordaz, y la invitara en silencio a acompañarla hasta su propia habitación. Allí su madre se metió precipitada y Uriela vio desde la puerta que sacaba de la mesita el revólver que su padre nunca usó para espantar ladrones ni para celebrar a tiros las fiestas de Navidad —como hacían otros padres de familia.

—Pero mamá —le dijo Uriela—, ¿qué haces? Eso no es necesario.

Su madre no respondió. Verificaba que el revólver estuviera cargado. Era un Smith & Wesson, calibre 32, una reliquia, tenía la culata de nácar y adornos de flores grabados en el cañón. No tenía balas. La señora Alma sacó las balas de un taleguito de tela y empezó a cargar el revólver sin que le temblara la mano y se guardó el taleguito con el resto de balas en el corpiño, entre los senos —notaba Uriela, realmente asustada—. Se preguntaba si no sería bueno correr en busca de Francia o de todas sus hermanas para detener a su madre. ¿Tendría tiempo de congregarlas antes de la tragedia?

Al contrario de su marido, la señora Alma sabía de armas. Desde muy pequeña había acompañado a sus hermanos por los montes de San Lorenzo, los días que se iban a cazar. Un día, cuando Alma ya era señorita, Barrunto no quiso que los acompañara y se burló de ella, bufoneó, lo fastidiaba que Alma disparara y usara pantalones, «No pareces mujer», le dijo.

«Pues soy muy mujer», le respondió Alma, y tan mujer que propinó a Barrunto un puñetazo en plena cara. Nunca más volvieron a burlarse de ella. El mismo día del puñetazo la intrépida Alma cazó un tigre que desde hacía meses merodeaba por los corrales de San Lorenzo. Le plantó una bala en la frente. Fue su día memorable.

Precisamente porque su madre sabía de armas era que Uriela quería pedir ayuda a como diera lugar. Demasiado tarde: ya su madre corría al salón de los niños. Uriela la siguió a toda carrera; pretendía abrazarse a ella y sujetarla, pero por lo visto su madre era mucho más veloz: atravesó como saeta el oscuro pasillo en dirección al salón, enarbolando el fulgente revólver. Su madre abrió la puerta y encendió la luz. Allí, en el mar de niños dormidos, monseñor Hidalgo y su joven secretario se encontraban arrodillados como si oraran, las manos en la actitud del rezo, los ojos como si levitaran.

—Alma —se asombró monseñor. Y su voz sonó como un ruego—: Solo rezamos.

—Sí —dijo ella—. Rezan a oscuras.

Y empezó a disparar.

Disparaba a diestra y siniestra, pero al techo y las paredes —se fijó Uriela, apaciguada—: su madre no había perdido después de todo la cordura. Y disparaba sin que le importara el griterío de los niños, ¿o no gritan los niños?, se preguntó Uriela, es como un sueño, a lo mejor solo grito yo. En realidad solo gritaban monseñor y el secretario que brincaron como resortes, las manos cubriéndose las cabezas, invocando a Dios. Ningún niño se despertó, así de profundo era el sueño de los niños.

—Mamá —rogaba Uriela—, qué haces.

A su costado pasaron como flechas las negras figuras de los sacerdotes. Huían, las caras avergonzadas.

Se acabó la fiesta, pensó Uriela. Hubiera querido tener a su lado a Marianita, solo para llorar o reír, solo para estar a su lado.

Novena parte

1

Una vez acorralado Nacho Caicedo contra la puerta de la capilla se oyó la voz del Cuatropatas como si se compadeciera:

—Listo, señor. No se dejó bajar los humos por las buenas. Se los bajaremos por las malas. —Y se puso a examinar la puerta de la capilla, y se rascaba la cabeza como si resolviera un problema.

—Llame al comandante —rogó a duras penas el magistrado—. No tengo humos. —Se llevaba la mano a la boca que sangraba, se palpaba con la punta de la lengua el diente que se movía.

Parecía que el Garrapata y la mujer se conmovían. Se lo quedaron mirando como a punto de preguntar «¿Duele?» Por fin el magistrado sintió que su diente se había desprendido. Creía que eso de escupir dientes era cosa del cine. Cuando lo escupió no advirtió que el Cuatropatas se apoderaba de una de las trancas de la puerta, larga y pesada, la enarbolaba y le daba un golpazo en la nuca. El magistrado cayó redondo en el suelo.

—Ojo, cabrón —gritó el Garrapata—. Se trata de bajarle los humos, no de descabezarlo.

A pesar de la reprensión, el Cuatropatas se ensañó a patadas con el magistrado. Lo pateaba fuerte y meticuloso, en las costillas, la entrepierna, los tobillos. El magistrado ya había perdido el sentido.

La Mona y el Garrapata observaban embelesados.

—Espera a que despierte —aconsejó el Garrapata—. Yo te juro que así no le bajas los humos. Lo matas.

Porque ahora lo pateaba en la cara. El magistrado sangraba por los oídos. Sus pómulos se habían amoratado y se oían las patadas, amortiguadas, en el silencio de la capilla. Se oían extrañas, como quejidos.

La Mona se interpuso en la golpiza. Dio un empujón al Cuatropatas:

—Voy a buscar al comandante. Le matas al recomendado.

El Cuatropatas tenía todavía la tranca en la mano y la arrojó como lanza contra el rimero de santos desplomados. Le dio a una Virgen en la mejilla, pero la estatua no se inmutó. Se oyó caer la pesada tranca, se oyó su eco que rebotaba. El Cuatropatas puso su cara a un centímetro de la Mona.

—No vuelvas a empujarme. Aquí mando yo.

Tenía los ojos enrojecidos, su aliento como de carne cruda. La Mona retrocedió. El Cuatropatas abrió el portón de la capilla. Se disponía a salir, pero antes echó una ojeada al magistrado, a su cuerpo inerte, ovillado.

—Ese va a llorar cuando despierte —dijo—. Le dolerán hasta los huevos. Ya le bajé los humos, me voy a ver qué ordena el comandante.

Y silbaba una canción cuando salió.

El Garrapata puso una rodilla en tierra y se asomó a la cara del magistrado.

—Este ya no creo que despierte —dijo.

—¿De verdad? —dijo la Mona, y se arrodilló muy cerca de la cara ensangrentada—. No —dijo convencida—. Vive. Se nota que respira, ¿lo acostamos en la banca, le busco agua?

—Ni lo pienses. Es responsabilidad del Cuatropatas. Para mí que este doctorcito es ya fiambre. Si está vivo está que se muere. No tarda.

La Mona había descubierto el diente del magistrado en el piso de ladrillo. Lo tomó en la punta de sus dedos y lo escrutó a la luz de la bombilla.

—Mira, tiene como raicitas. Era un diente bueno, blanco y duro como perla.

—Hiciste bien en defenderlo de ese caballo —repuso el Garrapata—. Luego el comandante nos lo cobraba.

—Se peinaba los cabellos con los dedos. Se quedó pensativo—. Además, ¿sí sabes?, este viejo te salvó del incendio de la furgoneta, te sacó a cuestas, Mona. El Pecueca, Filofilo y Revolcón se quedaron adentro porque estaban desmayados. A ninguno de nosotros se nos ocurrió sacarlos. Es que no hubo tiempo. Tampoco ellos se esforzaron en despertarse, no se ayudaron. A ti te hubiera pasado lo mismo, a ti te sacó el magistrado, Mona. Del tramacazo tú te habías desvanecido.

Mientras hablaba se fue a sentar en una de las bancas de la capilla. Sacó un paquete de cigarrillos.

—¿Quieres, Mona?

La Mona no lo escuchaba. Contemplaba el cuerpo del magistrado con los ojos desmesurados, la boca abierta como una mueca desencajada. Babeaba.

Entonces le dio otra patada al cuerpo del magistrado, y otra más. Y otra. Y miró triunfal al Garrapata:

—Y a mí qué me importa —chilló.

Y seguía pateando la cara del magistrado:

—Qué me importa que este hijueputa me hubiera salvado.

El Garrapata meneaba la cabeza mientras fumaba.

2

Antes de que Nimio Cadena hiciera su aparición en la capilla, entraron uno detrás de otro hombres embozados, ensombrerados, como recién llegados de tierra caliente, todos desconocidos por la Mona y el Garrapata —que se replegaron a un rincón mientras fumaban—. Por encima del cuerpo derrotado de Nacho Caicedo los doce o quince hombres pasaban, sin prestar atención, y tomaban puesto en las bancas de la capilla como si se dispusieran a rezar. Un frío azuloso emanaba de sus frentes, de sus ojos inhóspitos, de sus bocas apretadas. Una suerte de impaciencia los hermanaba. Inmóviles, sin cambiar palabra, sin fumar un cigarrillo o cruzar y descruzar las piernas, aguardaban. Solo parecieron vivos cuando hizo su entrada el comandante Nimio Cadena, seguido del que llamaban Doctor M y el Cuatropatas. Allí sí se incorporaron, se desperezaron.

—¿Y este? ¿Ya le bajaron los humos? —preguntó a nadie Nimio Cadena, los brazos en jarra, la punta de un zapato pisando la corbata ensangrentada del magistrado.

Nadie le respondió.

—¿Qué hace aquí tirado? —preguntó Nimio encarándose al Cuatropatas—. No se les habrá ido la mano.

Ninguno de los que se hicieron cargo del magistrado respondió a la pregunta: la Mona se mordía los labios, el Garrapata aplastaba un cigarrillo, el Cuatropatas se rascaba la cabeza. El comandante no reparó en que el Doctor M se inclinaba un segundo ante el magistrado y con muda sonrisa corroboraba que ya no existía.

—Yo sé bien cómo doy mis patadas —dijo el Cuatropatas—. Cómo las pongo. Yo lo dejé vivo. Le martiricé un diente, nada más. No tenía por qué morir. No era para tanto.

—Aquí está el diente —dijo la Mona adelantándose, la mano extendida. Nimio Cadena seguía encarándose al Cuatropatas.

—¿Se lo martirizaste o se lo sacaste? —preguntó con sarcasmo. Y se volvió a la Mona, ignorando el diente en la palma de su mano—: Cuéntame qué dijo Nacho Caicedo.

—Dijo que ya no tenía ni humos.

—¿Eso dijo? —Nimio Cadena entrecerró los ojos—: qué verraco.

—Nos pidió que lo llamáramos, comandante.

—Claro que sí. Se había decidido a colaborar. Y vienes tú Cuatropatas y lo matas a coces en un dos por tres, pero qué malparido, este finado era más importante vivo, ¿por qué las cagaste?, ¿por qué tuviste que joder mis planes?

Y se agazapó sobre el magistrado, se arrodilló, lo removió por los hombros.

—Despierta, Nacho Caicedo —le dijo—. O por lo menos escúchame antes de morir. O escúchame si estás muerto. ¿Me escuchas?

Los hombres se miraron entre sí. Semejante locura no se la esperaban.

—¿Me escuchas?

El más íntegro silencio le respondió.

—Si quieres te grito en la oreja. Es imposible que no me escuches.

Y gritó, la boca pegada a la oreja del magistrado, gritó con voz recia, tan socarrona como desesperada:

—Escúchame, vergajo, estés donde estés.

Los hombres menearon la cabeza.

—Vamos a ir a tu casa —balaba por fin el comandante—. Lo prometido es deuda. Vamos a joder a tu familia. Y a tu sobrino, ese chancho desleal, ese gordo mentiroso, lo vamos a colgar de las pelotas, por ladrón. Sufre, Nacho Caicedo, sufre aunque estés muerto, voy a castrar a los tuyos y por eso te vuelvo a matar mil veces, cabrón, tendrás que ver lo que hago con tus mujeres, tendrás que verlo por fuerza, aunque estés muerto, ¿me oyes, Nacho Caicedo?, yo sé que me oyes, ¿me estás oyendo?, maldito sinvergüenza, tú mataste a mi mamá.

La voz se le quebró en un gemido.

De pronto se incorporó de un salto y se sacó de detrás de la cintura una pistola y apuntó a la cabeza del Cuatropatas y apretó el gatillo. No hubo disparo, la pistola se encasquilló, se oyó el crujido del mecanismo atascado. El Cuatropatas parecía que iba a llorar, incrédulo, pero después medio sonrió, se imaginó que el tiro atorado era una simulación, un castigo: el simple susto. Pero en un segundo el comandante arrojó la pistola y sacó de su gabán un cuchillo y se lo clavó al Cuatropatas debajo del ombligo, lo hundió hasta la empuñadura y subió a la mitad del pecho, la hoja y el mango removiéndose desaparecidos en la carne del Cuatropatas. Los intestinos se regaron al piso. El Cuatropatas se contemplaba él mismo sus vísceras mientras caía detrás de ellas y las vísceras como dedos tiraban de él hacia abajo, entre un ruido como de sorbos de agua.

—Al camión —gritó entonces el comandante.

Nadie se movió.

O nadie escuchó o nadie obedeció a sus palabras.

El Doctor M le devolvió la pistola que había arrojado:

—Ya corregí el cargador. No habrá otra bala atascada.

—Esto me hace pensar —repuso Cadena— que para la fiesta serán mejor los cuchillos. No hacen ruido.

La dura risotada de los hombres acabó de matar al Cuatropatas, uno de los suyos.

—Al camión —volvió a gritar Nimio Cadena.

Las sombras salían ordenadas una detrás de otra, flotaban sin sonido, como si no existieran.

—Al camión —gritaba Cadena.

Fue el último en salir de la capilla. Fue el último en mirar a Nacho Caicedo. Se despidió de él con un escupitajo.

3

Hubo un momento en que el dolor ya no era posible. En esa especie de trance a la fuerza el magistrado fue testigo de cosas distintas al dolor, como si el dolor no le correspondiera, o se tratara de una nueva forma del dolor. Pensaba que si pudiera se reiría de sí mismo y del causante del dolor. Cuando el Cuatropatas lo golpeaba con la tranca de la puerta, cuando perdía el sentido, sintió que otro sentido seguía pendiente de él, «Solo Nimio Cadena me puede salvar de morir», se dijo, «el mismo Nimio que me quiere ver muerto».

Y recordaba la cara de Nimio con minuciosa pasión; era exactamente la cara de un chivo: tenía la cabeza de un chivo adulto, la traza y tamaño idénticos, como si se hubiese puesto una máscara, y no era una máscara y eso justamente lo espantó: no existía algo humano en los ojos, su voz era la de un chivo; cuando lo oyó por primera vez se sobrecogió: parecía que el mismo Nimio intensificaba a propósito ese quejido para asustar, y a lo mejor su balido lo salvaría de morir. Era verdad que después sufriría la tragedia de su familia a merced de los monstruos, pero quería vivir para estar con los suyos hasta el sacrificio.

Quiso gritar traigan a Nimio Cadena, yo lo exonero de toda culpa, Nimio es el país, no se puede condenar al país, Nimio es inocente, requiere de la disculpa del mundo y una pensión de por vida, y ya no pudo gritar, no experimentaba dolor, flotaba lejos del dolor, su mente aparte volaba, ahora lo rodeaban voces y libros y visiones como recuerdos de sí mismo, la cara de chivo de Nimio Cadena, ¿quién escribió no hay monstruo más triste?, el sol se vuelve negro y la luna de sangre, caen las estrellas y el cielo se retira como rollo que se enrolla, estos seres no hablan como humanos sino ladran como perros, Agustín decía que los monstruos eran bellos por ser criaturas de Dios, también los monstruos son hijos de Dios, con razón los versados en fiascos divinos nos dicen que Dios se atribuyó la forma de un gusano, Dios es el destino.

Nacho Caicedo se alejaba del mundo, y no descansaba de la primera golpiza cuando otra vez centellearon más patadas en su cabeza, eran unos zapatos agudos, las puntas como puntillas, el magistrado olió, no miró, la cercanía de

325

la Mona o de la muerte, ¿quién escribió es insufrible la hediondez de su vientre?, empezó a visionar insensateces, a visionar riéndose, pues ya empezaba a morir.

Alucinaba como cuando bebió yagé en el Putumayo, como cuando sus primeros alumnos le dieron LSD sin que él supiera: llegó a su casa repleto de espejismos de ultramundo, empezaron sus premoniciones y devaneos con el futuro, y los continuó a lo largo de la vida, con la horrible certidumbre, ahora, de que el sufrimiento previsto para el país se cumpliría primero en la propia carne de su familia, sería peor que las peores profecías, ahora desvariaba, el unicornio y el diablo se asoman a tu rostro, todo animal extraño enriquece a su dueño, millones de lenguas lamen en la basura, tristeza de todos, exhumarán los huesos del prohombre-bandido, carnicería, reclutarán niños para comérselos, valdrá más un burro que un niño, los niños carne de cañón, los homicidas incensados, los culpables próceres, se enquistará como llaga tenebrosa la impunidad, aquí yace otro, yo mato, tú matas, al que dirige la voz lo estallan, un digno entre millones de indignos, en menos de un mes matan a tres esclarecidos, se reúnen jóvenes y viejos para una asamblea a oscuras, malos augurios, podredumbre, terremoto, acuérdense de la tierra —dice la tierra—, un país sin alma, solo sexo y estómago, los tercos de la guerra quieren más guerra, la idiotez aterra, corruptos medran y fornican encima del Sagrado Corazón, el entero país un cementerio, ninguno murió de viejo, tortura, acribillados, espectros de las víctimas pueblan el aire, tres se apoderan de la tierra de tres mil, la bestia negra planta su pezuña, secuestran a vivos y muertos, decapitan, el universo es la víctima, no se podrá pisar la tierra sin miedo, terror en las caras, los ríos tumbas, nadie es culpable, el matón es el amo, ningún presidente se salva de ser un criminal por acción u omisión, país de bonanza enferma, el corrompido general es nombrado embajador, infectos adefesios brotan de las Leyes, mensajes macabros, colegios de la barbarie, repugnantes políticos abordarán sus aviones y viajarán a Katmandú a celebrar, ostentarán la túnica de los sacerdotes, nacerán hongos pestíferos en los antibióticos, muerte en el aire, nadie conversará con nadie, la noche negra todos los días, ciudades flotantes no servirán, cuando el planeta agonice naves inmensas saldrán a poblar otros planetas, este país es el proscrito, la Tierra podrida quedará a merced del podrido país, el país podrido se disolverá con la Tierra podrida en los abismos podridos del universo, ¿amanecía?, sentía que si quería podía desintegrarse en la línea de sangre del horizonte, había escuchado a Nimio Cadena cuando gritó «¿Me escuchas?», pero no quiso o no pudo contestarle, no le importó, sentía que debía irse y quería irse y disgregarse pero por algo no se iba, por algo continuaba entre los hombres.

4

En el largo camión negro se acomodaban los hombres de Nimio Cadena, entre chanzas y gritos como suspiros de impaciencia, y buscaban su puesto debajo del toldo despedazado, los ojos acuosos, pupilas enrojecidas, las lenguas que se relamían, los dientes ennegrecidos. Unos se sentaban en el piso de madera, otros preferían seguir de pie, todos armados como su jefe de revólveres o pistolas, de cuchillos o machetes, las armas sepultas en las axilas, al calor del corazón. Semejante aparato venía de la certeza del comandante de que César Santacruz debía encontrarse en la fiesta con los mejores de sus hombres, y que también el magistrado debía contar con sus guardaespaldas. Era una certeza táctica, pero también su locura.

Aún no amanecía; el amanecer estaba a punto y por eso la noche era más negra. Un viento de hielo agitaba a ramalazos el toldo de lona, lo abombaba, lo hacía ondear como bandera. Alrededor de Nimio Cadena se hicieron el Doctor M, Garrapata y Caraemango. La Mona, Sancocho y Chicharrón ocuparon puesto en la cabina del camión, junto al mismo conductor de la furgoneta accidentada —que sabía muy bien a qué barrio y a qué casa se dirigían—. Los recién llegados, los embozados y ensombrerados solo reconocían a Nimio Cadena, solo con él se entendían. Debían ser doce o quince; unos se sentaron a fumar mientras viajaban; otros iban acostados, las manos enlazadas debajo de la cabeza, pretendiendo dormir lo que no habían podido. Algunos conversaban en grupo, pero imperó al fin la voz de chivo de Nimio Cadena, su quejido; se la oyó balar a pesar del camión que avanzaba estruendoso por la carretera vecinal, en busca de la autopista.

—Esto me trae recuerdos de San Martín —decía Nimio, evocador—: había siete camas y siete hembras bocarriba, sin cobija. —Aquí una incipiente carcajada asomó a los dientes de los que escuchaban—. Asustadas, pobrecitas, y con razón; dos eran las hijas del alcalde, tres eran putas, otra la maestra de escuela y otra una monja —la carcajada se abrió, general, como chorro de agua hirviendo—: fue la única monja comestible que encontramos en ese convento de monjas centenarias. Las siete ante siete filas de guerreros dispuestos a cumplimentarlas, señores. —Otro amago de risotada—. Éramos unos noventa. —La carcajada imperó reduplicada—. Éramos unos tipos ansiosos que esperábamos turno. Y mientras tanto nos íbamos ayudando con la mano. —El comandante meneaba lento el puño de su mano, la boca abierta, la lengua al aire—. De las siete coronadas seis cayeron partidas, quiero decir desmayadas, mucho antes de que terminaran las filas. Solo la monja aguantó las sacudidas. Sudaba. Su hábito blanco escurría, los ojos al techo: cualquiera pensaría que rezaba a Dios mientras tanto, no: se había vuelto loca. —Otra carcajada como un río se desbocó. El mismo

Nimio rio a mandíbula batiente—. Ocurrió en una finca —dijo meditabundo—. El finquero era un tipo como pendejo: a la entrada de su casa había mandado poner dos columnas de mármol rosado, como si fuera romano. En una columna había una antigua armadura española, de esas de caballero, con casco o yelmo o celada y cota de malla y hombreras y peto y manoplas y rodilleras, todo oxidado, y en la otra el cadáver momificado y todavía con su sotana de un arzobispo con su mitra y su palio y su cruz pectoral, su anillo de oro purísimo, su báculo, un milagroso arzobispo peruano, un santo, según rezaba el cartel en los huesos de sus manos. Pues a ese arzobispo y al caballero los pusimos a bailar mapalé hasta explotarlos, les hicimos tiro al blanco.

—¿Y la monja? —gritó Caraemango en mitad de las carcajadas—, ¿qué ocurrió con la monja?

—De su postración ya nadie pudo sacarla. Cuerpo sin alma.

Muchos de los hombres abuchearon. El comandante exigió silencio, se volvió serio, elevó la voz que balaba, puso los brazos en jarra:

—Ustedes conocen a César Santacruz —gritó—. Ese marrano es el objetivo. Lo demás puede venir por añadidura. Una vez lo trinchemos podremos ir a dormir, no quiero demoras, lo buscan, lo encuentran y al grano. Si se presenta entretención mientras lo buscan, entreténganse, pero que no dure más de lo que un gallo con su gallina. César es el irreemplazable, no se lo quiten de la cabeza; que sea rápido. Ya nos jodió los negocios, ya nos robó millones, ya se nos ha escapado. Ojo. No está solo. Es gordo pero salta como un conejo. Ahora tiene que pagar con todo y familia. Y éramos socios, cómo es la vida. Solo lamento que el magistrado no comparta este baile conmigo, le hubiera encantado, ay Nachito Caicedo, ¿por qué te metiste conmigo?

5

Se salvaron del final de la fiesta monseñor Javier Hidalgo y su secretario —que Dios siempre cuida de su redil—: los clérigos huyeron un minuto antes de la llegada del camión de la muerte; abordaron la negra limusina que los esperaba y todavía temían que la desquiciada Alma Santacruz los persiguiera echando tiros. Se salvaron además el exportador de banano Cristo María Velasco y su hija Marianita, que salieron de la casa al tiempo que los sacerdotes. No acababan de dar vuelta a la esquina, cada pareja en su respectivo carro, cuando irrumpió en la calle el largo camión negro con un fragor de humo y resortes, con un chillido de frenos.

Empezaron a descender los ensombrerados y a Iris Sarmiento le dio por pensar que se trataba de mariachis. Se lo dijo a Marino:

—No sabía que contratarían mariachis para la fiesta.

—Siempre los dejan al final.

Seguían sentados en un recodo del jardín exterior de la casa, en el pequeño muro de piedra, debajo de grandes matas de helecho que los ocultaban, no lejos de la piscina inflable, el mullido delfín que alumbraba a la luna. Era tan cálido ese recodo, nido de amor, que ni siquiera se levantaron a despedir a monseñor. Allí se habían abrazado gran parte de la velada y cuando la noche se puso estrellada se prometieron el cielo y la tierra, hicieron planes de vida: «Por primera vez quiero un hijo», había dicho Marino Ojeda, «quiero decir un hijo de verdad». Lo dijo infundido de claridad, se desconocía él mismo: «Un hijo con la mujer que yo amo». Iris había respondido de inmediato: «¿Un hijo? Ya mismo. Cuando quieras». También ella se desconoció al decirlo.

Ahora los mariachis se iban agolpando ante la puerta de la casa. «Qué raro», pensó Marino, «ninguno de esos mariachis lleva guitarra». Y se incorporó alarmado. Era el vigilante, el celador de la calle:

—Tendrás que preguntar quiénes son y qué quieren, a quién necesitan, Iris. Seguro es una equivocación, van a otra casa. Yo te acompaño.

Estaba muy lejos de sentirse tranquilo, como se mostraba en su voz. En su íntimo interior se lamentaba de no llevar consigo su arma, ese «pobre rifle» del que se burló el tío Jesús. Se arrepentía ya tarde de su imprevisión y le echó toda la culpa a su «pinga loca», así lo pensó maldiciéndose: «Culpa de mi pinga loca». Pues, horas antes, cuando descubrió a Iris sola en la noche, camino de la tienda, le pareció que lo peor que podía hacer era cargar un rifle que le impidiera amar como debía, y había dejado el rifle camuflado en la caseta de celador, y la caseta estaba en la esquina y no quería abandonar a Iris mientras iba por el rifle, «Culpa de mi pinga loca», se repitió, y sentía que las manos le temblaban. Su instinto le avisaba del peligro: las frentes ceñudas como de cera derretida, las bocas torcidas, los rotos sombreros de los supuestos mariachis le hacían recordar únicamente algo: la cárcel.

A Iris, por el contrario, la divertía ver tantos mariachis en la calle, ante la casa. Se fue derecho hacia ellos y Marino la siguió, desarmado, desamparado, sin más alternativa.

—Venimos de parte de Nacho Caicedo —dijo el que parecía dirigir la orquesta—. Traemos una razón para su esposa, ¿pueden abrir la puerta, o golpeamos?

—Yo tengo la llave —dijo la cándida Iris—. Voy donde la señora y le digo. Ya mismo la llamo. Esperen aquí, no tardo.

Se llevó la mano al bolsillo y sacaba la llave mientras avanzaba diligente por el senderito de piedra, orillado de flores, y en eso, bajo la medialuz amarilla de las bombillas, una sombra se abrazó a ella y la tumbó a tierra, una mano la apretaba en la boca, otra mano se apropiaba de la llave y la pasaba a otra mano rojiza que aguardaba en el aire. Marino Ojeda no tuvo tiempo: creyó que alguien le daba repetidos golpes en el pecho; no eran golpes, eran cuchilladas; la muerte instantánea no le dio tiempo a asombrarse. A Iris las sombras la arrastraban. Una de ellas reía sorda al encontrar a bocajarro la piscina inflable, el delfín abullonado donde las demás sombras tendieron a Iris, la estrechaban, arrancaban sus ropas, la mordían al tiempo que la asfixiaban.

Con un sigilo de siglos de aprendizaje los asesinos ocultaron el cadáver de Marino debajo del chevrolet de Perla Tobón, y el de Iris debajo de la piscina inflable, todo en segundos. Nadie existía en la calle lóbrega, ningún testigo asomaba, no había luna: como un conjuro la niebla y los negros nubarrones se apoderaron otra vez de la calle. Para entonces la Mona ya había abierto la puerta y los hombres irrumpían uno detrás de otro —al tiempo que el estruendo de la orquesta se recrudecía como una bienvenida, porque la fiesta apuntaba a durar más de un día, como solía ocurrir, y llegaban los últimos invitados.

6

No encontraron a nadie en el ancho pasillo de entrada, que se trifurcaba a la sala, al garaje y al interior de la casa. Sin elevar su quejido de chivo, con mucha cordialidad, mientras pasaba revista por última vez a sus hombres, Nimio pidió a los que seguían embozados que se descubrieran, «Si somos invitados», les recordó, «¿qué es eso de taparse la jeta?» Era abogado de la estirpe de Nacho Caicedo —según él mismo aseguraba— y sabía de Cicerón, de las musas, de Vivaldi y Botticelli, pero también del lenguaje de varones de los cuadrúpedos que lideraba, decía, yo sé de sus instintos, sus retorcidos gozos, sus vidas en contravía. Pero se exasperó al fin y restalló por encima de ellos el látigo de su balido: «La casa es grande, se ve, y suena mucha gente allá dentro, así que pregunten con maña por César Santacruz, sin asustarlos, que no se nos desmanden como borregos y corran encabritados y nos tumben pisándonos las güevas». Eso iba diciendo mientras se adentraba por el pasillo que conducía al interior de la casa. Desde allí oteó el horizonte y divisó la puerta del baño de visitas, entornada. «Ustedes —ordenó a una mitad de las sombras— revisen la sala». Y se volvió a la otra mitad, marcial: «Ustedes el garaje, a ver qué encuentran. Yo me voy a ese baño tan pulcro, quiero echarme una cagada. Dan ganas en casa de mi cofrade Caicedo. Semejante alegría ni la soñé». Los hombres a una celebraron. Y parecían invitados de verdad, los bienvenidos a la fiesta del magistrado, los últimos invitados.

El Garrapata encabezó a varios y se dirigió al garaje. La Mona se encaminó a la sala con los que quedaban. Con ella se fueron Caraemango y Sancocho, que ya fungían como líderes, por su cercanía con Nimio Cadena, y porque el Doctor M había ido a sentarse a la mesita del teléfono, que estaba al final de las escaleras de caracol, y allí se repantigaba feliz, al lado de grandes copas vacías, ceniceros y cigarrillos y una botella de ron. Los hombres lo contemplaron con envidia. El Doctor M se servía una copa de ron y encendía un cigarrillo mientras Nimio Cadena se encerraba en el baño. La fila de esbirros se sumergió en la sala y el garaje como una serpiente que se bifurca.

En el garaje un ensombrerado ya examinaba, arrodillado, la sucesión de cuerpos tendidos. A pesar de su costumbre a la sangre se asombraba, la boca desencajada, como si fuera a llorar, Cristico, dijo, estos ya se dieron bien bueno, tuvieron redonda su fiesta. Los rostros ya fétidos del Candela y el Zapallo, de los guardaespaldas Batato y Liserio parecieron asentir exaltados.

Entonces oyeron un como gorjeo de pájaro. Y era Amalia Piñeros que despertaba del dulce pero rabioso amor de la primera vez. Detrás de ella se elevaba una cara como aureolada de imbecilidad: era Rigo, el hijo de Barrunto Santacruz.

Ya una sombra contemplaba, atónita, el rostro de niña de Amalia Piñeros: lo recorría como si lo lamiera:

—Y tanta belleza para mí. Da pena.

Los enamorados no alcanzaron a preguntar. No alcanzaron a gritar. La última en irse del mundo fue Amalia Piñeros.

7

En la sala el solo rostro de Jesús embelesó a los verdugos, qué tipo orejón, ¿quién putas?, qué cara de murciélago, qué pedo, ¿qué tal esa trompa de norte a sur?, ¿y esa peste de zapatos?, pecueca del diablo. Dormía el tío Jesús en el sofá, o parecía, a la vista pública, su cara más blanca que las paredes. Una de las sombras le tocó el pulso, este tipo se murió solo, no carga un balazo pero es del pasado.

—Como que todos son del pasado en esta casa —dijo el Garrapata, y se olisqueaba la palma de sus manos: era el que había ultimado la vida en el garaje, el que se había llevado a Amalia Piñeros de trofeo.

También en la sala las mesitas se recargaban de botellas, y los ensombrerados no se hicieron esperar. No se miraban entre ellos, ni siquiera se miraban ante los espejos que colgaban: se sentaban como reyes asombrados en las mullidas poltronas, sus miradas degolladoras encima de las botas que embarraban la alfombra. Iban a beber, sus lenguas chasqueaban, algunos apostaban, preguntaban si el crucifijo colgado en un rincón era de oro, otros orinaban en la gran maceta de lirios a la entrada de la sala, otros observaban alrededor y se aburrían, querían acabar de una vez y largarse, los asomados al Cristo estiraban las caras ávidas, ninguno se atrevía a rozar con un dedo el crucifijo, es pura lata pintada dijo uno y desistió y se fue a beber con los demás, el último descolgó el crucifijo y se lo guardó en la cintura como una espada. Elevaban una y otra vez las copas mientras aguardaban al comandante, y en eso los gritos de auxilio del embaulado se hicieron oír, los blandos puñetazos, las uñas amordazadas contra la madera, la voz ya lejos, la voz ya lánguida para siempre, sáquenme de aquí.

Mi oído no me engaña, dijo Caraemango como si se jactara. Se fue como si persiguiera un rastro en el aire y daba vueltas y revueltas y por fin llegó al baúl en el rincón más lejano y puso en la tapa su oreja de músico de aldea y oyó lo que nadie oía, unos segundos. De un vistazo comprobó dónde estaba la cerradura y sacó su revólver y disparó a ras, de abajo arriba, y la voló. El disparo coincidió con el lejano estallido de un currulao: el grito unánime de los festejantes en el jardín fue más que el tiro reventado. Caraemango levantó la tapa del baúl: los resuellos se oyeron como alguien que respira por fin. Silencio unos segundos. Con muda satisfacción Caraemango retrocedió dos pasos para que todos compartieran su sorpresa: en esos momentos Rodolfo Cortés se desembarazaba de sí mismo, estiraba los brazos, probaba con las piernas y emergía, centímetro a centímetro, los ojos de un muerto asustado. Una risotada en la sala lo recibió. Los hombres bebieron como después de un número de circo que hay que celebrar. Para entonces ya se pudo incorporar el embaulado, pero sin lograr salir del baúl: la pierna que intentaba elevar no obedecía, las bocanadas de aire lo redimieron, era dueño de sí, se acordaba de todo, pero los rostros ante él lo hicieron dudar si se había despertado en este mundo o en el otro, en la madre tierra o en el infierno, si lo habían salvado seres de carne y hueso o ánimas en pena, si estaba vivo o estaba muerto, al menos no se encontraba Ike Santacruz, su ejecutor. Hizo acopio de fuerzas y preguntó como un niño bien educado: «¿Ustedes son invitados?» Otra risotada le respondió. Rodolfito se animaba: «¿Son invitados del magistrado?, yo soy el futuro esposo de Francia Santacruz, soy Rodolfo Cortés Mejía, les agradezco que abrieran la tapa de este baúl, verán, fue un juego, perdí, tuve que dejarme embaular, esa era la penitencia».

—Salga de una vez.

La voz de la Mona se había escuchado: aguda, picante, disímil, traviesa, la voz de la única mujer que existía. A los ensombrerados, que solo hasta esa noche la conocían, los cautivó, y eso mismo cautivó a la Mona, que no se amedrantó ante la universal exaltación que provocaba:

—Salga de allí, pendejo.

Rodolfito pudo salir del baúl como si lo elevaran los brazos de la voz.

Se quedó medio sentado al filo del baúl, de cara a la Mona, abiertos los brazos, las manos en los bordes del baúl. Sus rodillas temblaban. La Mona avanzó y se pegó a él, asomó su cara de niña a la cara de Rodolfito —no debía ser mayor que Uriela, había pensado el magistrado—, una niña estupefacta de sí misma, y por eso mismo decidida a todo:

—Saliste, animal.

Los hombres volvieron a beber. La oían extasiados:

—Para ti era mejor quedarte encerrado.

8

La Mona le pasó la fría mano por la mejilla, como si pretendiera darle ánimos. Rodolfito tenía abierta la boca. En el silencio que palpitaba se oyó la voz de la mujer:

—Yo sí soy tu penitencia, amor mío. A que sí.

Sus palabras fundaron carcajadas más grandes que las que había engendrado el comandante con sus chanzas de guerra. La sala se remeció del estruendo, pero no eran carcajadas felices sino fúnebres, y, sin embargo, compaginaban muy bien con la gran fiesta que se oía desde el jardín.

La Mona esplendió. Por un segundo no sabía quién era ese hombre, pero por otro segundo no sabía quién era ella, además. Lo pensó como justificándose.

Y lo encuelló, pegada a él, lo levantó en vilo, le pareció inverosímil que un hombre pesara tan poco, pero más inverosímil que se aterrara tanto sin todavía tocarle un pelo. Lo dejó resbalar casi abrazado a ella y lo relamió en la nariz —en los huecos de la nariz, como si paladeara sus mocos—, y se volvió a mirar a los de la audiencia y los retó, ¿quién haría lo que yo? Sacó de entre sus senos una especie de alambre de cobre de unos quince centímetros con un gancho en la punta, un filudo gancho que esplendió a la luz de las arañas de la sala repletas de bombillos como teas. Rodolfito se desmadejaba en brazos de la Mona, sin su ánima: su legendaria cobardía le impedía cualquier intento de salvación, había agotado sus fuerzas, depositaba sus manos encima de los brazos de la Mona, pero inertes, más bien como si la acariciaran o la alentaran a proceder con el sacrificio, y qué sacrificio, es simple, dijo la Mona, y acostó el cuerpo del quebrantado Rodolfito sobre una de sus rodillas y se agazapó encima y le introdujo de un golpazo el gancho por el orificio nasal —todo al tiempo que Rodolfito se desmayaba de pánico— y retorció el gancho por un minuto y ningún hombre se atrevió a beber o a chistar, lo retorció con fuerza mientras se iba mojando de sangre la alfombra, y dijo, elevando los ojos radiantes hacia los ojos que la miraban: «Así hacían los egipcios, lo aprendí en la escuelita de doña Rita, así le saco el cerebro por la nariz, así deshago el cerebro y lo convierto en esta sustancia pegajosa que sale por la nariz, ¿sí?, sí, sí».

Y una especie de emulsión, una sustancia gruesa, mantecosa, multicolor, iba cayendo encima de la sangre.

Carajo, dijo alguno de los hombres, o gritó.

La Mona soltó el cuerpo de Rodolfito: «Listo, ahora ya lo podemos momificar».

El cuerpo cayó y un resuello de admiración se dejó oír en la sala, gozoso, candente. Los hombres brindaron, qué tipa, ya nadie miraba el despojo de Rodolfito Cortés. Los ojos se extasiaron en la única mujer de la sala, sofocada de placer: años después perdería un brazo en las montañas de Colombia y sería leyenda, la dueña de las siete vidas del gato, famosa por lo que sus mismos capitanes, cabecillas perplejos, celebrarían como crueldad exquisita. La apodarían Estratega de la Libertad, Espejo de Féminas, Rebelión, Hada Madrina, Obrera de Guerra, en realidad hacedora infatigable de masacres y extorsiones y secuestros, refinados homicidios. Los mismos que lucharon con ella fantasearían, jurarían que siguió con la práctica del gancho egipcio, que se comía crudos los testículos de sus enemigos, que no hacía el amor con hombres sino con burros. Extensos cultivos de coca crecerían a su cuidado, infamia tras infamia la santificarían entre sus hombres, sus jefes la exaltarían con relamidos títulos a lo Bolívar, Libertadora de Libertadores, Halcona Justiciera, Guerrera Inca, Guerrera Azteca, Guerrera Muisca, Luchadora Ínclita, Gloria del Llano, Hembra Águila de los Andes, Monarca de Insurrectos, Pecho Revoltoso, Dinamita Danzante, Bulla del Diablo. Le tomarían fotos memorables, una con el Negro Pantoja, otra con los dos Martín: el Martín Chiquito y el Martín Grande, muchas con el Gallo Guzmán, con el Enano Rey, y una casi romántica mientras bailaba con el estudiante Magallanes, ambos de camuflado, armados hasta el tuétano. Dirigiría un frente de guerra ella sola, la primera mujer en dirigir, dueña de su selva, pero la harían responsable de la muerte de uno de sus jefes y su única alternativa sería entregarse a las autoridades para incorporarse a los días comunes y corrientes del país, se convertiría a la religión, daría entrevistas y participaría en almuerzos con obispos y reinas de belleza, pero los mismos que lidiaron a su lado empezarían a buscarla noche y día para ajusticiarla y su destino sería huir toda la vida hasta morir.

9

—En el baño hay un borracho durmiendo debajo de un cuadro, en el cuadro están pintados dos que se dan como Dios manda, el borracho sigue dormido, o está muerto, que siga muerto o dormido, nosotros solo buscamos al chancho, para eso venimos.

Era Nimio Cadena en la puerta de la sala: narraba complacido su parábola del baño y todavía se acomodaba el pantalón, se ajustaba la correa, se subía el cierre de la bragueta.

El Doctor M apareció detrás: mostró la pálida nariz de loro por encima del hombro de Cadena.

—¿Y ustedes? —siguió el comandante—, ¿qué hacen? —Veía a lo lejos el cadáver de Rodolfo Cortés, encima de un charco que burbujeaba—. Para eso no los traje, torpes. Primero lo primero, después ya veremos, ¿es que hablo marciano? Se trata de trizar a César Santacruz, mientras no lo tricen no hay canciones, ¿me entienden? —Volvió a contemplar la distante cara torcida que parecía no llevar nariz—: Por hoy no voy a preguntar quién se agenció a ese fulano, que muy bien pudo informarnos, ¿no se les ocurrió? Vamos a lo que venimos, ¿sí o no?, a la fiesta, benditos, busquen a César y sanseacabó, nos retiramos.

¿Estaba arrepentido de sus planes?, ¿necesitaba un aliciente, una y dos y tres botellas? Los hombres se esforzaron por adivinar. Antes les había sugerido otras libertades, ahora los afrentaba. Agradecieron que no se le ocurriera preguntar qué hallaron en el garaje. Ni Garrapata ni los otros se esforzaron por revelarlo.

El comandante acabó de entrar en la sala. Ahora observaba con atención al tío Jesús estirado bocarriba en el sofá, las manos en racimo sobre el pecho como un solemne difunto, el rostro pétreo, cerúleo.

—Y este, ¿qué pitos toca?

Detrás siguió el Doctor M:

—Feo como él solo —dijo.

El Doctor M vestía de negro y parecía exactamente eso, un médico o un clérigo o un sepulturero. Llevaba uno de los gatos de Uriela en sus brazos, un minino que por primera vez los hombres descubrían; los asombraba que se hubiese dejado atrapar nada menos que del Doctor M, pero más los maravillaba que el Doctor M lo acariciara con pulcritud, lo rascara debajo del hocico, en los cachetes, y que el gato se dejara hacer, «Mírame, gatito», dijo el Doctor M, «¿me miras?» Su voz, a diferencia de la voz del comandante, era una voz de bajo como un eructo alargado, con eco: «¿Sí sabes por qué me dicen Doctor M, gatito? Tú sí tienes que saber», y asió el cogote del animal y lo torció frente a la audiencia como al cuello de los pavos y arrojó con fuerza el gato exánime contra el rostro blanco de Jesús. El golpazo caliente en plena cara despertó a Jesús: parpadeó, respiró con muchas ganas, igual que si emergiera de lo profundo del Aqueronte, redivivo. Pues ni el fantasma de Lucio Rosas había logrado aniquilar al tío Jesús.

—El orejudo está muy vivo —dijo el ensombrerado que lo dio por muerto—. Me equivoqué. Con razón dicen que refeos como este nunca mueren.

—¿Quiénes son ustedes? —pudo balbucear Jesús—. ¿Otros abogados?

Los hombres no lograron responder, estupefactos.

—¿Dónde está el magistrado?

Aunque todavía le dolían las tripas y un regusto de veneno le mataba la lengua el tío Jesús acabó de sentarse en el sofá y puso cara de señor de la casa y miró en derredor como si demandara una copa de lo que fuera. No reparó en Rodolfito, en su lejano cuerpo encogido: había demasiadas caras alrededor, y no le importó averiguar cómo lo habían despertado, no reparó en el gato que parecía dormido a su lado.

—¿Nadie me convida? —preguntó.

Ya un ensombrerado iba hacia él, para ponerlo en su lugar, pero Nimio Cadena lo paralizó con un gesto de manos:

—¿Quién es usted?

—Soy Jesús Dolores Santacruz, hermano de Alma Rosa de los Ángeles, esposa del magistrado Nacho Caicedo. Soy el menor de los hermanos, ¿quién me ofrece un trago? No tengo fuerzas para moverme, por ahora. Cuando me mueva nos ponemos a bailar, ¿quiénes son ustedes? Yo no los conozco, pero espérense tantico y nos conocemos como se debe.

Para sorpresa del mundo el mismo Nimio Cadena, comandante del mundo, le extendió una copa llena.

—Somos amigos, no se preocupe —le dijo. Y luego, con uno de sus balidos—: solo buscamos a César Santacruz, ¿lo conoce?

El solo chillido electrizó a Jesús, lo arrebató.

—¿César? Pero si yo lo vi nacer. Yo lo tuve en mis brazos. No hace mucho hablaba con él. Soy su tío. Es hijo de mi hermano Rito, que en paz descanse.

Se bebió de un golpe la copa y hubiera querido más pero se contuvo. Ya despertaba. Ya los rostros alrededor lo conmocionaban. Esos no eran invitados normales, ¿quiénes eran?, sabrá Dios. Se acoquinó. Las cosas no iban por donde él creía. No eran jornaleros del magistrado, no eran jardineros, ¿en dónde mierdas se había despertado? Estoy en la sala, la fiesta se oye, no sigo dormido, pero estos asustan de solo mirarlos, podrían despedazarme.

Un escalofrío atravesó su espalda hasta la cabeza. Un vértigo de muerte lo sobrecogió. Para su asombro, de nuevo Nimio Cadena le ofreció una copa a rebosar.

—Queremos a César Santacruz, solo eso y nos vamos. Ayúdenos a encontrarlo.

—Yo se los encuentro. Lo conozco desde chiquito, desde que nació, ¿quieren saludarlo?

—Y muy bien saludado —terció el Doctor M.

—Ustedes vayan con él —dijo el comandante, eligiendo con su dedo índice a la Mona, al Garrapata, al Chicharrón.

El Doctor M les guiñaba un ojo:

—Nosotros iremos detrasito, como en tren, para no asustar a los que bailan, ¿listo?

Y animó a brindar al comandante, mientras el erizado tío Jesús salía de la sala, la Mona muy a su lado, Garrapata y Chicharrón escoltándolo.

10

El publicista Roberto Smith prefirió no despedirse de nadie. Del comedor había salido al jardín y se estuvo contemplando a las mujeres que bailaban. Se bebió el último trago y enfiló por el pasillo central de la casa, hacia la puerta. Vio venir en su dirección a uno de los hermanos de Alma, el más horrible, en compañía de los que parecían músicos, una muchacha de cabeza rapada y dos que se veían trasnochados. Lo sorprendió que Jesús no lo saludara: avanzaba orondo, la cabeza oteando a derecha e izquierda, era el príncipe, ¿o se veía espantado?, sí: como si presenciara una procesión de aparecidos. Vio que la muchacha se colgaba del brazo de Jesús; lo distrajo esa muchacha de ojos encandilados, ojos de idiota o de ángel, pensó, y fue cuando, para su destino, el publicista Roberto Smith, famoso por su mal carácter, tropezó con uno de los que él creía músicos. Ambos se dieron su topetazo. «Tenga más cuidado, cretino», dijo Roberto Smith.

El otro se detuvo en seco. «Ya sigo con ustedes, no me demoro», dijo a los que iban con él.

Lo llamaban Chicharrón porque era como eso, un chicharrón gordo y bajo. Se puso de cara al publicista: «¿Cómo me dijo?, no oí bien».

Tuvo que preguntárselo al cielo porque el publicista era el más alto de la fiesta y el más panzón, el único que acudió a casa del magistrado solo con el fin de saborear la exquisita cocina de Alma Santacruz. A nada más había ido a la fiesta Roberto Smith sino para hartarse hasta la delectación y encontrar su destino.

Su mal carácter era legendario. Su mujer lo padeció durante el viaje de bodas que hicieron por tierra de Bogotá a Cartagena. Iban a noventa kilómetros por hora cuando ella le dijo que quería orinar y se lo siguió repitiendo hasta que no pudo más y se orinó mientras lloraba. El publicista jamás se olvidaría de su mujer que lloraba mientras orinaba. En la agencia de publicidad veían a Smith destrozando el teléfono a pisotones y comiéndose el cable a mordiscos porque no le contestaron; se mordía la lengua cuando hablaba, se la seguía mordiendo cuando no hablaba, sus hijos le tenían pánico, un día estrelló la olla de fideos recién hervidos contra el techo y se fue a buscar al perro que ladraba en el patio, su propio perro, y lo mató a ollazos. Esos eran los deslices del publicista Roberto Smith, ¿merecía morir con su lengua en el bolsillo de su pantalón?

Algunos de los invitados que iban o venían vieron que el publicista Roberto Smith había bebido más de la cuenta y era ayudado por un músico samaritano que lo sentó con gran tiento en un mullido sillón del pasillo, junto al baño de visitas, y allí lo dejó como a otro borracho dormido.

11

Con prontitud el Chicharrón encontró a sus cofrades, ambos a lado y lado de Jesús, a la orilla del jardín, ante el baile, con sendas copas de ron en las manos.

—No creo que a César le guste bailar —decía la Mona—. ¿Se puede mover un cachivache como él?

—Es gran bailarín —dijo Jesús—. Pero no lo veo. De buenas a primeras no lo vamos a encontrar.

—Pues le conviene encontrarlo. Primero busquemos por los sitios apartados, por las orillas, y después cerramos el cerco. Busquemos. El que busca encuentra, hasta pelea.

Devolvieron las copas a un mesero: la copa de la Mona seguía llena. Y se metieron a la fiesta como a la jungla, pero avanzaban por las orillas, atentos, sin perderse una cara de hombre. Iban hacia lo más lejos del jardín, hacia lo más oscuro, la región del invernadero.

No mucho antes, en pleno corazón del baile, Tina Tobón se había empecinado en conocer el sitio exacto donde *quedó* su hermana. Se lo exigía a César una y otra vez, se lo rogaba, quería ver, solo ver, y prometía que después lo seguiría al fin del mundo.

Ambos sabían que no era cierto.

Porque, después de que César delatara la suerte de Perla Tobón, Tina se resquebrajó. Para asombro de César, la certeza de la muerte de su hermana la separó de él para siempre. Aunque podía suceder —quiso creer César— que Tina solo se interesara por constatar la muerte de su hermana: verla muerta de verdad. A lo mejor era eso lo único que le importaba: se odiaban desde niñas.

César no dijo palabra y se llevó a Tina al rincón más negro, detrás del invernadero.

Señaló el sitio y ella apartó los arbustos para ver y luego apartó los ojos para llorar.

César no intentó consolarla, no podía: a él también lo abatía el arrepentimiento. Sin dejar de llorar Tina dijo que iría al baño y que volvería. Él supo que no volvería jamás.

En todo caso seguía esperándola cuando se apareció en la negrura su tío Jesús, «Ni más ni menos que mi tío Jesús, aquí», pensó. Solo veía a su tío, su cadavérica aparición, y el tío se había quedado mirándolo como para charlar, pero no decía palabra.

—Qué hay de nuevo, tío.

—Nada —respondió Jesús como si quisiera gritar—. Solo estos amigos que te quieren saludar.

Y señaló detrás de él, como si barriera con la mano.

De un vistazo César Santacruz supo quiénes eran. No dio un paso atrás. Más bien sonrió. Lamentaba no llevar su arma con él, así de confiado había llegado a la fiesta de su tía. Jesús no se esperó a oír la conversación. Huyó como un ratón hacia las luces de la fiesta que giraban. El Chicharrón hizo amague de ir en su busca, la Mona se lo impidió.

—¿Y Nimio? —habló César primero—. ¿Está aquí?

—Sí —dijo la Mona—. El comandante Cadena está aquí.

—Pues llévame con él, Mona. Eso es lo que queremos. Desde hace tiempos no nos vemos. Así arreglamos las cosas de una vez.

—Las cosas las arreglo yo —dijo la Mona.

Ya Garrapata y Chicharrón hacían presa de los brazos de César Santacruz. César se avergonzaba: qué oprobiosa manera de morir, así, tan repentina, sin por lo menos llevarse a diez con él. Eso alcanzó a pensar, defraudado de sí mismo, pero se debatió, levantó a los dos hombres en vilo y ya los arrojaba a tierra cuando un disparo en la cabeza lo derrumbó. Saciada, la Mona se guardaba la pistola humeante y miraba en derredor. Había cumplido su misión más pronto de lo que esperaba.

Y más fácil.

No se le ocurrió mejor sitio para esconder el cadáver de César Santacruz que detrás del invernadero, el rincón más negro. Allí lo metieron, en los espesos arbustos.

Los cuerpos de César y Perla quedaron juntos, uno encima del otro.

12

De vuelta al fragor de la fiesta, la Mona y sus dos secuaces se encontraron con que ya varios de los ensombrerados se desperdigaban entre la muchedumbre. Algunos se habían sentado a las mesas y se dedicaban a devorar lo que les presentaban, y con toda razón porque padecían de un viaje de horas sin bocado. Un ensombrerado aferraba en sus manos el tostado hocico de una lechona y se lo tragaba a mordiscos veloces. Otro, a lo lejos, que seguramente ya se había hartado, se lanzaba a bailar con la primera mujer que encontraba a su paso y sin preámbulo la hacía volar a giros de pasodoble en pleno currulao. Todos bebían desaforados. La Mona se fue hasta ellos contrariada, eso se llamaba indisciplina, por más hambre que tuvieran, «Misión cumplida, nos vamos», les dijo, mitad orden mitad noticia, «muevan el culo».

Ninguno de los ensombrerados hizo nada. Siguieron comiendo. Oteaban de vez en cuando, hechizados, el horizonte de muchachas que cantaban, de borrachos que se balanceaban, de yuntas de novios que se estrechaban por todas partes. Los serviciales meseros transcurrían alrededor y también ellos, acicateados, bebían ron y brindaban.

—Al camión —les dijo la Mona—. Esas fueron las órdenes del comandante Cadena.

—Vamos a comer algo y entretenernos —dijo una voz no lejos de ella. Era el Doctor M, de negro entero, sentado a una mesa—. Es usted eficaz, Mona, tiene futuro, se lo agradecemos, pero siéntese y coma algo, siéntese o baile, Mona, su comandante se fue a saludar a la señora de la casa. Una vez charle con ella nos desaparecemos.

Chicharrón y Garrapata no se hicieron esperar. Se hacían atender por un mesero. La Mona mostró en la cara su decepción.

—Voy a la sala —dijo.

—No lo encontrará —dijo el Doctor M—. No hay nadie en la sala. Todos queremos bailar.

Los hombres asintieron sin dejar de comer. Al Garrapata le pusieron enfrente una chuleta brillante de aceite que empezó a trizar con los dedos, «Coma algo, Mona, no sea boba», dijo guiñando un ojo, la boca repleta.

La Mona negó con la cabeza.

Todo le parecía rematadamente equivocado. El despliegue de tantos hombres para algo que ella hizo en compañía de dos se le antojaba la locura de Nimio Cadena, ¿o su propia locura?, ¿o la locura de todos? La mortificaba que el tío de César Santacruz, ese orejón horrible, ese duende maloliente, se le hubiese escabullido; era cierto que no fue testigo, pero pudo sospechar; tendría que buscarlo y silenciarlo, si no era tarde, si no les caían encima la policía y el ejército, ¿no asaltaban la casa de un magistrado?, las cosas estaban mal hechas, pura locura, la Mona observó impotente al Doctor M que disfrutaba complacido de las minucias del baile: de luto entero como un sepulturero estaba sentado a una mesa y fumaba, ¿solo?, hasta ese momento la Mona se percataba de que el Doctor M tenía otro gato encima de su barriga y lo acariciaba.

Final

1

Nadie sabe cuándo se enteró la muchedumbre del destino que la aguardaba. Demasiado tarde advirtieron encima la fatalidad. Las primeras víctimas se sucedieron sin sospecha. Si se presenciaban cosas extrañas de inmediato eran juzgadas como cosas de fiesta, cosas de casa, borrachos dormidos, parejas de pelea, mujeres ocultas, mujeres fugadas, mujeres rezagadas —ya porque se encontraban en el baño y orinaban acompañadas y charlaban, ya porque se miraban al espejo y retocaban sus caras y se atrasaban adrede o buscaban otros salones para seguir la fiesta o se hastiaron del baile y se fueron.

La vocalista Charrita Luz fue la primera.

Mulata alta y huesuda, alma de la fiesta, sus grandes ojos como alucinados se cerraban de sueño. Descansaba de su canto, no lejos del escenario, la espalda larga y desnuda bañada en sudor, hundida en su vestido de lentejuelas. Sudaba cuando cantaba, sudaba demasiado, sudaba tanto que si el mundo se lo permitiera se echaría a cantar desnuda. Ahora tendría que buscar el baño y secar de sudor cada recoveco de su cuerpo como si regresara de nadar en el mar. La fatiga la demoraba: no corrió al baño, se dedicaba simplemente a reposar a un lado de la tarima donde seguían tocando sus Malaspulgas Band. Había cantado desde la tarde, había cantado la noche entera, tenía que respirar, lo que era igual que mojar la garganta en ron y limón, que ese era su secreto. Dormitaba de pie, no lejos del escenario, el brazo recostado en un borde de la negra

351

tarima donde los Malaspulgas repetían. Era la tarima más asediada; se agolpaban alrededor los festejantes en demanda de piezas de baile.

La estridente algarabía no permitía distinguir un grito de alegría de un grito mortal.

Charrita Luz bebía con sed. Se preguntaba qué horas eran y hasta qué horas duraría el festejo cuando una sombra hizo amague de abrazarla y en realidad la arrojó al piso y la empujó debajo de la tarima, bocarriba, en el holgado espacio entre la tierra y la base de la tarima; desde allí, con la boca amordazada por una mano como garra, Charrita Luz miraba impotente un apretujado mar de zapatos que bailaban alrededor. Allí la sombra terminó de someterla. Charrita logró liberar su cara y se empecinó en morder y rebelarse, pero la sombra, mandíbula voraz cerrándose en su cuello, mató la voz, mató el canto de Charrita Luz para siempre.

Luz, mujer del tío Luciano, sus hijas Sol y Luna, y Celmira, mujer del tío Barrunto, habían abandonado el comedor y deambulaban aburridas por los pabellones del jardín. Demasiado tarde las dos matronas acordaron exigir a sus maridos que partieran de la fiesta. Regresaban a buscarlos al comedor, por los pasillos del primer piso, cuando, sin más contemplación, a todas ellas, matronas y niñas, las sombras que brotaban de la sombra las encerraron en la salita. Allí Celmira increpó a la sombra que la abrazaba, le dijo «A mí no me toque usted, rata inmunda», y más le valiera no decirlo nunca, aunque tampoco le hubiese servido: ante los ojos incrédulos de Luz y sus hijas la rata inmunda atenazó el cuello de Celmira y dejó su cabeza como si mirara para atrás. Después le desgarró el vestido y la acostó contra un mueble y se asombraron: el desnudo cadáver mostraba un tatuaje. No era un tatuaje: la habían marcado a fuego en una nalga como se marca el ganado.

Con un chillido, Luz pretendió huir. Enloqueció cuando vio que desnudaban a mordiscos a sus niñas; se desmayó o el corazón se le estalló —ninguna de las sombras se molestó en constatarlo—: ya Sol y Luna los cautivaban. A ellas les pasaría como a Amalia Piñeros y como a tantas otras les iría a pasar.

Desapareció la profesora Fernanda Fernández, que se paseaba por el jardín en compañía de las prometidas Esther y Ana y Bruneta. Todas desaparecieron, igual que otras mujeres que las sombras arrastraron a la oscuridad. Fernanda Fernández había querido irse de la fiesta después de su pelea con Armenia, y no se fue, para su desgracia. Ofendida en el alma por las sombras que no se compadecían, se dolía de su indecisión: también esa mañana había resuelto no acudir a la fiesta y una llamada telefónica de Dalilo Alfaro, rector del colegio donde trabajaba, le ordenó asistir. Se vistió de fiesta y acudió y ocurrió lo que ocurrió.

Y los prometidos Teo y Cheo y Antón, que buscaban por toda la casa a sus prometidas, corrieron igual suerte: los degollaron enfrente de sus prometidas. Después las degollaron a ellas. Así la muerte iba repartiéndose por toda la casa, volviéndola una casa de furia.

2

En el jardín, que era el corazón de la fiesta, los Malaspulgas Band seguían con su música impertérritos. De un instante a otro empezaron a avizorar desde la tarima movimientos extraños en la muchedumbre —como en el mar, cuando la calma de las aguas es interrumpida aquí o allá por círculos de espuma y chapoteo de peces devorándose.

«Hay gente extraña aquí, hay gente ajena a la fiesta», dijo Cecilio Diez a Momo Ray, su flautista, «y necesito a Charrita con nosotros». Dejaron repicando al resto de la banda y saltaron de la tarima en busca de Charrita Luz. También ellos estaban hastiados y querían acabar de una vez con la música, que era igual que acabar con la fiesta. Se lo dirían a Alma Santacruz, a ver qué pensaba, y marcharían a su hotel a dormir, esperanzados en el abrazo, como la pareja de amantes que eran. En el camino en busca de Alma, como una ironía del destino, se les ocurrió preguntar a un asesino que en dónde estaba Charrita Luz, cantante de los Malaspulgas, «¿La has visto? —le preguntaron—, es esa mulata espléndida». «Creo que ya la matamos», dijo el ensombrerado, que también sufrió su parte de ironía porque creyó que Cecilio Diez era otro de los de su banda, de la banda de las sombras: lo había engañado el sombrero negro que Cecilio ostentaba. Y cuando se dio cuenta de su error se echó a reír y comentó el malentendido a otras sombras que se acercaban. La burla feroz rodeó a los músicos, los pasmó: ¿qué era eso de que ya mataron a Charrita? Su propia muerte fue la respuesta: los de la banda de sombras ejecutaron a los de la banda de músicos, primero a Momo Ray, flautista, enfrente de Cecilio, y luego al mismo Cecilito que en vano forcejeaba, aterrado. En los predios atestados del jardín sus gritos se confundieron con el fandango vertiginoso que los músicos sobrevivientes interpretaban.

En el comedor, los acuchilladores pensaron que el juez Arquímedes Lama se había escondido debajo de la mesa. Descubrieron que en realidad dormía y lo despertaron para matarlo, y detrás del juez siguieron las tres juezas de la nación, que acudían en ese momento para llevar al juez a su casa. A las juezas las unía el fervor por las fiestas de sus colegas, pero nunca imaginaron que encontrarían la muerte en el aniversario de Ignacio Caicedo. Las remataron al tiempo y entonces un griterío ensordecedor se apoderó del comedor, acometido en cada lugar por los ensombrerados. Eran tan rápidos y sedientos que por donde transitaban los gritos se extinguían y en su lugar solo se oían sus risotadas, sus comentarios procaces. Los gritos reventaban entre paredes. Allí, para regodeo de las sombras que mataban, los únicos hombres que se opusieron de buenas a primeras fueron los patriarcas de los Púas: el abuelo y el bisabuelo. Al verse amenazados por cuchillos se abalanzaron contra la sombra más cercana y la doblaron sobre el piso y le pusieron las rodillas en el pecho: «Bandido», le gritaron, «respeta la vida». Solo hasta allí pudieron; no tenían las fuerzas a la altura de su hombría: el mismo filibustero al que plegaron se incorporó de un salto, se diría que avergonzado, y se deshizo de los patriarcas decapitándolos sobre la mesa.

En vano intentaron salir corriendo por la puerta José Sansón, primo del magistrado, y Artemio Aldana, amigo de infancia, no solo rodeados de mujeres sino disfrazados —quién sabe cuándo— de mujeres; los atraparon por las faldas y los martirizaron antes de propinarles el golpe de gracia. Los profesores Roque San Luis y Rodrigo Moya estaban tan borrachos, en un rincón del comedor, hablando de sexo, que todavía no se percataban de la mortandad alrededor. Uno de ellos decía, como su más célebre frase, que los hombres siempre les miran el culo a las mujeres y las mujeres siempre se miran el culo. Decía eso cuando la negra parca le infundió niebla en los ojos, a él y a su oyente.

Y siguieron cayendo a tierra más inocentes, todavía perplejos de la sangre en las paredes: los dos Davides, degollados encima de sus guitarras, los apodados Givernio y Sexenio, muertos a palo, y Sexilia y Ubérrima, empaladas enfrente del mundo, la exportadora de aguardiente Pepa Sol, a fuete, su marido Salvador Cantante, con su trompeta hundida en la garganta, y causó sensación entre las sombras la apodada Gallina, que se creyó capaz de seducir al más joven de los ensombrerados y le prometió riquezas si la salvaba: le cercenaron la cabeza. Pero sucedió algo con la decapitación de la Gallina, algo inespecificable, en segundos, igual a lo que ocurre con las gallinas sacrificadas en los banquetes de Navidad: una vez practicado el descabezamiento el montañoso cuerpo de la Gallina salió corriendo del comedor mientras los ojos de su cabeza lo contemplaban suspicaces y la boca se abría para decir algo que nadie entendió. Entonces un miedo antiguo sobrecogió a la muchedumbre, pero solo por un instante, como un descanso fugaz. A las hermanitas Barney, que un día habían querido incendiarse, las incendiaron, y miembros de familias enteras, los Florecitos, los Mayonesos, los Calavera, los Pambazos, los Carisinos, los Mistéricos, los Pío del Río y los que quedaban de los Púas, fueron ultimados sin clemencia, ya en la pira, ya en la horca, ya a garrote, ya con el tormento de la gota de agua, el descabello, la puntilla, el degüello, el emparedamiento, el anegamiento y la lapidación.

A fuego lento agonizaron Luciano Caicedo y Barrunto Santacruz —y casi murieron antes, del corazón, cuando les tocó presenciar sin dar crédito la sucesión de muertes alrededor—. Toda su vida hablaron de un país de violencia, toda su vida discutieron sobre si sería mejor llamarlo un país asesino, y ahora les correspondía padecer su país en carne propia, ahora lo veían cara a cara, ahora lo entendían: país de víctimas. Se dice que hubo una suerte de conversación entre Barrunto y Luciano con los ensombrerados, antes de que los asaran. Parece que uno de los tíos, Barrunto, se impuso abriéndose de brazos ante los verdugos y les preguntó, realmente amigable pero intrigado:

—¿Ustedes por qué hacen esto?

La franqueza de la pregunta, su pura inocencia, como de amigos que se encuentran en la esquina, con la voz de un confesor cuando pregunta por los pecados, halagó a los verdugos. Los animó a buscar la respuesta:

—Es una acción descabellada, es cierto.

—Nosotros seguimos órdenes, para eso estamos.

—Nos pagan. Desde que empezamos a lidiar con esto nos interesa el pago. Ahorramos algo y nos largamos.

—Pero muchos de nosotros se acostumbraron. Le agarraron el gusto al baile, ustedes entienden.

—A nosotros no nos hacen sufrir revoluciones ni libertades ni lucha incansable. Nosotros no somos mentirosos y tampoco somos supermanes.

—Cuando el comandante decidió tomar parte en negocios mayores las cosas se pusieron bonitas.

—Nosotros no nos conocíamos. Pero estábamos en el mismo sitio, aguardando a que nos convocaran.

—Preparados para no existir.

—Íbamos o veníamos.

—Pero ir o venir era lo mismo.

—Seguíamos el camino.

—Nunca dormíamos.

Los tíos Barrunto y Luciano no entendieron palabra. Todavía intentaron avivar el diálogo y con gran afán se dispusieron a más preguntas, pero los ensombrerados hicieron oídos sordos, cansados de hablar: a lo mejor nunca habían hablado tanto en su vida. El tío Luciano enloqueció, se sacó del bolsillo su juguete del caballito de Troya y lo puso a girar y relinchar en el piso, como si creyera que la sola vista del caballito los salvaría de morir. No los salvó. A los ensombrerados les hizo maldita gracia el caballito que relinchaba. No tenían alma y procedieron a asar vivos a los que preguntaban.

3

Curiosamente, los meseros, los tiernos y diligentes recaderos, los ayos, los ordenanzas, los lazarillos, usaron la juventud de sus piernas para huir a toda carrera. Huían como conejos del comedor, huían del jardín, huían igual que los músicos —aunque muy pronto los músicos se humillaron y ofrecieron el alma—. Los sobrevivientes eran un ejército que no se daba cuenta de que lo era. Como encontraron cercado de sombras el pasillo central de la casa, el que llevaba a la puerta principal, la salvación, corrieron a la cocina, en donde ya se escondían los cocineros entre un estruendo de gritos y cuerpos que chocaban, de voces tan espeluznadas como en rebelión: jueputa, nos están jodiendo la madre.

Si la sola mitad de meseros y cocineros se hubiese decidido a luchar por la vida era casi seguro que vencían a los asesinos —a pesar de sus armas, a pesar de su destreza en el arte de elevar y enterrar cuchillos sin sentimiento—. Los cocineros y meseros eran más, y no enclenques, y conocían a su manera el arte de los cuchillos —si bien solo manejaban los cuchillos en el arte de trinchar pollos y cabritos—, pero podían intentar con éxito una arremetida en forma, podían imaginar que se defendían de lechoncitos traviesos, que eran lechones endemoniados los que troceaban. Nunca se decidieron a luchar. Semejante posibilidad no pasó por sus cabezas, excepto la de huir.

Se les había helado la sangre.

Se hacinaron al principio en la cocina y como allí no cabían huyeron al pequeño patio de atrás, donde quedaban los apartamentos del fallecido Zambranito y de Juana Colima y la violada y estrangulada Iris Sarmiento. En los dos apartamentos se refugiaron meseros y cocineros, unos encima de otros como los panes en las panaderías, así de blancos y apretujados se veían —además de que del susto a muchos se les había puesto el pelo blanco como la harina—. Una vez atosigadas las estancias de sus corazones que temblaban cerraron las puertas y allí se agazaparon, en suspenso de hielo, al acecho de los matones que atacaban por toda la casa, entre bulla de tiros y cuchillos.

Ya venían.

Ya venían.

Pero a las puertas de los apartamentos apareció nada menos que el tío Jesús, la oveja negra de la familia, gritando que lo dejaran entrar, soy hermano de la señora de la casa, soy Jesús Dolores Santacruz. Pero ya no cabía, lo intentaron una vez, no cabía y lo repelieron y cerraron las puertas. Y pudieron atisbar por las ventanas la llegada de las sombras, las desquiciadas sombras que reían y cercaban a Jesús. No lo dejaron hablar. No le permitieron inspirarse. Vieron que rodeaban a Jesús los cuchillos fatales. Vieron cómo lo maltrataban, vieron cómo le aserraron el cráneo, le estrujaron los sesos y el corazón ya frío le arrancaron del pecho —igual que en el poema que Jesús recitaba de memoria—. Y a todos les constó que de adentro del cráneo del tío Jesús emergía algo como una rata de alcantarilla.

En el jardín las mesas ya no se atiborraban de viandas sino de despojos de doncellas desdoncelladas a la fuerza, unas a medio vestir, otras desnudas a plenitud, en las posturas más inverosímiles, muñecas estáticas que celebraban quién sabe qué fiesta macabra.

Huyendo por entre las mesas, Juana Colima buscaba refugio para esconderse. Armada de una sartén de cobre la tan valiente como espantada Juana había casi descalabrado a la primera sombra que la atacó en la cocina. Después se apoderó de una jarra de extracto de limón y la regó contra los ojos de otra de las sombras y huyó al jardín. Ahora intentaba meterse dentro del tonel de vino que adornaba una esquina del «rincón infantil», debajo de globos y serpentinas, entre jirafas de icopor despedazadas, el tonel inmenso que toda su vida quiso llenar de tierra para sembrarlo de crisantemos y que ahora, porque nunca lo sembró, la hizo creer en un milagro de Dios, el tonel en donde se podría esconder hasta que pasaran los tiempos de matar, un tonel donde podría orar por la señora Alma que ¿en dónde estará?, fue el último pensamiento de Juana, pues ya la negra parca como cuchillos la sorprendió por la espalda: eran las dos sombras, la casi descalabrada y la enceguecida, que habían salido en su busca. El tonel les sirvió para acabar de esconder a Juana, muerta. La escabulleron de un empujón, sin esfuerzo; ninguna de las sombras se dio cuenta de que ya había alguien en lo profundo del tonel: la pequeña Tina Tobón, muerta del susto pero viva. No sobrevivió. La asfixiaron el peso y la abundancia del cuerpo de Juana Colima —además de su propio pánico.

Vigilaba a las dos sombras el Doctor M, que todavía acariciaba al gato de Uriela en sus brazos: «De modo que casi les gana esa anciana, par de muñecas», les dijo, y luego, con un grito que pretendía superar los balidos del comandante Cadena:

—A matar se ha dicho.

Así los aguijó para que se desbocaran por la casa, repartiendo golpes de gracia entre la multitud.

A mano airada cayeron el rector Dalilo Alfaro y Marilú, dueños del colegio de señoritas La Magdalena. Dalilo, siquiatra de profesión, entendió que a los bárbaros los incitaba no solo la sed de matar sino el apetito por las niñas en el más alto grado del terror, y cometió, para su degradación, el oprobio de pedir que respetaran su vida a cambio de la virginidad de las alumnas de su colegio —las más bellas de Bogotá, se dice que incluso les dijo—. De nada sirvió: Dalilo murió al tiempo que Marilú, igual que Pepe Sarasti y Lady Mar, que arrojaron en la pira su último suspiro, igual que los gemelos Celio y Caveto Hurtado, imitadores de animales, que berrearon y graznaron y pusieron los ojos en blanco y se fueron de este mundo dando un chillido mortal —aunque sus almas aletearon sin ruido, muy cerca del alma de la profesora de Arte Obdulia Cera, que cayó a mazazos pero no emitió una queja—. Y causaron risa y desprecio los campeones —catedrático, mago y ciclista—, hombres grandotes y recios que podían defenderse pero se abrazaron a las rodillas de sus verdugos: el catedrático Manolo Zulú, como una petición de vida, confesaba que ese día cumplía años y que no había querido compartir con nadie su secreto; el ciclista Rayo daba alaridos revelando que era un recién casado y que su mujer esperaba un hijo; en vano el mago Olarte se esforzaba por hacer aparecer de las orejas de un asesino un ramillete de flores; los tres clamaron como corderos mientras los inmolaban. Yupanqui Ortega se diferenció: seguramente por su oficio de maquillador de cadáveres, dueño de una funeraria, tanatólogo habituado a los muertos, usó un cuchillo de mesa para defenderse y consiguió herir a un bárbaro en la tetilla izquierda, pero no fue una herida mortal, más bien hizo reír, y en castigo cayó estruendoso debajo de la afilada pica. Las tías Adelfa y Emperatriz se habían refugiado detrás de la estatua del Niño Dios, en un recodo del pasillo que iba a la cocina, un recodo que por la cantidad de oropeles y velos podía ser casi un templo particular. Allí las descubrieron, de hinojos ante su Niño Dios. Ellas creyeron esperanzadas que las iban a violar en su propio templo pero solo las mataron, después de contemplarlas al derecho y al revés, sin sus vestidos: se pusieron de relieve las cirugías que se habían mandado a practicar, las nalgas como calabazas, las tetas como balones, los vientres como huecos. Bocabajo, yertas, sus enormes traseros abiertos como profundas cavernas hicieron bromear a sus verdugos. Así los invitados fallecieron uno detrás de otro, como los días, así les tocó atravesar la última puerta, así sucumbieron sin mayor lucha ni oposición, porque acaso no servían para más, o no querían, o no podían, así reventaron, se desplomaron, estiraron la pata, liaron su petate, doblaron el cuello, entregaron el alma, hincaron el pico, torcieron la cerviz, salieron de este mundo, arrojaron el último suspiro y cerraron los ojos. Se oían en el jardín gritos sólidos que caían como lanzazos y se hundían entre la hierba y enmudecían.

Como señor de horca y cuchilla se paseaba el Doctor M, vigilante de los hombres que mataban, de llamarlos al buen orden de la muerte sin contratiempos. Merodeaba con el gato dormitando entre sus brazos. De pronto lo estranguló y lo arrojó lejos, y era que había visto volar por el jardín a Roberto, en la medialuz azul de la mañana. Apuntó con su pistola: «A esto se llama tiro al loro», dijo y disparó. El loro fue un estallido verde, su cuerpo una cáscara, y en el revuelo de plumas que flotaban cayó a tierra sin alcanzar a gritar país.

Y mientras tanto las sombras, los guapos y los bravos, los sanguinarios Atilas, los sacamantecas y los morcillas, daban por terminada la muerte con el inicio del día. Extenuados en mitad de la sangre, deslumbrados de sí mismos, se sentaron de nuevo a beber y a comer los restos del festín, entre chanzas y remembranzas siniestras. Ninguno subió al segundo piso de la casa: esa era la orden del Doctor M. De lejos la Mona entendió que el capricho del comandante Nimio era buscar a la esposa del magistrado para saciar su venganza. Se trataba, supuso, de encontrar a la orgullosa señora y tirársela y después echarle el bandullo fuera. Pero ya había pasado mucho tiempo y la Mona, contradiciendo al Doctor M, ordenó al Chicharrón y al Garrapata que se dieran una vuelta por el segundo piso, a ver por qué se demoraba el comandante o si necesitaba ayuda. Mientras sus dos secuaces cumplían con su tarea la

Mona siguió dirigiendo la matanza, antípoda del Doctor M, competidora acérrima. Alrededor de su voz que chillaba corrían los ríos de sangre, alrededor de su voz tantos y tantos morían sin ganas, caían y seguían cayendo como chinches. Mística del dolor y la sangre, sacerdotisa arcaica, la Mona se jactaba de los tantos a los que había puesto el corbatín, de los tantos a los que había dejado secos. A cuántos les cortó la nuez, a cuántos los borró del libro de los vivos.

4

Rostros furtivos se asomaban a las ventanas del segundo piso, las que daban al jardín, rostros pálidos como cirios en el frío del amanecer. Del jardín solo venía el silencio, y no el silencio que sigue después de la música sino después del suplicio, el más helado silencio. Lo padecían Armenia y Palmira: sus habitaciones quedaban encima del jardín. No incrédulas sino despavoridas las dos hermanas corrieron a esconderse: una lo hizo debajo de la cama, la otra se encerró en el ropero, y allí, arrebujadas, aguardaban con el alma en un hilo a que su destino se decidiera. Ni Armenia ni Palmira huyeron en busca de su madre. Palmira lamentaba haber terminado sola, sin su intempestivo adorador, al que obligó a marchar después del amor, y Armenia era solo un manojo de nervios: se desconocía. Al presenciar el espectáculo de sangre las dos hermanas ni siquiera pudieron llorar, del puro pánico. Sabían que la habitación de Francia quedaba enseguida, pero ninguna pensó en llamarla. En todo caso Francia Caicedo dormía profunda en su cama, con Ike a su lado —en el piso.

A la habitación de la señora Alma, que daba a la calle, no había llegado una queja, un grito, y ni siquiera el silencio era distinto. Allí, recostada con Uriela a lo largo de la cama, hablaba la señora Alma de su vida, de lo mucho que se quería con Nacho Caicedo, y rememoraba, trastornada, cosas de vida juntos, ignorante de lo que sucedía abajo, en su casa inmensa, de los mortales acontecimientos que se repetían en el jardín. Solamente la señora hablaba: Uriela dormía. Ahora la señora se consagraba a rezar en voz alta, ella, la irreligiosa, como si presintiera, y desde el principio del rezo se había dedicado a cargar el tambor de su revólver, por si monseñor Hidalgo continuaba en la casa, y se sonrió mordaz al recordar cómo huyó el religioso, brincando por las escaleras de caracol. De verdad se veía transfigurada al revivir su tiroteo en presencia de monseñor. Se sentía desposeída de ella misma, o poseída, pero en todo caso feliz, feliz del sacrilegio, feliz de su pecado.

Y no imaginaba —nunca imaginó, cómo imaginar— que al otro lado de su puerta, sentado en la poltrona, se hallaba el comandante Cadena, degustando su conversación con ella misma, sus nostalgias de amor, sus rezos, mientras él bebía, regocijado en la venganza que se cumplía.

—Hay que acabar esta fiesta —fue lo que dijo Alma.

Con el arma en su corpiño, como sabía que hicieron sus abuelas, se encaminó al pasillo y alcanzó a pensar que bajaba las escaleras y arribaba al jardín a decirle a Cecilito que la fiesta se acaba —y un tiro y listo, los invitados se largarían.

Nada de eso ocurrió, para su desgracia.

Alma Santacruz lo reconoció al instante, «Yo sé quién es usted, usted es Nimio Cadena», le dijo como si arrastrara su nombre letra por letra, «usted tiene a mi marido, devuélvame a mi marido, qué le ha hecho a mi marido». Iba llorando mientras hablaba, su mano buscó entre sus senos y, para sorpresa de ambos, disparó. Una ola de humo los enceguecíó. Después siguieron viéndose fijo a los ojos, reconociéndose. Nimio Cadena rio, pero se puso pálido, no se lo esperaba. La bala había atravesado su cuello de lado a lado y no debió interesar ninguna vena importante porque se mantuvo de pie y su voz de chivo se oyó perfecta, con su balido: «Ah, ¿con que usted me va a matar a mí?» «Ya lo maté», dijo la estupefacta Alma, «y si quiere lo sigo matando». «Todavía le falta», repuso Nimio y avanzó un paso y alargaba una mano a su cuchillo ¿o parecía que iba a darle la mano y felicitarla?, ¿o parecía que iba a abrazarla?, Alma no lograba entender, no lograba retroceder, sabía que Nimio Cadena se apropiaría de su revólver y que ella no haría nada por impedirlo, más bien le daría el revólver y le diría máteme por favor, que sea rápido, y, mientras rezaba, ella, que nunca rezaba, descargó todas las balas que le quedaban en la cara de chivo de Nimio Cadena. Increíblemente solo una de las balas dio certera entre ceja y ceja, como en la frente del tigre.

Alma Santacruz dejó caer el arma y se dejó caer ella, desmayada, en brazos de los esbirros intempestivos que la rodearon: un cuchillo se abrió paso en su pecho y la mató de una vez, sin un grito, cadáver junto al cadáver del comandante Cadena. En el piso quedaron encorvados uno frente al otro y tenían las manos extendidas y rozándose como si se fueran a abrazar.

Con la impensada muerte del comandante, el Garrapata y el Chicharrón dudaban entre ir a dar la noticia a la Mona o abrir las puertas cerradas alrededor —casi una invitación.

5

Uriela había escuchado a su madre un tiempo, recostada a su lado en la cama, pero la venció el sueño. Cuando en mitad del letargo le pareció oír que su madre rezaba riendo, y cuando creyó verla cargar otra vez el revólver mientras rezaba, Uriela se sacudió y resolvió levantarse y buscar a sus hermanas para que se hicieran cargo, y se propuso pedir ella misma a los invitados que abandonaran la casa. No pudo moverse: la modorra era una tela de araña ciñéndola. Y se soñó levantándose de la cama: soñó que tocaba a la puerta de sus hermanas, hablaba con ellas, les avisaba del revólver, soñó que llamaba a la policía y daba parte de la desaparición de su padre, «No te molestes», oyó de un remoto lugar la voz de su padre, «para ellos será un simple robo con muertos». Y cuando despertó y vio que únicamente había soñado intentó rebelarse, saltar de la cama, cumplir el sueño, pero el sopor cerró de nuevo sus ojos igual que si una mano prodigiosa la arrastrara por los cabellos hacia el abismo.

No había pasado gran tiempo, solo minutos. A su lado, la voz de su madre que rezaba la aletargó para siempre. No fue un descanso para Uriela; el letargo la sumió en una pesadilla de pesadillas: rostros distintos asomaban a ella, voces distintas, gritos, ¿eran gritos de la realidad real?, ¿eran gritos de la pesadilla?, Uriela se hundía en la fiebre, quería decir algo, quería aullar, sublevarse contra lo inexplicable, y no lograba lo principal: abrir los ojos. La señora Alma no se percataba de los brazos moviéndose de Uriela, las manos crispadas como si alejara de ella aves fatídicas. Alma Santacruz contaba de lo mucho que se amaba con su marido, y aseguraba que cuando él se apareciera no sabría si abrazarlo o propinarle su bofetada de amor por hacerla sufrir tanto. Eso decía Alma en voz alta, en el silencio de piedra del segundo piso, mientras la sombra de Nimio Cadena la escuchaba con avidez. Muy bien sabía Nimio que el magistrado ya no se hallaba en el mundo, pero estaba esa mujer, la orgullosa señora que él tan bien recordaba, y bastaba con abrir la puerta y presentarse y avisarle de la muerte del magistrado para que la venganza se consumara, y, sin embargo, desistió de su propósito. Fue algo insólito para él. Se incorporó y bebió el último trago. Se iba del segundo piso y ya arribaba a la cima de las escaleras cuando la puerta de la habitación se abrió y brotó Alma Santacruz como una ráfaga o una queja o una luz y ocurrió lo que ocurrió.

Si Alma Santacruz no hubiese salido a lo mejor el comandante suspendía la inmolación y ordenaba la retirada.

No ocurrió porque no ocurrió.

En su pesadilla de pesadillas Uriela oía voces que no alcanzaban al grito, eran las voces de sus hermanas, sus preguntas como murmullos y, después, al fin, sus gritos, y, a continuación, imprecaciones y golpe de muebles, ¿era su sueño la realidad?, Uriela bajaba las escaleras y solo encontraba muertos, peldaño por peldaño, muertos y más muertos, y, al final de las escaleras, en el pasillo, elevándose infinita, una montaña de cráneos, la risotada de una mujer, su aliento pútrido. Abandonaba la casa y daba con el amanecer: rojo de sangre como un telón: Uriela elevaba los brazos, abiertas las manos, y sentía caer sobre ella una lluvia de ojos, de orejas, de brazos, de piernas, de gritos, de protestas, eran lamentos físicos, tiesos, pero se oían alargados, de una largura infinita, era el tercer pisotón en los abismos, la última llamada en el teatro, el inicio de la tragedia. Uriela se empapaba de esa lluvia de sangre, y su cara y sus manos, su pensamiento, se integraban a la desolación, se dispersaban con ella.

6

Uriela abrió los ojos y quedó sentada en la cama, sus manos temblando, el sudoroso frío en las sienes, el corazón agolpado: su madre no estaba con ella, ¿a dónde fue?, ¿al baño?, ¿al jardín?, ¿con ese revólver? Salió de la habitación y encontró las tinieblas; no había luces, solo penumbra; no se oía música sino lamentos esporádicos, clamores, protestas, igual que en su sueño, como si la larga mano del sueño se extendiera a la realidad y de nuevo la asiera por los cabellos. Eso la aterró, pero se arrojó a las sombras y pasó por encima de los cuerpos de su madre y de Nimio, sin verlos; no tropezó con ellos; se había detenido ante la puerta cerrada del salón donde dormían los niños, la abrió, encendió la luz: los niños dormían. Apagó la luz y cerró la puerta y se lanzó a las escaleras y entrevió o adivinó entre la opaca mañana que las habitaciones de sus hermanas se encontraban abiertas y que de ellas brotaba el frío.

Bajó corriendo las escaleras de caracol y no acababa de pisar el último peldaño, en la medialuz del crepúsculo, y se dio a bocajarro con la Mona, que subía. Las dos caras se rozaron. La cara de la Mona olía a salchichas hervidas. Era una desconocida para Uriela, pero también una conocida: la había acabado de soñar, la había olido, había escuchado su risa. La Mona se la quedó mirando: sus ojos la examinaban veloces, voraces. Ambas se encontraban cara a cara, interrumpiéndose el camino. Sonrió la Mona: pensaba que esas niñas melindrosas le gustaban, tan de cuento de hadas, sus delicados huesos crujirían como los huesos de los pollos recién nacidos, estas niñas, pensó, y se asombró: era de su misma edad, hasta se parecían, solo que la Mona era rubia y Uriela tenía el pelo negro, la Mona sonrió más y ya iba a apoderarse del cuello de Uriela para oírlo crujir como los huesos de los pollos cuando Uriela miró a un punto detrás de ella y gritó «Cuidado». La Mona volteó a mirar de inmediato, a la defensiva, y en ese lapso Uriela pasó por su lado como un fulgor aterrado y se escabulló por el pasillo a la sala. La Mona se relamió los labios, perpleja, pues ya Uriela corría lejos. Todavía Uriela volteó a mirar un instante y vio que la Mona la llamaba con la mano, riendo, como una invitación al circo: nunca olvidaría esa risa: la llevaría a su pesar en el corazón, para siempre. La Mona meneaba la rubia cabeza, incrédula del juego, se me voló, pensaba, qué verraca, todavía quedan mujeres verracas.

Y subió a comprobar si era verdad la muerte del comandante. Si de verdad estaba muerto tendría que dar la orden de retirada ella misma, pues ya nada podía esperarse del Doctor M, borracho como una cuba: lo habían visto haciendo gracias encima de los cadáveres de las muchachas.

En el segundo piso reconoció al comandante Nimio Cadena y lo despreció. Se preguntó si la mujer muerta a su lado era la señora de la casa. Eso parecía, pensó, y descubrió que cerca de la mujer había un revólver de los de casi de juguete: tenía que ser el arma que dio muerte al comandante: esta señora es todavía más verraca, se dijo la Mona con sinceridad, a mí sí me hubiera gustado matarla.

Y ordenó la retirada.

En volandas sacaban al Doctor M los hombres, cargado como fardo, y le habían puesto a modo de babero el mantel cuadriculado de una mesa. Iba gorgoteando palabras como un demente y por eso mismo semejaba un emperador romano llevado en triunfo por sus soldados. Los hombres bromeaban mientras lo cargaban y él les acariciaba las ensangrentadas cabezas y hasta se orinaba encima; el grupo entero humeaba de sangre todavía caliente. Avanzaban por el pasillo acolchado de cuerpos. Todavía por molestar disparaban a los cuerpos y los cuerpos brincaban por los impactos como si bailaran: parecía que bailaban otro bullerengue, otra cumbia.

Y ya se iban victoriosos de la casa, subían en fila india al camión, se llevaban las botellas de aguardiente y en sus bocas alumbraban y escurrían las patas de gallina, las lonjas de pescado, los trozos de torta de flor de saúco. «Gracias por el fiestonón», gritó a nadie un grandote. Se oyó que lo llamaban Armario, se oyó que lo increpaban, le reclamaban que era de profesión estrangulador y payaso de circo los domingos. A otro lo llamaban Negro Darwin y a otro Cielo Garza y los dos bebían y se abrazaban. En esa como procesión de espejismos desfilaban Garrapata y Chicharrón, satisfechos de las hermanas Caicedo, del recuerdo de sus caras, de su terror en sus camas, del olor de sus cuellos en sus manos. Uriela los vio pasar, escondida detrás de la puerta de la sala, y luego corrió a las ventanas para acabar de verlos partir en el largo camión negro como una caja mortuoria. Uriela cayó en cuenta del silencio de muerte de la casa. Pensó en los niños que dormían en el salón; se preguntó horrorizada si acaso no dormían como muertos. Pensó en su padre. Pensó en sus hermanas, el hielo de sus puertas abiertas. Y cuando pensó en su madre ya no resistió más y creyó que se iba a volver loca.

Entonces huyó a la calle.

7

Pisaba el cemento de la calle como si rodara hacia abajo por un precipicio. Creyó que alcanzaba a asomarse al otro lado, el lado de los muertos, sus rostros diáfanos, de vidrio. Sintió como si un insecto aguijoneara su razón: los muertos eran multitud, no se atascaban, no se estorbaban el paso, se transparentaban, caminaban a través de ellos como si cruzaran el aire, eran cientos de miles de rostros alrededor. En su estupor, sintió que ella misma se alejaba de ella. Su desvarío era de una claridad fascinante: pensó que pensaba al revés, que hablaba de atrás hacia delante, su mente iba a desintegrarse, si en ese momento se mirara a sí misma vería un pájaro o un pez o una silla pero no se vería ella, se habría hecho humo. Entonces, como si eso la recuperara del abismo, oyó la voz de Juana Colima, fugaz: «Esta tapa no tapa bien», dijo. «Descalza no piso el piso».

La enajenación era una línea blanca dividiendo cada uno de sus ojos, una mitad de su rostro era de un color y la otra de otro color, luchó contra el desvarío. En esa especie de rapto consigo misma, la sombra de un muerto besaba su boca. La línea blanca de la demencia penetraba ahora en su mente, la dividía. Cerró los ojos. Pensó que ella era más fuerte, tenía que serlo. En lo más intrincado de su cabeza su mente se rebelaba contra el delirio, pero los rostros la asfixiaban, la volcaban en la nada. Todos los muertos del universo estaban con ella, en la calle, y todos los muertos del universo habían salido de su casa, igual que ella, pero yo no estoy muerta, se repitió, estoy viva, sigo, sigo, sigo viva. Era una lucha de ella contra ella, una parte de ella contra otra parte de ella, una viva y la otra muerta. Los muertos la convocaban por su nombre, daban su opinión, sus voces la llenaban. Estaba con los muertos en un lugar donde no era de noche pero tampoco de día, un lugar donde todo *parecía*. Entonces uno de los muertos, ¿su padre?, le puso una mano de aire en el hombro: «Adiós», dijo. Su madre estaba con él. Iban tomados del brazo como dos niños. Su madre le dijo: «Tenemos que ir a esperar algo». De pronto se abrió el aire y los muertos empezaron a entrar a otro sitio, a otro espacio: desaparecían. Uriela quedaba sola, ella única. Se vio a sí misma en la medialumbre del amanecer. Estoy viva, dijo, y creyó que había vencido, que regresaba con ella, pero tenía elevados los brazos y sentía caer sobre ella una lluvia de ojos y orejas, de brazos y piernas, de gritos y protestas, eran lamentos físicos, tiesos, pero se oían alargados, de una largura infinita, era el tercer pisotón en los abismos, era la última llamada en el teatro, era el inicio de su tragedia.

Viernes 24 de julio, 2020

Índice